ROBERT CRAIS

MEURTRE À LA SAUCE CAJUN

Traduit de l'américain
par Robert Pépin

belfond

Titre original :
VOODOO RIVER
publié par Hyperion, New York

Retrouvez-nous sur
www.belfond-noir.fr
ou www.facebook.com/belfond

Éditions Belfond,
12, avenue d'Italie, 75013 Paris.
Pour le Canada,
Interforum Canada, Inc.,
1055, bd René-Lévesque-Est,
Bureau 1100,
Montréal, Québec, H2L 4S5.

ISBN : 978-2-7144-5433-1

Belfond | un département **place des éditeurs**

place
des
éditeurs

Pour Steve Volpe,
propriétaire du Hangar,
ami en qui j'ai confiance
et qui couvre les arrières comme pas un.

1

Ce fut dans un restaurant du Coast Highway de Malibu, pas très loin de Paradise Cove et de la Colony, que je retrouvai Jodi Taylor et son manager pour déjeuner. Perché sur les rochers qui dominent l'océan, l'établissement était tenu par un grand cuisinier qui avait sa propre émission culinaire sur une chaîne de télévision publique. Un maître *saucier*[1]. Claire et aérée, la salle offrait des vues spectaculaires sur la côte à l'est et les Channel Islands au sud. Le sandwich au thon grillé coûtait dix-huit dollars. Et le supplément de frites sept dollars cinquante. J'ai dit « frites », en français.

— Monsieur Cole, commença-t-elle, êtes-vous capable de garder un secret ?

— Cela dépend, mademoiselle Taylor, lui répondis-je. À quel genre de secret pensez-vous ?

Sid Markowitz se pencha en avant et me fit les gros yeux.

— Elle pense à ce rendez-vous, dit-il. Que vous acceptiez ce travail ou pas, personne ne doit savoir que nous nous sommes vus et ce que nous nous sommes dit. On est bien d'accord là-dessus ?

Sid Markowitz était le manager personnel de Jodi Taylor et ressemblait à une grenouille.

— Le secret, évidemment, dis-je. Oui, j'en suis capable.

Il n'eut pas l'air convaincu.

1. En français dans le texte. *(Toutes les notes sont du traducteur.)*

— Vous dites ça maintenant, mais je veux être sûr que c'est du sérieux. C'est d'une célébrité que nous causons, précisa-t-il en me montrant sa cliente d'un geste de la main. On vous rencarde, vous décrochez le téléphone et hop, l'*Enquirer* vous file quinze, voire vingt mille dollars pour tout raconter.

Je fronçai les sourcils.

— Pas plus ?

Il me refit les gros yeux.

— On ne plaisante pas avec ça ! s'écria-t-il.

Jodi Taylor se cachait derrière d'énormes lunettes de soleil. Elle portait une ample veste d'homme en jean et une casquette de base-ball bleue des Dodgers qui cachait son front. Pas de maquillage, cheveux bouclés d'un roux crépusculaire et ramenés en une queue-de-cheval qui sortait du petit trou situé à l'arrière de sa casquette. Avec ce camouflage, lunettes et vêtements trop larges, elle ne ressemblait guère au personnage qu'elle incarnait à la télévision semaine après semaine, mais cela n'empêchait pas les gens de la dévisager. Je me demandai si eux aussi ne la trouvaient pas un peu nerveuse. Elle toucha le bras de Markowitz.

— Je suis sûre que ça ira, lui souffla-t-elle. Peter nous a assurés qu'on pouvait y aller. Il nous a dit et répété qu'il n'y avait pas mieux que lui pour ce genre de trucs et qu'on pouvait lui faire aveuglément confiance.

Elle se tourna vers moi et sourit. Je lui renvoyai son sourire. « Aveuglément confiance ».

— C'est qu'il vous aime beaucoup, vous savez ? reprit-elle.

— Oui, je sais. C'est réciproque.

Peter était le troisième metteur en scène à succès du monde, juste après Spielberg et Lucas. Films d'aventures et d'action. J'avais travaillé pour lui et ce que j'avais fait lui avait plu [1].

Je fis signe à Sid que ce serait motus et bouche cousue.

— C'est promis. Je n'en soufflerai mot.

---

1. Cf. *Casting pour l'enfer.*

Il parut sceptique.

— Pas en dessous de vingt-cinq mille. Au-dessus, je ne réponds plus de rien, précisai-je.

Il croisa les bras et se renversa sur son siège, les lèvres comprimées en une petite moue.

— Génial, ça, vraiment génial ! lança-t-il. Merveilleux ! Nous avons droit à un pitre.

Un garçon au bronzage profond comme du cuir patiné étant apparu, nous restâmes tous les trois silencieux pendant qu'il nous servait. J'avais commandé une salade mahi-mahi avec vinaigrette à la framboise, Sid avait pris un canards tortellinis et Jodi avait demandé de l'eau. Avait-elle donc déjà bouffé dans ce restau ?

Je goûtai ma salade. Un peu sec.

Le garçon nous ayant quittés, Jodi Taylor me demanda très posément :

— Que savez-vous de moi ?

— Sid m'a faxé un dossier de presse et deux ou trois coupures de journaux.

— Les avez-vous lus ?

— Oui, m'dame.

Les trois articles disaient à peu près la même chose et, pour l'essentiel, ne m'avaient rien appris. Jodi Taylor était la vedette de la dernière série télévisée à grand succès, *Songbird*, dans laquelle, épouse aimante du shérif d'une bourgade du Nebraska et mère de quatre petits vauriens aussi blonds qu'adorables, elle surfait entre ses obligations familiales et son désir de chanter. La télé, quoi. La pub vantait le sérieux d'une série qui renforçait les valeurs traditionnelles, et les organisations familiales et religieuses de tout le pays en étaient tombées d'accord. C'était même leur soutien qui avait fait de *Songbird* une réussite inattendue. À l'Audimat, cet « Oiseau chanteur » écrasait régulièrement tous ses concurrents et les sponsors des plus grandes marques faisaient la queue pour profiter de son attrait. C'était à Jodi Taylor qu'en revenait tout le crédit, le magazine *Variety* citant, entre autres qualités, « sa chaleur, son humour et sa sincérité qui constituaient le centre fort et aimant de sa petite famille ». On parlait d'Emmy[1]. *Songbird* passait depuis six semaines et, quasiment du jour au lendemain, Jodi Taylor s'était hissée au rang des plus grandes stars.

— Je suis une enfant adoptée, monsieur Cole, reprit-elle.

— Bon, dis-je.

L'article de *People* l'avait mentionné.

— J'ai trente-six ans, je cours sur mes quarante et il y a des choses que je veux savoir.

Elle avait parlé vite, comme si elle entendait que ce soit dit avant de pouvoir passer à autre chose.

— Je me pose des questions et je veux des réponses, répéta-t-elle. Ai-je un terrain favorable au cancer du sein ou des ovaires ? Suis-je menacée par tel ou tel type de maladie si j'ai des enfants un jour ? Vous comprenez ?

Elle hocha la tête comme quelqu'un qui l'espérait bien. On m'encourageait à faire un effort d'intelligence.

— En somme, vous voulez connaître vos antécédents médicaux, lui dis-je.

Elle parut soulagée.

— C'est exactement ça.

Ce désir n'avait rien d'extraordinaire chez les enfants adoptés, et j'avais déjà effectué ce genre de travail.

— Très bien, mademoiselle Taylor, lui répondis-je. Que savez-vous de votre naissance ?

— Rien. Absolument rien. J'ai un extrait, mais il ne dit rien d'intéressant.

Sid sortit une enveloppe grand format de la poche de sa veste et me montra un document frappé au sceau de l'État de Louisiane. On y déclarait que le nouveau-né avait nom Judith Marie Taylor, que sa mère s'appelait Cecilia Burke Taylor et son père Steven Edward Taylor, et que l'accouchement avait eu lieu trente-six ans plus tôt, un 9 juillet. Heure de l'événement, poids du bébé, nom du médecin accoucheur et raison sociale de l'hôpital, rien de tout cela n'était mentionné. Je suis né un mardi à cinq heures quatorze du matin et me suis toujours pris pour un monsieur du matin.

1. Équivalent de l'Oscar pour la télévision.

Sous quel jour me serais-je vu si je n'avais pas eu ces renseignements ?

— Cecilia et Steven Taylor sont mes parents adoptifs, ajouta-t-elle.

— Et ils ne savent rien sur votre naissance ?

— Non. L'adoption s'est faite par l'intermédiaire de l'État et personne ne leur a donné d'autres renseignements.

Une famille de cinq personnes s'assit à la table derrière nous, et la femme, une grande blonde, se mit aussitôt à dévisager Jodi. En plus de son homme, qui avait de l'embonpoint, elle était venue avec ses deux enfants et une vieille dame – la grand-mère, sans doute. Celle-ci aurait été plus à son aise dans un *diner* de Topeka. L'homme qui avait de l'embonpoint arborait un Minolta. Des touristes.

— Avez-vous essayé d'en savoir davantage auprès des autorités de Louisiane ?

— Oui.

Elle me tendit une carte de visite.

— J'ai eu recours aux services d'une avocate de Baton Rouge, mais les archives sont sous scellés. C'était la législation en vigueur à l'époque, et ça l'est toujours. Mon avocate m'assure que nous avons épuisé toutes les voies légales et m'a recommandé d'engager un détective privé. Et Peter m'a parlé de vous. Si vous dites oui, c'est mon avocate qui coordonnera les opérations.

Je jetai un coup d'œil à la carte de visite : *Cabinet Sonnier, Melancon & Burke*. En dessous : *Lucille Chenier*. Adresse à Baton Rouge, Louisiane.

Sid se pencha en avant et me refit le coup de la grenouille.

— Peut-être comprenez-vous enfin pourquoi je fais tant d'histoires pour que rien de tout cela ne s'ébruite, dit-il. N'importe quelle feuille de chou vous paierait une fortune pour avoir ces renseignements. Une actrice célèbre en quête de ses parents, pensez donc !

— Mon père et ma mère adoptifs sont mes vrais parents, déclara Jodi.

Sid lui refit un petit geste de la main.

— Là, mon chou, dit-il. Bien sûr qu'ils le sont.

La grande femme aux cheveux pâles dit quelque chose à l'homme qui avait de l'embonpoint et celui-ci se tourna vers nous. La vieille regardait à droite et à gauche, mais il était clair qu'elle ne nous avait pas vus.

— Au cas où vous retrouveriez ces gens, sachez que je n'ai aucun désir de les rencontrer, reprit Jodi. Et je ne veux pas qu'ils apprennent qui je suis. Personne ne doit être au courant de cette enquête et vous devez me jurer que tout ce que vous pourriez apprendre sur moi ou sur mes parents naturels restera entre nous. Me le jurez-vous ?

— Si jamais ils apprenaient qu'ils sont ses parents, ils pourraient essayer d'en profiter, m'expliqua Sid en frottant son pouce contre son index.

Le fric.

Jodi Taylor ne m'avait pas lâché des yeux et me regardait comme si rien au monde ne comptait plus que mon serment.

— Me jurez-vous que tout ce que vous découvrirez restera entre nous ?

— Mademoiselle Taylor, lui répondis-je, le mot « confidentiel » figure sur ma carte professionnelle. Si j'accepte cette enquête, c'est pour vous, et seulement pour vous, que je travaillerai.

Elle jeta un coup d'œil à Sid, qui écarta les doigts.

— Comme tu veux, mon chou.

Elle se tourna vers moi, me regarda encore et lui dit :

— Engage-le.

— Mais je ne pourrai pas faire tout le boulot d'ici, lui répondis-je. Il va falloir que j'aille en Louisiane, voire ailleurs, et dans ce cas, les frais pourraient être considérables.

— Vous parlez d'une nouvelle ! s'exclama Sid.

— Mes honoraires sont de trois mille dollars, plus les frais.

Sid Markowitz sortit un stylo et me signa un chèque sans mot dire.

— Je vais être obligé de parler à cette avocate. Il est possible que j'aie à discuter de mes découvertes avec elle. Cela vous pose-t-il un problème ?

— Non, aucun, me répondit-elle. Je l'appellerai cet après-midi pour lui annoncer votre arrivée. Vous pouvez garder sa carte.

Elle regarda la porte. Elle était pressée de partir. Elle avait engagé son détective, à lui de se démerder.

Sid ayant appelé le garçon d'un signe de la main, celui-ci lui apporta l'addition.

La femme aux cheveux pâles se tourna de nouveau dans notre direction, puis souffla quelques mots à son époux. Tous les deux se levèrent et s'approchèrent. L'homme tenait son appareil photo à la main.

— V'là du monde, dis-je.

Jodi Taylor et Sid Markowitz se retournèrent au moment même où ils arrivaient. L'homme souriait autant que s'il avait réussi l'examen de franc-maçon trente-deuxième degré.

— Je vous demande pardon, commença la femme, mais... vous ne seriez pas Jodi Taylor ?

En une fraction de seconde, Jodi Taylor évacua tout ce qui la travaillait et y alla du sourire qui faisait fondre trente millions d'Américains toutes les semaines. Ça valait le déplacement. À trente-six ans, elle avait le genre de beauté propre aux seules femmes mûres. Rien à voir avec les couvertures de magazines. Rien à voir avec un quelconque mannequin. C'était du vrai, quelque chose donnant à croire qu'on aurait peut-être la chance de rencontrer cette dame au supermarché du coin, à l'église ou à la prochaine réunion de parents d'élèves. Peau sombre, yeux noisette au regard doux, une dent de devant un rien proéminente. Quand elle souriait, tout son cœur souriait avec elle, et c'était authentique et ça se sentait. Je me demandai si c'était ça qui faisait d'elle une star.

— Oui, lui répondit-elle, c'est moi.

— Est-ce que je pourrais vous prendre en photo avec Denise ? s'enquit l'homme qui avait de l'embonpoint.

Jodi regarda la femme.

— Vous vous appelez Denise ?

— Quel plaisir de vous rencontrer ! s'exclama celle-ci. Nous adorons votre série.

Jodi sourit encore plus fort. Ne l'aurait-on jamais vue qu'on serait tombé amoureux d'elle dans l'instant. Elle tendit la main à Denise et lui dit :

— Approchez-vous, qu'on puisse prendre cette photo.

L'homme qui avait de l'embonpoint souriait toujours, aussi intensément qu'un gamin de six ans le matin de Noël. Son épouse s'approcha et Jodi ôta ses lunettes de soleil. Le maître d'hôtel et deux garçons se prenant à rôder autour de nous d'un air inquiet, Sid les chassa d'un geste.

L'homme qui avait de l'embonpoint prit la photo, puis se lança dans un grand discours comme quoi tout le monde, « là-bas au pays », adorait *Songbird.* Enfin ils regagnèrent leur table en souriant de plaisir. Jodi Taylor remit ses lunettes, croisa les mains sur ses genoux et fixa un point quelque part derrière moi comme si elle avait vu quelque chose qui l'entraînait vers un lieu indifférent.

— C'était très gentil à vous, lui dis-je. J'en connais qui n'auraient pas été aussi aimables.

— Vous voyez comme ils l'aiment ? s'exclama Sid. Ça fait du fric à la banque.

Jodi Taylor le regarda d'un œil vide puis se tourna vers moi. Elle paraissait lasse, son regard assombri par quelque chose qui lui était venu à l'esprit.

— Oui, bon. Si vous avez besoin d'autre chose, vous appelez Sid, dit-elle.

Elle rassembla ses affaires et se leva. L'affaire était réglée.

Je restai assis.

— De quoi avez-vous peur, mademoiselle Taylor ? lui demandai-je.

Elle quitta la table et sortit du restaurant sans me répondre.

— Inutile d'insister, m'expliqua Sid. Les actrices… Vous savez ce que c'est.

Une fois dehors, je regardai Jodi et Sid s'éloigner dans la Jaguar douze cylindres de Markowitz pendant qu'un valet qui ressemblait à Fabio courait chercher ma voiture. Ni Jodi ni Sid ne m'avaient dit au revoir.

Du parking, mon regard se porta vers la plage tout en bas. J'y vis des jeunes gens en combinaison de plongée approcher des vagues avec leurs planches à glisse. Ils couraient vers les flots en riant, attrapaient le rouleau, y faisaient un ventral sur la planche et redescendaient en pagayant du bras jusqu'à l'endroit où, les pieds dans l'eau, d'autres surfeurs attendaient la vague suivante en sautillant sur place. Dès que la crête gonflait, ils pédalaient furieusement pour la prendre. Une fois debout, ils la chevauchaient jusque dans les hauts-fonds, où derechef ils faisaient demi-tour et se remettaient à attendre celle d'après. Encore et encore, et les vagues étaient toujours minuscules, mais bon : chaque fois qu'ils se ruaient sur la suivante ils se disaient peut-être que ce serait la bonne, celle qui donnerait un sens à leurs efforts. Beaucoup de gens sont comme ça et, comme beaucoup de gens, les surfeurs n'ont sans doute pas compris que ce n'est pas la vague la récompense, mais le fait de se ruer sur elle. Quand ils pagayaient des bras, ils ressemblaient tant à des lions de mer qu'au moins une fois tous les deux ans un grand requin blanc en perdait la boule, et une planche revenait sans son surfeur.

Fabio m'ayant ramené ma voiture, je repris le chemin de Los Angeles en suivant la Pacific Coast Highway.

Je croyais que Jodi Taylor aurait été contente de me voir accepter, mais ce n'était pas le cas. Il n'empêche : elle avait décidé de m'engager pour aller fouiller dans son passé. Je connaissais le mien et il ne me faisait pas peur. Si l'histoire de ma naissance m'avait été inaccessible, peut-être aurais-je eu peur, comme elle.

Lorsque enfin je tournai le dos à l'océan pour regagner mon bureau, une grosse enclume de nuages s'était formée à l'horizon. Les vagues, elles, avaient déjà viré à l'acier brut.

La tempête faisait rage quelque part et je me dis qu'elle finirait peut-être bien par arriver jusqu'au rivage.

2

Il était deux heures passées de quelques minutes lorsque je garai ma voiture dans le parking de Santa Monica Boulevard et grimpai les quatre volées de marches qui conduisent à mon bureau sis au cœur de West Hollywood. La pièce était vide, exactement comme je l'avais laissée deux heures et quarante minutes plus tôt. J'aurais adoré enfoncer la porte et crier à tous mes employés assemblés que je travaillais maintenant pour une grande chaîne de télévision, mais je n'avais pas d'employé. J'ai bien un associé, un certain Joe Pike, mais il se montre rarement. Et même quand il le fait, la conversation n'est pas son fort.

Je sortis la carte de Lucille Chenier de ma poche et appelai son bureau. Une belle voix à l'accent sudiste me répondit :

— Bureau de Me Chenier. Darlene à l'appareil.

Je me présentai à Darlene et lui demandai si Me Chenier était disponible.

— Ah, dit-elle, monsieur Cole. M. Markowitz nous a téléphoné à votre sujet.

— Bon, ben, zéro pour la surprise.

Alors elle dit :

— Me Chenier est au tribunal, cet après-midi. Que puis-je pour vous ?

Je l'informai que j'arriverais le lendemain en avion et lui demandai si elle pouvait me trouver un moment pour rencontrer Me Chenier.

— Absolument. Trois heures, ça vous irait ?

— Ça m'irait.
— Si vous voulez, je peux vous réserver une chambre au Howard Johnson de la plage.
Elle avait l'air très heureuse de faire ça pour moi.
— Ça serait parfait, lui répondis-je. Merci.
— Voulez-vous qu'on vous envoie quelqu'un à l'aéroport ? voulut-elle encore savoir.
— Merci beaucoup, mais je devrais pouvoir me débrouiller tout seul.
— Dans ce cas, faites un bon voyage et nous vous attendons avec impatience.
Je la sentais sourire à l'autre bout du fil. Elle était contente de me rendre service, contente de filer un coup de main, contente de parler avec moi. Je me demandai si la Louisiane n'était pas le pays des Gens contents.
— Darlene ?
— Oui, monsieur Cole ?
— C'est ça, l'hospitalité des gens du Sud ?
— Ben… C'est juste que ça me fait plaisir d'aider.
— Darlene, lui rétorquai-je, votre voix est aussi radieuse qu'une fleur de magnolia.
Elle rit.
— Ah, monsieur Cole ! Charmeur avec ça.
Il y a des gens qui savent faire sourire naturellement.
J'appelai Joe Pike à son appartement et tombai sur son répondeur. L'engin se mit en route à la première sonnerie et me lâcha : « Parlez. » Quand je vous disais que la conversation et Joe Pike, ça fait deux.
Je lui appris pour qui nous travaillions et où je serais, et lui laissai les numéros de Sid Markowitz et de Lucille Chenier. Puis je raccrochai, sortis sur mon petit balcon et me penchai en avant pour jeter un coup d'œil dans le bureau d'à côté. Personne. Une certaine Cindy y vend des produits de beauté à prix d'usine et nous nous retrouvons souvent sur le balcon pour bavarder. Je voulais lui dire que je serais absent pendant quelques jours, mais il n'y avait pas de lumière dans son bureau. Je rentrai dans le mien et appelai mon amie Patricia Kyle, qui travaille aux studios de la

Paramount. Elle était en réunion de casting et ne pouvait être dérangée. Génial. J'appelai alors un flic de mes connaissances, un certain Lou Poitras, qui dirige une équipe d'inspecteurs au commissariat d'Hollywood Nord, mais lui non plus n'était pas là. Je raccrochai, me renversai dans mon fauteuil et contemplai mon bureau. Moi excepté, la seule chose qui y remuait était la pendule Pinocchio que je me suis achetée un jour. Ses yeux font *tic-toc*, un coup à droite, un coup à gauche, et j'aime bien la regarder : Pinocchio me sourit toujours. Cela dit, c'est comme avec Joe : côté parlotte, c'est plutôt maigre. J'ai aussi des figurines de Jiminy Cricket et de Mickey Mouse, mais là encore, la conversation laisse à désirer. Mon bureau était propre, mignon et parfaitement en ordre. J'avais réglé toutes mes dettes et répondu à tout mon courrier. Je n'aurais pas grand-chose à faire pour préparer mon voyage et c'était déprimant. Tu parles d'un grand détective privé ! Même pas foutu de se trouver un copain !

J'éteignis les lumières, fermai la porte à clé et fis un petit arrêt au magasin d'alcools de l'État en rentrant chez moi. J'y achetai un pack de six bières Falstaff à un employé chauve et à moitié borgne auquel je racontai que je partais en Floride – pour affaires. Il me conseilla de bien m'amuser et de revenir le voir dès mon retour. Je promis et lui souhaitai de passer une bonne nuit. Il me gratifia d'un petit signe de la main. On prend ses amis où on les trouve.

À une heure quarante le lendemain après-midi, j'amorçais ma descente sur Baton Rouge. Le paysage était vert, plat et entrecoupé de voies d'eau couleur chocolat. Le pilote vira de bord au-dessus du large ruban boueux du Mississippi, et les ponts, remorqueurs, péniches et digues que nous découvrîmes alors étaient tout grouillants de commerce et d'industrie. J'avais visité Baton Rouge bien des années auparavant et me rappelais des ciels clairs, des odeurs de magnolia et une forte admiration pour ce grand fleuve qui avait su résister à l'Histoire. La ville était maintenant recouverte d'une brume qui me fit penser à Los Angeles. Il faut croire que le commerce et l'industrie n'ont pas que des avantages.

Nous atterrîmes, suivîmes la piste jusqu'aux bâtiments de l'aéroport et, quand les portes de l'avion s'ouvrirent, fûmes submergés par une chaleur et une humidité telles que je songeai à du miel chaud. J'avais éprouvé un sentiment similaire en descendant du transport de troupes qui nous amenait à la base aérienne de Bien Hoa en 1971. On aurait dit que l'air ambiant était le prolongement des eaux tièdes et troubles des champs de riz et des marais voisins, que donc ce n'était pas de l'air, mais bien plutôt de l'eau sans épaisseur. Cet air-là n'était pas quelque chose dans quoi on se déplaçait, mais où l'on pataugeait. Bienvenue à Atlantis.

Je barbotai jusqu'aux tapis roulants à bagages, récupérai mon sac et me présentai à une jeune femme souriante qui tenait le comptoir Hertz.

— Fait chaud, non ? lui lançai-je.

— Chaud ? répéta-t-elle. Non, pas aujourd'hui.

Mon imagination, sans doute.

Je lui tendis ma carte de crédit et mon permis de conduire, lui demandai le chemin à prendre pour gagner le centre-ville et me retrouvai vite à longer des réservoirs de produits pétrochimiques, des champs plats et verts et des bâtiments blancs en ciment sur lesquels on pouvait lire des trucs du genre : POUSSIER GRATUIT et TONDEUSES À GAZON TORO. Les terres en friche laissant peu à peu place à des quartiers ouvriers jalonnés de supermarchés, j'aperçus au loin les silhouettes arachnéennes et les cheminées des raffineries et des usines chimiques qui bordaient le fleuve. Celles-ci me rappelèrent les villes proches des aciéries du Nord-Est : comme ici, tout était construit à ras de terre, comme ici, les hommes et les femmes travaillaient dur pour gagner leur vie et l'air fleurait bon le soufre et autres trucs bizarres. Les trois quarts des gens du coin devaient bosser dans les raffineries, en trois-huit. Toute la circulation devait être régie par les grands coups de sifflet qui, trois fois par jour – à sept heures du matin, trois heures de l'après-midi et onze heures du soir –, marquaient les changements d'équipe. Énorme et poussif, chaque battement de cette chose qui ressemblait à un cœur expulsait son contingent d'ouvriers épuisés pour aussitôt en aspirer un autre, sans jamais s'arrêter ni changer, donnant vie à tous à sa manière propre, comme le Mississippi.

Les quartiers ouvriers et les raffineries firent place aux bâtiments de la capitale de l'État, et je me retrouvai au centre de Baton Rouge. Mélange d'édifices neufs et anciens, il se tassait sur une petite butte dominant le fleuve et le pont Huey-Long. Le Mississippi coulait tout autant au bas de la ville qu'en son sein, muré qu'il était par une grande digue en terre qui ne devait pas avoir beaucoup changé d'aspect depuis que les canonnières nordistes y étaient apparues, un peu plus de cent ans plus tôt. Qu'au moins deux cent cinquante mille personnes vivent dans cet endroit dévolu au commerce et à l'industrie n'empêchait pas Baton Rouge d'avoir un petit air de bourgade sudiste. Gigantesques et croulant sous la mousse d'Espagne, des chênes poussaient au milieu de vastes pelouses et montaient la garde devant une résidence du gouverneur ornée de colonnes de style Renaissance grecque. On n'était pas en Géorgie, mais cela me fit si fort penser à *Autant en emporte le vent* que je m'attendais presque à voir de nobles messieurs en uniforme de drap gris et de belles dames en robe à cerceau hisser le Stars'n' Bars[1]. *Si seulement j'étais au pays du coton*[2]...

À trois heures moins six, je pénétrai dans un vieux bâtiment sis au cœur du quartier qui borde le fleuve et pris un ascenseur lambrissé d'acajou qui me conduisit à la porte du cabinet Sonnier, Melancon & Burke, au troisième étage. Une Afro-Américaine aux cheveux gris me regarda approcher et me lança :

— Je peux vous aider ?

— Je m'appelle Elvis Cole et j'ai rendez-vous avec Lucille Chenier à trois heures.

Elle me fit un beau sourire.

— Ah, oui, monsieur Cole. Je m'appelle Darlene. Me Chenier vous attend.

---

1. Nom donné au drapeau sudiste.
2. Extrait de *Dixie*, célèbre chanson vantant la beauté du Sud.

Elle me conduisit le long d'un couloir qui donnait une impression de stabilité indestructible, avec des murs en pacanier soigneusement laqués, des appliques de style Art déco et des tableaux représentant des plantations, des champs de coton et des messieurs imposants et d'un âge si avancé qu'ils auraient pu partager un cigare avec le vieux Jeff Davis... *Les temps anciens ici ne sont pas oubliés...* Tout cela donnait une impression nettement Vieux Sud. Que pouvait éprouver Darlene en passant devant ces scènes d'esclavage ? Peut-être détestait-elle cela, mais peut-être aussi, d'une façon que je n'arriverais jamais à comprendre, ressentait-elle la fierté de l'être qui a vaincu l'obstacle et de ces liens à une terre et à un peuple qui se construisent dans l'adversité. D'un autre côté... non, peut-être pas. C'est comme pour l'amitié : on trouve son bonheur là où on peut.

— Nous y voici, dit-elle enfin en me faisant entrer dans le bureau de Lucille Chenier.

L'avocate me sourit.

— Bonjour, monsieur Cole. Je m'appelle Lucy Chenier.

Un mètre soixante-cinq environ, elle avait des yeux vert et ambre, des cheveux auburn parsemés de rayons de soleil et une peau bronzée qui s'accordait à merveille avec son maquillage. Elle semblait irradier la santé, comme si elle passait une bonne partie de son temps en plein air, toutes choses qui attiraient le regard et ne le lâchaient plus. Tailleur en tweed léger, fine bague en or au petit doigt de la main droite. Pas d'alliance. Elle contourna son bureau pour me tendre la main.

— Tennis, dis-je.

— Pardon ?

— La poigne. Je parie que vous jouez au tennis.

Elle sourit encore et, cette fois, je vis de légères rides de sourire autour de la bouche et au coin des yeux. Joli.

— Pas autant que je voudrais. J'ai eu une bourse de tennis pour l'université de Louisiane.

— Voulez-vous du café, monsieur Cole ? s'enquit Darlene.

— Non, merci, lui répondis-je.

— Maître Chenier ?

— Non, merci, Darlene. Ça ira.

La secrétaire nous ayant quittés, Lucy Chenier m'offrit un siège. Son bureau était meublé dans le même style que la réception et les couloirs, sauf le canapé et les fauteuils qu'on avait recouverts d'un imprimé à fleurs de couleurs vives et les murs où des reproductions de Monet remplaçaient les scènes de plantations de l'entrée. Bureau en bois blond devant deux fenêtres à doubles battants, étagères de boulanger débordant de plantes en pots au fond de la pièce. Une grosse tasse en céramique frappée au sigle de l'université de Louisiane trônait au milieu de toute cette végétation. L'équipe de tennis ? Les Tigres combattants.

— Avez-vous fait bon voyage ? me demanda-t-elle.

— Oui, merci.

— C'est la première fois que vous venez en Louisiane ?

L'accent du Sud était perceptible, mais léger, comme si elle avait passé beaucoup de temps loin du pays et n'y était rentrée que récemment.

— Je suis déjà venu deux fois, lui répondis-je, la première pour affaires, la deuxième quand je faisais mon service militaire. Je ne peux pas dire que ç'ait été vraiment gratifiant, et j'ai eu très chaud les deux fois.

Elle sourit.

— Je ne peux pas faire grand-chose contre la chaleur, me dit-elle, mais espérons que cette visite sera plus gratifiante.

— Espérons-le.

Elle regagna son bureau en bois blond et feuilleta une pile de dossiers avec l'assurance tranquille de celle qui peut compter sur son corps. La regarder faisait plaisir.

— Sid Markowitz m'a appelée hier, reprit-elle, et je me suis entretenue avec Jodi Taylor ce matin. Je vais donc vous mettre au courant de ce que nous avons déjà fait, afin que nous puissions coordonner nos efforts.

— D'accord.

Elle sortit une enveloppe en papier jaune de son bureau puis alla se rasseoir dans un fauteuil à oreillettes. Je continuai de la regarder et pris encore plus de plaisir à le faire. Je lui donnai trente-cinq ans, mais elle était peut-être plus jeune.

— Oui ?

— Je vous demande pardon.

Elvis Cole, le Détective empoté, surpris en train de zyeuter l'Avocate. Le professionnel en pleine action. Impressionnant.

Elle se redressa dans son fauteuil et chaussa le genre de lunettes à monture rouge on-ne-rigole-pas que semblent beaucoup affectionner ces dames des professions libérales.

— Monsieur Cole, dit-elle, avez-vous déjà enquêté dans des histoires d'adoption ?

— Ça m'est arrivé, oui. Mais c'est surtout dans les disparitions que j'ai de l'expérience.

— Retrouver le père ou la mère d'un enfant adopté n'a pas grand-chose à voir avec ça. Bien sûr, c'est assez proche côté préliminaires, mais établir le contact avec des parents biologiques est nettement plus délicat.

— Bien sûr, répétai-je.

Elle croisa les jambes. J'essayai de ne pas trop regarder.

— Nettement plus.

— Connaissez-vous les lois qui régissent l'adoption en Louisiane ?

— Non.

Elle fit glisser son pied droit hors de sa chaussure et le ramena sous elle.

— Il y a trente-six ans de ça, le jour exact restant inconnu, Jodi Taylor a été confiée à l'État de Louisiane pour adoption. Conformément aux lois en vigueur à cette époque-là, le dossier contenant les détails de cet abandon et tous les renseignements ayant trait à ses parents naturels a été mis sous scellés. Lorsque M. et Mme Taylor ont adopté ma cliente, ce sont leurs noms, et leurs noms seulement, qui ont été enregistrés comme étant ceux de ses parents, Jodi Taylor devenant aussitôt Judith Marie Taylor. Toutes les pièces afférentes à ce changement d'identité ont elles aussi été placées sous scellés.

— Bien, dis-je.

Prendre des notes ? À me voir le faire, elle aurait pu me trouver professionnel.

— L'État de Louisiane tient ce qu'on appelle un registre volontaire des parents naturels et des enfants adoptés. Si les parents naturels ou l'enfant adopté désirent entrer en contact, ils le signalent à l'État. Si les parents et l'enfant se trouvent sur ce registre, et seulement après consentement mutuel, les archives sont déplombées, un fonctionnaire de l'État pouvant aussitôt ménager une entrevue entre les deux parties.

— Jodi figure-t-elle sur ce registre ?

— Oui. C'est la première démarche que nous ayons effectuée. Mais ni son père ni sa mère naturels n'y figurent. J'ai fait une demande d'autorisation spéciale d'ouverture des archives, mais ma requête a été rejetée.

— Ce qui signifie qu'en termes juridiques tout est clos, et que c'est à moi de jouer.

— Exactement. Vous procéderez donc à la recherche, puis à l'identification de ses parents naturels, ou vous localiserez le parent naturel qui peut lui fournir les renseignements qu'elle désire, mais vous ne pourrez pas les contacter. Si contact il doit y avoir, ce sera à moi de le préparer. Comprenez-vous ?

— Évidemment.

Échine solide, mais petite tête.

Elle sortit une chemise du dossier et me la tendit.

— Voici des cartes avec l'itinéraire qu'il faut suivre pour arriver à Ville Platte, plus quelques renseignements d'ordre touristique. Je crains que ça n'aille pas bien loin. La ville est petite et se trouve dans une région très rurale.

— C'est loin ?

J'ouvris la chemise et y jetai un coup d'œil. Je vis une carte de l'American Automobile Association, une autre de la chambre de commerce de Ville Platte et une feuille ronéotée indiquant les restaurants et les motels recommandables. Tout ce dont on peut avoir besoin lorsque, détective privé de son état, on meurt d'envie d'en découdre.

— C'est à une petite heure d'ici, précisa-t-elle.

Elle referma le dossier et le posa sur ses genoux.

— Notre cabinet jouissant d'une solide réputation, si nous pouvons vous aider dans vos recherches, voire à entrer en contact avec tel ou tel fonctionnaire de l'administration de l'État, n'hésitez pas.

— Je n'hésiterai pas.

— Puis-je vous demander comment vous comptez procéder ?

— Il n'y a pas trente-six façons de s'enquérir d'un enfant adopté à sa naissance. Il faut retrouver des gens qui ont entendu parler de cette affaire et les questionner.

Elle s'agita dans son fauteuil. Mon plan n'avait pas l'air d'être à son goût.

— Qu'entendez-vous par « les questionner » ?

Je lui souris.

— Ben, leur poser des questions, quoi. Vous savez bien. Où vous trouviez-vous la nuit du 4 ? Les questionner.

Elle hocha la tête à deux reprises, puis fronça les sourcils.

— Monsieur Cole, dit-elle, je veux être sûre que vous comprenez bien au-devant de quels problèmes vous allez. Habituellement, les parents naturels d'un enfant remis à l'État pour adoption dans les années cinquante étaient jeunes et non mariés. Qui plus est, ils se donnaient beaucoup de mal pour ne rien dire de cette naissance. Il est tout aussi habituel de constater que, bien des années plus tard, ces mêmes parents naturels ont des amis et des enfants qui ignorent tout de cette naissance. Rien ne doit donc être dit ou fait qui pourrait dévoiler ce secret. Il est tout autant de votre devoir de protéger le silence des parents adoptifs de Jodi que de retrouver ses antécédents médicaux. Jodi l'exige, et moi aussi.

Je lui décochai mon sourire le plus engageant.

— J'ai l'air con comme ça, lui dis-je, mais c'est juste une apparence. Je n'ignore pas le sens du mot « discrétion ».

Elle me dévisagea un instant tant sa surprise était grande, ses joues et son cou s'empourprant légèrement. Elle portait un collier avec de gros coquillages nacrés qui tranchaient sur la teinte de sa peau.

— Ça ressemblait un peu trop à une leçon de morale, n'est-ce pas ?

J'acquiesçai d'un hochement de tête.

— Je vous demande pardon. Vous ne m'avez pas l'air con du tout. Peut-être aurais-je dû vous dire tout simplement que ces questions revêtent beaucoup d'importance à mes yeux. Moi aussi, je suis une enfant adoptée. C'est pour ça que j'exerce ce métier.

— Inutile de vous excuser. Vous vouliez seulement vous assurer que je respecterais la vie privée de chacun.

— Exactement, dit-elle en opinant du chef.

Je l'imitai en retour.

— Bref, on ne lance pas d'avis dans les journaux.

Elle pencha la tête de côté.

— Rien du genre : « Actrice célèbre recherche mère naturelle ! Énorme récompense ! »

Les fossettes reparurent autour de sa bouche et ses rougeurs la quittèrent.

— Peut-être ferions-nous mieux d'adopter un profil bas.

— Je pourrais dire que je me renseigne sur un extraterrestre. Vous croyez que ça marcherait ?

— En Arkansas, peut-être.

Humour régional.

Nous nous sourîmes un instant, puis je lui demandai :

— Voulez-vous dîner avec moi ?

Elle sourit encore plus fort, se leva et gagna la porte.

— C'est très gentil à vous de me le proposer, me répondit-elle, mais ma soirée est déjà prise.

— Et si je vous chantais *Dixie* ? Cela vous ferait-il céder ?

Elle ouvrit la porte et se tourna vers moi. Elle essaya de garder son sérieux, mais un petit bout de sourire passa quand même au travers.

— Vous avez la liste d'un certain nombre de restaurants cajuns dans votre dossier, me répondit-elle. La cuisine locale devrait vous plaire.

Je me plantai devant la porte.

— Je suis sûr que ça ira, lui dis-je. Peut-être le grand chef Paul Prudhomme se joindra-t-il à moi ?

— Je ne crois pas. Même si vous lui chantez *Dixie*. Paul Prudhomme est à La Nouvelle-Orléans.

— Ainsi donc, ce sont deux illusions que vous me retirez d'un coup.

— Je ne chercherai pas à savoir lesquelles.

— Bonsoir, maître Chenier.

— Bonsoir, monsieur Cole.

Je sortis en chantant *The Battle Hymn of the Republic*[1] et, jusque dans l'ascenseur qui s'était mis à descendre, entendis Me Lucy Chenier rire à gorge déployée.

1. Soit : *Le Chant de guerre de la République*, hymne des nordistes pendant la guerre de Sécession.

3

Je mangeai du poisson-chat dans un restaurant recommandé par le cabinet de Lucy Chenier et descendis dans un motel Howard Johnson au pied de la digue. Je demandai une chambre avec vue sur le fleuve, on fut heureux de m'obliger. L'hospitalité sudiste...

Je commandai deux bières Dixie et restai à les boire en regardant les remorqueurs pousser de grandes ribambelles de barges à contre-courant. Je me dis qu'à les observer assez longtemps je finirais peut-être par apercevoir Tom, Huck et Jim en train de descendre le fleuve sur leur radeau. Sauf que, bien sûr, le trafic fluvial avait beaucoup changé depuis le début du XIXe siècle. À cette époque-là, on ne voyait guère que des bateaux à aubes et des péniches halées par des mules. Aujourd'hui, Huck et Jim auraient été contraints de manœuvrer entre des tankers et des porte-conteneurs japonais, au milieu d'un interminable couloir de déchets chimiques. Il n'empêche : je leur faisais confiance. Ils auraient su se montrer à la hauteur.

Le lendemain matin, je quittai ma chambre, repris ma voiture, passai sur l'autre rive du fleuve et, filant droit au nord, suivis l'autoroute d'État au milieu d'un paysage de plaines couvertes de plantations de coton et de canne à sucre, avec ici et là des villes qui s'appelaient Livonia et Krotz Springs. Des égreneuses de coton et des raffineries de sucre se profilaient à l'horizon, ces dernières crachant de maigres colonnes de vapeur qui remplissaient l'air d'une odeur amère. J'allumai la radio et laissai le scanner me dégoter une station. Il m'en trouva deux qui moulinaient du country, une où un type à la voix de fausset baragouinait en français et cinq autres qui parlaient religion, dont une où une femme affirmait que tous les enfants de Dieu naissaient méchants, vivaient comme des vauriens et mourraient comme des chiens. Elle hurla aussi qu'il fallait combattre le mal par le mal et que les forces de ce même mal étant présentement à sa porte et tentant de réduire au silence toutes les vérités chrétiennes qu'elle proclamait, il n'était qu'un seul moyen de les repousser : leur jeter le Démon du Dollar à la figure, en coupures de vingt minimum, svp, mais bon, oui, on acceptait aussi la MasterCard ou la Visa. Désolé, non, pas l'American Express.

Je quittai l'autoroute à Opelousas, puis repris vers le nord par une petite nationale à deux voies qui, d'après ma carte, longeait le bayou Mamou, dont l'eau d'un brun boueux semblait plus stagner que vraiment couler. Des roseaux queue-de-chat et des cyprès en bordaient la rive opposée, la plus proche de moi étant couverte d'herbe folle et de coquilles d'huîtres écrasées. Debout dans une barque à fond plat, une homme et une femme d'une vingtaine d'années godillaient le long des cyprès. Vêtu d'un tee-shirt frappé au sigle de l'université de Louisiane et d'une casquette de base-ball genre camouflage bien graisseuse et munie d'une visière froissée, l'homme se tenait à l'arrière et faisait avancer la petite embarcation à coups réguliers et mous comme de la mélasse. La femme portait une robe de plage de couleur claire, un chapeau de paille et de gros gants de travail. De temps à autre, tandis que son jeune compagnon continuait de godiller, elle tirait sur une ligne pour voir s'ils avaient attrapé quelque chose. Le jeune homme lui souriait. Je me demandai si John Fogerty[1] pensait au bayou Mamou lorsqu'il avait écrit *Born on the Bayou*.

1. Chanteur du groupe Creedence Clearwater Revival.

Je tombai sur un panneau d'affichage où il était écrit : LES CHEVALIERS DE COLUMBUS[1] VOUS SOUHAITENT LA BIENVENUE À VILLE PLATTE, ÉTAT DE LOUISIANE, BERCEAU DU FESTIVAL DU COTON, et la nationale cessa d'être une nationale pour devenir Main Street. Je passai devant des stations-service et une énorme église catholique, mais bientôt ce furent des banques, des magasins d'habillement, des quincailleries, une pharmacie, deux ou trois restaurants et une boutique de disques, bref, tout ce qui fait une petite ville du Sud. Bon nombre d'échoppes signalaient la tenue prochaine du Festival du coton. J'arrêtai le climatiseur, abaissai la vitre et commençai à suer. Quelle chaleur ! Plusieurs personnes étaient attroupées devant un boui-boui appelé La Porcherie, deux ou trois d'entre elles se gorgeant de ce qui ressemblait beaucoup à du travers de bœuf cuit au barbecue. Il faisait pas loin d'un million de degrés Fahrenheit et ces messieurs se gavaient de travers de bœuf en plein milieu de la journée ! En face de La Porcherie se trouvait une petite épicerie familiale ornée d'une pancarte qui proclamait NOUS VENDONS DU BOUDIN et d'une autre plus petite qui disait seulement FRITONS. Sous cette dernière quelqu'un avait écrit : *Sans cholestérol, ha ! ha ! ha !* Hilarants, ces Cajuns, non ?

Je roulai lentement et me demandai si l'un quelconque de ces individus avait des liens avec Jodi Taylor. Je les regardais en souriant, ils me renvoyaient mon sourire et moi, avec une impression bizarre, je cherchais les traits de Jodi Taylor sur leurs visages. Était-ce ses yeux que je voyais ? son nez ? Si elle s'était tenue à côté de moi et si personne ne l'avait jamais vue à la télé, quelqu'un l'aurait-il reconnue en passant et appelée par un autre nom ? Je compris soudain qu'elle devait parfois éprouver le même trouble.

Pour retrouver ses parents naturels, j'allais devoir poser des questions, mais à qui ? Je pouvais certes commencer par les médecins du coin, mais celui ou ceux qui avaient joué un rôle dans son adoption seraient légalement tenus de ne rien

1. Organisme de charité de l'Église catholique romaine fondé en Nouvelle-Angleterre.

me dire. Même chose pour le clergé local et les juristes du cru. Sans compter qu'ils me poseraient, eux aussi, des questions auxquelles je n'aurais aucune envie de répondre et me signaleraient aux flics qui, à leur tour, s'en viendraient me poser des questions du même tonneau. Or donc, que dalle côté sources de renseignements évidentes. Laisser tomber les questions et recourir au concept de ressemblance familiale pour retrouver lesdits parents naturels ? Coller des photos de Jodi dans toute la ville ? *Connaissez-vous cette femme ?* Sauf que, Jodi étant déjà célèbre, tout le monde la connaîtrait. Évidemment. Mais il y avait peut-être un biais. Lui faire porter un faux nez à la Groucho Marx quand je la prendrais en photo. Ça les feinterait tous. Sauf qu'alors ils pourraient la prendre pour Groucho Marx. Évidemment. Or donc, que dalle côté pif.

Il y avait trente-six ans de cela, une enfant était venue au monde et avait été confiée à l'Assistance publique. Ça ne devait pas être si commun dans une bourgade de la taille de Ville Platte. On avait dû en parler et il était tout à fait possible qu'on s'en souvienne encore. Les commérages sont les meilleurs amis du détective. Je pouvais donc poser des questions au hasard à X ou Y pourvu que X ou Y eût plus de cinquante ans, mais non : cela me paraissait un rien amateur. Un professionnel rétrécit son champ d'action. Bon, d'accord. Qui parle de bébés ? Réponse : les mamans. Tâche à accomplir : localiser des femmes qui auraient accouché trente-six ans plus tôt, aux alentours du 9 juillet. Le détective entre en action, et le voir ainsi à l'ouvrage inspire un grand effroi. Il a une mémoire d'ordinateur, ce mec. Un vrai Sherlock Holmes.

Je revins à l'épicerie à boudin, me garai le long du trottoir et entrai. Un gamin affublé d'un tee-shirt à l'effigie des Cajuns en colère de l'université de Louisiane se tenait derrière la caisse. Une Marlboro au bec, il lisait un magazine sur les bateaux de course. Il ne leva même pas la tête. À Los Angeles, il aurait déjà tendu la main vers sa pétoire.

— Comment va ? lui lançai-je. Où sont les journaux locaux ?

Du bout de sa cigarette, il m'en indiqua une pile posée à côté. J'en pris un et lus le titre. *La Gazette de Ville Platte, fondée en 1908.* Parfait. *Quotidien.* Encore mieux.

— Y a-t-il une bibliothèque municipale ? lui demandai-je encore.

Il tira sur sa Marlboro et me regarda en plissant les paupières. Teint pâle, cheveux blonds et clairsemés, léger duvet au-dessus de la lèvre, deux ou trois boutons d'acné sur le front. Costauds, les boutons. Dix-huit ans environ, voire un peu plus.

— Dites, vous avez une bibliothèque ? répétai-je.

— 'videmment. Où vous croyez-vous ? En Arkansas ?

L'Arkansas semblait faire beaucoup fantasmer.

— Et si vous me disiez comment y aller ? insistai-je.

Il se renversa en arrière sur son tabouret et croisa les bras.

— À la bibliothèque ? Laquelle ?

Un à zéro pour le péquenaud.

Six minutes plus tard, je faisais le tour de la grand-place, longeais une église presbytérienne en brique rouge et me garais devant la bibliothèque. Installé derrière le bureau de la réception, un Afro-Américain d'un âge certain empilait des volumes sur un chariot en métal gris. Une jeune femme aux cheveux tressés s'était installée à une table de lecture, un gamin qui boitait parcourait les rayons, la tête penchée à droite pour pouvoir déchiffrer les titres au dos des livres. Je gagnai le bureau et souris au bibliothécaire.

— La climatisation n'est pas de trop, dis-je.

Il continua d'empiler ses livres sur son chariot.

— Ça, dit-il. Comment allez-vous ?

Il était plus petit que moi et, du genre maigrelet, n'avait pas grand-chose sur le caillou, mais une pomme d'Adam proéminente et la peau très sombre. Il portait une chemise à manches courtes en tissu à carreaux et une cravate tricotée de couleur bordeaux. Une plaque posée sur le comptoir m'informa que j'avais affaire à M. Albert Parks.

— Avez-vous *La Gazette* sur microfilms ? lui demandai-je.

J'aurais pu passer aux archives du journal, mais on m'y aurait sans doute posé des questions embarrassantes.

— Oui, monsieur, dit-il.

Il cessa d'empiler des bouquins et se rapprocha du comptoir.

Je lui dis l'année que je cherchais et lui demandai s'il l'avait.

M. Parks partit d'un grand sourire et parut content de pouvoir m'aider.

— Ce n'est pas impossible, dit-il. Je vais voir à la réserve.

Il disparut entre ses piles de livres, revint avec un carton et me pria de le suivre jusqu'à une antique visionneuse de microfilms installée de l'autre côté des catalogues. Il sortit une bobine de son carton et l'empala sur la machine.

— Il y a vingt-quatre bobines dans ce carton, reprit-il, soit deux par mois. Je vous monte la première de janvier. Vous savez vous servir de cet engin ?

— Oui.

— Si la pellicule se coince, surtout ne forcez pas sur ce petit taquet. Les élèves de l'école s'en servent et n'arrêtent pas de déchirer la pelloche.

— Je ferai attention.

M. Parks regarda le carton en plissant le front et compta les bobines.

— Quelque chose qui ne va pas ?

— On dirait qu'il manque un mois, dit-il.

Il plissa encore plus le front, puis haussa les sourcils et me regarda.

— Y a plus le mois de mai. Vous en aviez besoin ?

— Non, je ne crois pas.

— Peut-être l'ai-je remise dans un autre carton.

— Je ne pense pas en avoir besoin.

Il hocha la tête d'un air pensif, me dit de l'appeler si j'avais besoin d'un coup de main pour le taquet et rejoignit son chariot à bouquins. Dès qu'il fut parti, je retirai le mois de janvier de la machine et fouillai dans le carton jusqu'au moment où je trouvai les deux bobines de juillet. Je montai la première et fis défiler la pellicule jusqu'au 9. C'était un mardi et personne n'avait eu de bébé. Je passai au 10, au 11, puis au 12, soit au vendredi suivant. Ce jour-là, il y avait trois avis de naissance, deux garçons et des jumelles. Les premiers étaient les fils de Charles et Claire Fontenot d'une part, et de William et Edna Lemoine de l'autre, les dernières les filles de Murray et Charla Smith. J'étais en train d'écrire leurs noms sur un bloc-notes lorsque M. Parks passa à côté de moi.

— Vous trouvez ce que vous voulez ? me lança-t-il.

— Oui, oui. Merci.

Il hocha la tête et s'éloigna d'un pas de promenade.

Je remontai la petite bobine jusqu'au début du mois, copiai les avis de naissance parus à la fin de la première semaine et en fis autant pour les mois de juin et d'août. Je parcourais encore les numéros de ce mois lorsque M. Parks arrêta son chariot à côté de moi et fit tout un cirque pour remettre de l'ordre dans les rayons et ne pas avoir l'air de s'intéresser à ce que je fabriquais. Je levai la tête et le surpris en train de regarder par-dessus mon épaule.

— Oui ? lui lançai-je.

— Hum, hum, me renvoya-t-il, et derechef il repartit avec son chariot.

Gêné, le mec. On s'ennuie pas mal dans ces bourgades.

Lorsque j'arrivai au bout du mois d'août, je me retrouvais à la tête de dix-huit noms. Je reposai les petites bobines dans leur carton, éteignis la visionneuse et rendis le carton à M. Parks.

— Ça ne vous a pas pris bien longtemps, me fit-il remarquer.

— Question d'efficacité. Efficacité et concentration sont les deux mamelles de la réussite.

— J'entends bien, dit-il.

— Y a-t-il un annuaire du téléphone ?

— À la table des usuels, juste à côté du catalogue.

Je gagnai la table des usuels et consultai l'annuaire. J'en étais à mon quatrième nom lorsque M. Parks me lança :

— Vous avez l'air de chercher quelqu'un.

Il était encore une fois debout derrière moi et regardait par-dessus mon épaule.

Je cachai ma liste avec ma main.

— C'est personnel.

Il plissa le front.

— Personnel ?

— Privé.

Il contempla ma main comme s'il essayait de voir au travers.

— Vous n'êtes pas d'ici, n'est-ce pas ?

— Non, dis-je. Je suis fonctionnaire fédéral. CIA.

Il parut offensé.

— Inutile d'être grossier.

J'écartai les doigts de ma main libre.

— Tout à l'heure, vous copiiez des avis de naissance et maintenant vous cherchez ces noms dans l'annuaire. J'ai l'impression que vous essayez de trouver quelqu'un. Je crois que vous êtes détective privé.

Génial. Le grand privé d'Hollywood se fait démasquer par un bibliothécaire de village. Il détourna les yeux.

— Je ferais peut-être bien d'appeler la police.

Je l'attrapai par le bras et fis semblant de regarder tout autour de moi, genre « je m'assure que la voie est libre ».

— Il y a trente-six ans, la personne que je recherche est née dans cette région et a été confiée à l'Assistance publique. Elle est atteinte de leucémie et a besoin d'une greffe de moelle épinière. Vous comprenez ce que ça veut dire ?

Il me répondit sans se presser.

— Il faut pas un parent du même sang pour ce genre d'opération ?

J'acquiesçai d'un hochement de tête. Jetez l'appât dans l'eau et des fois, ça mord. Ce monsieur avait des connaissances. Il devait en savoir un peu plus sur la greffe de moelle épinière. Peut-être pourrait-il parler avec ma cliente et, sinon avec elle, au moins avec son médecin. Après quoi, à condition qu'il ne me prenne pas pour un bandit, peut-être ces gens consentiraient-il à lui parler. Allait-il me demander si la leucémie dont je l'entretenais était du type chronique ou dans sa phase aiguë ? M'interroger sur le genre de globules blancs qu'elle fabriquait ? Innombrables étaient les questions qu'il était susceptible de me poser, et si certaines ne présentaient pas de grand danger, d'autres pouvaient très bien m'expédier par le fond.

Il regarda la main avec laquelle je lui cachais toujours ma liste, puis il m'observa et, je le vis, se mit en devoir de faire fonctionner sa mâchoire.

— J'ai remarqué certains de vos noms, reprit-il. Je connais quelques-unes de ces personnes. Cette femme, celle pour qui vous travaillez… elle va mourir ?

— Oui.

Il s'humecta les lèvres, tira une chaise à lui et s'assit à côté de moi.

— Je devrais pouvoir vous faire gagner du temps, reprit-il.

Sur les dix-huit noms que j'avais retenus, M. Albert Parks en connaissait quatre et nous en trouvâmes trois autres dans l'annuaire. Le reste avait déménagé ou trépassé.

Je recopiai les adresses et les numéros de téléphone des sept personnes qui habitaient toujours dans la région, M. Parks m'indiquant comment trouver celles qui vivaient aux alentours. Il me proposa d'appeler les quatre qu'il connaissait pour les avertir de ma visite, je lui dis que je n'y voyais pas d'inconvénient, mais ajoutai qu'il lui faudrait aussi leur demander de respecter la vie privée de ma cliente. Il m'assura que ces personnes le feraient, me souhaita de trouver un donneur de moelle pour ma cliente et me demanda de lui transmettre ses meilleurs vœux de guérison. Il parlait du fond du cœur.

M. Albert Parks ayant travaillé avec moi pendant près d'une heure, je quittai le calme et la fraîcheur de sa bibliothèque et m'enfonçai dans la chaleur humide de ce début d'après-midi en Louisiane. J'avais l'impression de ne plus faire que dix centimètres de haut.

Mentir est dégueulasse.

4

Sur les sept personnes de ma liste, quatre habitaient en ville, les trois autres résidant aux alentours. Je décidai de commencer par les citadins et de voir ce que ça donnait. M. Parks m'avait conseillé de démarrer avec Mme Claire Fontenot, qui, propriétaire du Tout à Dix Cents de l'autre côté de la place, était la plus proche. Il m'avait précisé qu'elle faisait partie des Meilleures Filles de Dieu. J'en avais conclu qu'elle était aussi gentille qu'aimante et probablement facile à manipuler. La version féminine de M. Albert Parks. En gagnant son magasin, je songeai soudain que je devrais peut-être laisser tomber ces histoires de manipulation et crier à la face du monde pour qui je travaillais et ce que je cherchais. Je pouvais même y gagner une meilleure opinion de moi-même. Évidemment, Jodi Taylor risquait, elle, d'avoir un avis différent sur la question, mais bon, hein ? J'allais certes m'immiscer dans sa vie privée et violer la confiance qu'elle m'avait accordée, mais qu'était-ce, comparé à l'estime de soi ? Elvis Cole, le détective des années quatre-vingt-dix, réconfortant le petit enfant qu'il portait en lui ?

Débarquer au Tout à Dix Cents me donna l'impression de remonter le temps. Scotchées et rescotchées sur la porte et la vitrine, des réclames en carton pour les Pilules Carter pour le foie et la Crème capillaire Brylcreem – « un rien vous coiffe ! » –, sans parler de l'Antiseptique du Dr Tichnor, occupaient toujours la place où on les avait mises quarante ans plus tôt. Certaines avaient pâli au point d'être illisibles.

Assise sur un tabouret derrière le comptoir, une grosse fille qui arrivait au terme de son adolescence lisait un numéro du magazine *Allure*. Elle leva la tête en m'entendant entrer.

— Bonjour, lui lançai-je. Mme Fontenot est-elle là ?

— Mademoiselle Claire ! cria-t-elle.

Une femme imposante âgée d'une soixantaine d'années parut dans l'allée centrale, une boîte de cartes Hallmark dans la main.

— Madame Fontenot ? Je m'appelle Elvis Cole. Je crois que M. Parks vous a téléphoné à mon sujet.

Elle me regarda de la tête aux pieds. Méfiante.

— C'est juste, dit-elle.

— Je peux vous parler cinq minutes ?

Elle m'examina encore, posa sa boîte de cartes et me conduisit au fond du magasin. Elle semblait se déplacer avec raideur, comme si tout son corps était coincé.

— M. Parks m'a dit que vous vouliez des renseignements sur une enfant qu'on aurait confiée à l'Assistance publique pour adoption.

Elle avait parlé en haussant les sourcils d'un air soupçonneux : elle n'aimait pas mes pratiques.

— Voilà, lui répondis-je. C'est à l'époque où Max est né.

Elle avait eu un fils, Max Andrew, seize jours avant la naissance de Jodi Taylor.

— J'ai peur de ne rien savoir là-dessus. Mes enfants, moi, je les ai tous gardés.

Vas-y, Elvis, ose donc lui dire le contraire. Elle parlait en serrant ses mains entre ses seins, mais c'était peut-être comme ça qu'on procédait quand on comptait parmi les Meilleures Filles de Dieu.

— Il ne s'agit pas d'un de vos enfants, madame Fontenot. C'est celui d'une autre femme. Peut-être la connaissiez-vous. Ou alors… par des commérages ?

Elle haussa encore les sourcils.

— Je ne commère pas, monsieur.

— Ville Platte est une petite bourgade, lui répliquai-je aussitôt. Être enceinte et pas mariée, ça arrive. Bien sûr, c'est rare, et les enfants abandonnés encore plus, mais… peut-être une de vos amies de l'époque en a-t-elle parlé. Une tante ? Vous voyez ce que je…

— Absolument pas. De mon temps, on ne tolérait pas ce genre de choses comme on le fait aujourd'hui. Quant à en discuter… Non, jamais.

Elle serra les mains encore plus fort et haussa les deux sourcils, l'air contrarié.

— Aujourd'hui, reprit-elle, tout le monde s'en moque. On fait tout et n'importe quoi. C'est même pour ça qu'on en est où on en est.

— En avant, Soldats du Christ.

Elle fit la grimace.

— Qu'est-ce que vous dites ?

Je la remerciai de m'avoir consacré quelques minutes et la quittai. Il m'en restait six autres à voir.

Evelyn Maggio vivait seule au deuxième étage d'un duplex à six rues du Tout à Dix cents. Sa demeure était du genre monstre en bardeaux blancs monté sur pilotis en brique rouge – en cas d'inondation. Pleine d'énergie, la dame approchait de la soixantaine. Deux fois mariée et divorcée, elle avait des dents minuscules et trop de maquillage. Elle me montra ses dents lorsque j'entrai, m'agrippa le bras et me lança :

— Dieu, mais que vous êtes beau garçon !

Elle parlait avec un accent traînant, un peu à la manière d'Elly May Clampett, et sentait le bourbon.

Je passai près de trois quarts d'heure avec elle, temps pendant lequel elle m'appela onze fois « mon chou » et descendit trois tasses de café, *À la royale*[1]. Elle avait sorti un paquet de biscuits au sucre Nabisco et me dit qu'il n'y avait rien de mieux que de les tremper dans le café, mais attention : il fallait faire gaffe de ne pas les y laisser trop longtemps parce qu'ils risquaient de ramollir et de se briser. Sur quoi elle avait posé sa main sur mon bras et ajouté : « Les biscuits tout mous, c'est pas bon, mon chéri, moi, les trucs tout mous, j'aime pas vraiment. » Déjà déçue de constater que ce n'était pas de ça que je voulais lui causer, elle l'avait été encore plus en me

1. Auquel on a ajouté du cognac.

voyant partir lorsque je m'étais rendu compte qu'elle n'avait jamais entendu parler d'un nouveau-né qu'on aurait abandonné. J'emportai mes deux biscuits – et fus bien déçu moi aussi.

Je passai les vingt-deux minutes suivantes avec Mme C. Thomas Berteaux. Elle avait, elle, soixante-douze ans et, maigre comme un clou, tenait absolument à m'appeler Jeffrey. Elle était sûre et certaine que je lui avais déjà rendu visite et me demanda si j'avais toute ma tête lorsque je lui annonçai que je n'avais jamais mis les pieds à Ville Platte avant ce jour. Oui, j'avais toute ma tête. Elle insista : je lui avais déjà parlé de cette histoire d'adoption. Je voulus savoir si elle se rappelait la réponse qu'elle m'avait faite. « Bien sûr que oui, Jeffrey ! s'écria-t-elle. Tu l'as oubliée ? Je ne me souvenais de rien, et ça n'a pas changé. » Elle avait dit ça en souriant, je lui renvoyai son sourire. Puis je me servis de son téléphone pour appeler Mme Francine Lyons qui me dit tout le plaisir qu'elle aurait eu à me voir. Malheureusement, elle était sur le point de sortir. Pouvais-je la rappeler plus tard ? Je l'assurai que oui, mais de son propre chef elle ajouta que, M. Parks lui ayant parlé d'une histoire de bébé adopté, non, elle ne savait rien de tout ça. Il n'empêche : comme elle me l'avait déjà dit, elle serait très heureuse de me voir un peu plus tard. Je lui répondis que ça ne serait pas nécessaire et la rayai de ma liste. On se souvient de quelque chose ou on se souvient de rien. Mme C. Thomas Berteaux, qui m'observait depuis son fauteuil, me dit alors :

— Qu'est-ce qu'il y a, Jeffrey ? T'as l'air déçu.

— Y a des jours où rien ne marche, lui répondis-je.

Elle acquiesça gravement de la tête.

— C'est vrai, Jeffrey, il y en a. Cela étant, pourquoi n'irais-tu pas voir Mme Martha Guidry ?

— Martha Guidry ?

Elle ne figurait pas sur ma liste.

— Elle était sage-femme à l'époque et, si je me rappelle bien, très connue et j'me-mêle-de-tout. Elle pourrait savoir des trucs.

Puis elle parut sombrer dans ses pensées et ajouta :

— Évidemment, il se pourrait aussi qu'elle soit morte.

Je me tirai.

Quatre oui, quatre non, et rien ou presque côté pièces à conviction. Il me restait quatre nanas à voir et si ça continuait sur cette lancée, je risquais fort de me retrouver à la case départ. Pas très bon, cette affaire. La clé semblait se trouver aux archives d'État, et celles-ci étaient sous scellés. Cesser de traquer les antécédents médicaux de Jodi Taylor et trouver un moyen de me faire ouvrir ces documents ? Débouler dans les bureaux de l'administration fédérale et, sous la menace de pistolet, contraindre deux ou trois fonctionnaires à me les passer ? Bien sûr, la méthode risquait de m'expédier dans l'autre monde, à tout le moins dans la prison la plus proche, mais n'était-ce pas mieux que de m'obstiner à questionner des femmes qui m'appelaient Jeffrey ? Naturellement aussi, parce qu'ils étaient vieux de trente-six ans, ces documents avaient toutes les chances d'être enfouis sous trente-six ans de paperasses et de traîner dans les caves obscures d'un bâtiment fédéral dont on avait oublié jusqu'à l'existence. Allais-je avoir besoin d'Indiana Jones pour les retrouver ?

Je décidai de réfléchir à la question en déjeunant.

La Porcherie était une bâtisse en parpaings blancs où des pancartes écrites à la main informaient la clientèle de ce qu'elle pouvait espérer manger, deux ou trois fenêtres-guichets lui permettant de passer commande. Les gens qui faisaient la queue sur le trottoir étaient du genre maigrichons à la peau repoussante et bonnes femmes pâles et grassouillettes des avant-bras : trop de trucs frits dans la nourriture. Tout le monde buvait de la bière Dixie, tout le monde mangeait dans des assiettes en carton, tout le monde riait beaucoup. Il est vrai que bouffer du travers cuit au barbecue par cette chaleur exige une certaine dose d'humour.

D'un volume proprement extraordinaire, une Noire aux dents d'un blanc étincelant parut à la fenêtre et me lança :

— C'est quoi, la commande ?

— Vous avez du boudin ?

Ça faisait des années que j'avais envie d'essayer. Elle me sourit d'un air joyeux.

— Allons, coco, me dit-elle, c'est nous qu'on a le meilleur boudin d'Evangeline Parish.

— C'est pas ce qu'ils disent à Mamou.

Elle rit.

— Comme si qu'ils savaient de quoi qu'y causent ! Essaie not' boudin et j'te jure que tu foutras plus jamais les pieds à Mamou. Magique qu'il est, not' boudin. T'auras plus jamais bobo.

— Bon. Vous m'en mettez deux ? Et du travers avec un peu de sauce, du riz sale [1] et une bière.

Elle hocha la tête d'un air satisfait.

— Ça va t'arranger comme il faut.

— J'ai besoin d'être arrangé ?

Elle se pencha vers moi et posa deux doigts sous son œil.

— Elle voit clair, la Dottie. Elle sait.

Ses yeux pétillaient si fort lorsqu'elle hurla ma commande à la cuisine que je souris avec elle. Dans le coin, il n'y avait pas que la bouffe qui réconfortait.

Les voitures roulaient en donnant de grands coups de klaxon, les gens qui mangeaient leur faisant des signes auxquels les gens qui se trouvaient dans les voitures répondaient par d'autres signes. À croire que tout le monde se connaissait. J'observais la scène lorsqu'une Mustang décapotable blanche flambant neuve passa lentement devant nous en vrombissant. Elle fit le tour du pâté de maisons et lorsqu'elle reparut, un vieux au fort accent français cria quelque chose que je ne compris pas. La Mustang repartit sur les chapeaux de roue. Le vieux n'aurait-il pas apprécié les rugissements du moteur ?

Deux ou trois minutes plus tard, Dottie me rappela à sa fenêtre, me tendit ma commande sur une assiette en carton grossier et me donna assez de serviettes en papier pour calfeutrer une maison entière. J'emportai mon assiette, posai ma Dixie au bord du trottoir et me mis au boulot. Dodu et juteux, ce boudin, et quand on y plantait les dents, c'était tout un univers de riz, de cochon, de poivre de Cayenne, d'oignons et

1. Riz cuit avec du foie, des oignons verts, des poivrons et du poivre de Cayenne.

de céleri qu'on y découvrait. Même par cette chaleur, de la vapeur en montait et me brûla le palais. J'avalai un peu de riz sale, puis j'attaquai le travers de bœuf. Le riz était lourd, glutineux et bourré de foies de poulet, le travers tendre, avec une sauce qui regorgeait d'ail et d'oignon. Les saveurs étaient si fortes et merveilleuses que, tout ragaillardi, je mourus vite d'envie de me reprendre mon enquête. Même au risque de me faire appeler Jeffrey.

La Noire colla sa tête à la fenêtre et me demanda :

— Alors, bonhomme, qu'est-ce tu dis d'mon boudin ?

— Que j'te dise, Dottie. C'est pas à Ville Platte qu'on est. En fait, on est tous morts et c'est le paradis.

Elle sourit encore plus grand et hocha la tête : satisfaite, la dame.

— Dottie t'avait dit que ça t'arrangerait comme y faut et Dottie, elle sait.

Elle reposa son doigt sous son œil gauche, partit d'un énorme éclat de rire et se détourna enfin.

À deux heures moins dix, j'entrai dans la cabine téléphonique d'une station-service Exxon et appelai les deux dernières femmes de ma liste. Virginia LaMert n'était pas chez elle, mais Charleen Jorgenson me dit qu'elle serait heureuse de me voir.

Avec son deuxième mari, Lloyd, Charleen vivait dans une caravane double installée à trois kilomètres de Ville Platte, dans le bayou des Cannes. Calée sur des parpaings en ciment, la caravane me parut aussi minable que démesurée. Un bateau à fond plat reposait sur deux tréteaux au bout du jardin, et un chien de meute plein de tiques dormait tout enroulé à l'ombre de l'embarcation. Les Jorgenson s'étaient arrangé une petite allée en coquilles d'huîtres écrasées qui craquèrent bruyamment sous mes roues lorsque je m'y engageai. Le chien se rua sur ma voiture en aboyant et, debout sur ses pattes de derrière, tenta de me mordre par la vitre baissée. Un type qui devait avoir dans les soixante-dix ans sortit de la caravane pour mettre fin au vacarme.

— Ho là ! Ho là ! cria-t-il au chien en lui jetant une canette de soda à la tête.

Lloyd, sans doute. La canette rata sa cible et s'écrasa sur l'aile gauche de ma Ford Taurus.

— Oups ! dit Lloyd d'un ton chagriné.

Heureusement que c'était une bagnole de location.

Charleen me dit qu'elle aurait bien aimé m'aider mais que, non, elle n'avait aucun souvenir de ce que je lui racontais.

— Réfléchissez, madame Jorgenson, lui lançai-je. Vous êtes vraiment sûre de ne rien vous rappeler ?

Elle secoua la tête en sirotant son café.

— Sûre et certaine. Même que j'y ai déjà réfléchi quand l'autre type s'est pointé.

— L'autre type ? Quel autre type ?

— Un jeune mec qu'est venu ici y a quelques mois. Il m'a dit qu'il essayait de retrouver sa sœur.

— Mais encore ?

— Il était pas très gentil et il est pas resté longtemps.

— Avez-vous pu l'aider ?

— J'aurais bien aimé, mais j'ai pas pu. Il est devenu tellement grossier que Lloyd a fini par piquer sa crise.

Elle hocha la tête en regardant son mari d'un air entendu, comme si les crises de son bonhomme valaient le déplacement. Assis dans un gros fauteuil recouvert d'un dessus-de-lit, Lloyd s'était endormi pendant que nous parlions.

— C'est un donneur d'organes que vous cherchez, non ?

— Oui, m'dame. Pour une greffe de moelle épinière.

— Ah, dit-elle en secouant la tête, c'est terrible, ces trucs-là.

— Madame Jorgenson, le type qui est passé vous voir… il s'appelait pas Jeffrey, par hasard ?

Elle reprit du café pour réfléchir à la question.

— Peut-être, ouais. Il avait les cheveux roux. Tout graisseux et empilés sur son crâne.

Elle fit la grimace et ajouta :

— Ça, j'ai pas oublié.

— Bon, dis-je.

— Les rouquins, moi, y m'foutent toujours mal à l'aise.

Les conneries qu'on peut lâcher, quand même.

Je quittai la résidence de Charleen Jorgenson à quatre heures vingt-cinq et m'arrêtai à un magasin d'appâts et matériel de pêche en revenant en ville. Il y avait un téléphone à pièces sous un panneau qui proclamait : NOS VERS DE TERRE SONT EN FORME. J'essayai d'avoir Mme C. Thomas Berteaux pour lui demander si Jeffrey avait les cheveux roux, mais personne ne décrocha. Elle avait dû sortir. Je réessayai Virginia LaMert, mais là encore personne ne décrocha. Cette dame étant la dernière de la liste, si jamais elle ne me disait rien, il allait falloir remettre tout à plat. J'appelai les renseignements et leur demandai le numéro de Martha Guidry. On me le donna et j'appelai. J'étais encore en train d'écouter sonner son téléphone lorsque la Mustang blanche que j'avais vue passer devant La Porcherie entra dans le parking et disparut derrière le magasin.

Martha Guidry décrocha à la sixième sonnerie.

— Allô ?

Je me présentai et l'informai que Mme C. Thomas Berteaux m'avait suggéré de lui téléphoner. J'ajoutai que j'essayais de retrouver quelqu'un qui serait né dans les environs quelque trente-six ans plus tôt et demandai la permission de lui rendre visite. Elle n'y vit pas d'objection. Elle me donna son adresse, m'indiqua le chemin à suivre et précisa que, vu son âge, j'allais devoir me grouiller, sous peine de la trouver morte en arrivant. Je me dis que Martha Guidry allait beaucoup me plaire.

Je remontai dans ma voiture et suivis les instructions de la sage-femme. Me faisais-je des idées pour la Mustang ? Encore un effet de la chaleur ?

J'avais à peine parcouru un kilomètre lorsqu'elle doubla un camion des laiteries Kleinpeter et me colla au train. Elle s'approcha même si près que je vis le chauffeur dans mon rétroviseur. Banane de douze centimètres de haut et rouflaquettes tellement effilées qu'on aurait pu s'y couper.

Un rouquin, oui.

5

Le type de la Mustang ne permettait à personne de se mettre entre nous, comme s'il voulait me suivre et se croyait obligé de me coller aux fesses pour le faire. Il portait une chemise à manches courtes relevées et conduisait en laissant pendre son bras gauche à la portière. Genre.

Je quittai la nationale et repris la direction de Ville Platte, la Mustang m'imitant aussitôt. J'entrai dans une station-service et me fis faire le plein en discutant pêche avec un gamin à l'uniforme bien graisseux. La Mustang passa devant la station pendant que le gamin me mettait au courant des pratiques locales et, deux ou trois minutes plus tard, s'arrêta au coin de la rue suivante – et attendit. Pour me suivre, il me suivait.

Je traversai la ville sans forcer et le laissai me filer le train. Je pilai à deux feux rouges et chaque fois il s'arrêta juste derrière moi, en faisant très fort semblant de regarder ailleurs. Le coup de l'autruche : je te vois pas, donc tu me vois pas, vu ? Comment ne pas rire ? C'était quelque chose, ce mec. À un carrefour, un jeunot au volant d'un pick-up rouge Isuzu essaya de passer derrière moi, mais le type à la Mustang grilla le feu et klaxonna comme un dingue pour lui couper la route. Je me demandai si j'étais censé remarquer.

Une voie de chemin de fer traversait le centre-ville. Les rails étant plus hauts que la chaussée, qui n'était plus de la première jeunesse, tout le monde ralentissait pour les franchir en douceur. De l'autre côté se trouvaient deux rues transversales bordées de magasins et, un peu plus loin encore, un petit pont permettant de passer sur la rive opposée du bayou. On avait fini sa journée, des voitures attendaient à presque tous les carrefours.

Je franchis les rails sans me presser puis, écrasant brusquement le champignon, laissai assez d'espace derrière moi pour qu'une femme au volant d'une Acura bleu ciel puisse se glisser entre nous. La Mustang la rattrapa tout de suite et déboîta, mais il y avait trop de voitures venant en sens inverse pour doubler. Je serrai à droite sur le bas-côté, doublai cinq ou six voitures, puis revins sur la chaussée, doublai encore un camion de pain par la droite et entrai dans le parking d'une laiterie Dairy Queen. Impossible que le rouquin m'ait vu doubler le camion. Je fis le tour du Dairy Queen, mis au point mort, descendis à toute allure et passai devant deux ou trois jeunes qui sirotaient du chocolat dans une Coccinelle modèle 69. Le type à la Mustang se traînait toujours derrière l'Acura, klaxonnant tout ce qu'il savait et, un coup à droite, un coup à gauche, essayait désespérément de la doubler. Pour finir, la femme en eut tellement marre qu'elle s'arrêta sur le bas-côté. Il passa comme une flèche, lui fit un bras d'honneur en lui gueulant de sortir son nez de son trou du cul si elle voulait y voir clair et fonça sur la bande d'arrêt d'urgence en expédiant de la poussière, des gravillons et des bouts de coquilles d'huîtres dans tous les coins. Je notai son numéro, regagnai ma Ford Taurus et repris la route qui conduisait chez Martha Guidry. De temps en temps je vérifiais encore dans mon rétroviseur, mais non : la Mustang avait disparu. À se flanquer des gifles, ce mec.

Je gagnai le centre d'Evangeline Parish en longeant des bosquets touffus et des champs de patates douces. La route était bordée de petites maisons en préfabriqué avec des tas de poulets, de bouteilles de gaz et de bagnoles rouillées dans la cour. Martha Guidry habitait une de ces maisons, juste en face d'un marchand de fraises. Petite et osseuse, elle avait une peau comme de la soie froissée et des lunettes pour la cataracte qui lui faisaient de gros yeux globuleux. Elle portait une robe de chambre élimée, des chaussettes et des chaussons, et tenait une bombe taille économique de

Tue-Cafards et Fourmis de la marque Raid lorsqu'elle m'ouvrit la porte. Elle cligna des yeux derrière ses verres épais.

— Monsieur Cole ?

— Oui, madame. Je vous remercie de me recevoir.

Elle poussa la porte-moustiquaire et me dit de la refermer vite, sans quoi des tas de bestioles entreraient avec moi. Dès que ce fut fait, elle vaporisa les alentours de la porte à grands coups d'atomiseur.

— Ça leur apprendra, à ces petits salopiauds.

Je traversai la pièce pour échapper au nuage d'insecticide.

— Vaudrait mieux pas trop respirer ce truc-là, lui fis-je remarquer.

Elle écarta l'objection d'un geste de la main.

— Bah... depuis le temps ! Vous voulez un pepsi ?

— Non merci, madame.

Elle me montra le canapé du bout de son atomiseur.

— Asseyez-vous là, reprit-elle. J'en ai pour une minute.

Je songeai qu'elle allait quand même me donner mon pepsi. Mais dès qu'elle fut dans sa cuisine, j'entendis un grand *plaf*, puis ces mots :

— Enfin, j'te coince, petit fumier !

L'avantage de mon boulot, c'est qu'on y rencontre des gens vraiment intéressants.

Elle revint avec deux gobelets en plastique, une seule boîte de pepsi et son flacon de Raid. Elle posa les gobelets sur la table basse, décapsula le pepsi, en versa l'essentiel dans un gobelet et le reste dans l'autre et me tendit le plein.

— Bien, et maintenant, qu'est-ce que vous voulez savoir ? me demanda-t-elle.

Je soulevai mon gobelet, mais remarquai un truc qui me parut incrusté dans le glaçon. Je fis semblant d'avaler une gorgée et reposai mon gobelet sur la table.

— Mme Berteaux m'a dit que vous étiez sage-femme.

Elle acquiesça d'un signe de tête, ses yeux traquant les bestioles qui auraient pu se réfugier dans les hauteurs de la pièce.

— Ouais, ouais, dit-elle. Ça fait des années que c'est fini, bien sûr, mais autrefois…

— Il y a trente-six ans de ça, le 9 juillet, un bébé est né dans la région et a été aussitôt remis à l'Assistance publique pour adoption, lui dis-je. L'enfant était probablement illégitime, mais je n'en suis pas sûr.

Elle plissa les paupières derrière ses loupes.

— Et c'est moi qui l'aurais mis au monde ?

— Je ne sais pas. Mais si ce n'est pas vous, peut-être avez-vous entendu parler de cette affaire.

Elle prit un air pensif.

— Ça fait une paie, tout ça.

— Oui, lui répondis-je, et j'attendis qu'elle ait fini de réfléchir.

Avec tous les neurones qu'elle avait dû se faire bouffer par son insecticide, ça ne devait pas être facile.

Elle se gratta la tête, s'absorba dans sa tâche, puis me donna soudain l'impression d'avoir remarqué quelque chose à l'autre bout de la pièce. Elle reposa son pepsi, ramassa son atomiseur, traversa le séjour sur la pointe des pieds pour aller scruter les ténèbres derrière le poste de télévision. Je me préparai à retenir mon souffle.

— Ignobles, ces bestioles, dit-elle, mais elle s'abstint de tirer dans le tas.

Fausse alerte. Elle regagna son fauteuil et s'assit.

— Vous savez quoi ? Ça me rappelle vaguement quelque chose.

— Bon, dis-je.

— Y avait des gens qui vivaient pas loin du Nezpique, reprit-elle.

Elle hocha la tête en y repensant, ses doigts caressant lentement son atomiseur.

— Ils avaient eu une petite fille. Ouais, c'est ça. Ils l'ont abandonnée.

De mieux en mieux.

— Vous vous rappelez leur nom ? lui demandai-je en continuant d'écrire.

Elle fit la moue, puis secoua lentement la tête en essayant de remettre de l'ordre dans ses souvenirs.

— Je me rappelle que c'était une famille nombreuse. Le père était pêcheur, enfin… un truc comme ça. Ou bien alors métayer. Ils vivaient dans le bayou. Par là, sur les bords du Nezpique. Mais la gosse était pas une bâtarde. C'est juste qu'ils avaient trop de bouches à nourrir.

— Vous avez un nom ?

Elle secoua la tête d'un air triste.

— Non, je suis désolée. Je l'ai sur le bout de la langue et y a pas moyen que ça sorte. C'est ça, la vieillesse : y a tout qui s'barre. *Là !*

Elle fonça droit sur une plante en pot sous la fenêtre et lâcha la purée. Des nuages d'insecticide l'enveloppèrent tandis que je gagnais la porte et respirais un grand coup en mettant la tête dehors. Son affaire faite, elle alla se rasseoir dans son fauteuil. Toute la pièce puait le kérosène et les produits chimiques.

— C'est quelque chose, ces machins-là, vous trouvez pas ? lui dis-je.

Elle hocha la tête d'un air supérieur.

— C'est qu'ils vous foutraient à la porte de chez vous, vous savez ?

J'entendis un crissement de pneus. Une voiture qui se garait. Pas devant chez elle, juste un peu plus loin dans la rue. Je regagnai la porte. La Mustang blanche venait de s'arrêter en face, à côté de chez le marchand de fraises.

— Madame Guidry, lui dis-je, vous a-t-on déjà posé des questions sur cette affaire ?

Elle secoua la tête.

— Non, non, dit-elle.

— Il y a quelques mois de ça ?

Elle prit de nouveau l'air pensif.

— Maintenant que j'y repense, oui, dit-elle enfin. Je crois bien qu'un type est venu me voir.

Elle fit la grimace comme si elle avait mordu dans un truc acide et ajouta :

— Ça, j'ai pas beaucoup aimé ses airs et moi, vous savez, il est pas question que je traite avec des gens que j'aime pas trop leur gueule. Ah, ça non ! La gueule des gens, ça dit beaucoup de choses et ce type-là… même que je l'ai flanqué dehors.

Je regardai par la porte de derrière.

— C'est lui ?

Martha Guidry me rejoignit à la porte-moustiquaire et plissa les paupières.

— Ben, ça alors ! Mais oui ! C'est lui ! C'est ce petit con, là ! Là, vous voyez ?

Elle poussa la porte et, son atomiseur haut brandi devant elle, chargea comme si elle avait vu le plus gros cafard de sa vie.

— Hé, vous ! hurla-t-elle. Qu'est-ce que vous foutez ici ?

— Ah, mon Dieu ! dis-je.

Elle descendit les marches en trombe et courut vers la chaussée. Je me demandai s'il fallait la plaquer avant qu'elle se fasse écrabouiller. La Mustang fila vers la nationale et reprit la route de Ville Platte. Martha Guidry freina des quatre fers et menaça le fuyard de son poing. Je lui dis :

— Martha, vous vous rappelez son nom ?

Elle remonta les marches d'un pas raide et souffla fort en clignant des yeux derrière ses verres épais. J'espérais ne pas avoir à appeler police secours.

— Jerry, dit-elle. Non, Jeffrey. Quelque chose comme ça.

— Ah, dis-je.

— Un petit merdeux, ajouta-t-elle. Pourquoi est-il venu ici, à votre avis ?

— Je ne sais pas. Mais je vais trouver.

Elle respira un grand coup, se secoua, puis me dit :

— Nom de Dieu de nom de Dieu, qu'est-ce que j'ai soif ! Vous n'êtes quand même pas le genre de petit crétin qui laisse boire les dames toutes seules, si ?

— Non, madame, lui dis-je, je ne suis pas ce genre de crétin-là.

Elle rouvrit la porte-moustiquaire et me fit signe d'entrer avec son atomiseur.

— Bon, alors, vous posez votre cul là-bas et on pinte.

6

À six heures vingt ce soir-là, je pris une chambre dans un motel de Ville Platte et appelai Lucille Chenier à son cabinet de Baton Rouge. Je n'eus guère à attendre plus de neuf à dix minutes avant qu'elle me lance :

— Oui ?

— Coucou. Qui c'est ?

Martha ne m'avait pas rationné sur l'Old Crow.

— Je suis très occupée, monsieur Cole. En quoi puis-je vous être utile ?

Y avait des gens qui avaient dû rater la distribution de produits hilarants.

— Votre cabinet pourrait-il me retrouver le propriétaire d'une voiture ?

— Évidemment.

Je lui donnai le numéro de la Mustang et lui parlai du rouquin.

— Et il posait des questions, lui aussi ? me demanda-t-elle.

— Oui.

J'entendis ses ongles marteler le dessus de son bureau. Elle réfléchissait.

— Étrange, dit-elle enfin. Je me demande pourquoi il vous aurait suivi.

— Dès qu'il me le dit, je rencarde les populations.

— Il vaudrait mieux que ça n'ait pas de rapport avec Jodi Taylor.

Ç'avait l'air de la chagriner.

— Je raconte aux gens que je cherche un donneur pour une greffe de moelle épinière. Dans les enquêtes de ce type, on est bien obligé de poser des questions. Et les gens parlent. C'est même le genre de trucs qui excite beaucoup les masses et les masses aiment bien faire partager leur excitation.

— Alors que ceux qui ont des secrets préfèrent les garder.

— Exactement. Mais je n'ai aucune raison de croire que certains m'auraient caché des choses.

— Sauf peut-être votre rouquin.

— C'est vrai que... Oui.

Elle m'informa qu'elle aurait ma réponse le lendemain matin à dix heures et raccrocha. Je regardai fixement mon téléphone et me sentis bizarrement insatisfait. Peut-être était-ce seulement tout le Raid que j'avais respiré. Qui sait si passer les trois quarts de son après-midi à respirer de l'insecticide en sirotant de l'Old Crow ne tend pas à augmenter l'impression de dissociation ? Sans parler de pousser fortement au sommeil.

À neuf heures dix-huit le lendemain matin, le téléphone sonna et Lucy Chenier me dit :

— Votre Mustang appartient à un certain Jimmie Ray Rebenack.

Elle me lut deux adresses, l'une et l'autre à Ville Platte.

— Bon, dis-je.

— M. Rebenack se déclare détective privé. Licence accordée il y a deux ans et demi.

Je souris.

— Si ce type est plus qu'une hallucination, c'est sûrement le champion des nullards.

— Avant d'exercer ce métier, il travaillait à plein temps dans une station-service Exxon d'Alexandria, en qualité de mécanicien. Sa déclaration d'impôts fait apparaître qu'il continue à gagner l'essentiel de ses revenus en effectuant des petits boulots de garagiste.

— Ouh là là, dis-je, vous ne chômez pas, vous !

— Notre cabinet est fort connu, monsieur Cole. Vous me tenez au courant ?

— Bien sûr, maître Chenier.

Elvis Cole, le détective pro, blablate comme un pro.

Je localisai les adresses de Rebenack sur mon plan de Ville Platte et me mis en devoir de retrouver mon rouquin. La première adresse était celle de son travail, la deuxième celle du lieu où il habitait, à savoir, lorsque j'y arrivai, un petit préfabriqué à deux étages sis à l'est de la ville, à quatre rues au nord d'une gare de triage de la Southern Pacific Railroad. Le quartier était ancien, et pas particulièrement flambant, avec des maisonnettes mal entretenues, des pelouses pleines de trous et des voitures et camionnettes du genre gouffres à essence fabriqués à Detroit et auxquelles un bon coup de peinture n'aurait pas fait de mal. La Mustang de Jimmie Ray était invisible.

Après avoir tourné deux fois autour du pâté de maisons, je gagnai son bureau, deux rues au nord de Main Street. Jimmie Ray exerçait au-dessus d'un commerce de fruits de mer. Le magasin était coincé entre un salon de coiffure et une échoppe de fripier, un petit escalier reliant les deux immeubles. Au pied du bâtiment, un tableau en verre et feutre noir indiquait les bureaux installés dans les étages.

Je refis le tour du pâté de maisons dans l'espoir de découvrir la Mustang, mais une fois encore me retrouvai bredouille. Je me garai au coin de la rue, puis revins au tableau. J'y lus les raisons sociales de cinq entreprises, la Jimmie Ray Rebenack Investigations étant la troisième du lot. À se cogner la tête contre les murs : me suivre dans toute la ville au volant d'une Mustang et s'imaginer que je ne m'apercevrais de rien !

Je traversai la rue et gagnai un café en face de la poissonnerie. Comptoir, six ou sept tables en formica, deux ou trois obèses en chemise de coton fin en train de boire du café en lisant le journal. Un distributeur de serviettes en papier à chaque table, à côté d'un flacon de Tabasco. Je m'assis près de la fenêtre et contemplai la poissonnerie jusqu'à ce qu'une costaude qui devait bien avoir cinq cent mille kilomètres au compteur au bas mot se pointe avec sa cafetière.

— Tu veux déjeuner, mon chou ?

— On dit deux œufs pochés, toast et maïs ?

— Blanc ou complet, le pain ?

— Complet.

Elle s'en alla sans rien écrire et me laissa siroter mon jus. Riche en arôme et mille fois plus fort que tous les cafés qu'on peut boire dans le reste du monde, il était du genre espresso cuit et recuit jusqu'à ne plus être que de la boue. De la boue du Mississippi, s'entend. Je fis semblant d'apprécier et m'en tirai plutôt pas mal, mais me demandai si on n'avait pas laissé le Tabasco sur la table pour adoucir un peu le breuvage. Puis je coulai quelques regards aux bonshommes qui m'entouraient. Bon, bien. S'ils arrivaient à boire ce truc, je devais bien pouvoir moi aussi.

La serveuse m'ayant apporté mon déjeuner, je lui lançai :

— Euh, hhmhmh, plutôt costaud, le café.

— Bof, fit-elle.

J'écrasai mes œufs dans mon maïs, y ajoutai un peu de beurre et fis descendre avec des bouts de toast. Le maïs était chaud et tendre et me permit d'avaler mon café sans trop de mal. Je continuai de regarder la poissonnerie. Des gens y entraient et en sortaient ; plusieurs fois même on monta les escaliers, mais jamais ce ne fut Jimmie Ray. Devant le magasin un grand panneau indiquait POISSON-CHAT ET CASSE-BURGOT, $ 1,89. Les clients en ressortaient souvent avec des sacs en papier que je pensais remplis de poissons-chats et de crabes, mais, à force de regarder, je finis par me demander ce qu'était le casse-burgot et pourquoi diable on pouvait avoir envie d'en manger. Peinte sur la porte, une autre inscription déclarait carrément : NOUS AVONS DES BOULETTES D'ORPHIE ! Ah, ces Cajuns ! Si c'est pas savoir vivre, ça !

J'arrivais au bout de ma troisième tasse de boue lorsque la Mustang de Jimmie Ray Rebenack descendit la rue en vrombissant et s'arrêta devant le parcmètre du magasin de vêtements. Jimmie Ray glissa quelques pièces dans la fente, puis monta l'escalier au petit trot. Il portait des jeans, un veste de cow-boy rouge et des bottes grises en peau de serpent. Sa banane semblant faire trente centimètres de haut, il avait dû passer l'essentiel de sa matinée à la mettre en place à grand renfort de fixateur.

Je lui donnai quelques minutes, réglai ma note au comptoir, laissai un gros pourboire et traversai la rue pour gagner le bureau de M. Jimmie Ray Rebenack.

Crasseux et lumpen, l'immeuble était badigeonné de peinture à l'eau et ses sols recouverts d'un linoléum qui partait en lambeaux. Ça sentait fort le poisson, comme si l'odeur en imprégnait les murs. Trois des bureaux donnaient sur la chaussée, trois autres surplombant la ruelle derrière la poissonnerie. Celui de Rebenack se trouvait au milieu. J'écoutai une seconde, n'entendis rien, et me glissai à l'intérieur.

Les pieds sur son bureau en bois blanc, Jimmie Ray regardait fixement un dossier lorsqu'il entendit enfin la porte qui s'ouvrait. Il me vit et se leva de son fauteuil comme si on lui avait versé de la bouillie de flocons d'avoine brûlante sur les genoux.

— Hé, mais ! dit-il.

— Jolies bottes, Jimmie Ray, lui lançai-je. On s'essaie au look Joey Buttafucco [1] ?

— Qui ça ?

Ville Platte était donc assez éloigné des centres où se fait la culture.

— Qu'est-ce que vous voulez ? reprit-il en remettant ses papiers dans son tiroir.

Subrepticement.

Les traits étaient anguleux, le cou grêlé et la peau toute rose, comme celle des vrais rouquins. Disons trois centimètres de moins que moi, mais musclé et mal dégrossi. Reste de son boulot de mécanicien à mi-temps, du cambouis s'était enfoncé dans la peau de ses phalanges. Il avait dû

---

1. Phonétiquement, « Joe Baisefesses ». Nom d'un malfrat condamné pour détournement de mineurs et sur lequel l'humoriste David Letterman fit beaucoup de plaisanteries à la télévision.

essayer de l'enlever au savon, mais le cambouis avait refusé de partir et semblait faire partie de son être. Un meuble classeur métallique gris et bas sur pattes occupait un coin de la petite pièce, en face de deux chaises de cuisine rembourrées. On aurait dit qu'elles étaient restées toutes les deux sous la pluie, et l'assise de l'une d'elles était rafistolée au chatterton. Tout le mobilier semblait acheté aux puces, ou à une vente aux enchères de matériel scolaire. Une photo de Tom Selleck en Magnum trônait sur le dessus du meuble classeur.

— Je veux savoir pourquoi vous me suivez, lui répondis-je.

— Ben, mais... qu'est-ce que vous racontez ? Je vous ai jamais filé, moi !

L'accent oscillait entre le cajun et le français de La Nouvelle-Orléans.

Je traversai le bureau et jetai un coup d'œil par la fenêtre. Vue sur les poubelles de la poissonnerie et, plus loin, sur un potager rempli de tomates. Un bocal de mayonnaise vide avec une tortue à deux têtes nageant dans de l'alcool ornait l'appui de la fenêtre. Un souvenir, sans doute.

— Vous vous appelez Jimmie Ray Rebenack, vous conduisez une Mustang de cette année, numéro 213 X 455, et possédez une licence de détective privé de l'État de Louisiane, numéro KAO 15 45 09.

Il se détendit. Je ne lui avais pas tiré dessus, ni même seulement allongé un marron. Sa surprise commençant à s'estomper, il reprit quelque assurance. Il arriva même à me décocher un sourire qui se tenait, genre Jack Nicholson, mi-ricanement, mi-moue de mépris. Il se rassit, se renversa dans son fauteuil et fit dans l'expansif.

— Alors comme ça, vous m'avez repéré ? dit-il. Vous devez être sacrément bon.

— Jimmie ! lui renvoyai-je. Un gosse de douze ans vous aurait démasqué ! Pourquoi me filez-vous ?

— J'ai appris que vous étiez ici et je voulais savoir pourquoi, vous voyez ? Et si y avait du fric à se faire, hein ? Enfin...

— Pourquoi avez-vous rendu visite à Martha Guidry, Claire Fontenot et Evelyn Maggio dans le courant de l'année dernière ?

Il fronça les sourcils et alla chercher des trucs dans une dent creuse avec le bout de sa langue. Nerveux, le monsieur.

— J'sais pas de quoi tu causes, mec.

— Allons, allons, Jeffrey.

Il me dévisagea comme s'il cherchait quelque chose à me dire, mais rien ne lui vint. Je lui souris.

— Feinté, non ?

Il fronça encore plus les sourcils. Pas jouasse du tout.

— Elles m'auront pris pour quelqu'un d'autre, dit-il.

— Avec des tifs pareils ?

Il se pencha en avant.

— Hé là, bonhomme, je suis chez moi, à Ville Platte. Je vais rien te lâcher, moi. Je sais que tu t'appelles Elvis Cole et que tu viens de Los Angeles. Je sais aussi que t'as pris une chambre au motel, là-bas, dit-il en me montrant du pouce. Alors tu vois ! J'suis pas nul non plus !

— Waouh ! m'écriai-je. On s'fait un petit concours ? Un petit match interdétectives catégorie poids moyens, championnat du monde ?

Je regardai la photo de Tom Selleck. Putain de Dieu.

— Et si c'était mon boulot de connaître ton boulot, hein ? Et si j'm'étais dit que vu que tu chasses sur mes terres, je pourrais m'immiscer, hein ?

Il se renversa de nouveau en arrière et me sourit comme si j'étais censé le croire.

— Ils se livrent pas facilement, les négros, tu sais ? Et moi, je sais y faire. Ça vaudrait pas un peu des ronds, ça ? Qu'est-ce que t'en dis ?

— J'en dis que t'es con comme une mule.

Il haussa les épaules comme s'il s'en foutait, puis j'entendis des pas sur les marches en linoléum. Les pas se rapprochèrent et la porte s'ouvrit. Un type d'une quarantaine d'années entra dans la pièce. Quelque chose de large obstrua le couloir derrière lui.

Jimmie Ray continua de me regarder en souriant d'un air malin, puis me lâcha :

— LeRoy, mon associé.

Il me montra la forme dans le couloir et ajouta :

— Et ça, c'est René. Oui, le truc derrière.

LeRoy ferma les paupières à demi et regarda Jimmie Ray comme si c'était le plus gros étron qu'il ait jamais vu. LeRoy faisait environ un mètre soixante-cinq. Peau brune et tannée qui commençait à se défaire, petits yeux ronds comme des billes noires. Il portait une chemise fine à carreaux et manches courtes et un pantalon en jean élimé. Un tatouage ornait son avant-bras, mais y disparaissait sous tant de poils raides que j'eus du mal à le voir. Une ancre ? Un bouledogue ? Il parut surpris de me trouver là, et pas particulièrement heureux.

— Qui c'est, ce con ? dit-il avec un très fort accent cajun.

Le sourire de Jimmie se fit moins confiant.

— C'est juste un mec, dit-il. Il s'en allait. Laisse-le passer, René.

René entra dans la pièce, juste derrière LeRoy. Je m'écartai aussitôt, comme on le fait lorsque quelque chose d'énorme vous passe tout près, disons une caravane ou une grosse bête africaine. René ne faisait guère qu'un mètre quatre-vingt-dix-quatre-vingt-quinze, mais son corps avait du volume. On dit la même chose de certains dirigeables. C'était comme si, par sa seule masse, il pouvait masquer le soleil. La tête était ronde, minuscule et couverte de cheveux blond cendré, et ses doigts aussi larges que mes poignets. Il portait des lunettes aux verres tachés de cochonneries et d'une épaisseur si monstrueuse que ses yeux en paraissaient extrêmement petits et lointains. Il avait des taches couleur foie sur les avant-bras, des oreilles horribles et une grosse bosse informe qui lui chevauchait le haut de l'épaule droite à la manière d'une deuxième tête. Sa peau évoquait l'écorce d'arbre.

— Putain de Dieu, répétai-je.

— C'est quelque chose, ce René, pas vrai ? renchérit Jimmie. Il bossait dans une foire de Bossier City. Le Monstre du Marais, qu'ils l'appelaient.

Jimmie Ray semblait l'aimer comme sa tortue à deux têtes. Comme un truc qu'on garde dans un bocal.

LeRoy regardait toujours Jimmie en plissant les paupières.

— Juste un mec, hein ? répéta-t-il. Tu t'engueules avec un mec qu'est juste un mec ? Ce que tu peux être con, quand même !

Jimmie Ray leva les bras en l'air, genre « Et alors ? ».

— C'est rien, mec. Ça baigne.

Le sourire astucieux retomba et tout le monde comprit qu'il avait peur.

LeRoy dit quelque chose en français.

Jimmie Ray acquiesça d'un signe de tête.

— Hé, Cole, me lança-t-il, je peux rien te dire, moi, d'accord ? Bon, et maintenant, j'ai du boulot. Allez, dehors !

LeRoy me fit le coup des paupières plissées.

— Qu'est-ce tu r'gardes, bonhomme ?

Rebenack fit le tour de son bureau et me prit par le bras.

— Allez, Cole, dehors. Faut que j'y aille.

Voilà qu'il essayait de me faire sortir et semblait très pressé d'arriver à ses fins.

— T'es sûr que ça va ? lui demandai-je.

Il me regarda d'un air étonné.

— Hé mais, ouais, *man*, ouais. Pas de problème.

LeRoy plissa les paupières encore plus fort, puis se tourna vers Rebenack.

— C'est qui, ce type ?

Retour sur moi.

— T'es son petit copain ?

— S'ils te font chier, tu pars pas avec eux, d'accord ? dis-je à Rebenack.

Ce dernier me fit signe de prendre la porte et se donna toutes les peines du monde pour me faire comprendre que tout allait bien.

— C'est juste des copains. En plus, ça te regarde pas, *man*. Allez, quoi, faut que je ferme, moi.

J'acceptai de partir, descendis l'escalier et retraversai la rue pour retrouver mon bistrot. Deux ou trois minutes plus tard, LeRoy, René et Jimmie Ray descendirent à leur tour et prirent place dans une Polara toute rouillée garée en double file. Lorsque René y monta, la voiture grogna un grand coup et mit quelque temps à retrouver ses ressorts. Puis ils s'en furent lentement, virèrent de bord, reprirent Main Street et tournèrent à gauche.

Je courus jusqu'au coin de la rue, sautai dans ma voiture, la poussai à fond dans la ruelle derrière la poissonnerie, m'arrêtai, descendis, grimpai sur le capot et regardai à droite et à gauche pour les retrouver. La Polara avait pris la direction du sud et abordait un virage trois rues plus loin. Une douzaine de véhicules nous séparaient. Je les suivis.

Jimmie Ray n'était peut-être qu'un étron, mais cet étron m'appartenait.

7

Les suivre ne posait guère de problème. Je leur filai le train jusqu'au sud de Ville Platte, quatre, voire six voitures se glissant parfois entre nous. LeRoy conduisant lentement, il y avait toujours une chiée de véhicules qui s'entassaient derrière lui, personne ne pouvant le dépasser à cause de l'étroitesse de la route.

À neuf kilomètres de la ville nous franchîmes un petit bayou, la file de voitures s'arrêtant presque entièrement lorsque LeRoy obliqua vers l'ouest. Personne d'autre ne l'ayant fait et le terrain étant soudain bien plat et sans un arbre, je ne m'engageai pas derrière lui. Était-ce donc des patates douces qu'on cultivait dans ces champs ? Qui sait ? Je me garai sur le bas-côté, attendis que la Polara ait disparu au loin et seulement alors pris à l'ouest à mon tour. Jimmie Ray aurait-il fait ce que j'étais en train de faire qu'il aurait laissé une voiture entre nous et se serait dit que je ne pouvais certainement pas le repérer étant donné qu'il avait mis la radio à fond. Bah. À supposer qu'il ait fait le pire détective du monde et moi le meilleur, karma oblige, il devait bien y avoir un terrain d'entente quelque part.

Environ quinze cents mètres plus loin, une petite route partait de la nationale et s'enfilait vite dans un portail surmonté de l'inscription ÉLEVAGE D'ÉCREVISSES ROSSIER, MILT ROSSIER PROPRIÉTAIRE. Protégés par des arbres enchevêtrés qui m'arrêtèrent, les bâtiments ne se voyaient pas de la chaussée. Sur laquelle, aussi loin que je regardais, je ne vis pas non plus trace de la Polara. Pas le moindre petit nuage de poussière. Hmhmm. J'entrai dans la propriété, fis encore quelques centaines de mètres, me garai sur le bas-côté et gagnai les arbres en courant.

Ceux-ci s'étendaient sur une profondeur de quelque cent mètres et donnaient, de l'autre côté, sur des champs que sillonnait tout un réseau de chemins en coquilles d'huîtres brisées. La Polara s'était garée au bout d'un bassin rectangulaire de la taille d'un terrain de football, un deuxième bassin de même forme et de même taille, et un troisième encore se trouvant derrière, près de deux ou trois bâtiments bas en parpaings. La Polara était flanquée d'une Cadillac Brougham blanche d'un côté et de la voiture de patrouille du shérif d'Evangeline Parish de l'autre. Jimmie Ray, LeRoy et René se tenaient au bord du bassin, à côté d'un type en uniforme brun de shérif. Ce dernier devait avoir dans les cinquante ans. Tout le monde semblait parler avec un gros type en pantalon bouffant, chemisette blanche bas de gamme et chapeau de paille. Il donnait l'impression d'avoir le même âge que le shérif, mais aurait pu être plus âgé et, on ne pouvait s'y tromper, se conduisait comme un contremaître. Il montra quelque chose du côté du bassin et tout le monde regarda. Il montra quelque chose dans la direction opposée, tout le monde tourna la tête dans ce sens. Enfin il s'appuya contre la Cadillac et croisa les bras. Milt Rossier, sans aucun doute. Le propriétaire.

Je les observai encore quelques minutes, puis je retraversai le bosquet, regagnai Ville Platte et me glissai à nouveau dans le bureau de Jimmie Ray. Rien n'y avait bougé. Calme et tranquille, la pièce sentait la crevette vivante et les bruits de la ruelle et des jardins en dessous y pénétraient doucement par la fenêtre ouverte. La tortue à deux têtes était laiteuse dans son bocal sur l'appui de la fenêtre, et Tom Selleck paraissait beaucoup s'ennuyer sur son meuble classeur. Je m'imaginais sans mal Jimmie Ray en train de regarder de vieux épisodes de *Magnum PI* où son héros conduisait des bolides et fait ami-ami avec des tas de jolies femmes. Aucun mal, non, à l'imaginer assis dans son petit duplex de Ville Platte et se disant soudain : Ben tiens, mais moi aussi, je pourrais le faire, avant de s'inscrire à un cours par correspondance sur « L'art et la manière de devenir détective privé ».

J'ouvris son bureau pour voir ce qu'il lisait. Les bruits de tondeuse s'évanouissant d'un coup, la pièce fut soudain très silencieuse : Jodi Taylor me souriait sur la couverture d'un numéro de *Music Magazine*. La couverture et l'article qui l'accompagnait avaient été découpés et accrochés ensemble à l'aide d'un trombone. L'article de *People* se trouvait juste en dessous. Je retins mon souffle, puis le laissai filer. Nom de Dieu ! Je fouillai le reste du bureau, mais il était vide. Je passai au meuble classeur. Deux boîtes de Dr Pepper se cachaient dans le tiroir du bas, avec un rouleau de papier-cul humoristique avec le visage de Jerry Falwell imprimé sur les deux faces. Cadeau des amis lorsque Jimmie avait inauguré son bureau. Le deuxième tiroir était vide, le troisième bourré de chemises à tringles de diverses couleurs, mais, petit problème, toutes aussi vides et propres que le jour où Jimmie Ray les y avait installées. Il y en avait cependant huit autres dans le tiroir du haut. L'une d'elles contenait la photo Polaroid d'une femme nue dont la tête disparaissait dans un sac en plastique Winn-Dixie. Des tas de mèches blondes s'échappaient du bas du sac et la femme me parut bien vulgaire avec toutes les bagues qui lui couvraient les doigts. Sa petite amie, sans doute. Dans une autre chemise, je trouvai un rapport de filature que Jimmie Ray avait établi pour le compte d'une certaine Mme Philip R. Cantera, laquelle Mme Philip R. Cantera était convaincue que son mari la trompait. Dans son rapport, Jimmie Ray disait avoir surpris plusieurs fois M. Cantera en grande intimité avec *a)* une jeune femme qui travaillait à la Cal's Road House et *b)* une autre jeune femme qui, elle, vendait de la bière au Rebel Stock Car Oval. Les trois chemises suivantes renfermaient des notes concernant des affaires similaires, deux d'entre elles portant sur des questions d'infidélité, la troisième traitant d'une histoire d'épicier qui soupçonnait un de ses employés de lui chaparder des trucs. Dans la sixième chemise étaient glissées d'autres photos de Jodi

Taylor découpées dans des revues, des journaux et ce qui me parut être des dossiers d'agences de presse, et là, brusquement, je découvris qu'au milieu de ces articles se trouvaient les photocopies des deux premières pages d'un document officiel par lequel Pamela E. Johnson et Monroe Kyle Johnson confiaient leur enfant, Marla Sue Johnson, à la garde de l'État de Louisiane, l'affaire s'étant déroulée quelque trente-six ans plutôt, un 11 juillet pour être exact. Le document était incomplet et ne comportait pas de signature. L'acte de naissance de Jodi Taylor y était attaché, avec un deuxième certificat de naissance qui, celui-là, mentionnait que Marla Sue Johnson était la fille de Pamela E. Johnson et de Monroe Kyle Johnson, et qu'elle était née le 9 juillet. Le même jour que Jodi Taylor.

Nom de Dieu !

Une adresse écrite au crayon figurait au dos du certificat de naissance : 1146 Tecumseh Lane. Je la recopiai.

L'œil fixe, je regardai longtemps le certificat de naissance et l'acte d'abandon du bébé à l'État de Louisiane, puis je remis tout en place dans le bureau, me glissai dehors et m'en allai retrouver l'odeur de la crevette mouillée dans la petite cafèt' d'en face. Même cuisinier au nez grêlé derrière le comptoir, même vieillard tout grinçant et coiffé d'une casquette à visière amovible en train de fumer une cigarette en regardant par la fenêtre. Digne, le grand-père.

— J'peux passer un coup de fil ? demandai-je.

Il y avait un téléphone à pièces près des toilettes.

Le cuisinier me fit signe d'y aller. Me regarder gagner l'appareil lui donnait quelque chose à faire.

Je glissai un quarter dans la fente et appelai Martha Guidry. Elle décrocha à la deuxième sonnerie.

— Martha, lui dis-je, c'est Elvis Cole.

— Quoi ?

Le Raid.

Je fus bien obligé de hurler.

— C'est Elvis Cole ! Vous vous rappelez ?

Le cuisinier et le vieillard me regardèrent. Je posai la main sur l'écouteur.

— Elle est dure d'oreille.

Le cuisinier hocha la tête et ajouta que c'était moche quand ils en arrivaient là.

Martha Guidry hurla elle aussi.

— J't'ai bien eu, petit fumier !

— Martha ?!

Il fallait qu'elle revienne au téléphone.

Quelque chose s'écrasa par terre. Martha reprit la ligne, la fatigue la faisant respirer plus fort.

— Vous êtes allé à la selle ? Non, parce que je sais bien ce que c'est quand je voyage, moi. Il suffit que je traverse la rue pour plus faire la grosse commission pendant huit jours.

Un vrai régal, cette Martha.

— Les gens dont je vous parlais… ils s'appelaient pas Johnson ?

— Johnson, répéta-t-elle.

— Oui. Pamela et Monroe Johnson.

Grand bruit de claque.

— Si vous voyiez la taille qu'il a, ce cafard !

— Les Johnson, Martha. S'appelaient-ils Johnson ?

— C'est pas impossible. Des p'tits Blancs qui vivaient à côté d'ici. Mais, ah… Ça fait des années que Pam Johnson est morte.

Je la remerciai de son aide, raccrochai et regardai l'adresse que j'avais recopiée. 1146 Tecumseh Lane. Je glissai un deuxième quarter dans la fente et appelai les renseignements. Une agréable voix de femme me demanda :

— Comment allez-vous aujourd'hui ?

Jeune, sans doute.

— Pourriez-vous me donner le numéro de Pamela ou Monroe Johnson, dans Tecumseh Lane ?

Elle garda le silence pendant un bon moment, puis me dit :

— Non, monsieur. Mais nous avons d'autres Johnson.

— Aucun Johnson dans Tecumseh Lane ?

— Non, désolée. Je n'ai pas plus de Pamela ou de Monroe Johnson que de Tecumseh Lane.

Je raccrochai.
— Pas de chance ? s'enquit le cuisinier.
Je secouai la tête.
Le vieux assis à la fenêtre marmonna quelque chose en français.
— Qu'est-ce qu'il dit ?
— Il aimerait savoir ce que vous cherchez, me répondit le cuisinier.
— J'essaie de trouver le numéro de téléphone de Monroe et Pamela Johnson. Je crois qu'ils habitent dans Tecumseh Lane, mais je ne sais pas trop où ça se trouve.
Le cuisinier lui ayant redit tout ça en français, le vieux lui répondit quelque chose qui déclencha une bonne petite discussion entre eux. Enfin le cuisinier me lança :
— Il ne connaît pas vos Johnson, mais il dit qu'il y a une Tecumseh Lane à Eunice.
— Eunice ?
— Oui. C'est à une trentaine de kilomètres d'ici, vers le sud.
Ah.
Je souris au vieil homme.
— Remerciez-le pour moi.
— Oh, il vous comprend sans problème, c'est juste qu'il est pas génial en anglais, me répondit le cuisinier.
Je hochai la tête en direction du vieillard et lui dis :
— *Merci*[1].
Le vieillard souleva sa casquette. Digne, le grand-père.
— *Y a pas de quoi*[2], dit-il.
On prend sa chance où on la trouve.
Je regagnai ma voiture, cherchai Eunice sur la carte de l'American Automobile Association et m'y rendis. Comme aux environs de Ville Platte, la campagne n'était que plaines striées de bayous, d'étangs et de chenaux à usage industriel. Les champs de patates douces y alternaient avec des marécages couverts de pipelines et de stations d'épuration.

1. En français dans le texte.
2. En français dans le texte.

Le bourg était plus important que Ville Platte, mais pas de beaucoup, l'ensemble donnant l'impression d'une agglomération proprette et agréable, avec beaucoup d'églises, d'écoles et de bâtiments un rien démodés.

Tecumseh Lane se trouvait dans un vieux quartier résidentiel fait de maisonnettes en bois entourées de buissons d'azalées fort joliment taillés. À égale distance des deux bouts de la rue, le 1146 comportait une petite pelouse sur le devant, une vieille allée à deux voies en ciment et une grande véranda en bois. Comme toutes celles des alentours, la maison était montée sur des pilotis en briques si élevés que, le terrain étant par ailleurs complètement plat, il fallait grimper trois ou quatre marches pour pouvoir entrer.

Je me garai le long du trottoir, montai l'escalier et frappai à la porte. Une vieille Noire revêtue de ce qui me parut être un uniforme blanc d'infirmière vint m'ouvrir.

— Vous désirez ?

Je la gratifiai d'un de mes plus beaux sourires.

— Madame Johnson ?

— Oh, non, pas du tout, me dit-elle.

— Je cherche M. et Mme Johnson. On m'a dit qu'ils habitaient ici.

Derrière elle, ça sentait le médicament et le déodorant senteurs forestières.

Je n'avais pas fini ma phrase qu'elle hochait déjà la tête.

— Faudrait que vous voyiez Mme Boudreaux. C'est pour elle que je travaille.

— Mme Boudreaux ? Qui est-ce ?

— La propriétaire.

Un bruit mou et humide monta des profondeurs de la maison, un vieillard à la voix râpeuse se mettant à parler de poires. La Noire fit un petit pas en avant et ferma la porte pour que je n'entende pas.

— Mais elle n'habite pas ici, reprit-elle. Elle ne fait que passer le matin et l'après-midi.

Je pris mon air paumé. Ce n'est jamais très difficile.

— Les Johnson ont déménagé ? lui demandai-je.

— M. Johnson est son père. Autrefois elle louait la maison, mais maintenant c'est lui qui y habite.

Elle referma complètement la porte et baissa la voix pour me mettre dans la confidence.

— Il peut plus vivre tout seul et ils voulaient pas le mettre en maison de retraite. Mais comme il pouvait pas vivre avec eux non plus…

Elle haussa les sourcils et ajouta :

— Il est très malade.

— Ah, dis-je. Et donc, c'est bien M. Johnson qui habite ici.

Elle acquiesça d'un signe de tête et me dit :

— Il a quatre-vingt-sept ans, le pauvre, et il a des crises. Le diable en personne que c'est, quand ça arrive.

Le vieillard hurla encore un coup dans la maison : la télé ceci, Bob Barker cela, et ces putains de poires autre chose.

— Et Mme Johnson ?

— Oh, elle est morte il y a des années de ça.

Un point de plus pour Martha Guidry.

— Et si je voulais parler à Mme Boudreaux… Comment faudrait-il faire ?

— Elle devrait arriver dans pas longtemps. Elle passe toujours vers deux heures. Ou alors vous pourriez la voir à sa boutique. Elle a un très joli magasin de vêtements dans Second Street, près de la place. Edie's. Elle s'appelle Edith, mais tout le monde l'appelle Edie.

— C'est bien normal.

Elle tourna la tête et jeta un coup d'œil à la maison.

— Elle vient deux fois par jour et lui, les trois quarts du temps, il s'en rend même pas compte. Si c'est pas triste.

Je la remerciai de m'avoir accordé un peu de son temps, lui dis que j'essaierais de revenir vers deux heures et gagnai la place. Sise à côté d'un salon de coiffure, la boutique d'Edith Boudreaux se trouvait au coin de la rue, juste en face d'une placette où poussaient des magnolias. Je me garai, revins sur mes pas et entrai dans le magasin. Une jeune femme d'une vingtaine d'années me sourit derrière un présentoir à pantalons Anne Klein.

— Vous désirez ?

Je lui renvoyai son sourire.

— Je jetais juste un coup d'œil. C'est pour ma femme.

Son sourire s'accentua. Fossettes.

— Si vous avez des questions, n'hésitez pas à me demander.

Je lui répondis que je n'y manquerais pas. Elle continua de ranger ses pantalons Anne Klein, puis souleva un rideau pour passer dans la réserve. Au moment où elle le faisait, une femme d'environ cinquante ans et fort séduisante sortit de la réserve, les bras chargés de débardeurs beiges en tricot. Elle m'aperçut et me demanda :

— On s'occupe de vous ?

La ressemblance avec Jodi Taylor était renversante. Mêmes épaules larges, même charpente solide, même type de visage. On aurait pu les prendre pour des sœurs. Certes, il aurait fallu pouvoir ouvrir certains documents pour en être sûr. Il aurait fallu comparer les papiers d'adoption de la famille Johnson avec ceux de la famille Taylor pour pouvoir l'affirmer de façon catégorique, mais Edith Boudreaux et Jodi Taylor étaient manifestement de la même famille. Et si Jimmie Ray Rebenack n'était pas aussi nul que je le croyais ?

— Madame Boudreaux ?

— Mais... oui, me répondit-elle. Nous nous connaissons ?

Je lui répondis que non. J'ajoutai qu'on m'avait recommandé sa boutique, que je cherchais quelque chose pour ma femme et que si jamais j'avais des questions, je n'hésiterais pas à les lui poser. Elle me dit de prendre mon temps et regagna la réserve. Je traînai encore un peu dans le magasin, puis je m'en allai, trouvai une cabine de l'autre côté de la place et appelai Lucy Chenier.

— Ben voilà, lui lançai-je, j'ai encore réussi.

— Qu'est-ce que vous avez encore réussi ? À lacer vos deux chaussures ensemble et à vous ramasser une pelle ?

La dame pouvait donc rigoler aussi ?

— J'ai trouvé un monsieur qui a nom Monroe Johnson. Il y a trente-six ans de ça, sa femme, Pamela Johnson, a accouché d'une fille. M. et Mme Johnson l'ont aussitôt abandonnée. J'ai aussi vu leur autre fille, une certaine Edie Boudreaux, et cette Edie Boudreaux ressemble à Jodi comme deux gouttes d'eau.

— Tout ça en deux jours ?

— C'est pas pour rien que je suis le plus grand détective du monde.

— Ça en a bien l'air, déclara-t-elle d'un ton joyeux.

— Sauf que c'est Rebenack qui a fait le boulot, ajoutai-je, et je lui parlai de ce que j'avais trouvé dans son bureau.

— Ah, dit-elle d'un ton qui n'était plus du tout joyeux.

— Je ne sais toujours pas ce qui intéresse Rebenack dans cette histoire, mais si ces gens sont bien parents avec Jodi, Edie Boudreaux devrait pouvoir lui fournir tous les renseignements médicaux dont elle a besoin.

Et, Bogart en diable, je conclus ainsi :

— Et che chera tout pour toi, ma poule.

— Humphrey Bogart ?

Y en a qui sont durs à réchauffer.

— L'étape suivante sera de les approcher. Et si on dînait ensemble pour essayer d'échafauder un plan ?

— Serait-ce une invitation, maître Chenier ?

— C'en est une, monsieur Cole, et je vous conseille fortement de l'accepter. Il pourrait bien ne pas y en avoir d'autre.

— L'idée me plaît assez, merci.

— Où êtes-vous ?

— À Eunice. C'est là qu'ils habitent.

— Pouvez-vous vous trouver au Howard Johnson de la plage à six heures ? Je passerai vous y prendre.

— Je devrais pouvoir.

J'aurais souri un peu plus fort que je me serais ouvert les joues.

— Parfait. À tout à l'heure.

Puis elle marqua une pause et ajouta :

— C'est du bon boulot, monsieur Cole.

Je raccrochai, regagnai ma voiture et y restai à sourire jusqu'à ce qu'un type au volant d'un Toyota me lance :

— Hé, la citrouille ! Si tu continues comme ça, tu vas avaler des mouches !

L'humour sudiste.

8

Je rentrai à mon motel de Ville Platte, pris une douche, me rasai et retraversai le bassin d'Atchafalaya pour regagner Baton Rouge. Le trajet me parut nettement plus court qu'à l'aller, mais peut-être était-ce que j'avais très envie de revenir à Baton Rouge. Quand j'ai une idée en tête...

Je repris une chambre à l'hôtel de la plage et je sirotais une Dixie au bar de la réception lorsque, à six heures et demie pile, Lucy Chenier fit son apparition. Blazer rose pardessus un chemisier argile et jean moulant. Deux hommes d'affaires assis à une petite table ronde la regardèrent passer. Elle sourit en me voyant, ses yeux me paraissant soudain remplir toute la salle. Elle me tendit la main.

— Avez-vous satisfait vos envies de cuisine locale ou bien vous sentez-vous encore l'âme aventureuse ?

— L'âme aventureuse, c'est moi tout craché.

Elle sourit plus fort et ses dents étincelèrent, ou alors... je me serais fait des idées ?

— D'accord. Préparez-vous à être servi.

Elle attendit que je règle ma note au bar, puis nous rejoignîmes sa voiture, un coupé deux portes Lexus 400 bleu ciel, modèle sport. Impeccablement propre, élégant et lavé de frais. Téléphone de voiture AT&T, petite banquette arrière envahie de CD – KD Lang et Reba McEntire pour l'essentiel. Elle avait fière allure derrière son volant, comme si la voiture s'entendait bien avec elle.

— Chouette, remarquai-je.

Elle me lâcha un coup de fossettes. Contente. Elle conduisait proprement et sans hésiter, tout à fait comme, à mon avis, elle devait exercer son métier ou jouer au tennis. Nous arrivâmes vite devant une manière de grande halle où allaient et venaient des tas de gens. Ralph & Kacoo's.

— Je vous préviens, me dit-elle. Le décor est un peu nul, mais la nourriture est merveilleuse.

— Pas de problème. Le look Bill la Bernacle, j'aime ça.

À côté, un hangar à avions aurait paru ridicule. La halle était décorée de filets de pêche, de bouées en liège, de poissons empaillés et de crabes mutants grands comme des couvercles de poubelle. Il devait bien y avoir une centaine de clients. Beaucoup de familles, mais pas mal de couples aussi. Je m'attendais presque à voir apparaître Alan Hale[1] en ciré jaune.

— Le genre « Ohé, du bateau ! », hein ?

Elle acquiesça d'un hochement de tête.

— On fait beaucoup dans le péquenaud par ici.

Une jeune femme qui m'avait l'air de faire ses études en fac nous conduisit à une place et nous demanda si nous désirions un apéritif.

— On prend une bouteille de vin ?

— Jamais avec la cuisine cajun, dit Lucy Chenier en souriant et, ce coup-là, je vis qu'elle rigolait. Tenez, au risque de vous paraître encore plus péquenaude…

— Qu'est-ce qui va me paraître encore plus péquenaud ?

Elle regarda la serveuse.

— On pourrait avoir deux bloody marys à la cajun ?

Je haussai un sourcil.

— Des bloody marys *à la cajun* ?

— Ne riez pas. On y ajoute du poivre de Cayenne et un soupçon d'extrait de poisson. Vous m'avez bien dit que vous aviez l'âme aventureuse, n'est-ce pas ?

Elle se tourna vers la serveuse.

— Et vous nous mettez de la saucisse d'alligator en entrée.

1. Acteur qui joua dans la célèbre série télévisée *L'Île de Gilligan.*

La serveuse s'éloigna.

— On commence par un dîner à Gilligan's Island et on embraie sur la saucisse d'alligator ? Je me demande ce que me réserve la suite.

Lucy Chenier consulta le menu.

— C'est encore meilleur.

La serveuse revint avec deux bloody marys plus bruns que rouges et où flottait une rondelle de citron. Je goûtai. Le soupçon de poisson était repérable et, fortes et piquantes, les saveurs du poivre gris et du poivre de Cayenne se mariaient bien au goût de la vodka.

— Alors ? me demanda-t-elle.

— C'est bon, lui répondis-je. C'est même *vraiment* bon.

Elle sourit.

— Vous voyez ?

La serveuse revint avec la saucisse d'alligator et nous demanda si nous étions prêts à commander. J'essayai la saucisse. Ç'aurait pu être du porc ou du poulet, mais la consistance était intéressante.

— Si vous voulez vraiment goûter à la cuisine de la région, reprit Lucy, je vous suggère de prendre du crabe ou des écrevisses. Les plats à base de crabe sont frits. Les écrevisses, elles, sont bouillies ou préparées en soupe.

— Ça m'a l'air bon.

Lucy Chenier commanda des écrevisses *à l'étouffée* [1], je décidai de prendre l'« assiette », c'est-à-dire un bol de bisque, des écrevisses bouillies et des queues d'écrevisses frites, appelées aussi « pop-corn cajun ». Nous finîmes nos bloody marys et nous en fîmes servir d'autres. La serveuse nous ayant apporté de la salade, je regardai manger Lucy comme je l'avais regardée se déplacer dans son bureau. L'observer était une occupation aussi singulière qu'agréable.

— Pour être honnête avec vous, dit-elle, lorsque Jodi m'a dit qu'elle allait m'envoyer un privé de Californie, j'ai essayé de l'en dissuader. Je ne pensais pas que vous seriez aussi efficace qu'un détective des environs.

---

1. En français dans le texte.

— Tout à fait raisonnable.

Elle pencha son verre dans ma direction.

— Raisonnable, mais manifestement erroné. Vous êtes bon.

J'essayai de me tenir plus droit sur ma chaise.

— Vous allez me faire rougir.

Elle sirota son bloody mary. La salade ne semblait pas la fasciner.

— Comment M. Rebenack s'est-il défendu ?

Je lui expliquai que Jimmie Ray était allé voir au moins deux des femmes que j'avais interrogées en se faisant passer pour quelqu'un qui voulait retrouver sa sœur. J'ajoutai que lorsque je l'en avais informé, il avait tout nié en bloc, jusqu'au fait de leur avoir rendu visite. Je lui dis enfin que j'avais saisi l'occasion qui m'était offerte de pénétrer dans son bureau et que, ce faisant, j'avais découvert ce qui ressemblait fort à un dossier d'adoption de l'État de Louisiane et l'acte de naissance d'une enfant dont les parents étaient Pamela et Monroe Johnson, l'événement ayant eu lieu le jour de l'anniversaire de Jodi. Dès que j'eus fini, Lucy Chenier reposa son bloody mary sur la table et leva la main pour m'arrêter. Elle ne souriait plus du tout.

— Permettez que je vous arrête un instant, dit-elle. Vous êtes entré dans son bureau par effraction ?

— Oui.

Elle secoua la tête.

— Bris de clôture, donc, et c'est un délit. Je refuse d'y être mêlée.

— Mais de quel bureau me parlez-vous ?

Elle poussa un soupir. Ça ne lui plaisait toujours pas.

— Ces documents étaient tout ce qu'il y a de plus ordinaire. Ils montraient que les Johnson renonçaient à tous leurs droits sur l'enfant et la confiaient à l'État. Quelqu'un avait écrit leur adresse au dos de l'acte de naissance. C'est peut-être une coïncidence, mais si c'en est une, elle est de taille.

— Les Taylor sont-ils mentionnés en quelque endroit de ces documents ?

— Il y avait une copie de l'acte de naissance de Jodi et rien d'autre.

— Vous pensez que ce Rebenack est parent avec Jodi Taylor ou avec les Johnson ?

— Je n'ai aucun moyen de le savoir. Il a nié être au courant de quoi que ce soit, mais ce dossier, il l'avait. Il s'intéresse à Jodi Taylor et a réussi à trouver les liens qui l'unissent aux Johnson. Étant donné qu'il avait l'adresse de Monroe Johnson, il est possible qu'il ait pris contact avec lui, mais là, je ne sais pas.

Lucy Chenier regardait fixement devant elle. Elle réfléchissait. Maintenant que nous étions passés aux choses sérieuses, elle avait l'air tendue, concentrée, pas loin du froncement de sourcils. La tête qu'elle devait avoir au prétoire, me dis-je. Un mélange de droit et de tennis. J'avalai encore quelques gorgées de mon bloody mary et la regardai penser. C'était aussi gratifiant que de la regarder bouger, mais bon... ce n'était peut-être que la vodka. J'avais la bouche qui me piquait agréablement – toutes ces épices. En allait-il de même pour elle ?

— Les documents que vous me décrivez font partie du dossier scellé par l'État. Les parents naturels en ont reçu une copie, disons en guise de « reçu » pour l'enfant, mais M. Rebenack ne pouvait en aucun cas en recevoir une autre.

— Il n'empêche : il en a bien une.

Je me demandais ce que ça faisait d'embrasser une femme dont la bouche piquait.

— En plus, reprit-elle, cette pièce ne prouve pas que Jodi Taylor soit l'enfant que les Johnson ont confiée à l'État. Pour en être certain, il faudra faire ouvrir les archives. Et contacter Mme Boudreaux pour avoir confirmation que vos découvertes sont conformes à la réalité. Si son père est handicapé et si sa mère est morte, il lui incombera d'autoriser l'administration à ouvrir ses archives. C'est la seule façon que nous ayons d'avoir la confirmation officielle que Jodi Taylor est effectivement la fille de Pamela Taylor.

— Et ça, nous le ferons dès demain.

Elle acquiesça d'un signe de tête.

— Oui, dit-elle. Je crois qu'il vaudrait mieux la contacter à la boutique. Ce sera en terrain amical, et nous demanderons à lui parler en privé. Cette tâche me revient, dans la mesure où je l'ai déjà fait, et elle se sentira forcément moins menacée si c'est une femme qui l'aborde.

— Comment ça ? On ne va pas lui tomber sur le râble pour lui dire : « Hé, *babe*, qu'est-ce tu dirais de retrouver ta sœur que tu n'as pas revue depuis des siècles ? »

Elle sourit et reprit un peu de sa boisson.

— En Californie, on le ferait peut-être.

— Vous avez la bouche qui pique ?

Elle me dévisagea.

— Les épices…

— Ah ! Oui, bien sûr.

Je hochai la tête.

— Non, c'est juste que je me demandais…

La serveuse débarrassa la salade et revint avec les écrevisses à l'étouffée de Lucy et mon « assiette ». Un bol de bisque y trônait au milieu d'une montagne d'écrevisses bouillies d'un côté et de « pop-corn cajun » de l'autre. Les écrevisses frites ressemblaient à de petites crevettes toutes recroquevillées sur elles-mêmes et enrobées de pâte à beignets. J'en attrapai deux ou trois et les avalai. Piquant, brûlant et tendre, ça ressemblait à des langoustines sautées.

— Bon, dis-je.

— La bisque est une soupe enrichie de fumet d'écrevisse. Les têtes sont farcies avec un mélange de chair d'écrevisse, de chapelure et d'épices. On peut les piquer, puis se servir de sa petite cuillère pour sortir la farce.

— Parfait.

La bisque était d'un brun profond, plusieurs écrevisses farcies y surnageaient. Je fis ce qu'on me disait, sortis de la farce et goûtai. Ça avait un goût de thym.

— Fantastique. Vous en voulez une ?

— Avec plaisir.

Je saisis une écrevisse et la déposai sur son assiette.

— Tenez, essayez donc les miennes.

La sauce de l'étouffée était elle aussi d'un brun profond, avec des bouts de poivrons verts coupés en dés, de céleri et de queues d'écrevisse au riz. Lucy prit une écrevisse et la posa sur une des petites assiettes à pain qu'elle me passa. Ces Cajuns-là avaient redonné tout son sens à l'exclamation miam-miam.

— Ça a le même goût en Californie ? voulut-elle savoir.

— On en est loin !

Elle prit l'écrevisse que je lui avais donnée et en sortit la farce. Une goutte de sauce coula sur le côté de sa main et fila vers son poignet. Elle tourna la main sans réfléchir et lécha la goutte. Je sentis quelque chose remuer dans ma poitrine et dus me forcer à avaler. Je descendis le reste de mon bloody mary.

— Vous en voulez un autre ? lui demandai-je.

Hochement de tête. Sourire.

— Juste un. C'est moi qui conduis.

J'attirai l'attention de la serveuse et lui montrai deux doigts. *Deux sacs de glace et une douche froide, s'il vous plaît.*

— L'écrevisse bouillie se mange en séparant la queue du reste du corps. Après, on pince la queue de manière à ce que la carapace se brise et on sort la chair.

Elle prit l'un de mes crustacés et me montra.

— Vous voyez ?

— Ouais, ouais, dis-je.

En me concentrant un peu plus sur mon assiette... Et si c'était la bouffe qui allait me sauver ?

— Et après, vous vous glissez la tête dans la bouche et vous sucez.

Elle sourit fort simplement et ajouta :

— Pour boire le jus.

Je toussai et me couvris la bouche. Je bus de l'eau. Penser à mon assiette. Mon assiette. La serveuse nous apporta nos boissons. Je bus la mienne d'un trait. Lucy me regarda d'un air inquiet.

— Quelque chose qui ne va pas ?

— Non, rien, dis-je en secouant la tête. Rien du tout.

Elle but une gorgée dans son verre et se remit à ses écrevisses à l'étouffée. Je remarquai que les trois quarts des miennes avaient disparu, alors que les trois quarts des siennes étaient toujours dans son assiette. J'espérais qu'elle ne me prendrait pas pour un glouton.

— Vous êtes de Baton Rouge ?

— Oui.

— Votre accent est plus léger que celui que j'entends partout.

Elle sourit.

— Ce n'est pas moi qui ai un accent, monsieur Cole, me fit-elle remarquer.

J'écartai les mains. Feinté.

— J'ai commencé mon droit à l'université de Louisiane, mais j'ai fait ma capacité dans le Wisconsin. Vivre au milieu des Yankees détruit beaucoup l'accent.

— Et vous êtes revenue ici pour ouvrir un cabinet.

— Mon petit ami avait un travail dans la région et voulait se marier. Lui aussi était avocat. Il l'est d'ailleurs toujours.

— Vous m'en direz tant.

— Nous avons divorcé il y a quatre ans.

— Ce sont des choses qui arrivent, lui dis-je en faisant tout ce que je pouvais pour ne pas rayonner de joie.

— Effectivement, dit-elle.

J'eus l'impression qu'elle allait ajouter quelque chose, mais elle se remit à ses écrevisses.

— Et si vous me parliez de vous, reprit-elle. Vous avez déjà travaillé avec la justice ?

— Non. Ça fait douze ans que j'exerce et avant je travaillais pour un certain George Fieder. George devait avoir un bon million d'heures de travail dans ce domaine et je ne serais pas étonné qu'il ait été le meilleur détective qui ait jamais vu le jour. Avant ça, j'étais à l'armée.

— Études universitaires ?

— Université du Sud-Est asiatique. Bourse études/travaux pratiques.

Elle hocha la tête en souriant.

— Vous paraissez un peu jeune pour avoir fait le Vietnam.

— Je paraissais plus vieux à l'époque.

— Évidemment.

— Je peux vous poser une question personnelle, maître Chenier ?

Elle hocha la tête en continuant de mâcher.

— Avez-vous jamais essayé de retrouver vos parents naturels ?

— Non.

Elle secoua la tête, puis, d'un revers de la main, écarta les cheveux de ses yeux. Ses doigts étaient encore tout collants de jus d'écrevisse.

— La grande majorité des enfants adoptés ne le font pas. La curiosité existe de temps en temps, mais nos parents réels sont les parents adoptifs.

— Ceux qui vous élèvent.

— C'est ça. Il y a longtemps, une femme m'a mise au monde et confiée à l'État en pensant que c'était la meilleure solution pour nous deux. Aujourd'hui, elle a sa vie et moi j'ai la mienne, et mon vrai père la sienne. Sur un plan purement intellectuel, je comprends qu'elle m'a donné la vie, mais dans mon cœur ce sont Jack et Ann Kyle mes parents. Jack m'a aidée à dominer l'algèbre et Ann m'emmenait faire du tennis tous les jours. Vous voyez ?

— Bien sûr. Ce sont vos parents.

Elle sourit, hocha la tête et reprit des écrevisses à l'étouffée.

— Comme vous.

— Et pourtant, c'est à ce type de travail que vous vous consacrez.

— Pas vraiment. Je travaille surtout dans les divorces et les querelles de droit de garde. Cela dit, que je n'aie pas envie de retrouver mes parents naturels ne m'empêche pas de comprendre que d'autres en éprouvent le besoin. Tous, autant que nous sommes, nous devrions avoir accès aux archives médicales de nos parents. Et c'est parce que je sens le poids que ça peut représenter pour certains et suis en mesure d'aider les personnes désireuses de savoir que je fais ce métier.

— En tant qu'enfant adoptée, vous vous sentez proche des autres dans le même cas. Dans votre peau, vous êtes tous frères et sœurs.

Ma remarque parut lui plaire.

— C'est tout à fait ça, dit-elle.

Étonnant comme la vodka peut émousser les perceptions, non ? Elle reposa sa fourchette et croisa les bras sur la table.

— Et si monsieur l'Aventureux me disait un peu ce qu'il pense de nos écrevisses de Louisiane ? C'est bien la chose la plus incroyable que vous ayez jamais mangée, non ?

— Au Vietnam, j'ai mangé du chien.

Son sourire disparut et elle parut hésiter.

— Pour de l'aventure…, dit-elle.

Je haussai les épaules et finis mon plat.

— Pouah !

Je levai la tête.

Lucy était devenue toute rouge et sa bouche n'était plus qu'un trait orné de fossettes. Elle ouvrit enfin les lèvres et cligna des paupières pour y voir plus clair.

— Je m'excuse, reprit-elle, mais rien que d'y penser…

Elle se cacha la figure derrière sa nappe et ajouta :

— C'était quoi, ce chien ? Un loulou ?

Je reposai ma fourchette à mon tour et croisai moi aussi les bras sur la table.

— Ah, je vois, dis-je. C'est de l'humour.

— Je vous demande pardon, mais c'est si drôle.

— Pas pour le chien.

Elle rit, appela la serveuse et me dit :

— Il faut vraiment que j'y aille.

— Vous voulez du café ?

— Ce serait bien volontiers, mais je ne peux pas. J'ai un autre rendez-vous avec un monsieur très spécial.

Je la regardai.

— Ah ?

— Mon fils. Il a huit ans.

— Oh.

La serveuse nous apporta des serviettes humides. Lucy régla la note et nous retournâmes à mon hôtel. Je lui proposai d'aller voir Edith Boudreaux à son magasin dès le lendemain matin, mais elle avait deux rendez-vous et me répondit qu'il valait mieux se retrouver ici. Je lui dis que ça me convenait. Nous fîmes l'essentiel du trajet sans rien dire. L'atmosphère était plus à l'attente qu'à la gêne, comme si la nuit était pleine d'une électricité statique qui ne demandait qu'à se libérer.

Il était presque dix heures lorsque nous nous arrêtâmes devant l'hôtel.

— Bien, dit-elle.

— J'ai passé une très bonne soirée. Merci, Lucy.

— Moi de même.

Nous restâmes dans la lumière du néon un instant, nous regardâmes, puis je me penchai en avant pour l'embrasser. Elle posa sa main sur ma poitrine et me repoussa doucement. Je reculai. Elle avait l'air mal à l'aise.

— Vous êtes sympa, dit-elle, et je me suis bien amusée, mais nous travaillons ensemble… vous voyez ?

— Bien sûr, lui répondis-je en déglutissant et clignant des paupières. Merci pour le repas. Ça m'a plu.

Elle attrapa ma main et me dit sans cesser de me regarder :

— S'il vous plaît, ne le prenez pas mal.

— Mais non, mais non, dis-je en essayant de sourire.

Nous nous serrâmes la main, je descendis de sa voiture et la regardai s'éloigner.

La nuit était douce et embaumée, je marchai le long de la digue, remontai la petite colline et enfilai les rues de Baton Rouge. Moins que la vodka, c'était l'idée que j'allais revoir Lucy dès le lendemain qui me rendait pompette.

9

Le lendemain matin, je quittai l'hôtel juste avant huit heures, franchis le pont Huey-Long et, une heure un quart plus tard, me garai en épi sous l'horloge de la ville d'Eunice, pile en face du magasin d'Edith Boudreaux. Une pancarte FERMÉ était accrochée dans la vitrine, la pendule m'indiquant que la boutique ouvrait à dix heures. Il était neuf heures douze.

J'entrai dans une cafèt', achetai deux cafés à emporter, pris quelques sachets de saccharine et de lait en poudre et regagnai ma voiture. J'y restai assis, les vitres baissées, à boire mon café en surveillant le magasin. À neuf heures vingt-six Lucy Chenier fit le tour de la place et rangea sa voiture à quatre places de parking de la mienne. Je descendis avec mes cafés, la rejoignis, cognai sur son pare-brise, ouvris la portière côté passager, me glissai sur le siège et lui tendis un gobelet.

— J'ai pris du sucre et du lait, lui dis-je. Je ne sais pas comment vous le buvez.

— C'est gentil à vous, merci.

— C'est que nous faisons les choses jusqu'au bout, madame.

Elle ouvrit le couvercle de son gobelet en polystyrène, souffla sur son café, puis se mit à le siroter. Sans sucre. La regarder siroter tenait de l'aventure.

— C'est le magasin ? me demanda-t-elle.

— Oui. Elle ouvre à dix heures.

Elle avala encore quelques gorgées de café en regardant le magasin. Lorsqu'elle avalait, la buée lui caressait le visage comme des doigts d'enfant. Ses yeux vert et ambre me semblaient plus sombres, presque marron. Je me demandai ce qui les avait fait changer de couleur. Elle portait une veste en lin au-dessus d'un chemisier blanc, un pantalon ample de couleur beige. Elle sentait le savon au lait. À continuer de la dévisager comme ça, je risquais fort d'être le plus grand couillon de la terre. Je me contraignis à surveiller le magasin.

À dix heures moins quatorze, Edith Boudreaux tourna le coin de la place, descendit la rue et entra dans sa boutique par la porte de devant.

— C'est elle, dis-je.

— Mon Dieu ! Elle ressemble beaucoup à Jodi, vous ne trouvez pas ?

— Si.

Lucy finit son café puis me dit :

— Allons la voir.

Nous traversâmes la place et poussâmes la porte du magasin. La même clochette retentit, et l'air était tout aussi glacé que dans mon souvenir. Edith Boudreaux leva les yeux de la caisse enregistreuse où elle était en train de remettre un rouleau de papier.

— Désolée, dit-elle, mais nous ne sommes pas encore ouverts.

Elle n'avait pas encore retourné son panneau FERMÉ.

Lucy lui sourit gentiment et entra comme si elle était une vieille amie.

— Je sais, dit-elle, mais j'espérais que nous pourrions parler quelques instants. Je m'appelle Lucy Chenier et suis avocate à Baton Rouge.

Elle lui tendit la main, qu'Edith Boudreaux serra d'un geste automatique. Elle eut l'air surprise, puis me reconnut.

— Vous êtes venu hier, dit-elle.

— C'est exact.

Son visage s'éclaira et elle regarda Lucy.

— Mais cette fois, vous avez amené madame.

Lucy partit d'un petit rire amical.

— Non, dit-elle. M. Cole et moi travaillons seulement ensemble.

Elle tapota la main d'Edith Boudreaux pour la calmer, puis lui dit que nous lui voulions du bien et qu'elle n'avait rien à craindre. Nous étions juste des amis qui allaient chambouler toute sa vie.

— Je sais que vous êtes près d'ouvrir, reprit Lucy, mais il vaudrait mieux que nous soyons seuls.

— Comment ça ? lui demanda Edith Boudreaux. Puis, se tournant vers moi, elle précisa : Pourquoi faut-il que nous soyons seuls ?

— Je suis avocate au civil, reprit Lucy, et une partie de mon travail concerne les adoptions. Ce sont là des problèmes délicats et privés, et j'ai pour exigence de ne jamais trahir la confiance de mes clients.

Le visage brusquement assombri, Edith Boudreaux recula d'un pas. Jimmie Ray était passé la voir, c'était clair.

— Les parents naturels qui désirent revoir leurs enfants ou les enfants adoptés qui veulent retrouver leurs parents ou savoir certaines choses ont recours à moi pour entrer en contact. C'est parce que je représente une de ces personnes que je suis ici, et M. Cole et moi-même avons découvert certains faits que nous aimerions vérifier.

Edith Boudreaux regarda Lucy, se tourna vers moi puis revint à Lucy. Sa bouche s'ouvrit légèrement et se referma, ses mains se croisant sous sa poitrine.

— Madame Boudreaux, reprit Lucy, j'espère que la nouvelle ne va pas vous bouleverser, mais cela se pourrait. Cette nouvelle n'est absolument pas mauvaise. De fait, elle est même très très bonne. Saviez-vous qu'il y a trente-six ans de cela, un 9 juillet, votre mère a donné naissance à une fille et que, tout de suite après, elle a confié cette enfant à l'État pour adoption ?

Edith Boudreaux nous adressa encore une fois un infime coup d'œil. Moi, Lucy, puis retour sur moi.

— Pourquoi êtes-vous ici ? Qui vous envoie ?

Jimmie Ray, évidemment.

La clochette tinta, et la jeune vendeuse blonde franchit le seuil du magasin. Edith Boudreaux attrapa la main de Lucy.

— Je vous en prie, souffla-t-elle. Pas un mot.

Elle se dirigea vers son assistante et lui dit doucement quelque chose que nous ne pûmes entendre. Lucy me regarda et baissa la voix à son tour.

— Pourquoi a-t-elle aussi peur ?

Je secouai la tête. Edith Boudreaux revint vers nous.

— Je vous présente Sandy, lança-t-elle. Sandy me donne un coup de main de temps en temps. Nous pourrions peut-être passer derrière.

Elle nous poussa vers le rideau et nous fit entrer dans la réserve. Des rangées de vêtements dans des housses en plastique accrochées à des cintres occupaient l'essentiel de la pièce, des boîtes d'habits blanches et bleues s'empilant contre les murs et sur des étagères bon marché. Une fontaine à eau Arrowhead trônait devant la porte de ce que je pris pour des W.-C. Edith tira le rideau derrière elle.

— Qu'est-ce que vous me voulez ? dit-elle en se tordant les mains.

D'un ton calme et mesuré, Lucy lui répondit avec la douceur d'un disc jockey passant de la musique d'ambiance après minuit.

— Ma cliente est peut-être l'enfant que votre mère a abandonnée. Elle ne veut rien de vous en particulier, de fait elle ne veut rien de personne dans sa famille naturelle, hormis des renseignements sur ses antécédents médicaux.

Edith acquiesçait de la tête, mais clignait beaucoup des paupières, comme si tout cela allait trop vite et qu'elle avait du mal à tout retenir. Je me demandai ce que Jimmie Ray avait pu lui raconter – et où il avait trouvé assez d'argent pour s'acheter sa Mustang.

— C'est que…

— Le seul moyen que nous ayons de savoir si ma cliente est bien la fille que votre mère a donnée pour adoption serait que les deux parties concernées acceptent d'engager la procédure de reconnaissance mise en place par l'État. S'il y avait reconnaissance, celui-ci pourrait alors rouvrir les archives et confirmer l'identité de ma cliente.

Edith Boudreaux hochait la tête, mais je n'étais pas certain que cela voulût dire grand-chose.

— Vous pensez que votre cliente est cette enfant ?

— Nous le croyons, oui.

— C'est la personne qui vous envoie ? Cette enfant ?

Elle tremblait de nervosité, se balançant d'avant en arrière comme en suivant les battements de son cœur.

— Ma cliente est âgée de trente-six ans, reprit Lucy. C'est une adulte.

— Cela remonte à si loin…

— Elle ne veut rien de vous, madame Boudreaux. Elle aimerait seulement connaître ses antécédents familiaux d'un point de vue médical. Y a-t-il eu des cancers du sein ou de l'utérus dans la famille ? Y vit-on longtemps ? Enfin, vous voyez…

— Ma mère est morte.

— Nous le savons. Nous savons aussi que votre père est malade. C'est pour cela que nous sommes venus vous voir. Êtes-vous prête à nous aider ?

Elle continuait de se balancer, puis soudain s'arrêta et dit :

— Il faut que j'appelle mon mari. J'ai besoin de lui parler.

Elle repassa sous le rideau sans nous jeter un seul regard. Lucy poussa un grand soupir et prit un verre d'eau à la fontaine.

— Il y a un truc qui cloche, me dit-elle.

— Quelqu'un lui a fait peur. Jimmie Ray, il y a des chances.

Elle écrasa son gobelet en papier et, ne voyant pas d'endroit où le jeter, finit par le fourrer dans sa poche.

— Mais avec quoi ? reprit-elle. Il ne s'agit quand même que d'adoption.

Edith Boudreaux ne mit pas longtemps pour parler à son mari, qui, lui non plus, ne mit guère de temps pour débarquer. Nous attendions depuis huit ou neuf minutes lorsque, la clochette extérieure ayant tinté, un grand rougeaud qui avait à peu près le même âge qu'Edith la précéda sous le rideau. Large d'épaules et d'arrière-train, il avait des petits yeux, un visage brûlé par le soleil et de grandes mains qui me parurent dures et calleuses. Il portait l'uniforme de shérif d'Evangeline Parish, avec une chemise empesée à col ouvert. C'était lui que j'avais vu avec Jimmie Ray Rebenack à l'élevage d'écrevisses.

— Je m'appelle Joel Boudreaux, nous lança-t-il, et je suis le shérif d'ici. Je vous demanderais donc de bien vouloir me prouver votre identité.

Il regarda Lucy puis passa à moi, mais ne cilla pas. Il avait des yeux de flic.

Lucy lui montra son permis de conduire et lui tendit sa carte de visite.

— Californie, dit-il en jetant un coup d'œil à ma licence de détective privé.

J'acquiesçai d'un signe de tête.

— Armé ?

Je secouai la tête.

— Non. Pas de permis en Louisiane.

— Et si on vérifiait ?

Il me fit signe de me tourner vers le mur, je pris la position adéquate, il me palpa de haut en bas. Lucy parut surprise, puis en colère.

— C'était inutile, lui fit-elle remarquer. Je suis avocate et ce monsieur a sa licence de détective privé. Notre démarche est parfaitement légale.

Troublée par les manières de Joel Boudreaux, elle respirait avec peine. Tout était soudain passé à un niveau auquel elle n'était pas habituée.

— Tout va bien, dit-il avant de noter quelques renseignements dans un petit carnet.

Puis il me jeta ma licence sans trop se soucier que je la rattrape ou pas.

— Bon, dit-il, nous vérifierons tout ça en temps utile. On verra bien. Et si vous me disiez ce que vous cherchez, maintenant que chacun sait à quoi s'en tenir ?

Il se planta devant nous comme il aurait pu le faire devant un ado qu'il aurait arrêté pour excès de vitesse sur une route de l'arrière-pays.

Lucy n'appréciait pas, mais répéta pour le bénéfice du sieur Joel Boudreaux ce qu'elle avait dit à son épouse. Elle lui expliqua les documents scellés, la possibilité que notre cliente soit bien l'enfant abandonnée par Pamela Johnson et insista sur le fait qu'elle ne cherchait pas à entrer en contact avec sa famille mais seulement à s'enquérir de ses antécédents médicaux.

Elle n'avait pas fini de parler que Joel Boudreaux se mit à hocher la tête.

— Vous avez la preuve que cette enfant et votre cliente sont la même personne ?

— Non. Mais elles sont nées le même jour, sont toutes les deux de sexe féminin et ont l'une comme l'autre été confiées à l'État. C'est la raison pour laquelle nous avons besoin d'ouvrir les archives de l'état civil.

Il secoua encore une fois la tête.

— Ça ne m'intéresse pas, dit-il. Ce que je veux, c'est que vous laissiez ma femme tranquille. Allez vendre vos salades ailleurs.

J'eus l'impression qu'Edith Boudreaux était moins sûre que lui de ce qu'il avançait.

— Joel, dit-elle, peut-être faudrait-il…

Il lui coupa la parole :

— Que veux-tu, Edith ? Le passé est le passé, non ?

— Notre cliente ne veut rien de vous, monsieur Boudreaux, lui rappela Lucy. Elle veut seulement connaître ses antécédents médicaux. Vous devriez pouvoir comprendre, non ?

— Ce que je comprends, c'est qu'on va déballer beaucoup de linge sale. Dites quoi que ce soit de mal sur ma famille et vous le regretterez.

Lucy se raidit et prit ses airs d'avocate.

— Serait-ce une menace, shérif ?

— Oui, maître. Je viens de vous menacer de poursuites judiciaires. Avocate comme vous l'êtes, je suis sûr que vous me comprenez.

Il lui rendit sa carte et ajouta :

— Nous n'avons plus rien à vous dire.

Lucy regarda Edith Boudreaux. Elle était toute petite derrière son mari et ses yeux disaient qu'elle était blessée.

— C'est bien ce que vous désirez ? lui demanda Lucy.

Edith répéta ce qu'avait dit son mari :

— Le passé est le passé. Ce n'est pas la peine de faire remonter des trucs.

Nerveuse.

Lucy la regarda fixement, puis posa soigneusement sa carte de visite sur une pile d'emballages Anne Klein.

— Je comprends votre émotion, dit-elle. Si vous changez d'avis, appelez-moi à ce numéro.

— Il n'y a pas d'émotion qui tienne, maître, lui lança le shérif Joel Boudreaux. Laissez votre carte et je vous mets une amende pour abandon de détritus sur la voie publique.

— Parlez d'une affaire ! Ça devrait vous occuper un bon mois !

Il se tourna vers moi et cligna des paupières.

— Alors, bonhomme, on veut la bagarre ?

— Comment un type comme Jimmie Ray Rebenack peut-il vous flanquer une trouille pareille ? lui demandai-je.

Le grand shérif me dévisagea. Un tic agitait sa paupière inférieure gauche. Mains solides et bien serrées. Edith effleura le bras de son mari. Tout devint brusquement très calme dans le magasin. Dehors, la clochette tinta et je me demandai si Lucy était partie.

— Joel ? dit Edith.

Boudreaux gagna le rideau, l'écarta et me le tint ouvert pour que je passe.

— Vaudrait mieux vous tirer tout d'suite, bonhomme, gronda-t-il. Ça s'rait la meilleure solution. Pour vous et pour tout le monde.

Je souhaitai le bonjour à Edith et passai devant la blonde. Elle me sourit gaiement et, elle aussi, me souhaita de passer une agréable journée. Je lui répondis que j'essaierais. En arrivant à la porte je regardai derrière moi : Joel Boudreaux et son épouse étaient toujours dans la réserve, derrière le rideau à nouveau tiré. Je crus entendre une femme pleurer, mais c'était peut-être mon imagination qui me jouait des tours.

L'affaire devait être simple, mais, comme la vie, les affaires sont rarement ce dont elles ont l'air. Je sortis du magasin en m'interrogeant sur la douleur que j'avais vue dans les yeux d'Edith et dans ceux de son mari.

10

Lucy m'attendait sur le trottoir, les bras croisés, le visage grave. Debout derrière elle, deux ados regardaient la carabine du shérif qui dépassait de la fenêtre de sa voiture de patrouille, l'aîné jetant par instants des coups d'œil furtifs au derrière de Lucy. Il cessa en me voyant approcher.

— Ça fait presque huit ans que je fais ce boulot, me dit Lucy, et je n'ai jamais déclenché de réaction pareille. Quelque chose ne va pas.

— Ils ont peur. Lui peut-être plus qu'elle.

En regagnant nos véhicules, je lui parlai de Jimmie Ray Rebenack et des deux voyous qui étaient passés le voir à son bureau.

— Je les ai suivis jusqu'à l'élevage d'écrevisses d'un certain Rossier. C'est là que j'ai vu Boudreaux et un autre type. Plus vieux et coiffé d'un panama. Milt Rossier, sans doute. Boudreaux n'avait pas l'air heureux de se trouver là, mais il a partie liée avec Rebenack.

— Vous croyez que Rebenack a parlé de Jodi Taylor à ces gens ?

— Ça m'en a tout l'air.

— Et s'il travaillait pour eux, comme nous travaillons pour Jodi ?

— C'est possible.

Lorsque nous arrivâmes aux voitures, Lucy s'adossa à sa Lexus et secoua la tête.

— Je ne le pense pas, mais bon. Même si c'était le cas... Cela ne concerne jamais qu'une enfant qui a été confiée à l'État pour adoption. Rouvrir les archives et confirmer la filiation n'est pas compliqué. Ça se fait tous les jours.

Je la regardai.

— Et si le problème était ailleurs ?

Elle contempla le magasin d'habillement d'Edith Boudreaux en clignant des yeux. Elle réfléchissait.

— De toute façon, on ne peut pas en rester là. Dire non, merci et croire qu'on aurait épuisé la question n'est pas possible. Jodi a toujours le droit de savoir et je compte bien l'y aider.

— Parfait.

Joel Boudreaux sortit de la boutique de son épouse, monta dans sa voiture de patrouille et démarra en faisant rugir son moteur. Il ne nous regarda pas, mais il ne savait peut-être pas que nous nous trouvions de l'autre côté de la place.

— Le cabinet Sonnier Melancon s'occupe-t-il d'affaires criminelles ? demandai-je à Lucy.

— Oui.

— Dites à vos collègues de se renseigner sur Rebenack et ce LeRoy Bennett. Je ne connais pas le nom de famille de René, mais si Bennett a un casier, peut-être y est-il mentionné en qualité d'associé. Et cherchez aussi du côté de Milt Rossier.

Je réfléchis encore et ajoutai :

— Même chose pour Edith Boudreaux.

— Donc, vous ne rigolez plus, me dit-elle.

— Pendant que vous vérifiez tout ça, moi, je rouvre le dossier Jimmie Ray.

Elle croisa de nouveau les bras en me regardant.

— Ce qui veut dire ?

— Que la dernière fois, nous avons été interrompus et que Jimmie n'a pas eu le temps de répondre à mes questions. Je vais lui rendre une autre visite et je verrai bien s'il se montre plus réceptif.

Elle leva une main en l'air.

— Si jamais vous faites un truc illégal, je ne veux pas le savoir.

Je souris.

— Vous n'en saurez rien.

Elle fit tout pour que j'entende bien son grand soupir, remonta dans sa voiture et s'éloigna.

Je quittai Eunice et gagnai le bureau de Jimmie Ray en trente-six minutes, mais ne vis ni Jimmie ni sa Mustang en arrivant. Je me garai en double file derrière la poissonnerie et grimpai l'escalier, en vain : son bureau était vide. J'aurais pu aller jeter un deuxième coup d'œil à ses dossiers, mais je ne pensais pas y trouver du nouveau depuis la veille.

Je me rendis à son duplex, fis le tour du pâté de maisons, puis m'arrêtai sans bruit. Pas de Mustang là non plus.

Le duplex de Jimmie était en L avec deux portes donnant sur une véranda, le tout pris en sandwich dans un lotissement aussi long qu'étroit, envahi par la végétation et d'allure assez minable sous des chênes à la ramure très fournie. Je gagnai la porte et appuyai sur la sonnette. Je recommençai et tapai sur la porte, mais encore une fois personne ne me répondit. Aucun bruit ne montait de l'appartement voisin. Je longeai le côté de la maison comme si je faisais ça depuis toujours, fracturai la porte de la cuisine et me glissai à l'intérieur.

— Hé, Jimmie, qu'est-ce qui se passe, mon bonhomme ?

Silence. Tout ce que Lucy était en train de rater ! Et je ne pourrais même pas lui en parler !

La maison de Jimmie Ray sentait la friture et la poussière. La cuisine était petite. De la vaisselle sale s'empilait dans l'évier et sur le comptoir carrelé, la crasse qu'on apercevait entre les carreaux n'ayant pas l'air d'avoir été touchée depuis l'année 1947. Une table en formica avec des chaises dépareillées occupait tout le coin déjeuner, un canapé aussi énorme que tendu aux coutures accaparant l'essentiel de la salle de séjour. En face de ce monstre recouvert d'un tissu genre peau de vachette blanc et noir, un seul fauteuil du même style et une table basse en verre de forme carrée. Trop grands pour la pièce, le fauteuil, la table et le canapé semblaient se serrer les uns contre les autres. Un ensemble audio-vidéo Sony se tassait dans un coin et, là non plus, il n'y avait pas assez de place pour bouger. En dehors du Sony, tout avait l'air croûteux et bas de gamme, comme si le magasin de soldes du coin avait procédé à une liquidation de stock du style : « COIN CÉLIBATAIRE COMPLET... PRIX CASSÉ ! »

— Le goût, dis-je. Ça ne s'apprend pas. Faut naître avec.

Il y avait deux pièces au premier, plus une salle de bains et une penderie. Jimmie Ray avait installé sa chambre dans la pièce de devant et son bureau dans celle de derrière. C'est cette dernière que je visitai en premier. J'y trouvai deux cartons posés contre un mur et une table de jeu rouge et branlante, une seule chaise pliante occupant le centre de la pièce. Un poster représentant les pin-up de la bière Bud Light était punaisé au mur, à côté de deux affiches montrant des femmes posant certes en bikini, mais vêtues de vestes de paras et tenant des mitraillettes à la main. Ah, les joies du célibataire ! L'un des cartons contenait de vieux numéros de *Penthouse* et de *Sports Illustrated* et une seule et unique cassette vidéo intitulée *Les Culs de Seymour et la Balançoire d'amour*. L'autre renfermait tous les reçus et factures de Jimmie Ray. Je le soulevai, le reposai à l'envers et en examinai le contenu de l'arrière vers l'avant en prenant soin d'y remettre tous les papiers au fur et à mesure afin que Jimmie les retrouve dans le bon ordre. Je ne pensais pas qu'il s'en apercevrait, mais sait-on jamais ? Les types dans son genre réservent parfois bien des surprises.

Je trouvai des factures de sa carte Visa remontant à huit mois et des quittances de loyer pour son bureau et son duplex. Les sommes retirées sur sa carte Visa l'étaient épisodiquement. L'essentiel des documents rangés dans le carton avait à voir avec l'acquisition de la Mustang. Il l'avait achetée d'occasion trois mois plus tôt, pour la somme de 29 000 dollars qu'il avait versée à la High Performance Motors, une boîte d'Alexandria, dans l'État de Louisiane. La voiture avait alors 13 200 kilomètres au compteur, et il l'avait payée avec un chèque tiré sur son compte personnel.

Deux jours exactement avant qu'il achète sa Mustang, il avait déposé la somme de 30 000 dollars sur son compte, dont le solde se montait alors à quatre cent seize dollars et douze cents. Étonnant, non ? Plus loin dans le carton, je tombai sur un dossier de garantie, des papiers d'assurance et des factures de téléphone, d'eau, de gaz et d'électricité. Je laissai filer eau, gaz et électricité. Les notes de téléphone remontaient à cinq mois, pendant lesquels Jimmie avait appelé sept fois deux numéros différents à Los Angeles, deux de ces appels ayant duré particulièrement longtemps.

Je longeai la salle de bains, passai dans la pièce de devant et jetai un coup d'œil dans la rue. Toujours dégagée. La pièce était aussi joliment meublée que les autres : lit – défait : un gigantesque futon coincé contre le mur –, commode achetée aux puces et deux ou trois lampes. Deux minces oreillers à la tête du futon, un drap noir et une couverture piquée rejetée sur le côté, ce qui permettait de voir les poils, rogatons et cochonneries diverses que le drap noir mettait très agréablement en valeur. Sacré Jimmie Ray.

Il y avait une penderie à côté de la commode, mais je n'eus pas à l'ouvrir, ni à regarder dans la commode ou aller chercher sous le futon pour trouver ce que je voulais. Jimmie Ray possédait effectivement ce qui me parut être l'ensemble des archives d'État sur l'abandon de Marla Sue Johnson et l'adoption de Judith Marie Taylor, et c'était sur son lit qu'il les avait éparpillées. L'ensemble comprenait neuf pièces, dont deux me parurent des originaux. Oui, tout y était. Au milieu de ce bazar, je trouvai encore d'autres articles et coupures de journaux sur Jodi Taylor et des pages de bloc-notes jaunes grand format remplies d'annotations – de la main de Jimmie, je l'aurais parié. Je laissai échapper un petit sifflement et compris que je ne pouvais pas laisser ça là. Ah, Jimmie, Jimmie ! Comment t'es-tu donc procuré tous ces trucs ?

Et si, tout compte fait, M. Jimmie Ray Rebenack n'était pas le pire détective que la terre eût jamais porté ?

Je rassemblai le tout, allai chercher les factures de téléphone dans l'autre pièce, me glissai dehors et rentrai à mon motel en voiture. Jimmie allait s'apercevoir que quelqu'un lui avait rendu visite et penserait à peu près sûrement que c'était moi, mais si tout se déroulait comme je le prévoyais, lui et moi reparlerions de tout cela bientôt.

J'appelai Lucy Chenier à son bureau, mais elle n'était pas encore rentrée. Je demandai à Darlene de lui dire de m'appeler dès son retour. Darlene me répondit qu'elle n'y manquerait pas. Je raccrochai et regardai ce que j'avais trouvé. D'après ce que je savais, tout y était. Pas un document qui ne fût un original ou une photocopie récente et parfaitement lisible. Le certificat de naissance établissant que Pamela Johnson était effectivement la mère de Marla Sue Johnson était attaché à la pièce selon laquelle les Johnson avaient renoncé à tous leurs droits sur l'enfant au profit de l'État de Louisiane. Un document du Département des services sociaux de l'État de Louisiane attestait que Steven Edward Taylor et Cecilia Burke Taylor, tout ce qu'il y avait de plus légalement mari et femme, avaient adopté une enfant connue sous le nom de Marla Sue Johnson. Un acte du tribunal pour enfants de Louisiane précisait que dorénavant Marla Sue Johnson porterait le nom de Judith Marie Taylor. Ces deux pièces comportaient une cote dossier et numéro d'affaire. Concernant essentiellement Jodi Taylor, les notes manuscrites reprenaient sans doute des articles de magazines : lieu et date de naissance, noms de ses studio, agence et manager personnel. Les nom, adresse et numéro de téléphone d'Edith Boudreaux figuraient au dos d'une de ces feuilles. Il était clair que Jimmie Ray était allé lui rendre visite. Sur une autre feuille je découvris l'inscription LEON WILLIAMS en majuscules d'imprimerie, et c'était bien le seul nom que je ne reconnaissais pas. Six numéros de téléphone avaient été griffonnés sans ordre particulier sur deux autres feuilles, deux d'entre eux précédés du code de Los Angeles. Le prénom « Sandi » avait été gribouillé une demi-douzaine de fois sur la page. Je comparai ces numéros avec ceux de la note de téléphone et, oui, c'étaient bien les mêmes. Je décrochai le bigo et composai un des deux numéros en me disant que j'allais tomber sur une Sandi quelconque. Ce fut un jeune homme qui me répondit.

— Agence Markowitz. Que puis-je pour vous ?

— Putain d'Adèle ! m'écriai-je.

— Je vous demande pardon ?

— Je suis au bureau de Sid Markowitz ?

— Oui, monsieur. Que puis-je pour vous ?

Je ne savais plus que dire.

— Monsieur ?

— Un certain Leon Williams travaille-t-il chez vous ?

— Non, monsieur.

— Une Sandi alors ?

— Non, monsieur. À qui ai-je l'honneur ?

— Dites à Sid qu'Elvis Cole, le Détective-auquel-on-ment, a appelé.

— Je vous demande pardon ?

Je raccrochai et appelai le deuxième numéro. Cette fois-ci, ce fut une jeune femme qui décrocha et me dit :

— Secrétariat de Jodi Taylor.

Je recommençai mon petit numéro. Pas plus de Leon Williams que de Sandi. Je raccrochai.

Durant les trois derniers mois, Jimmie Ray Rebenack avait téléphoné sept fois à Sid Markowitz, une fois durant presque une heure, et une autre trente-cinq minutes. Des conversations importantes, donc. L'appel le plus long avait été passé trois jours avant que Jimmie Ray ne dépose 30 000 dollars sur son compte. Eh ben, dis donc !

Je reposai le téléphone, m'allongeai par terre et réfléchis à des trucs. Une somme aussi importante semblait indiquer qu'il y avait chantage avec un grand C. Cela dit, si tel était le cas, pourquoi Jodi Taylor ne m'en avait-elle pas informé avant de m'engager pour retrouver le maître chanteur ? Naturellement, le temps que Sid avait passé au téléphone avec Jimmie Ray indiquait qu'il était déjà au parfum. Cela dit, une fois admis qu'on faisait chanter Jodi, sur quoi portait le chantage ? Sur le fait qu'elle était une enfant adoptée ? Le magazine *People* en avait déjà parlé, et Jodi elle-même était souvent, et publiquement, revenue sur le sujet. Sid et Jodi voulaient-ils récupérer leurs fonds ? C'eût été raisonnable. Mais il l'eût été encore plus de me mettre au courant. Je repris le téléphone et rappelai Sid. Ce fut le même jeune homme qui me répondit.

— Elvis Cole à l'appareil, lui dis-je. Pouvez-vous me passer Sid ?

— Je suis désolé, monsieur Cole, mais il n'est pas à son bureau.

Génial.

— Vous pourriez lui demander de me rappeler ?

— Naturellement.

Je lui donnai le numéro du motel et rappelai Jodi, mais elle aussi était injoignable. Je commençais à trouver saumâtre qu'on m'ait menti et avais envie de savoir ce qui se tramait. Je me levai, fis les cent pas dans la pièce et finis par rappeler Lucy. Toujours pas rentrée. Personne nulle part. Et si je filais moi aussi, histoire d'être nulle part à mon tour ? Je cherchai le numéro de Jimmie Ray, le composai et raccrochai à la vingt-sixième sonnerie. Encore zéro. Je décidai de repasser chez lui et de l'attendre.

Je rassemblai tous les documents et coupures de journaux et les cachai entre le matelas et le sommier. Le Dan & Wesson étant trop imposant pour que je le porte à la cheville, j'en accrochai l'étui à ma ceinture et rabattis ma chemise par-dessus. Soigner sa tenue, ça compte, mais les projectiles, ça compte souvent beaucoup plus.

J'avais fermé ma porte à clé et montais dans ma voiture lorsque LeRoy Bennett et son acolyte René s'arrêtèrent devant moi, LeRoy me collant un Colt Government .45 sous le nez.

— Monte, me lança-t-il. On va faire un p'tit tour.

J'eus le sentiment que Jimmie Ray allait devoir attendre un peu.

11

— Tiens, tiens, dis-je, Bill et Hillary.

LeRoy abaissa son arme.

— Je l'savais bien que je te reverrais, bonhomme.

Il inclina la tête en direction du siège arrière et ajouta :

— Allez, vaudrait mieux pas obliger René à descendre de la bagnole.

René trônait sur la banquette arrière. Il avait les yeux vagues et qui se mouvaient chacun de leur côté. Encore une fois je me dis qu'il était peut-être avec nous, mais que ça n'avait rien de certain.

— Et si je refuse ?

LeRoy ricana.

— Arrête tes conneries et en route.

— Dites-moi un peu, lui répliquai-je, ce René, c'est du lard et du cochon ou bien on l'a fabriqué avec des pièces de rechange ?

René s'anima, la Polara en gémissant aussitôt de tous ses ressorts. Il devait frôler les deux cents kilos. Voire davantage.

— Tu t'assieds à côté de moi, me dit LeRoy. René est bien trop gros pour se mettre devant. Y lui faut toute la banquette arrière.

Je montai dans la voiture. Nous mîmes cap au sud, traversâmes Ville Platte et suivîmes la grand-route qui conduisait à l'élevage d'écrevisses de Milt Rossier. Lentement, nous longeâmes des étangs et des bâtiments bas en roulant sur la chaussée en coquilles d'huîtres brisées. Grands portails coulissants et ouverts, on voyait à l'intérieur des hangars. Au volant de petits tracteurs, des Hispaniques tiraient des remorques grouillant de poissons-chats excités vers les bâtisses les plus proches. Là, des femmes, elles aussi hispaniques, tranchaient la tête aux bestiaux puis les ouvraient et les écaillaient avec des couteaux à lame fine. D'autres ouvriers pilotaient des camions remplis d'écrevisses jusqu'au dernier hangar, où des femmes lavaient, triaient et jetaient lesdites écrevisses dans de gros sacs en toile de jute. Nous roulions toutes vitres baissées. La voiture n'était pas climatisée, le bruit des coquilles d'huîtres sous nos pneus faisait songer à des os qu'on brisait. La Mustang de Jimmie Ray stationnait de l'autre côté des hangars de conditionnement, son propriétaire se tenant au bord d'un bassin en compagnie de Milt Rossier. LeRoy se gara près du bâtiment le plus proche et me dit :

— En avant. On est arrivés.

Nous descendîmes et rejoignîmes les deux hommes.

La petite soixantaine, Milt Rossier portait des vêtements bon marché, avait la peau fripée et décolorée par endroits et arborait une bedaine qui lui débordait largement par-dessus la ceinture. Court mégot de cigare vissé au coin des lèvres, mains pâles et saupoudrées de taches de vieillesse. Chemise à manches longues fermées aux poignets et panama, encore une fois. Monsieur ne devait pas supporter le soleil.

— Je m'appelle Milt Rossier, lança-t-il. On me dit que vous seriez détective privé.

— Tiens donc.

René passa devant nous, gagna le bord du bassin et, l'œil fixe, scruta les profondeurs de l'eau.

— Ouais, reprit Milt en faisant tourner son bout de cigare au coin de sa bouche. Qu'est-ce que vous fabriquez ici ?

— C'est LeRoy qui m'a amené.

Il plissa le front.

— Pas ici ici, déclara-t-il, ici en ville. Vous faites des vagues dans ma ville et je veux que ça cesse. Vous n'avez rien à faire dans le coin.

— Erreur, Milt, lui remontrai-je. J'ai à faire.

— Il était avec une nana, Milt, lui précisa Jimmie Ray. Une avocate, je crois.

Je regardai Jimmie Ray en souriant. Il n'aurait pas pu le savoir si le shérif Boudreaux ne l'en avait pas informé.

— Je te cherchais, Jimmie Ray, lui lançai-je. Je suis entré chez toi.

Il me regarda comme si je venais de lui tirer une balle dans le pied, puis vira au rouge cramoisi.

— Bon, ben, on verra, dit-il. C'est pas pour ça que vous êtes là.

Brusquement René tomba à genoux au bord du bassin et plongea la main dans l'eau. Il se mouvait beaucoup plus vite que je ne l'aurais cru pour un homme de sa taille. Sa main était hors de l'eau, et on n'avait pas le temps de la voir bouger qu'elle était dedans. Il en ressortit quelque chose de noir et gigotant qu'il mordit d'un coup sec. La bête cessa de gigoter.

— Putain, René ! hurla LeRoy. Arrête ça !

René laissa tomber les restes de l'animal dans le bassin.

— Crache !

René cracha un machin rouge, noir et luisant dans l'herbe. Puis il s'en éloigna de quelques pas et s'assit. LeRoy le regarda en clignant des paupières, puis se rua sur lui pour vérifier.

— Putain, mais il s'est assis sur un tas de fourmis rouges ! s'écria-t-il. Lève-toi, *fou* [1] !

René se remit lourdement sur ses pieds, LeRoy lui brossant le pantalon.

— *Fi de chien ! Emplate* [2] *!*

Milt Rossier hocha la tête, puis sortit un mouchoir et s'essuya le front. Il devait bien faire quarante au soleil et si la sueur s'échappait bien des corps, l'humidité ambiante était telle qu'elle n'avait nulle part où aller.

— Ce gamin est épuisant, soupira Milt.

1. En français dans le texte.
2. En français dans le texte.

— Ça !

Il se tourna de nouveau vers moi.

— Et donc, on saurait des trucs sur moi ? reprit-il.

— Non, mais on devine.

— On ne devine pas, d'accord ? J'ai des intérêts commerciaux dans toute cette paroisse et je dois les protéger. Une histoire de dollars, tu comprends ?

— Évidemment.

— Ce qui fait que quand un type débarque dans la région et se met à fouiller un peu partout, des fois ça déstabilise.

Il sortit son cigare de sa bouche, l'examina, puis se le remit au coin des lèvres.

— Pourquoi que t'es ici, fils ?

— Je suis ici parce que vous faites chanter ma cliente.

Il me dévisagea et je sus tout de suite qu'il n'était pas au courant. Je regardai Jimmie Ray qui se tortillait comme un truc tout droit sorti d'un des bassins. Ce n'était pas Rossier, mais Jimmie Ray qui faisait chanter Jodi, oui, tout seul, comme un grand.

— Je suis ici parce que ce trouduc fait chanter une nana en Californie, dis-je.

— Il ment ! hurla Jimmie Ray en agitant la main sous le nez de Milt Rossier. C'est que des conneries ! Il a tout inventé !

— Non, dis-je, je n'invente rien.

Puis je regardai Jimmie Ray et ajoutai :

— Il y a trois heures, je suis entré chez toi et j'y ai trouvé des documents ayant trait à la naissance de ma cliente. J'ai aussi découvert la preuve que tu as eu une série d'entretiens avec elle et que tu as déposé la somme de trente mille dollars sur ton compte.

Je jetai un coup d'œil à Milt Rossier et poursuivis en ces termes :

— Je ne vois pas trop le lien entre cette histoire et ce que vous fabriquez ici, mais je m'en tape. La seule chose qui m'intéresse, c'est la façon dont ça affecte ma cliente.

— Non mais, mentir aussi effrontément ! reprit Jimmie Ray en riant comme s'il n'arrivait pas à le croire.

Les yeux comme deux points noirs et durs, Milt Rossier se tourna vers Jimmie.

— Tu travailles pour moi, petit, dit-il, ou tu fais bande à part ?

— C'est des âneries, tout ça, Milt. À qui tu fais le plus confiance ? À moi ou à cet étron ?

Rossier fronça les sourcils encore plus fort.

— Tu m'apportes des trucs, je te les paie, ils sont à moi.

Jimmie Ray avait l'air tout mielleux et ne cessait de couler des regards à René.

— Bien sûr que c'est à toi, répondit-il. Ce sac à merde essaie juste de te baiser la gueule.

— Ah, putain ! soupira Milt en hochant la tête.

— Non, j'te jure, Milt. Je te dis la vérité.

LeRoy s'approcha de lui et le gifla à la nuque, envoyant valdinguer sa banane.

— *Emplaté !* cria-t-il.

— Hé mais ! lança Ray.

Milt Rossier cracha dans les mauvaises herbes, puis se dirigea vers le bâtiment le plus proche.

— Allez, venez, tous. Tu t'amènes, LeRoy. Et toi aussi, René ! Tout de suite !

Nous suivîmes Rossier entre les deux bâtiments et débouchâmes devant un petit bassin circulaire entouré d'une barrière basse. LeRoy ramassa une latte en passant. Les bords du bassin étaient couverts de boue et de quelque chose de verdâtre et visqueux, des déchets des hangars de conditionnement sans doute. Arrivé le premier, Rossier nous attendit avec impatience. Puis il nous montra le bassin du bout de son cigare et lança :

— René ! Va chercher Luther. Et tu fais gaffe.

— Luther ? répétai-je.

Jimmie m'agita un doigt sous le nez et ricana.

— Ça, c'est pour t'être mis dans la merde, dit-il.

René enjamba la barrière, s'agenouilla au bord du petit bassin et gifla l'eau un grand coup. Il recommença trois ou quatre fois jusqu'au moment où, quelque chose se mouvant sous la surface, l'eau se mit à tourbillonner. René y entra d'un bond, en eut jusqu'aux genoux, plongea la main et attrapa quelque chose qui le fit vaciller. Ayant retrouvé son équilibre, il rougit sous l'effort et sortit une tortue alligator qui devait faire pas loin d'un mètre de large et peser une centaine de kilos. Sombre et primitive, la bête avait une carapace qui évoquait un blindage de tank, une tête surmontée d'une crête et un bec monstrueux. Sa tête pivotant brusquement, la bête essaya d'attraper René, mais n'y parvint pas. Sa gueule faisait une bonne trentaine de centimètres et chaque fois qu'elle s'ouvrait pour pincer, on entendait comme le bruit sec d'une règle s'abattant sur le dessus d'un pupitre. René se traîna hors de l'eau, repassa la barrière et déposa Luther sur le sol. Luther rentra les pattes et la tête. Mais sa gueule était si grosse qu'elle resta à l'entrée, bien visible à tous. LeRoy ricanait comme une citrouille avec une bougie à l'intérieur. Il agita sa latte devant la tortue. La grosse tête sortit d'un coup, saisit la latte entre ses mâchoires et la brisa. LeRoy en fut tout rayonnant de joie.

— C'est quelque chose, cet engin, pas ? s'exclama-t-il.

Jimmie Ray me menaça encore une fois de son index.

— On va bien voir qui c'est qui raconte des bobards, dit-il.

Milt Rossier y alla de quelques mots en français, et René s'empara prestement de Jimmie Ray pour le jeter à la tortue.

— Hé, mais ! s'écria celui-ci.

Il tenta d'échapper à René, mais n'y réussit pas mieux que Luther. Une main refermée sur le col de sa chemise et l'autre sur sa ceinture, René le plaqua par terre, hors de portée de Luther, mais de très peu. Sous la carapace, les petits yeux du bestiau ne perdaient rien de la scène. Jimmie ne cessait de gueuler.

— Putain, Milt, arrête ! S'il te plaît !

Il avait les yeux tout grands ouverts et le teint aussi blanc que du papier mâché.

René lâcha la ceinture de Jimmie Ray, attrapa son avant-bras et poussa sa main droite vers la gueule de la tortue. Jimmie hurla.

— Bon, alors, reprit Milt, tu me dis la vérité, fiston. Tu te sers de mes renseignements pour faire chanter cette dame ?

— J'te jure que non, Milt. Je te le jure !

— René ?

René poussa la main plus près. Luther cligna des yeux, ses grandes mâchoires s'entrouvrirent.

— Allez, fils, insista Milt, encore un effort.

Je m'avançai d'un demi-pas.

— Ça suffit ! m'écriai-je. Dites-lui d'arrêter.

— LeRoy ? lança Milt, et LeRoy pointa son gros .45 sur moi.

Il était tout sourire. Milt me menaça de son doigt.

— Vous vous tenez tranquille, vu ?

Il s'approcha de Jimmie Ray et s'accroupit à côté de lui.

— Papa Luther a l'air inquiet, mon garçon. Tu ferais mieux de tout me raconter.

Jimmie Ray se mit à parler.

— Je voyais pas que ça ferait du mal, dit-il. Ça n'avait rien à voir avec toi ou nous et je m'disais que j'pourrais me mettre un peu d'argent de côté, putain Milt, je t'en prie, dis-lui d'arrêter, j'aurais jamais fait ça si j'avais pensé que ça pouvait te foutre en rogne putain de Dieu !

— Bon, bon, René. Il a son compte.

Jimmie Ray Rebenack venait de pisser dans son pantalon.

René souleva Jimmie et le mit hors de danger. La tache grandit sur le pantalon de Jimmie et descendit vers ses genoux. Milt mâchonna son cigare et regarda fixement les hangars. Il avait les yeux durs et petits, comme la tortue ou pas loin. Il agita son cigare dans ma direction.

— Et vous êtes venu ici rien que pour cette histoire de chantage ?

— Voilà.

Il mâchonna encore un peu son cigare.

— Allez, René, tu ranges Papa Luther.

René rendit Luther à son bassin. Luther fila sous l'eau qui se calma.

— Papa Luther aime bien les têtes de poisson, m'expliqua Milt. Un jour, un type de l'université m'a dit qu'il devait avoir plus de cent ans.

Toujours à genoux, Jimmie Ray se tenait la tête à deux mains. Je me sentais aussi honteux et gêné que lui. Milt Rossier s'approcha du jeune homme et lui tapa sur l'épaule.

— Tu vois où ça conduit quand on est malhonnête ? Tu fais des trucs dans mon dos, et boum, y a ce mec qui débarque. Alors, tu vois où ça mène ?

— Je te demande pardon, Milt. Je suis désolé, oui, vraiment.

Milt Rossier me lança un coup d'œil à la Luther. Puis il me dévisagea et se mit à réfléchir, jusqu'au moment où LeRoy s'en mêla :

— Il était avec une nana, Milt, dit-il.

Milt cracha.

— Oui, bon, faut croire.

Il avait l'air déçu – comme s'il était arrivé à une décision importante et devait brusquement en changer. Il tapa encore un peu sur l'épaule de Jimmie, puis l'aida à se relever.

— Allez, Jimmie Ray, dit-il. Lève-toi et arrête de chialer. Et tu décampes, OK ?

— Je pensais rien faire de mal, insista Jimmie. J'te le jure devant Dieu.

— On oublie tout ça, Jimmie, dit Milt. Allez, file.

Jimmie Ray courut à sa Mustang, dont l'arrière dérapa un grand coup lorsqu'il écrasa le champignon.

Milt hocha la tête, puis se tourna vers moi.

— Vous repartez chez vous et vous dites à votre nana que ses ennuis sont finis. Ce que vous avez sous les yeux n'a rien à voir avec elle, ni vous non plus, d'ailleurs. Vous comprenez ?

— Bien sûr. Vous voulez que je rentre chez moi. Vous voulez que j'arrête de faire remonter des trucs.

Il acquiesça d'un hochement de tête, regarda encore une fois son cigare, puis le jeta dans le bassin. Le cigare y flotta une seconde en faisant de jolis ronds, puis disparut dans l'explosion de vagues qui s'ensuivit.

Milt Rossier y alla d'un petit geste d'agacement et s'éloigna.

— LeRoy, dit-il, tu veilles à ce que ce type rentre chez lui sans ennuis ?

Il lui jura que ce serait fait.

LeRoy et René me ramenèrent à mon motel à bord de la Polara et me lâchèrent dans le parking. Je les regardai s'en aller, allai jusqu'à ma chambre, tentai d'y entrer, mais fus incapable de glisser ma clé dans la serrure. Je m'escrimai de mon mieux, m'assis sur le trottoir les mains entre les genoux et serrai ceux-ci très fort l'un contre l'autre pour arrêter de trembler. Je serrai très très longtemps, enfin mes tremblements cessèrent.

12

Je fermai la porte à double tour et me douchai, laissant l'eau brûlante me labourer jusqu'à ce que j'en aie la peau toute rouge et commence à me sentir mieux.

J'étais sorti de la douche et m'habillais lorsque Lucy Chenier me rappela.

— Désolée d'avoir mis tout ce temps, me dit-elle, mais j'essayais de me renseigner sur Milt Rossier.

— Justement, je reviens de chez lui. Avant, je suis entré chez Jimmie Ray Rebenack par effraction et y ai découvert ce que je crois bien être tout le dossier de l'État sur l'adoption de Jodi. J'ai aussi trouvé d'autres choses, et chez Rossier j'ai appris des trucs dont nous devrions parler.

Il devait y avoir quelque chose dans ma voix que l'eau de la douche n'avait pas entièrement lavé car Lucy ne dit rien sur mon effraction.

— Pouvez-vous rentrer à Baton Rouge ce soir même ? me demanda-t-elle.

— Oui.

— Je vais devoir quitter mon bureau assez tôt pour être à la maison avant que Ben ne rentre, mais si vous me retrouviez chez moi et dîniez avec nous ? Ça vous irait ?

— Ça m'irait.

Elle m'indiqua le chemin, puis raccrocha. Je m'habillai, sortis les papiers de dessous mon matelas et repartis à Baton Rouge en voiture. Et je lui apportai des fleurs.

La fin de l'après-midi était encore claire et belle lorsque je m'engageai dans un joli quartier résidentiel à l'est de l'université d'État de Louisiane pour y chercher le domicile de Lucy. Les rues étaient étroites, mais les maisons grandes et sises en retrait de vastes pelouses ondulantes plantées d'azalées, de chênes et de magnolias luxuriants, parfaites pour des médecins, des avocats et des professeurs titulaires de l'université de Louisiane. Je ralentis plusieurs fois pour éviter des familles à bicyclette, de jeunes couples poussant des landaus ou de vieilles gens qui se promenaient paisiblement. Debout sur une pelouse, deux fillettes et leur père essayaient de faire partir un cerf-volant bleu sans l'aide du moindre souffle de vent. Sur une autre, un vieil homme s'était installé dans une balancelle et s'y berçait doucement à l'ombre vespérale d'un chêne. Tout était calme et merveilleux, un environnement idéal pour échapper aux tristes réalités de la cliente qui ment, de la tortue qui mord, et à la solitude de celui qui se trouve loin de chez lui. Je me demandai si je ne ferais pas bien d'emménager dans le quartier.

Lucy Chenier habitait une maison de style colonial en brique, avec petite allée circulaire en rocaille et grand pacanier dans le jardin de devant. Une corde à nœuds pendait à l'arbre et, plus haut dans ses branches, plusieurs planches avaient été clouées ensemble pour faire une plate-forme. Une cabane dans les arbres, et elle appartenait à quelqu'un.

Je m'arrêtai à grand bruit sur le gravier de l'allée, descendis de voiture avec mes fleurs et mes documents et gagnai la porte de devant. En m'arrêtant pour acheter mon bouquet, j'avais aussi fait l'acquisition d'un classeur pour y cacher mes dossiers. Plutôt déconseillé d'être vu en train d'introduire des pièces volées chez une avocate. Ça pourrait la faire virer du barreau... La porte s'ouvrit avant que j'y arrive, et la tête d'un garçonnet à cheveux bruns et bouclés s'y encadra.

— Hé ! dit-il.

— Hé ! lui répondis-je. Je m'appelle Elvis. Toi, c'est Ben, non ?

Il regarda mes fleurs.

— Oui, monsieur. Ma mère est au téléphone, mais elle a dit que vous pouviez entrer.

— Merci.

Il ouvrit la porte plus grand et me laissa passer. Il n'avait pas lâché mes fleurs des yeux. Méfiant.

— C'est pour ma mère ?

— Ouais. Tu crois qu'elles lui plairont ?

Haussement d'épaules.

— Je sais pas.

Il ne devait pas trop vouloir encourager les inconnus.

De quelque part dans la maison, Lucy me lança :

— Je suis en train d'appeler le bureau. J'en ai pour une minute.

— Prenez votre temps !

Ben était grand et bien droit dans son short taillé dans un jean et son tee-shirt gris de la section athlétisme de l'université de Louisiane. Je me demandai si on ne donnait pas un tee-shirt de cette université à tous les enfants qui naissaient dans l'État. Il me pilota dans la maison qui était spacieuse, propre et en ordre, tout en ayant l'air habitée, confortable et tenue par une femme : nombreux y étaient les pastels ; il y avait des plantes, et des photos dans des cadres délicats. Par le vestibule on entrait directement dans la salle de séjour et la cuisine. Calme et ouverte, la salle de séjour avait de grandes portes-fenêtres donnant sur un patio en brique et un jardin à l'arrière de la maison. Des coupes de tennis alignées sur les étagères d'un meuble imposant de télévision étaient submergées par des livres, des animaux en céramique et des photos de Ben. J'aimais. Équilibre, équilibre.

Ben s'appuya au comptoir qui séparait la cuisine de la salle de séjour et m'observa.

— Tu joues au tennis, comme ta mère ? lui demandai-je.

Il acquiesça d'un signe de tête.

— Elle est bonne ?

Il hocha de nouveau la tête.

— Tu arrives à la battre ?

— Des fois. Vous êtes détective ? dit-il en inclinant la tête légèrement de côté.

— Ça se voit ?

Il secoua la tête.

— J'ai laissé mon trench-coat à mon motel.

— C'est quoi, un trench-coat ?

Les temps changent.

— C'est amusant ? voulut-il encore savoir.

— La plupart du temps, oui, lui répondis-je, mais pas toujours. Pourquoi ça ? T'as envie d'essayer ?

Il secoua la tête.

— Non, moi, je veux être avocat comme mon père.

— Oui, acquiesçai-je, ça serait bien.

— Il travaille pour des grandes compagnies à Shreveport. Il cherche toujours la jugulaire.

Je me demandai où il avait entendu cette expression.

Lucy entra dans la salle de séjour et me sourit.

— Salut.

— Salut vous-même, répliquai-je en lui tendant mes fleurs.

Monsieur Séduction en personne.

— Je ne voulais pas arriver les mains vides.

— Oh, elles sont magnifiques ! s'exclama-t-elle.

Ses yeux pétillant joliment lorsqu'elle me les prit, je me sentis envahi d'un plaisir tel que je lui retournai son sourire. Elle portait un short kaki, des sandales et un débardeur ample en coton blanc et semblait à l'aise et détendue dans sa maison. La voir ainsi me détendit moi aussi.

— Mettons-les dans l'eau, me dit-elle.

— Je peux allumer le charbon de bois ? lui demanda Ben.

— N'en mets pas trop.

Le garçon courut jusqu'au jardin de derrière en faisant claquer les portes-fenêtres derrière lui. Un gril Weber était installé dans le patio. Ben s'attaqua au charbon de bois.

— J'ai acheté de la salade de pommes de terre et du *coleslaw* au marché, reprit Lucy. Avec des hamburgers grillés, ça devrait aller. Rien de compliqué : on a du travail à faire.

— Ce sera parfait.

— Vous voulez un verre de vin ?

— S'il vous plaît. Ce serait très bien.

Elle sortit une bouteille de chardonnay Sonoma-Cutre du frigo, me la tendit avec un tire-bouchon et me demanda si ça ne me gênait pas de l'ouvrir. Elle posa deux verres sur la table, puis se servit de ciseaux de cuisine pour couper les tiges des fleurs avant de les mettre dans un vase en verre tout simple. Je remplis les verres. Quand elle eut fini, elle me dit :

— Elles sont vraiment très jolies.

— Ternes. Ternes et bien ordinaires à côté de vous.

Elle rit.

— Dites-moi, monsieur Cole, tous les hommes de Los Angeles draguent-ils aussi effrontément que vous ?

— Seulement ceux qui sont assez sûrs de leur talent pour ça.

Son rire se muant en sourire, elle chaussa ses lunettes de lecture rouges et pointa mon classeur bourré de documents, factures et notes manuscrites.

— Et si vous me disiez ce qui s'est passé pendant que je regarde un peu à quoi nous avons affaire ?

Je lui racontai tout ce qui était arrivé depuis que je l'avais vue et m'arrêtai au moment où LeRoy et René m'avaient conduit à l'élevage de Milt Rossier. J'avais mis les pièces officielles au-dessus de la pile. Ce furent elles que Lucy examina en premier. Tandis que je parlais, une ride se marqua entre ses sourcils : madame n'était plus du tout heureuse et détendue.

— Ce sont des originaux, dit-elle, et scellés sur ordre du tribunal. Comment a-t-il réussi à les avoir ?

— Je ne sais pas.

— Détenir de tels documents est un délit d'État. Ils sont tous numérotés et référencés. Je pourrais faire vérifier leur authenticité, mais ils m'ont l'air vrais. Et ils montrent bien que Jodi Taylor est née Marla Johnson. Je n'arrive pas à croire qu'il ait ces trucs-là en sa possession.

— Il ne les a plus.

Ben vint nous dire qu'il était prêt à enflammer le charbon de bois, et Lucy sortit avec lui pour s'assurer qu'il le faisait en toute sécurité. Je m'assis au comptoir avec mon verre de vin, les observai et me surpris à sourire. Ben craqua les grosses allumettes de sûreté et les jeta sur le charbon de bois pendant que Lucy surveillait l'opération. Ils semblaient bien ensemble. Je retrouvais Lucy dans les traits de Ben et l'assurance avec laquelle se comportait son fils. Reflets. Lorsque les flammes montèrent enfin et que le gril fut en place, Lucy revint dans la maison et sourit à mon sourire.

— Quoi ? dit-elle.

— Vous avez l'air de bien vous entendre. Heureux même. Ça me plaît.

Elle se détourna pour regarder son fils. Il avait quitté le gril et grimpait dans un pacanier. Une corde à nœuds pendait à une branche, comme dans le jardin de devant, mais il ne s'en servait pas pour monter.

— On dirait que vous avez passé l'examen avec succès, reprit-elle.

— Quel examen ?

— Il nous laisse seuls. Il est très protecteur à mon égard.

— Parce qu'il a souvent à vous garder ?

Elle prit un air hautain.

— Assez, oui, merci.

Elle sortit deux assiettes du congélo – sur la première se trouvaient les portions de bœuf haché, sur la seconde les feuilles de laitue et les oignons et tomates en tranches, tout cela emballé dans du film alimentaire – et les mit à décongeler. Puis elle revint au classeur et parcourut les notes manuscrites de Rebenack.

— Qui est Leon Williams ? me demanda-t-elle.

— Je l'ignore, mais d'après leur contenu on voit tout de suite que ce sont les notes que Jimmie a prises lorsqu'il fouillait dans le passé de Jodi. Bref, ce Leon Williams pourrait être un personnage important.

Elle écrivit quelque chose sur un bloc-notes grand format.

— J'ai un ami à la police de Baton Rouge, dit-elle. Je vais voir s'ils ont quelque chose.

— Bon, mais c'est ici que ça se corse, lui répondis-je en lui montrant les factures de téléphone de Jimmie Ray. Reconnaissez-vous ces numéros ?

— Il a appelé Los Angeles ? dit-elle en secouant la tête.

— Ça, c'est le numéro de Sid, et ça, celui de Jodi. Au cours des cinq derniers mois, Rebenack s'est entretenu avec Sid Markowitz au moins sept fois.

Elle resta immobile un bon moment, puis quitta la cuisine. Elle y revint quelques minutes plus tard avec un gros carnet en cuir bourré de notes, de feuilles de papier et de cartes de visite. Elle l'ouvrit à la partie agenda téléphonique et compara les numéros portés sur les factures avec ceux qu'elle avait. Puis elle secoua encore la tête.

— Sid ne m'a jamais parlé de ça.

— À moi non plus, renchéris-je en lui montrant le coup de fil le plus long. Trois jours après, Rebenack a déposé trente mille dollars sur son compte. Il s'en est servi pour acheter une voiture.

— Vous croyez qu'il les fait chanter ?

— Il l'a reconnu.

Je lui racontai l'épisode Jimmie Ray-Milt Rossier-Luther.

— Mais ça n'a aucun sens ! s'écria-t-elle. Jodi n'a jamais caché qu'elle était une enfant adoptée. Et même si elle l'avait fait… Je ne vois pas. Sur quoi pourrait-il les faire chanter ?

J'écartai les mains en signe d'incompréhension.

— Disons que c'est ça qu'il va falloir découvrir, et que la piste ne s'arrête pas à Jimmie Ray. Milt lui aussi fait des trucs assez peu orthodoxes et j'ai l'impression que ça concerne les Boudreaux. C'est pour ça que le shérif se trouvait à l'élevage d'écrevisses. Pour ça aussi que les Boudreaux ont la trouille.

Elle posa son carnet d'adresses près du téléphone et composa un numéro d'un doigt rageur. Puis elle gonfla les joues et poussa un soupir en attendant.

— Lucille Chenier pour M. Markowitz, dit-elle. Pouvez-vous me le passer, s'il vous plaît ?

L'écouteur à l'oreille, elle se mit à tourner dans la pièce.

— Dites-lui de m'appeler dès que possible. C'est urgent. Je vous donne mon numéro personnel.

Elle le fit, raccrocha et recommença l'opération avec Jodi Taylor. Sans plus de chance.

— Moi aussi, je leur ai téléphoné, lui dis-je. Ils ne m'ont pas rappelé.

Elle secoua la tête.

— Je n'arrive pas à croire qu'ils ne nous aient rien dit. Ça nous fait quand même un shérif d'Evangeline Parish acoquiné à un repris de justice et un chantage à la clé, et personne ne nous en parle ? On nous aurait engagés pour découvrir des choses que tout le monde savait déjà ?

— Ça m'en a tout l'air.

Elle ôta ses lunettes, se frotta les yeux, puis rassembla les documents avant de les mettre de côté.

— Assez travaillé, monsieur Cole. Encore un peu de vin, s'il vous plaît.

Elle me tendit son verre, je versai.

Le charbon de bois ayant pris, nous portâmes les hamburgers dehors et les déposâmes sur le gril. Ils y sifflèrent joliment, le crépuscule soyeux fleurait bon la viande qui grille. Lucy avait mélangé au faux-filet haché de la Worcestershire sauce, et tout cela embaumait à ravir. Un chien aboyait quelque part pendant que les cigales continuaient de faire leur bruit de scie. Ben s'était suspendu la tête en bas dans son arbre.

— Ben, lui cria Lucy, ça va être prêt. Va te laver les mains.

Il se laissa tomber de sa branche, mais n'entra pas dans la maison.

— J'peux avoir un cheeseburger ?

Lucy acquiesça d'un signe de tête.

— Bien sûr. Elvis ?

— Et comment !

Elle me tendit la spatule et partit chercher le fromage. Dès qu'elle eut disparu, je regardai Ben et le surpris en train de me sourire.

— Quoi ? lui demandai-je.

— Vous lui plaisez.
— Vraiment ?
Il hocha la tête.
— Je l'ai entendue parler à sa copine Marsha. Elle vous a appelé Studly, l'Étalon-comme-il-faut !
Il rigola.
Je tournai la tête vers sa mère qui se trouvait dans la maison, puis revins aux hamburgers.
— Elle n'apprécierait sans doute pas trop que tu me l'aies dit.
— Pourquoi ça ?
— Les femmes se disent des trucs qu'elles ne diraient jamais à un mec. C'est une loi qu'elles ont entre elles.
Il rigola encore plus. Lucy sourit.
— Hé, vous ! dit-elle. Qu'est-ce que vous racontez ?
Ben rigola encore plus fort.
— Studly l'Étalon-comme-il-faut ? dis-je en me tournant vers elle.
Elle vira au cramoisi.
— Ben !
Il hurla de rire.
— Ce n'est pas de sa faute, Lucy. Elvis Cole est mon nom et je suis le plus grand détective du monde. Je sais tout, je vois tout, aucun secret ne résiste à mes enquêtes.
— Je vous déteste ! s'écria-t-elle. Tous les deux !
Ben me tendit la main, nous nous la serrâmes à la conspirateurs. La supériorité masculine avait encore frappé.
— Benjamin, reprit-elle. Les mains ! Laver !
Ben courut à la maison en gloussant pendant que sa mère hochait la tête.
— Le petit traître.
— Studly ! répétai-je.
Elle m'agita la spatule sous le nez.
— Je faisais la maligne. Il vaudrait mieux ne pas vous faire d'idées.
— Je ne m'en ferai pas.
— Bien.
— Mais qu'est-ce que je fais de celles que j'ai déjà ?

Elle ferma les yeux… Pour imaginer la ligne jaune ? Qui sait ?

— Vous êtes vraiment un cas, vous savez ?

— Beaucoup le pensent.

Elle rouvrit les yeux et regarda le ciel.

— Ah, mon Dieu ! dit-elle.

— Non, non, lui répondis-je. Mais vous brûlez.

Elle rit et je ris avec elle.

Le fromage ayant fondu, nous rapportâmes les hamburgers à la maison et les mangeâmes avec la salade de pommes de terre et le *coleslaw* en buvant le reste de Sonoma-Cutre. Ben liquida son assiette à toute allure, puis demanda à être excusé avant de filer à la télé. Il voulait regarder *Star Trek. The Next Generation.*

— Ne mets pas trop fort ! lui cria Lucy.

— Ça ne me gêne pas, lui dis-je. J'aime bien *Star Trek.*

— Cool ! hurla Ben.

Lucy secoua la tête et leva les yeux au ciel.

— Hé, Studly ! dit-elle en inclinant son verre. Versez !

Ainsi donc nous regardâmes *The Next Generation.* C'était l'épisode où l'on suit l'androïde Data pendant vingt-quatre heures de son existence, vingt-quatre heures dont il passe l'essentiel à tenter de comprendre les divagations des humains qui l'entourent. Le comique vient de ce que, logique et sans émotion aucune, Data essaie de percer le secret de la condition humaine, autrement dit de trouver un sens à ce qui n'en a guère. Il ne comprend jamais tout à fait mais, loin de renoncer, élabore d'interminables programmes pour son cerveau d'androïde et traque désespérément des significations dans le comportement des hommes. Ce qui, quand on y pense, n'est pas très éloigné de ce que je fais moi-même.

Star Trek ayant pris fin, j'annonçai que j'allais peut-être devoir rentrer. Je souhaitai bonne nuit à Ben et Lucy me reconduisit jusqu'à la porte. Je pensais qu'elle n'irait pas plus loin, mais non. La nuit était claire et agréable.

— Vous rentrez à Ville Platte ce soir ? me demanda-t-elle.

— Oui. Les questions en suspens ne manquent pas et Jimmie Ray pourrait vouloir y répondre.

Elle acquiesça d'un hochement de tête.

— D'accord, dit-elle. Je vous appelle demain dès que j'ai quelque chose.

— Génial.

Un homme, une femme et un chien de traîneau nous passèrent devant. Le chien, un grand akita pie tacheté, me coula un regard soupçonneux tandis que ses maîtres nous saluaient.

— Beau chien, dis-je.

— Merci, me répondit l'homme.

Lucy et moi gardâmes le silence jusqu'à ce que le trio disparaisse tout doucement dans les ténèbres humides.

Nous nous regardâmes.

— C'est la deuxième fois que vous me nourrissez, lui fis-je remarquer. Merci encore.

— Ce n'est pas un boulot très marrant, mais il faut bien que quelqu'un le fasse, me répliqua-t-elle.

Nous sourîmes tous les deux.

— Aïe aïe aïe ! m'exclamai-je. Rivalité de comédiens.

Elle me regarda attentivement et me dit :

— Je m'amuse bien avec vous.

— Moi aussi, lui répondis-je en hochant la tête.

Puis elle ajouta :

— Ah, et puis zut !

Elle se pencha en avant, m'embrassa, puis recula.

— Je viens d'embrasser un homme qui a mangé du chien. Beurk !

Elle rentra dans la maison en courant.

Des lignes jaunes, il y en a sans doute, mais parfois elles laissent place à des pointillés.

13

Sur le bassin de l'Atchafalaya, la voûte nocturne était de velours noir tandis que je roulais entre la terre vive et des champs de canne à sucre et de patates douces pour rentrer à Ville Platte. Une femme que je devais connaître depuis environ quatre jours venait de me donner le baiser le plus court de l'histoire du monde et je ne pouvais m'empêcher de sourire en y pensant. Et avocate, en plus.

Je rangeai mon sourire dans ma poche, abaissai la vitre et respirai fort. Reprends tes esprits, Elvis Cole. Chaud et riche, l'air sentait l'eau, le terreau et les plantes en fleurs, et le ciel était une cascade d'étoiles. Je me mis à chanter. Puis j'arrêtai de chanter et jetai un coup d'œil dans le rétroviseur. Je souriais encore. J'autorisai mon sourire à rester un peu sur mes lèvres et continuai de rouler. Au diable, mes esprits !

En arrivant à Ville Platte, je trouvai un message de Jimmie Ray sur la boîte vocale du motel. Monsieur était tendu et semblait avoir peur. « Jimmie Ray Rebenack à l'appareil. Vous m'avez foutu dans un sacré merdier, bonhomme. » On l'entendait très nettement respirer dans l'écouteur. « Il est six heures vingt et il faut que je vous cause. Je suis chez moi. » Numéro de téléphone personnel et on raccroche.

Il était déjà dix heures cinquante-deux et il n'y avait pas d'autre message.

Je composai son numéro – occupé. J'ôtai ma chemise, passai dans la salle de bains pour me laver les dents et la figure. Je le rappelai, c'était toujours occupé. Je tentai de le joindre à son bureau, tombai sur son répondeur et raccrochai sans laisser de message. J'essayai encore chez lui. Occupé. J'appelai l'opératrice.

— Je voudrais que vous m'aidiez à joindre quelqu'un, lui dis-je. C'est urgent.

— Numéro, s'il vous plaît.

Je le lui donnai. Elle disparut pendant quelques instants, puis revint en ligne.

— Je suis désolée, dit-elle, mais il semblerait que votre correspondant ait décroché.

— Il n'est pas en ligne ?

— Non, monsieur. Il a dû mal raccrocher. C'est très fréquent.

Je remis ma chemise et me rendis une fois de plus au domicile de Jimmie Ray. À côté de chez lui, deux ou trois maisons éclairées disaient qu'on vivait encore, mais le reste de la rue était plongé dans le noir et le silence. Tachetée de clair de lune, la Mustang était garée le long du trottoir et il y avait de la lumière à la fenêtre du premier. Dans sa chambre à coucher, me dis-je. Il devait être avec une femme. Ils s'étaient probablement lancés dans de tels ébats que le téléphone avait valdingué et s'était décroché. Je laissai ma voiture dans la rue, gagnai la porte de devant et appuyai sur le bouton. J'entendis la sonnerie de l'interphone retentir à l'intérieur, mais ce fut tout. Pas de petits rires étouffés. Personne qui se ruait sur ses vêtements. J'appuyai encore deux fois sur le bouton, puis je longeai le côté de la maison et entrai par-derrière, exactement comme je l'avais fait douze heures plus tôt.

Le rez-de-chaussée était plongé dans l'obscurité, la cuisine sentait toujours la friture, mais je discernai une forte et très vilaine odeur en dessous. Je traversai la cuisine et m'immobilisai dans le noir pour écouter. La lumière du premier filtrait dans la cage d'escalier, jetant une pâle lueur jaune dans le séjour de la garçonnière.

— Ah, là, là, Jimmie Ray, dis-je. Espèce d'andouille.

Le canapé en imitation peau de vache était sens dessus dessous et Jimmie Ray couché en travers, la tête en bas et les bras en dehors. Les pointes de ses bottes à la Joey

Buttafucco étaient tournées vers le plafond. Le téléphone s'était décroché lorsque le canapé avait basculé. Je sortis mon Dan & Wesson de son étui, le gardai le long de la cuisse, repassai devant Jimmie Ray pour retourner en haut des marches et écoutai. Rien. Je revins vers Jimmie Ray et regardai sans le toucher. Il avait le cou tordu selon un angle peu naturel, comme si on lui avait décroché une vertèbre avec une force colossale. Il ne se l'était sûrement pas tordu comme ça en se prenant les pieds dans le canapé ou en dégringolant dans l'escalier. Il fallait déjà un sérieux accident de voiture pour se faire un truc pareil. Ça, ou tomber du cinquième étage. Visage livide, grosse banane toute raide complètement écrasée et collée sur un côté du crâne comme si on lui avait pris la tête entre les mains et tiré jusqu'à ce que ça craque. René...

Je montai au premier, examinai les deux pièces, mais tout y était à peu près dans le même état que douze heures plus tôt, magazines et affiches aux mêmes endroits dans la pièce de derrière, lit toujours défait dans la chambre de devant. Le pantalon qu'il portait à l'élevage d'écrevisses de Rossier trempait dans le cabinet de toilette du premier. Il avait décidé de nettoyer ses taches de pipi. La lumière de la chambre de devant était allumée mais rien n'indiquait que la pièce ait été fouillée en quelque manière que ce soit. On n'y avait rien cherché. On n'y avait rien dérobé. Celui ou celle qui y était entré ne l'avait fait que pour assassiner Jimmie Ray, ce que l'on avait probablement accompli pas très longtemps après qu'il m'avait téléphoné. Il n'était pas impossible que, comprenant enfin qu'il était vraiment dans la merde, il ait appelé à l'aide. Oui, c'était possible. Aussi possible que des tas d'autres choses jusqu'au moment où on passe l'arme à gauche.

Sur son répondeur, le témoin messages disait qu'il en avait reçu trois. Le premier émanait d'une jeune femme qui n'avait pas donné son nom et déclarait que Jimmie Ray lui manquait beaucoup et qu'elle avait envie de lui parler. Le deuxième avait été laissé par un certain Philip qui voulait savoir si Jimmie Ray avait envie de faire deux ou trois jours de boulot comme mécanicien dans un garage. Philip avait laissé son numéro et demandait à être rappelé avant vendredi. Le troisième et dernier message était encore une fois l'œuvre de la jeune femme, sauf que ce coup-là elle avait l'air irritée. À l'entendre, Jimmie Ray aurait été un pourri de ne pas l'avoir rappelée, mais, sa voix se radoucissant, elle avait ajouté que non, quand même, elle aurait bien aimé qu'il la rappelle parce qu'il lui manquait, oui, vraiment. Elle avait d'ailleurs murmuré : « Je t'aime, Jimmie » avant de raccrocher. Il n'y avait pas d'autre message. À plus, Jimmie Ray.

Je laissai la lumière allumée, les pièces dans l'état où je les avais trouvées, le cadavre de Jimmie dans sa raideur glacée en travers du canapé. J'essuyai le bouton de la porte de la cuisine et les endroits que j'aurais pu effleurer sur le chambranle puis je me glissai dehors, regagnai la porte de devant et essuyai le bouton de la sonnette. Enfin, j'appelai la police d'une cabine située devant un supermarché Winn-Dixie. Je donnai l'adresse de Jimmie Ray à deux reprises et précisai qu'il y avait un cadavre dans la maison. Je raccrochai, essuyai le téléphone et rentrai à mon motel, d'où j'appelai Lucy Chenier. Dire que deux heures plus tôt la vie me semblait belle !

Lucy décrocha à la deuxième sonnerie et me répondit d'une voix aussi claire que si, toujours debout, elle avait continué de travailler.

— Rebenack vient de se faire assassiner, lui dis-je.

— Ah, mon Dieu ! s'écria-t-elle. Comment ?

— J'ai l'impression que c'est Rossier, mais je ne peux pas l'affirmer. Je crois qu'il voulait lui faire payer son double jeu.

Elle souffla fort.

— Vous avez appelé la police ?

— Oui, mais je n'ai pas donné mon nom.

— Ils vont vouloir vous parler.

— Si je le fais, je devrai évoquer Jodi Taylor, et je n'en ai aucune envie… Vous voyez ?

Il lui fallut quelques secondes pour répondre.

— Je comprends, dit-elle. Qu'est-ce que vous comptez faire ?

— Attendre que vous retrouviez Leon Williams.

Elle marqua un deuxième temps d'arrêt, puis me demanda :

— Ça va, Elvis ?

— Mais oui.

— Vous avez l'air tout chamboulé.

— Non, ça va.

— Si vous avez envie de parler, je suis là.

— Je sais. Appelez-moi dès que vous aurez du nouveau sur Leon.

Nous raccrochâmes et là, à cet instant précis, ma petite chambre de motel à Ville Platte, Louisiane, me parut plus vide que toutes celles dans lesquelles je m'étais jamais trouvé. On y entendait bien des grillons, des grenouilles et le grondement d'un camion de temps en temps, mais ces bruits semblaient plus creuser le vide que le combler. Les meubles bon marché s'y détachaient avec une clarté acérée, comme sous l'effet d'une grande loupe invisible. Le vide devenait oppressant.

J'éteignis la lumière, gagnai le parking et respirai l'air chaud. J'avais fait trois mille kilomètres en croyant qu'on m'avait engagé pour découvrir le passé médical d'une femme et voilà qu'un bonhomme était mort. C'était un minable qui pratiquait l'extorsion de fonds, mais un peu avant sa dernière heure une jeune femme l'avait appelé pour lui dire qu'elle l'aimait. Je me demandais s'il avait écouté ce message. Jimmie Ray était bien du genre à le rater ou, s'il l'écoutait, à ne pas l'entendre. Les types de son acabit ne comprennent jamais vraiment que l'amour ne passe pas souvent et que même quand il passe, il peut toujours changer d'avis et se détourner.

Je rentrai, fermai ma porte à double tour et calai une de mes chaises maigrichonnes sous le bouton. Les serrures et la chaise n'auraient jamais empêché un monstre comme René d'entrer, mais bon : j'avais toujours le Dan & Wesson.

Je m'étendis sur le lit et tentai de dormir, hélas le sommeil, comme l'amour, n'est pas toujours au rendez-vous quand on en a envie.

14

Le lendemain matin, le téléphone sonna dans ma chambre à neuf heures quatorze, pile au moment où je sortais de la douche. Je m'étais levé tôt et avais attendu le journal en prenant mon déjeuner au *diner*, juste en face de ce qui avait été le bureau de Jimmie Ray. Deux ou trois voitures de police étaient passées devant la poissonnerie, mais lorsque le journal était enfin arrivé, je n'y avais rien trouvé sur le meurtre de Rebenack. Trop peu de temps pour découvrir une piste, sans doute. Je décrochai le téléphone.

— J'ai parlé avec mon ami de la police de Baton Rouge, me dit Lucy.

— A-t-il réussi à identifier Leon Williams ?

J'écoutai sa réponse en m'essuyant avec ma serviette.

— Oui. Leon Williams a été abattu un 12 mai d'une balle en pleine tête. Cela s'est passé il y a trente-six ans, à Ville Platte.

— Putain de Dieu !

— La police locale a ouvert une enquête conjointe avec le bureau du shérif d'Evangeline Parish, mais ils n'avaient aucun suspect et personne n'a été arrêté. Le dossier a atterri au fichier des homicides non élucidés.

— La première chose que j'ai faite en arrivant à Ville Platte a été de dépouiller les journaux microfilmés à la bibliothèque. Il manquait les bobines de mai.

— Vous croyez qu'il y a un lien ?

— Peut-être. Peut-être les nouvelles de l'époque contenaient-elles quelque chose qu'on n'avait pas envie de nous montrer.

Elle garda le silence un instant.

— Il y a bien l'université de Louisiane, reprit-elle. L'École de journalisme y a un fonds important d'archives d'État. Vous arriverez peut-être les y retrouver.

— L'idée n'est pas mauvaise. J'irai vérifier.

Elle marqua encore une pause.

— Avez-vous du nouveau sur M. Rebenack ?

Je lui dis que les flics étaient passés à son bureau et lui parlai de ce qu'on racontait dans les journaux du coin. Je laissai tomber l'histoire de la chaise que j'avais calée contre le bouton de ma porte parce que j'avais la trouille.

— Ont-ils un moyen quelconque de faire le lien entre vous et Jimmie Ray ?

— Toujours, j'avance tel le léopard qui traque sa proie en silence, lui répondis-je. Derrière moi, l'ombre qui passe laisse plus de traces que moi. On ne me voit pas plus que la brise.

Elle soupira.

— Bon, d'accord, dit-elle, mais nous avons une équipe de criminalistes compétents, au cas où vous auriez besoin de nous.

— Eh ! Fragile est l'ego du mâle, et c'est d'une aide sans faille qu'il a besoin, pas de plaisanteries bon marché.

— Mes services ne sont pas bon marché, monsieur Cole, je vous le garantis.

Puis elle ajouta :

— Je me suis bien amusée hier soir, Elvis. J'espère que nous pourrons remettre ça.

— Je devrais pouvoir arriver en une demi-heure. Plus vite si je cavale tout nu sur la route.

Elle rit.

— Le spectacle en vaudrait probablement la peine, mais vous feriez peut-être mieux de vous concentrer sur Leon Williams.

— « Peut-être » ?

— Fragile est effectivement l'ego du mâle, dit-elle.

Et elle raccrocha. J'eus le numéro de l'École de journalisme de l'université par les renseignements, appelai et tombai sur une femme qui devait avoir la cinquantaine. Je lui expliquai ce que je voulais, elle me répondit qu'elle allait devoir me passer la bibliothèque. Ce fut un homme qui prit la communication.

— En quoi puis-je vous être utile ?

— Je cherche *La Gazette* de Ville Platte, lui répondis-je avant de lui préciser le mois et l'année. Est-ce que vous auriez ça sur microfilms ?

— Je vous laisse en attente pendant que je vérifie ?

— Très bien.

Il reprit la ligne trente secondes plus tard, et encore. Il vérifiait plutôt vite.

— Nous l'avons. Voulez-vous que je vous mette la bobine de côté ?

— S'il vous plaît.

Je lui donnai mon nom et l'informai que je me trouvais à Ville Platte, mais que j'arrivais tout de suite. « Bien », dit-il. Qui sait si la chance n'allait pas tourner ? Peut-être touchais-je au fond de l'affaire et, une fois au fond, rebondirais-je dans les hauteurs. Évidemment, toucher le fond n'est pas toujours agréable, mais bon : mieux vaut ne pas penser à ces choses-là. Après tout, pour un œuf, c'est encore moins drôle.

Une heure et dix minutes plus tard je franchissais un grand portail avec l'inscription LOUISIANA STATE UNIVERSITY. Un jeune homme installé dans un kiosque de renseignements me tendit un plan des lieux, m'indiqua le bâtiment de l'École de journalisme et me conseilla de me garer dans un grand parking situé à côté du stade de football. Je laissai la voiture où il m'avait dit de le faire, puis je rebroussai chemin et passai entre le Tiger Stadium et les terrains de basket où Pistol Pete Maravich avait accoutumé de totaliser jusqu'à des quarante-quatre points par match. La maison de

Pete Built[1]. Pelouses vertes et allées courbes, le campus était joli et je me rappelai avoir un jour entendu la retransmission radiophonique du match où Maravich avait à lui seul marqué cinquante-cinq points contre l'Alabama. 1970. J'étais à l'armée, à Fort Benning, en Géorgie. Un type de ma compagnie, un certain James Munster, venait justement de l'Alabama et adorait le basket. Ses parents avaient enregistré la partie et lui avaient envoyé la bande : un samedi, six d'entre nous avaient passé la soirée à l'écouter. Jimmie Munster était certes un fan de la Crimson Tide[2] et détestait la LSU, mais il n'avait pu que hocher la tête devant le miracle Pistol Pete Maravich. « Qu'est-ce que vous voulez qu'on fasse ? disait-il. Au basket, y en a que pour lui. Qu'est-ce que vous voulez qu'on fasse ? » Sept mois plus tard, le spécialiste de quatrième classe James Munster se lançait dans une grande expédition de reconnaissance avec sa patrouille et se faisait tuer dans une embuscade vietcong au sud des hauts plateaux cambodgiens. Il avait dix-huit ans. Je n'ai pas oublié le résultat du match. LSU 90, Alabama 83.

Un essaim de jeunes filles en shorts de cycliste et tee-shirts leur dénudant le nombril passèrent devant moi et me sourirent. Je leur souris en retour. Des belles du Sud. Selon un petit panneau portant l'inscription TENNIS STADIUM, les courts se trouvaient après les terrains de basket et je me dis qu'il serait peut-être amusant d'aller voir l'endroit où Lucy avait joué. Puis je songeai que ce serait sans doute encore plus amusant si elle était là pour me les montrer elle-même. Mais il faudrait probablement oublier un peu les jeunes demoiselles des alentours.

Je grimpai une petite côte et longeai deux ou trois bâtiments imposants avant de pénétrer dans Memorial Hall, aussi connu sous le nom d'École de journalisme. Le jeune homme du kiosque m'ayant informé que la bibliothèque se trouvait au sous-sol, je cherchai l'escalier, le descendis et

1. Jeu de mots sur « La maison que Pete a bâtie », célèbre comptine anglaise, ayant pour équivalent en français celle que Jacques a bâtie.
2. Soit : la Marée cramoisie.

errai au moins vingt minutes avant de découvrir la bonne porte. On détecte en pro ou on ne détecte pas.

Un chauve d'une trentaine d'années à peine était assis à côté d'un écriteau RECHERCHE.

— Puis-je vous être utile ? me demanda-t-il en levant le nez de dessus un manuel.

Je lui dis que j'avais appelé un peu plus tôt et lui reparlai de *La Gazette* de Ville Platte.

— Ah, oui. J'ai mis la bobine là-dedans, me répondit-il en m'indiquant une petite boîte posée sur son bureau. Vous êtes étudiant ?

— Oh non !

— Vous avez un permis de conduire ?… Et il faudrait que vous signiez ici. Vous pouvez prendre n'importe quelle cabine dans cette allée.

Je lui tendis mon permis de conduire, signai où il voulait, puis je m'emparai de l'unique bobine de microfilm, la portai à la cabine et la montai sur le projecteur. À la date du 13 mai, je tombai sur un court article signalant que le cadavre d'un « nègre » dénommé Leon Cassius Williams, quatorze ans, avait été découvert sur la rive sud du bayou Maurapaus par deux gamins qui pêchaient le silure à tête plate. D'après le shérif Andrus Duplasus, la mort avait été causée par une seule balle de calibre .38 tirée dans la tête et l'on n'avait aucune piste. À la fin de la brève, il était mentionné que Leon Cassius Williams était le fils de M. et Mme Robert T. Williams, de Ville Platte, et que le service funéraire se tiendrait à l'église épiscopalienne afro-méthodiste de Sion. L'ensemble de l'article faisait neuf centimètres de long et se trouvait entre une réclame pour les petites pilules du Dr Carter pour le foie et un papier sur un type qui avait attrapé une perche de huit livres dans le bayou Nezpique.

À la date du 17 mai, un autre article publié en page 4 rapportait que Leon Cassius Williams, quatorze ans, trouvé mort la semaine précédente, avait été inhumé. Une notice nécrologique incluse dans le papier indiquait que Leon laissait derrière lui son père, sa mère et deux frères et une sœur dont je copiai les prénoms. Le dernier article consacré à Leon Williams avait été publié le 28 mai, en page 16 du journal. Le shérif Duplasus y affirmait que l'enquête menée dans la communauté noire l'amenait à penser que Leon Williams avait été assassiné par un vagabond nègre qu'on avait aperçu plus tôt dans la journée et que, selon toute vraisemblance, le meurtre faisait suite à une bagarre tournant autour d'une dette de jeu. Duplasus disait encore qu'il continuait de chercher des indices et avait transmis le signalement de l'assassin aux autorités de la police de l'État, mais que les chances d'arrestation étaient minimes. On ne parlait pas des parents de Leon Williams, sauf pour citer une fois Mme Robert T. Williams, qui aurait déclaré : « C'est comme s'ils m'avaient volé mon cœur. Je prie le bon Dieu qu'Il veille sur mon bébé. »

Arrivé au bout de la bobine, j'éteignis le projecteur et réfléchis à ce que je venais de découvrir. Leon Williams, jeune Afro-Américain de quatorze ans, avait été assassiné et son meurtre n'était toujours pas élucidé. Aucun de ces articles ne faisait le lien avec la famille Johnson ou avec l'un quelconque des individus qui m'intéressaient dans mon enquête. Je croyais qu'on y aurait fait allusion, mais non, rien de rien. *Nada.* C'était très probablement Jimmie Ray Rebenack qui avait volé la bobine de mai à la bibliothèque de Ville Platte. Je n'en étais pas certain, vu que je ne l'avais pas retrouvée chez lui, mais ça tombait sous le sens. Jimmie Ray avait accordé une certaine importance à Leon Williams et en avait pris bonne note. Étant donné qu'il avait fait de l'excellent boulot dans les autres domaines, un supplément d'enquête s'imposait.

Je rapportai la bobine au chauve, puis je gagnai une rangée de cabines téléphoniques sur un côté du bâtiment. Leon Williams avait deux frères et une sœur : Lawrence, dix-sept ans, Robert Junior, quinze ans, et Chantel Louise, dix ans. Trente-six années s'étant écoulées depuis le meurtre, Lawrence devait avoir cinquante-trois ans et Chantel Louise quarante-six – et toutes les chances d'avoir changé de patronyme. J'appelai les renseignements de Ville

Platte et demandai les numéros et adresses de Lawrence et Robert Williams, Junior. Rien pour Robert Junior, mais Lawrence était répertorié. Je pris son nom et son adresse, remerciai l'opératrice, puis appelai. À la troisième sonnerie, une femme à l'élocution précise me répondit.

— Pourrais-je parler à M. Lawrence Williams, s'il vous plaît ?

Il y eut un silence, puis elle me dit :

— Je suis navrée, mais M. Williams est décédé. En quoi puis-je vous être utile ?

Décédé.

— Vous êtes Mme Williams ?

— Oui. Mme Lawrence Williams. À qui ai-je l'honneur ?

Je lui dis mon nom, puis ajoutai :

— Madame Williams, votre mari avait-il un frère cadet qui s'appelait Leon ?

— Mais... oui. Oui, oui. Mais Leon est mort quand il était enfant. Il a été assassiné.

Tout compte fait, est-ce que ça n'allait pas marcher ?

— C'est pour ça que je vous appelle, madame Williams. Je suis détective privé et j'enquête sur cette affaire. M. Williams vous a-t-il jamais parlé de ces événements ?

— Non. J'ai bien peur de ne pas pouvoir vous renseigner.

— Il avait aussi un autre frère et une sœur.

— Robert Junior est mort en 1968. À la guerre, là-bas.

— Et sa sœur ? Savez-vous comment je pourrais la joindre ?

Sa voix se fit coupante.

— Elle est partie travailler. Elle travaille pour un juif dans une saloperie d'usine à saucisses et faut pas que vous l'appeliez là-bas. Quand on l'appelle, y a le juif qui décroche et il aime pas ça. Vous allez lui causer des ennuis.

— Je vous en prie, madame Williams, c'est important.

— Qu'elle arrive à nourrir ses cinq enfants, ça aussi, c'est important. En dehors de son boulot, elle a rien. Quand on bosse pour un juif...

L'horreur, cette femme.

— Je vous promets de ne pas lui causer d'ennuis, madame Williams.

Comme un gamin. *Croix de bois, croix de fer, si je mens, je vais en enfer.*

— Comment je peux savoir que vous êtes bien qui vous me dites ? Et si vous aviez de sales idées ? Sachez qu'on rigole pas avec moi.

— Vous n'avez qu'à appeler une avocate de Baton Rouge, Mme Lucille Chenier. Je vous donne son numéro, vous lui téléphonez et vous lui posez toutes les questions que vous voulez.

Cela parut la radoucir.

— Bon, peut-être que ça sera pas nécessaire. Je sais reconnaître la voix d'un homme honnête.

— Oui, m'dame, dis-je.

— Chantel habite ici, à Blue Point. Elle va déjeuner dans pas longtemps. Pourquoi vous iriez pas la voir ? Maintenant elle s'appelle Michot et elle rentre toujours chez elle à midi. Faut bien qu'elle prépare à manger à ses petits.

Je consultai ma montre.

— C'est parfait, madame Williams. Je viendrai de Baton Rouge.

Il était onze heures moins le quart. Je pouvais y être à midi et demi.

— Bon, alors… faut que ce soit important, non, pour que vous fassiez tout ce chemin ?

— Oui, m'dame, c'est important.

— Nous vous attendons.

« Nous ».

— Oui, m'dame, j'en suis bien sûr.

Je notai l'itinéraire qu'elle me donnait et allai voir Chantel Michot, la sœur cadette de Leon Williams.

15

Gros bourg de la Louisiane, Blue Point se trouvait à huit kilomètres au sud de Ville Platte, à l'extrémité du bayou des Cannes. Il fallait passer par Ville Platte, puis emprunter une petite route d'État qui, un pont étroit en acier après l'autre, franchissait des canaux paresseux et zigzaguait entre des champs de patates douces. Paysages de campagne avec beaucoup de clôtures en fil de fer barbelé et de grands chênes couverts de mousse espagnole, air chargé de pollen, d'abeilles et d'humidité.

Chantel Michot habitait une maison construite de bric et de broc, en planches à clins. En bordure de route, elle donnait sur une grande pâture verte entourée d'une barrière qui courait derrière la maison, comme si un petit carré de terrain avait été spécialement découpé dans le pré pour que la famille Michot puisse y vivre. L'édifice avait l'air pauvre, vieux et mal entretenu, la peinture s'écaillait, il manquait des bardeaux à la toiture verte et la véranda en bois était fendillée et fissurée. Comme partout en Louisiane, la maison comportait une porte-moustiquaire, mais au grillage crasseux et tellement détendu et troué qu'on y avait mis des petits morceaux de kleenex pour empêcher les moustiques d'entrer. Martha Guidry aurait été à son affaire. Ornières devant la maison, vieux châssis rouillé de Dodge, traces d pneus qui se perdaient dans la pâture. Une dizaine de poules picoraient dans la poussière autour de la carcasse du camion. Racaille de basse-cour. Une Chevrolet Bel Air de la fin des années soixante était garée sous un orme, une Sunbird Pontiac plus récente se trouvait juste derrière elle. Je m'arrêtai derrière la Sunbird et descendis de voiture. Les moteurs de la Bel Air et de la Sunbird faisaient encore des petits bruits. On était arrivé dix minutes avant moi, et encore.

La porte-moustiquaire s'ouvrit sur un petit garçon d'environ quatre ans qui sortit de la maison et m'observa du bord de la véranda. Pieds nus et en short, il avait un petit ventre rond, le nez qui coulait et le teint ocre. Cheveux plus frisés que crépus. Index gauche rentré dans la narine jusqu'à la première phalange.

— Je m'appelle Elvis, lui dis-je. Et toi ?

Il s'enfonça l'index encore plus profondément dans la narine et ne répondit pas. Je fais souvent cet effet-là.

La porte se rouvrit sur une femme à la peau claire. Âgée d'une quarantaine d'années, elle sortit elle aussi de la maison et fut suivie par une autre qui était plus vieille et plus grosse et avait la peau couleur marron bien lustré. La plus jeune portait des sandales et un tablier en coton fin par-dessus un bermuda passé. Cheveux ramenés en haut du crâne et maintenus par un élastique violet. Cela n'avait rien de particulièrement élégant, mais ce n'était pas non plus à la mode qu'elle s'intéressait. Elle se coiffait ainsi pour son travail : il ne fallait surtout pas mélanger les cheveux et la saucisse. La femme plus âgée était vêtue d'un costume en rayonne vert clair. Gants et petit chapeau blanc, sac à main en crochet de la taille d'un cabas. Sur son trente et un pour accueillir le détective.

— Je m'appelle Lawrence Williams, dit la plus vieille. Vous êtes M. Cole ?

— Oui. Je vous remercie toutes les deux d'avoir bien voulu me recevoir.

— Il faut que j'aille jeter un coup d'œil aux gamins, dit Chantel Michot.

Pas vraiment ravie de me rencontrer. Une cigarette à bout filtre à la main, un bras en travers de la poitrine. Je lui tendis ma carte de visite, mais ce fut Mme Lawrence Williams qui la prit.

— Ada, elle dit rien sur Leon, lança Chantel Louise.

Ada, à savoir Mme Williams.

— C'est juste. Je sais que vous aviez dix ans lorsqu'il a été tué, mais je pensais que nous pourrions en parler.

— Pourquoi ?

— En travaillant sur une affaire, je suis tombé sur le nom de Leon Williams et je ne sais pas pourquoi. Peut-être pourriez-vous m'aider à trouver la raison.

Chantel Michot tira sur sa cigarette et rejeta de la fumée. On essayait de me jauger. Des voix d'enfants se faisaient entendre dans la maison derrière elle. Un deuxième garçonnet s'arrêta à la porte. Celui-là devait avoir cinq ans. Il s'appuya contre le grillage de la moustiquaire et regarda dehors.

— Anthony, lui dit-elle. Tu rentres et tu manges.

Anthony disparut.

— Ada, tu t'occupes de faire asseoir Lewis à table, s'il te plaît ?

— Non, dit le petit garçon au doigt dans le nez.

Mme Williams serra son sac à main contre elle et haussa les sourcils. Elle n'aimait pas rester dans la maison avec les enfants et rater les grandes choses qui se racontaient dans la véranda.

— Bon, bon, s'il le faut.

Hautaine.

Elle prit Lewis par le bras et le ramena à l'intérieur. Lewis beugla tout ce qu'il savait.

— Ils n'ont jamais attrapé l'assassin, repris-je. Personne n'a été arrêté.

— Vous êtes de la police ?

— Non.

— Vous allez retrouver le type qu'a fait ça ? Après toutes ces années ?

— Ce n'est pas ce que je cherche.

— Même pas un peu ?

Elle espérait encore, même si longtemps après.

— Je ne sais pas, Chantel. J'ai trouvé le nom de Leon dans un truc où ça n'a pas de sens et j'aimerais savoir pourquoi. Je ne veux pas vous retarder. Je sais que vous devez retourner au boulot.

— Au moins, vous ne me racontez pas d'histoires.

Elle me dévisagea quelques instants sans bouger, une fine colonne de fumée montant de sa cigarette presque statique dans l'air immobile, puis elle se décida :

— Vous voulez de la citronnade ? J'en ai préparé ce matin.

Je lui souris. Elle me sourit en retour.

— Volontiers, merci. Si vous avez le temps.

— J'ai quelques minutes.

Nous nous assîmes à l'ombre de la petite véranda, sur un divan couvert de courtepointes au crochet. Mme Lawrence Williams s'approchait de la porte toutes les deux ou trois minutes. Toujours pas contente de rester à l'intérieur et serrant son grand sac à main sans discontinuer. Elle devait y cacher un truc… au cas où j'aurais voulu rigoler avec elle.

— Très bonne, cette citronnade, dis-je à Chantel.

— J'ai ajouté du miel. Du miel de trèfle. Y a un type qu'a une ruche dans le bayou.

— D'après les comptes rendus parus dans la presse, le shérif croyait que Leon avait été assassiné par un vagabond. Une histoire de jeu.

— Leon avait quatorze ans. Comme s'il connaissait quoi que ce soit au jeu !

— Qu'en pensaient vos parents ?

— Que c'était idiot. Que c'était juste une façon qu'avait le shérif de se foutre de notre gueule. Un Noir se fait tuer, tout le monde s'en moque.

— Vos parents avaient-ils une idée de ce qui s'était passé ?

Elle regarda la route en plissant les paupières. Elle essayait de se rappeler. Un camion qui tractait une citerne de gaz naturel passa devant nous en grondant et faisant trembler les vitres minces des fenêtres.

— C'est que ça remonte à loin. Papa est mort en 72. Et Maman, ah… en 82, je crois.

— Et Lawrence ou Robert Junior ? Ils en parlaient ?

Elle réfléchit encore plus fort.

— Lawrence et Leon ne faisaient pas beaucoup de trucs ensemble, mais Leon et Junior étaient proches. Je me rappelle que Junior parlait d'une fille. C'est pas impossible qu'il y en ait eu une de mêlée à l'affaire.

— Leon se serait fait tuer pour une fille ?

— Ben oui, faut croire.

Elle tira fort sur sa cigarette, puis d'une chiquenaude en expédia le mégot dans la cour. Une petite poule rouge du Rhode Island le ramassa d'un coup de bec, puis le lâcha en gloussant. Les autres poules décrivirent des cercles autour du mégot, inclinant la tête pour mieux voir, et renoncèrent.

— Les filles couraient pas mal après Leon, ça, je peux vous le dire, reprit Chantel. C'est qu'il était beau, vous savez ! Et pour causer... Charmeur, qu'il était. J'étais haute comme trois pommes à l'époque, mais je ne l'ai pas oublié. Ce que Robert pouvait être jaloux !

Elle croisa les bras, se pencha en avant et posa les coudes sur ses genoux. Elle prenait plaisir à évoquer ses souvenirs.

— Ça fait des années que j'ai pas repensé à tout ça, vous savez ? Des fois, tenez, j'arrive même pas à me rappeler la tête de Leon, mais ça, non, je l'ai pas oublié.

Mme Williams apparut de nouveau à la porte. Elle serrait toujours son grand sac contre elle et semblait tout aussi dégoûtée qu'avant.

— T'as pas l'temps de causer de tout ça maintenant, lança-t-elle à Chantel. Faut que tu retournes au boulot.

Chantel hocha la tête sans la regarder.

— T'arrives en retard, tu vas voir comment qu'il va te tomber dessus, le juif.

— Ada ! hurla Chantel en fermant les yeux.

— Ben quoi ? Il est pas juif peut-être ?

— Ada. Je t'en prie !

Mme Williams poussa un grognement étouffé, puis rentra dignement dans la maison.

— Ce qu'elle peut être chiante !

— Repensez un peu à Leon, lui dis-je. Qui sait si un souvenir ne vous reviendra pas.

Elle se leva.

— J'ai peut-être quelque chose. Attendez-moi ici.

Elle entra dans la maison et en ressortit quelques minutes plus tard avec une boîte de cigares King Edward. Puis elle s'assit et posa la boîte sur ses genoux.

— Ce sont surtout des affaires à Robert, dit-elle, mais il y a aussi quelques trucs à Leon. Mon Dieu, je n'ai pas fouillé là-dedans depuis des années !

Elle ouvrit la boîte et regarda fixement à l'intérieur comme si les lettres, photos et papiers qui s'y trouvaient étaient des trésors qui attendaient d'être découverts.

— Tenez, dit-elle, vous voyez Leon ? Le voilà. Et là, c'est Lawrence, Junior et Papa.

Elle me tendit un cliché Kodak tout jauni avec une date inscrite sur le bord blanc : 1956. On y voyait un vieil homme et trois gamins debout devant une Chevrolet. M. Williams et ses fils. Lawrence, Junior et Leon. Peau claire et traits délicats. Leon était le plus petit. Port d'athlète et grands yeux expressifs avec de longs cils. Il devait avoir dans les douze ans.

— Il y avait de beaux gosses dans la famille, reprit-elle, mais Leon était vraiment mignon.

— Effectivement, dis-je, il était beau.

Elle continua de fouiller dans des petits mots écrits à la main, des cartes d'anniversaire, des bulletins scolaires et de minuscules photos en noir et blanc pleines de vieillards bien propres et raides dans leurs habits du dimanche.

— C'est ma mère qui m'a donné tout ça, poursuivit-elle. Elle disait que c'était des petits bouts de nous qui lui tenaient à cœur. Là, c'est moi. Et là, c'est Robert et Lawrence. Ah, mon Dieu, regardez comme ils sont jeunes !

Elle souriait tout grand et son sourire la rajeunissait et la rendait plus belle encore, comme si l'espace d'un instant elle n'avait plus à porter le fardeau de ses cinq enfants et du boulot minable qu'elle faisait à l'usine de saucisses.

— Robert est mort à la guerre, reprit-elle. Pendant le machin du Têt.

« Le machin du Têt ».

— Ouais, dis-je.

Elle sortit une grande enveloppe officielle aux bords déchirés, toute jaune et plate d'être restée si longtemps dans la boîte. *« Nous sommes au regret de vous informer que… »* Il y avait des taches sur l'enveloppe. Des larmes ?

— Ils lui ont donné une médaille. Je me demande bien où elle est passée.

Je secouai la tête.

Mme Williams reparut à la porte.

— Tu vas finir par être en retard, tu sais ? lui lança-t-elle.

— Je suis occupée, Ada.

Sèchement.

Ada m'agita son doigt sous le nez.

— Vous allez lui faire des emmerdes avec son juif.

— Ada !

Mme Williams s'éloigna dignement.

— Oh, dit Chantel, voilà des affaires à Leon.

Elle sortit deux coupures de journaux toutes jaunies, les originaux des articles que j'avais lus sur microfilm à l'université. Fragiles, jaunies, très probablement jamais touchées depuis le jour où sa mère les avait découpées dans *La Gazette* de Ville Platte. Chantel les reposa dans la boîte à cigares King Edward. Elle sortit encore d'autres papiers et des photos et me les passa. Leon assis sur un tracteur qui remontait à la préhistoire. Leon et une mule à l'échine affaissée. Deux cartes de fête des Mères dessinées par un enfant et signées « Leon », et un poème qu'il avait écrit. Elle me tendait ces objets au fur et à mesure qu'elle les trouvait et fouillait encore dans la boîte lorsque je tombai sur une feuille de cahier jaunie remplie de ces gribouillis qu'on trace quand on s'ennuie en classe. Les trois quarts de la page étaient remplis de notes sur l'acquisition de la Louisiane, mais dans les marges je découvris des croquis très détaillés de tanks Sherman, d'avions de chasse de la Seconde Guerre mondiale et les initiales EJ EJ EJ. « LW + EJ ».

Je m'interrogeais sur cet EJ lorsque je vis un petit cœur en bas de la page, à droite. Comme ceux que gribouille un enfant quand il est amoureux. Alors je compris le sens de cet EJ et, avec lui, tout le reste de l'affaire.

À l'intérieur de son petit cœur, Leon Williams avait écrit : J'AIME EDIE JOHNSON.

Edie Johnson. Edie Boudreaux.

Edith Boudreaux n'était pas la sœur de Jodi Taylor. C'était sa mère. Et le père de Jodi n'était autre que Leon Williams.

16

Je repliai la feuille et la rendis à Chantel. Celle-ci me parla encore à deux reprises et chaque fois je lui fis répéter. *J'aime Edie Johnson*. Lorsque nous eûmes tout passé en revue, elle me demanda :

— Est-ce que ça vous aide un peu ?

— Oui. Je crois que oui.

Elle hocha la tête, contente que ses efforts aient servi à quelque chose.

— Si vous voulez prendre des trucs, vous pouvez.

— Non, lui répondis-je en souriant. C'est trop précieux. Gardez-les.

Elle remit les papiers dans la boîte à cigares et la referma.

— Je me demande si on arrivera jamais à attraper le type qui a tué Leon, dit-elle.

— Je ne sais pas.

— Ça fait si longtemps. Je ne vois pas qui pourrait s'en soucier encore.

Elle me fit un beau sourire, nous finîmes notre citronnade, puis je la quittai. J'empruntai les petites routes au nord de Ville Platte, réglai ma note de motel et m'arrêtai à La Porcherie pour y acheter un morceau de boudin pour la route. J'informai Dottie que j'avais fini mon travail dans la région et que nous ne nous reverrions plus. Elle rit et m'assura que je reviendrais. Elle se toucha le même endroit sous l'œil et ajouta qu'elle avait le don de double vue. Je regrettai qu'elle n'en ait pas fait usage plus tôt. Jimmie Ray n'aurait peut-être pas perdu la vie.

Je mangeai mon boudin en rentrant à Baton Rouge, entendis à nouveau mon évangéliste s'époumoner à la radio contre tous ceux qui ramenaient la peste de l'étranger et une fois encore traversai le grand pont Huey-Long pour arriver au Howard Johnson de la plage à une heure quarante de l'après-midi.

Je ne me donnai pas la peine d'essayer de joindre Sid Markowitz ou Jodi Taylor. Je pris un billet sur le premier vol pour Los Angeles, réglai ma note d'hôtel, puis appelai le cabinet de Lucy Chenier du hall d'entrée. Darlene m'informa que Lucy était dans son bureau et me demanda si je voulais lui parler. Je lui répondis que non : j'étais au motel de la plage et j'arrivais tout de suite. Dix minutes plus tard, je prenais l'ascenseur qui conduisait au cabinet Sonnier, Melancon & Burke. Lucy me fit un beau et grand sourire et parut contente de me voir. Mon cœur se serra lorsque je la regardai et se serra encore plus fort lorsque je lui pris la main.

— Je crois que j'ai fait le tour de la question, lui dis-je, mais il reste certaines choses dont il va falloir parler ensemble. Je rentre à Los Angeles.

— Ah, dit-elle en cessant de sourire.

Nous nous assîmes sur le canapé au tissu imprimé à fleurs et je lui montrai les photocopies des articles concernant l'assassinat de Leon Williams. Puis, tandis qu'elle les lisait, je lui parlai de Mme Lawrence Williams, de la sœur de Leon, Chantel Michot, et du petit cœur où Leon avait écrit J'AIME EDIE JOHNSON. Elle acheva sa lecture avant que j'aie fini de parler, puis se tut et m'observa avec ses yeux d'avocate astucieuse jusqu'à ce que j'en aie terminé.

— Jodi ne m'a jamais parlé de ça, dit-elle.

— Je ne le pensais pas non plus.

— Et vous croyez qu'elle était au courant ? Elle savait que Leon Williams était son père ?

— J'ai bien l'impression que c'est pour cette raison que Jimmie Ray a pu se payer sa Mustang. Je pense qu'il est allé les voir avec tous les documents et qu'ils l'ont payé pour qu'il se taise.

Elle posa ses deux mains sur ses genoux, l'une sur l'autre, se leva, gagna la fenêtre, puis revint vers son bureau et s'y appuya.

— C'est idiot. Nous sommes dans les années quatre-vingt-dix. Que croit-elle donc qu'il va se passer ?

Je haussai les épaules.

Elle leva la main en l'air.

— Ces preuves ne sont même pas convaincantes. Ce ne sont pas les Edie Johnson qui manquent. Les possibilités de coïncidences sont innombrables.

— Peut-être n'a-t-elle pas vu les choses de cette façon.

Lucy secoua encore une fois la tête.

— Mais pourquoi nous embaucher pour trouver quelque chose qu'elle savait déjà ? Pourquoi nous mentir ? Elle devait quand même bien se douter que nous finirions par découvrir le pot aux roses !

— Je vais lui poser la question.

Elle ourla les lèvres et contempla fixement le plancher. Elle inspira fort, expira, puis releva la tête et me regarda.

— Et donc, vous rentrez.

— Je ne pense pas avoir été engagé pour reconstituer les antécédents médicaux de Jodi Taylor, lui répondis-je. Comme ils savaient que Jimmie Ray les faisait chanter, ils ne m'ont pas davantage engagé pour percer son identité. D'après moi, Jodi voulait seulement s'assurer que tout cela était vrai.

Lucy soupira de nouveau et regarda par la fenêtre. Cherchait-elle Huck et Jim elle aussi ?

— En plus, je n'aime pas qu'on me mente. Et j'aime encore moins en sachant que ce mensonge n'est peut-être pas étranger à la mort de Jimmie Ray Rebenack.

Elle vint s'asseoir à côté de moi.

— Je sais que vous êtes en colère, mais est-ce que je peux vous proposer une explication ?

— Je vous écoute.

— Les personnes adoptées se posent souvent des questions sur leur passé, mais il y a des caractéristiques plus évidentes par lesquelles nous nous définissons. Notre taille.

La couleur de nos cheveux. J'aimerais que vous n'oubliiez pas ceci : c'est toute l'identité de Jodi Taylor qui est remise en question. Pas simplement son nom, mais aussi ce qu'elle voit quand elle se regarde dans une glace.

Ses traits s'étant radoucis, je me demandai si Lucy n'était pas en train de se mettre à la place de Jodi.

— Elle a une carrière et des amis, reprit-elle, mais elle se demande sans doute si tous ses proches ne vont pas la voir d'un autre œil. Vous comprenez ?

— Ça devient difficile de rester en colère, lui dis-je.

Elle sourit, mais son sourire était triste.

— C'est toujours plus facile de se mettre en colère, n'est-ce pas ?

J'acquiesçai d'un signe de tête.

— Vous allez leur téléphoner ?

— Évidemment. Je n'aime pas qu'on me mente, moi non plus, et si mon travail est terminé il va falloir refermer le dossier.

« Refermer le dossier ». Il ne semblait plus y avoir grand-chose à ajouter.

— Bon, ben voilà, dis-je. C'est fini.

— On dirait bien.

— Je suis heureux d'avoir fait votre connaissance, repris-je en hochant la tête.

— Oui, dit-elle. Moi aussi.

Nous nous dévisageâmes. L'Avocate et le Privé ne sachant pas quoi dire. Elle se leva, je me levai avec elle.

— J'espère que nous pourrons rester en contact, dit-elle.

— Noël. À Noël, on pourra s'envoyer des cartes.

— Ça serait bien.

— J'écris des cartes très amusantes.

— J'en suis sûre.

Nous restâmes ainsi pendant quelques instants, puis elle me tendit la main. Je la pris.

— Dites au revoir à Ben de ma part.

— Je le ferai.

— À un de ces jours, Lucy.

— Au revoir, Elvis.

Elle regagna son bureau, je repris l'ascenseur pour descendre jusqu'à ma voiture de location et, quatre heures et douze minutes plus tard, j'atterrissais dans les brumes de Los Angeles.

Il était trois heures dix, heure locale, lorsque je retrouvai mon domaine. Il n'y avait pas eu de tremblement de terre majeur pendant mon absence, la température avoisinait un très agréable vingt-cinq degrés, l'humidité ne frisait guère que les vingt-neuf pour cent et les vents soufflaient du nord-ouest. Los Angeles. Mon royaume. Les autoroutes étaient bondées, le smog d'un belle couleur orange rouille et Lucy Chenier à quelque trois mille kilomètres de distance. Cela dit, nous n'avions ici ni tortues alligators centenaires ni Cajuns mutants. De plus, il était peu probable que je tombe sur un autre cadavre dans un avenir proche. Que je réussisse seulement à ne pas étrangler Sid Markowitz dans l'instant, et je pourrais peut-être même me descendre assez de bière pour ne plus voir celui de Jimmie Ray Rebenack. C'est ça qu'il y a de bien à Los Angeles – tout y est possible. Portrait du détective ne s'intéressant qu'au bon côté des choses.

J'appelai le bureau de Sid Markowitz depuis le terminal de l'aéroport.

— Je suis désolée, me dit son assistante, mais M. Markowitz n'est pas disponible.

— Elvis Cole à l'appareil. Savez-vous que je travaille pour lui ?

— Oui, monsieur Cole, je le sais.

— Il est important que je lui parle.

— Je lui transmettrai le message dès qu'il arrivera, monsieur Cole. Il est au studio, avec Mlle Jodi Taylor.

Je raccrochai et appelai Jodi Taylor au studio de tournage de General-Everett.

— Secrétariat de Mlle Taylor, me répondit une voix d'homme.

— Elvis Cole à l'appareil. Mlle Taylor ou M. Markowitz sont-ils disponibles ?

— Ah, bonjour, monsieur Cole. Jodi est sur le plateau. Vous voulez que je lui transmette un message et lui demande de vous rappeler ?

— Non.

Je pris l'escalier mécanique pour descendre au retrait des bagages, où un employé de la compagnie aérienne m'informa que ma valise avait été envoyée par erreur dans le Kansas. Et ajouta, avec un grand sourire, qu'on serait très heureux de me la faire livrer à domicile dès qu'on la retrouverait. Bon. J'attrapai la navette qui conduisait de l'aéroport au parking de longue durée afin de reprendre ma voiture. Le bus étant plein de Shriners[1] du comté d'Orange, je dus rester debout. *No problemo*. Un gros lard dont l'haleine fleurait bon l'urinoir se tenait juste devant moi. Chaque fois que le bus se tapait une bosse, le gros lard perdait l'équilibre et m'écrasait les doigts de pied. Chaque fois qu'il m'écrasait les doigts de pied, le gros lard s'excusait et me rotait dans la figure. Aigrelet. Nous séjournâmes vingt-deux minutes à bord de la navette, vingt-deux minutes dont je passai l'essentiel à m'abstenir de respirer. Toujours à prendre le bon côté des choses. En arrivant à ma voiture, je découvris qu'on avait ouvert la capote d'un coup de rasoir et piqué mon autoradio CD. Un Blaupunkt. Je tentai bien de déposer plainte, mais le gardien du parking ne parlait pas anglais. Vive Los Angeles ! Il me fallut trois quarts d'heure pour sortir de l'aéroport, retrouver l'autoroute et m'apercevoir que la circulation y était complètement bloquée. Un chauve au volant d'un camion à deux remorques fit la course avec moi jusqu'à la bretelle de sortie, et m'y coupa la route en me traitant de trou-du-cul, mais bon : il avait dû se taper une sale journée. Arrivé au bout de la bretelle il grilla le feu orange et je restai coincé au rouge. La belle affaire. Toujours voir le bon côté des choses. Une SDF vêtue d'un sac-poubelle m'expédia une giclée d'huile sale sur le pare-brise et m'informa que Jésus allait se pointer. Elle ajouta qu'en attendant elle serait ravie de me nettoyer mon pare-brise

1. Ordre auxiliaire des francs-maçons spécialisé dans les œuvres charitables.

moyennant dix cents. Je la payai et l'avertis que si Jésus ne se pointait pas vite fait, j'allais cesser de prendre les choses du bon côté et tuer quelqu'un. Bienvenue à Los Angeles.

Je poireautai au feu rouge en pensant à Noël.

À Noël, je pourrais toujours envoyer une carte à Lucy.

17

Le feuilleton télévisé *Songbird* avait droit à des décors permanents installés sur le plateau 12, au fond des studios General-Everett. Je me garai dans une station Shell en face du portail d'entrée, appelai un ami aux studios et demandai qu'on m'envoie un passe.

Les trois quarts du temps, quand on se balade dans les ruelles d'un studio de tournage, on tombe sur des Martiens, des soldats confédérés, des véhicules étranges et des trucs magiques. J'ai dû visiter les divers studios de la compagnie une centaine de fois sans jamais me lasser de la surprise enfantine que l'on éprouve toujours en découvrant des choses aussi bizarres qu'inattendues. Mais pas ce coup-là. Ce coup-là, on avait rangé la magie au placard et gagner le plateau numéro 12 me parut bien oppressant et rébarbatif.

Les ruelles aux alentours débordaient d'activité. D'énormes camions à dix-huit roues s'étaient coincés contre les murs de sonorisation, cul à cul avec des caravanes de costumes et de maquillage et les toilettes mobiles. Des vans Econoline et des voitures commerciales s'étaient faufilés entre les mastodontes, tous s'ornant de petits écriteaux marqués du logo *Songbird* fixés derrière le pare-brise. Dans les commerciales, des grands costauds coiffés de casquettes de base-ball lisaient le journal ou des romans de Dean Koontz. La Jaguar XJS de Sid Markowitz était garée derrière un motor-home grand modèle, juste à côté d'une porte pratiquée dans le mur de la sono et surmontée d'une lampe témoin rouge. Celle-ci était allumée, deux types qui ressemblaient à des techniciens regardant à l'intérieur. Je m'avançai comme si j'avais des choses à faire et tous les trois nous regardâmes fixement la lumière rouge. Lorsqu'elle s'éteignit, un grand klaxon retentit sur le plateau et nous entrâmes. Je suivis mes deux bonshommes, longeai un flot de câbles électriques entre deux cloisons et traversai plusieurs décors : la chambre de Jodi, sa cuisine, la grande chambre où vivaient ses quatre blondinets. Bienvenue au royaume d'Oz, au pays du Faire-Semblant, où le mélodrame familial chéri de l'Amérique devient enfin réalité.

Je ressortis au milieu du décor de bar où, semaine après semaine, Jodi chantait afin que son personnage puisse un jour devenir une star. Une quarantaine d'individus au moins préparaient la prise suivante : opérateur ajustant la caméra sur son socle mobile, gaffeurs montant les projecteurs, acteurs et figurants attendant qu'on les appelle sur le plateau. Casquette des L.A. Raiders sur la tête et pantalon de brousse ample, une femme cadrait la prise de vues avec Jodi et l'acteur qui tenait le rôle de son mari. Le metteur en scène, sans doute. Un type armé d'un talkie-walkie et un autre à longs cheveux gris observaient la scène, le type aux cheveux gris suggérant et marmonnant de temps en temps des choses aux cameramen. Le directeur de la photo, probablement. Sid Markowitz s'entretenait avec une femme en tailleur debout à côté d'un distributeur de café dissimulé dans l'ombre sur un côté du décor. Je me dirigeai vers eux et lançai :

— Salut, Sid.

Son visage prit la couleur du clam frais.

— Vous, dit-il.

Je brandis deux doigts en l'air.

— Deux mots, Sid. Leon Williams.

Le clam frais se fit poisson ventre en l'air, Sid Markowitz m'arrachant dare-dare à la présence de la dame en tailleur.

— Putain de Dieu, me souffla-t-il, parlez moins fort ! Qu'est-ce que vous foutez ici ? Tout ceci est strictement confidentiel !

— Ça l'était avant que je découvre que vous me mentiez, lui rétorquai-je.

Je m'écartai de lui, me plaçai dans le champ de vision de Jodi et lui fis signe de venir en recourbant l'index. Elle me regarda comme si elle n'était pas très sûre de savoir qui j'étais. Jusqu'au moment où elle me reconnut et où son visage se ferma et se transforma en un masque crayeux. Une seconde on sourit, l'autre on ne sourit plus. Sid me rattrapa aussitôt et me prit de nouveau le bras.

— Allons, Cole, me dit-il, vous n'allez pas faire une scène ici ?

— Si vous n'arrêtez pas de me tripoter, je vous casse la main et je vous la rentre dans le cul.

Jodi Taylor quitta la femme à la casquette des L.A. Raiders et vint vers moi comme si nous étions les deux seules personnes sur le plateau et toutes les autres de simples ombres bougeant sur le mur, des branches d'arbres qu'on aperçoit derrière une fenêtre.

— Leon Williams est mon père, n'est-ce pas ? dit-elle.

— Oui.

Sid Markowitz la tenait déjà par le bras, essayant de l'entraîner loin de moi.

— Mais bordel ! s'écria-t-il, vous pourriez pas parler un peu moins fort, tous les deux ? Allons dehors.

Il se tourna de nouveau vers moi.

— Nous avions nos raisons de ne pas tout vous dire, d'accord ? Pourquoi tout ce cinéma ?

— Jimmie Ray Rebenack est mort, lui répondis-je. Un être humain a laissé sa peau dans cette affaire, et maintenant il est temps de ne plus me mentir, parce que je dois quand même savoir ce que je vais aller raconter aux flics.

Ni Jodi Taylor ni Sid Markowitz ne dirent quoi que ce soit pendant quelques instants, puis Sid me lâcha :

— J'appelle Bel, mon bonhomme. Il faut que Bel le sache.

Beldon Stone était le P-DG de General-Everett Television.

— Y a-t-il d'autres personnes au courant ? lui demandai-je.

— Au courant de ça, oui, mais pour vous, non. Nous vous avons engagé en douce.

Nous gagnâmes le motor-home, Jodi se déplaçant comme si elle était brusquement tout engourdie, Sid Markowitz, lui, s'agitant comme une mite autour d'une colonne tue-mouches électrique. Le motor-home était du modèle grand luxe, avec chambre à coucher, salle de bains et kitchenette équipée d'une table où manger. La courbe d'Audimat de la semaine précédente était punaisée sur un petit tableau en liège dans la kitchenette, avec quelques extraits de presse découpés dans le *Hollywood Reporter* et le *Daily Variety* : « Série-culte ! *Songbird* a encore frappé ! » Assis au volant, un chauffeur des Teamsters lisait le journal en écoutant les résultats des courses de l'après-midi.

— Eddie, lui lança Sid, on aurait besoin d'un coin tranquille, d'accord ?

L'homme déguerpit sans demander son reste. Jodi Taylor se pelotonna sur le canapé du motor-home et croisa les mains sur ses genoux pendant que Sid gagnait le téléphone. Jodi avait l'air d'une petite fille apeurée.

Quelques minutes plus tard une limousine du studio se gara en double file à côté du motor-home, deux hommes en costume et une femme en jupe courte en descendant aussitôt. Le premier homme avait la cinquantaine, le second seulement la trentaine. La femme, elle, avait dans les vingt ans, mais paraissait plus âgée. Sid Markowitz les aperçut et poussa un cri :

— Ah, merde ! Beldon va être sacrément fumasse !

Il secoua la tête, se mâchouilla la lèvre et refit son numéro avec tue-mouches électrique.

— Je te l'avais dit, Jodi ! Je te l'avais dit !

L'actrice se recroquevilla encore plus et secoua la tête sans le regarder. À la télé, Jodi Taylor était forte, avait du ressort et respirait la confiance en soi. Mais ça, c'était la télé, et là, on était dans le réel. Comme quoi il faut croire qu'on ne vous colle pas sur la couverture de *People* pour avoir l'air réel.

Le trio entra dans le motor-home sans frapper, Beldon devant, les deux autres dans son sillage. Avec son grand nez en bec d'aigle et ses yeux minuscules, il donnait l'impression d'être toujours à deux doigts de fondre sur sa proie pour la bouffer. Sid se colla un grand sourire sur la figure, lui lança « Hé ! Bel ! » et lui tendit la main, mais Beldon Stone l'ignora. De fait, Stone commença par me regarder, puis il passa à Jodi et revint sur Sid. Il n'avait encore rien dit, mais il était clair qu'il avait déjà tout compris.

— Bon, dit-il, il y a donc quelqu'un d'autre dans notre petit secret.

— Je suis navrée, Bel, lui répondit Jodi d'une voix d'enfant.

— OK, Markowitz, lançai-je à mon tour, tout le monde est là. Arrêtez votre cirque et dites-moi ce qui se passe

— Il a raison, Sid, renchérit Beldon.

La voix était sonore, et le ton calme et plein d'autorité.

— Raconte-nous donc comment ce monsieur en est venu à découvrir notre secret.

C'était à Markowitz qu'il s'adressait, mais il ne me lâchait pas des yeux, comme si, ennemi potentiel, j'allais peut-être lui sauter dessus.

Sid lui dit que j'étais un détective privé que lui avait recommandé Peter Alan Nelsen. Il mentionna ce nom au moins six fois dans son récit, comme si ça devait arrondir les angles.

— Jodi ne pouvait pas en rester là, dit-il enfin. Il fallait absolument qu'elle sache si tous les trucs que lui racontait Rebenack étaient vrais. Vous pouvez le comprendre, non ? C'est pour ça qu'elle a engagé ce type. Pour savoir.

Tout était la faute de Jodi, jusques et y compris le fait qu'il m'avait caché une partie de l'affaire. On chargeait la bête. Quand il eut fini de lécher le cul de Beldon Stone, Sid Markowitz se tourna de nouveau vers moi :

— Rebenack menaçait de vendre tout ça aux journaux à sensation, dit-il. Tout ce qu'il voulait, c'était trente mille dollars, et trente mille dollars, c'était vraiment rien pour garder tout ça au frigo, alors on a payé. Tout le monde était d'accord.

Il jeta un coup d'œil à Stone comme s'il s'attendait à ce que celui-ci renchérisse, mais Stone ne réagit pas.

— Cole, me dit-il ensuite, je vois vraiment pas pourquoi ça vous fout tellement en colère. On payait ce type et on voulait savoir si ce qu'il avait dans sa manche était du vraiment vrai.

Du vraiment vrai.

— Et comme on ne voulait pas faire de vagues, on ne vous a pas mis au courant de tout. Alors, allez-y : foutez-nous un procès au cul. On voulait que vous voyiez tout ça d'un œil neuf. C'était pas bête, non ? On voulait voir si vous arriveriez au même résultat que cet enfoiré à banane. S'il avait rien, c'était pas la peine que vous sachiez tout. S'il avait du solide, vous nous le confirmeriez et nous, on saurait que c'était pas du bidon. Bon, d'accord, c'est pas du bidon. Nous savons ce que nous voulions savoir et vous avez eu votre fric. Alors, pourquoi tout ce cinéma ?

— L'enfoiré à banane a été retrouvé mort il y a deux jours. Il y a de fortes chances pour qu'il ait été assassiné parce que j'avais trouvé des trucs que j'aurais pas dû, mais que je savais pas.

Sid Markowitz leva les yeux au plafond.

— Alors comme ça, un petit con de maître chanteur s'est fait buter ? Mais c'est terrible, ça !

Je l'attrapai par le bras et le bloquai contre la table. La femme en jupe courte poussa des ho ! ho ! pendant que le jeune mec se prenait les pieds dans le tapis en essayant de filer. Markowitz tenta de m'échapper, mais il n'avait nulle part où aller.

— Lâchez-moi ! Lâchez-moi ! s'écria-t-il. Il y a des témoins ici !

Tout parut ralentir et se taire. Je sentais mes yeux s'élargir et devenir tout secs, mes épaules gonfler. La femme en jupe courte continua de couiner, je repoussai Markowitz contre la table, mais dès qu'il y fut coincé je ne sus plus que faire de lui – comme si brusquement il cessait d'avoir de l'importance.

— Je suis navrée qu'on vous ait menti, dit Jodi. Je ne savais pas quoi faire d'autre et je suis désolée.

Je lâchai Markowitz et m'écartai de lui. Je soufflais fort et clignais des paupières, mais mes yeux étaient toujours aussi secs.

— Peut-être n'as-tu pas encore pigé, espèce de génie, mais quand un type qui fait dans l'extorsion de fonds est retrouvé mort, on commence toujours par soupçonner sa victime.

— Mais on ne savait même pas ! hurla Sid.

Beldon Stone n'avait toujours pas bougé. Il faut croire qu'à son niveau on s'attrape au collet pour un oui ou pour un non.

— L'individu qui faisait chanter Mlle Taylor est mort ? me demanda-t-il.

— Oui.

— Et les documents ?

— Je les ai.

Il hocha la tête.

— Bon. Et qu'est-ce que vous voulez, au juste ?

— Je ne sais pas, lui répondis-je.

Je commençais à avoir mal à la tête et ça me mit encore plus en colère. Je croyais savoir pourquoi j'étais revenu à Los Angeles et je m'apercevais du contraire. M'étais-je donc attendu à tomber sur un grand vilain alors que je n'avais devant moi qu'une femme apeurée évoluant au milieu d'une bande de vautours ?

Beldon Stone s'installa sur le canapé à côté de Jodi Taylor et lui tapota la jambe. Rassurant. Paternel. Il fouilla dans la poche de sa veste, en sortit un cigare maigrichon, le regarda un instant, puis se le passa sous le nez. Il ne le mit pas plus dans sa bouche qu'il ne l'alluma, mais l'odeur parut le réconforter.

— Je comprends que ça vous énerve, monsieur Cole, reprit-il, mais pourriez-vous être assez aimable pour me dire si les affirmations de M. Rebenack étaient fondées ?

— Elles l'étaient.

— Et comment le savez-vous ?

Je battis des paupières.

Il fit un petit geste avec son cigare.

— Vos services ont été rémunérés, n'est-ce pas ?

— Et comment ! s'écria Markowitz. Trois mille dollars !

Stone refit son petit geste.

— Je vous prie donc de dire à ces personnes ce que vous avez découvert.

Je ne leur racontai pas tout, mais cela leur suffit amplement. Je leur dis comment j'avais trouvé la femme que je croyais être la mère naturelle de Jodi et leur parlai de Leon Williams. Jodi me regardait comme si elle observait quelqu'un du fond d'une grotte. Lorsque j'en eus fini, elle me dit :

— Vous avez retrouvé ma mère naturelle ?

— Oui.

Stone lui tapota de nouveau le genou. Il était plus grand et plus vieux qu'elle, et elle en eut le souffle coupé.

— Et vous êtes la seule personne à savoir ces faits et connaître ces gens ? insista-t-il.

— Le type qui est derrière la mort de Rebenack doit le savoir lui aussi, mais le cas de Jodi Taylor ne l'intéresse pas. Il a sans doute tué Rebenack parce que son histoire de chantage foutait la pagaille dans ses propres combines.

Jodi Taylor me regarda encore du fond de sa grotte.

— Des combines auxquelles ma mère serait mêlée ?

Beldon lui tapota encore le genou, avec le même résultat. *Là, là, ma petite.*

— L'important là-dedans, c'est que le renseignement ne soit pas divulgué, conclut-il.

Il se moquait pas mal de ce que Jodi Taylor pouvait éprouver ou voulait savoir.

— Mais dites, m'écriai-je, vous êtes tous cinglés ? Qui se soucie de savoir si Leon Williams était le père de Jodi Taylor ?

Beldon Stone me gratifia de toute sa sympathie.

— Eh bien, me répondit-il, certainement pas nous, monsieur Cole. Mais il n'est pas impossible que tout le monde ne se montre pas aussi magnanime dans cette affaire.

Ce fut au jeunot d'ajouter son grain de sel.

— *Songbird* est un énorme succès, dit-il. Nous espérons tourner pendant au moins cinq ans et les retombées financières devraient excéder les deux cents millions de dollars.

— Nom de Dieu ! renchérit Sid.

— Jodi Taylor a hérité d'un don que beaucoup d'entre nous aimeraient avoir, mais dont bien peu jouissent. C'est une star, dit Stone.

Il lui tapota encore le genou. Elle regarda fixement par terre.

— Semaine après semaine, les téléspectateurs voient en elle la mère de quatre blondinets adorables et l'épouse d'un grand Nordique aux cheveux blonds. Croyez-vous qu'ils accepteraient de voir une femme de couleur dans ce rôle ?

— Putain, Stone !

— Notre feuilleton a bâti sa célébrité en faisant appel aux valeurs traditionnelles de la famille. C'est pour ça que nos annonceurs nous paient et ils comptent bien que ce trésor soit protégé. Nous avons des ennemis, monsieur Cole. Tous les critiques de la gauche ultralibérale, sans même parler de certains lobbies, essaient de descendre cette série depuis ses débuts. Ils se moquent de nous. Ils nous critiquent sans arrêt. Ils nous assassinent parce que nous montrons une famille nucléaire blanche de la moyenne bourgeoisie au cœur d'une société multiculturelle qui vole en éclats. Vous ne croyez pas qu'ils adoreraient apprendre que notre star est non seulement à moitié afro-américaine mais aussi une enfant illégitime ?

Jodi Taylor baissa la tête comme si elle se ratatinait sous ce qu'il était en train de dire, comme si elle pouvait se faire assez petite pour que ses paroles lui glissent dessus et que sa vie continue comme avant.

— Monsieur Cole, poursuivit Stone, je regrette qu'on vous ait mêlé à cette histoire, mais vu la façon dont vous vous en êtes tiré, je crois qu'on vous doit une prime.

— Je ne suis pas venu ici pour mendier du fric.

Stone haussa un sourcil.

— Vraiment ?

— J'ai des renseignements concernant un homicide et je violerais la loi en les gardant par-devers moi, lui renvoyai-je. Violer la loi, moi, j'aime pas.

— Ah, putain, Cole ! s'exclama Sid. Je suis désolé que Rebenack soit mort et que ça vous mette dans des états pareils. Vous voulez des excuses ? Tenez, les voici. Ce mec-là nous faisait quand même sacrément chanter, non ? Il essayait de ruiner Jodi Taylor. Comme si notre amie avait jamais fait du mal à quiconque ! Qu'est-ce que vous dites de ça, hein ?

— Rentre ta chemise, Markowitz, lui lança Stone. On voit tes dix pour cent.

Beldon Stone me gratifia de son sourire paternel.

— Il semblerait donc que tout le monde soit navré de ce qui arrive, monsieur Cole. Je suis, pour ma part, sincèrement désolé qu'on vous ait embringué dans cette histoire, et sincèrement désolé aussi que quelqu'un en soit mort, même si ce quelqu'un était un type du genre de Rebenack.

— Ben tiens, dis-je.

Il tapota à nouveau Jodi.

— Mais maintenant, reprit-il, il me semble que la balle est dans votre camp. Si vous avez envie d'aller voir la police, je ne vois pas ce qui pourrait s'y opposer.

Tapotis, tapotis.

— Nous ne voulions pas que Jodi ait à souffrir de tout ça.

Il me laissait décider, il me disait : « Faites comme vous voulez. » Jodi devenait l'objet d'un chantage et Elvis Cole le grand méchant de l'histoire. J'avais la tête qui explosait et l'impression qu'on me rentrait des pieux en acier dans le cou.

— Allez vous faire foutre, dis-je seulement.

Beldon Stone sourit et se leva. C'était fini et il le savait. Et moi aussi. Il s'arrêta à la porte et fixa Markowitz de ses yeux d'aigle. Il n'était plus du tout chaleureux ni paternel.

— Sid, dit-il, je suis déçu que tu aies fait tout ça dans mon dos. Il va falloir qu'on en reparle.

Sid Markowitz eut soudain l'air de quelqu'un qui vient d'avoir les résultats de sa biopsie.

— Essaie de comprendre, Bel, dit-il. Il fallait bien qu'on sache, non ?

Beldon Stone continua de l'assassiner du regard pendant quelques instants, puis il partit, le jeune type et la nénette plus jeune toujours dans son sillage.

Tout redevint calme dans le motor-home. Hormis le bruit du climatiseur, du générateur et des sanglots de Jodi, on n'entendait plus rien. Infimes et douloureux, les pleurs de Jodi semblaient, Dieu sait comment, plutôt lointains.

Sid Markowitz retrouva sa bonne humeur et revint sur la grande idée du moment.

— Hé, s'écria-t-il, c'est pas mal, cette prime ! Vous vous en êtes bien tiré ! Vous jouez sans tricher, on vous en file une grosse. Vous la méritez.

— Sid ?

— Oui, oui, insista-t-il, une prime. On vous traitera comme il faut. Qu'est-ce que vous en dites ?

Je secouai la tête et sortis. À rester plus longtemps, j'aurais pu finir par le tuer.

18

Il était six heures vingt lorsque je quittai les studios General-Everett, repris ma voiture à la station Shell et gagnai le Lucky Market de Sunset Boulevard. Circulation intense, avec force coups de klaxon et poings qu'on brandit, mais je roulais sans trop m'impliquer, comme si j'étais coupé du monde qui m'entourait. Je me garai dans le parking, entrai dans le magasin et y choisis deux pommes de terre à cuire au four, des oignons verts, un beau steak dans le filet et trois packs de bière Falstaff. Rien de tel qu'un repas équilibré après une dure journée au bureau.

Je poussai mon chariot jusqu'aux caisses et fis la queue derrière une grosse femme qui stationnait à côté d'un caddie rempli de bouteilles de Dr Pepper, de barquettes de cuisses de poulet et de boîtes de céréales Frosted Flakes et Cocoa Puffs format familial. La boîte de Cocoa Puffs était ouverte et la grosse femme les mangeait sans rien pour faire descendre. Elle plongeait la main dans la boîte, en retirait une poignée de céréales, se l'enfournait dans la bouche et recommençait. Ce faisant, elle fixait aussi d'un œil vague un énorme étalage de bouffe pour chiens Purina Dog Chow, cette opération ne semblant guidée par aucune pensée consciente. Gavage automatique. Une fillette de deux ou trois ans se tenait debout au milieu du caddie. Cernée par les boîtes de Frosted Flakes et de Cocoa Puffs, elle sautait sur place en chantonnant *gagaga gagaga*. La grosse femme l'ignorait complètement. Et si c'était la solution ? Ignorer ce qui se passait autour de moi ? Allais-je enfin devenir Elvis

Cole, le Détective zen qui, telle l'eau qui court sur les cailloux, laisse filer les horreurs de la vie sans que jamais elles l'affectent ? *Les clients qui t'engagent sous de faux prétextes ? Pas de problème. Garder des preuves par-devers soi alors que la police enquête sur un homicide ? La belle affaire ! Et les mecs qui se font descendre parce que tu ne sais pas tenir ta langue ? C'est ainsi.* Atteindre à la paix de l'âme via les Cocoa Puffs me plaisait assez. Bien sûr, il faudrait sans doute finir par les bouffer et je ne savais pas trop si je m'en sentais capable, mais bon.

En arrivant près de la caisse, je découvris un petit présentoir à quatre casiers rempli de programmes télé, juste au-dessus des bonbons et des chewing-gums. Jodi Taylor m'y regardait depuis chaque couverture. Assise sur un tabouret de sa cuisine *Songbird*, elle était entourée par le type qui jouait son mari et les quatre gosses qui jouaient ses enfants, et tout ce petit monde souriait beaucoup. L'accroche en haut de la photo déclarait : LA FAMILLE PRÉFÉRÉE DE L'AMÉRIQUE. Drôle. Quand je l'avais quittée, Jodi m'avait paru petite, nauséeuse et apeurée. Étonnant comme les photos peuvent mentir, non ? La grosse femme avait déjà disparu et c'était dommage : je lui aurais bien demandé si je pouvais goûter à ses Cocoa Puffs.

Je rentrai chez moi et m'installai dans ma cuisine. Il était quasiment huit heures, la maison était calme. J'ouvris une Falstaff, mis les autres au frigo et laissai la viande, les pommes de terre et les oignons sur le plan de travail. Je montai ma valise au premier, jetai mon linge sale dans le panier, rangeai le propre, puis troquai ma tenue de détective en voyage contre quelque chose de plus satisfaisant pour les loisirs : sweat et tee-shirt frappé à l'effigie de Bullwinkle. Plus de vierges à sauver, plus de dragons à terrasser, plus de clients à servir. Sans même parler du fait qu'il allait me tomber du fric. Mais quoi ? comme si cela avait quelque importance pour un costaud dans mon genre ! Pike et moi irions peut-être faire du kayak dans le Colorado. Ou la corrida à Pampelune. Pourquoi pas ? Ce sont là des choses qu'on peut faire quand on se trouve entre deux affaires.

J'étais encore en train de trier des trucs et de me changer lorsque je m'aperçus que les trois quarts de ma Falstaff s'étaient envolés. La boîte fuyait. Je redescendis au rez-de-chaussée, en ouvris une autre et cherchai KLSX sur la bande FM. Jim Ladd était bien le meilleur disc jockey du monde. Pour l'heure, il passait un disque de George Thorogood. Que pouvait-il y avoir de mieux ? Je gagnai la terrasse et bourrai le Weber de charbon de bois. Le soleil avait file, l'air était frais et fleurait bon la menthe et le chèvrefeuille. George acheva sa chanson, Jim embraya sur Mick Jagger, Mick Jagger se mit à chanter son insatisfaction. J'étalai bien le charbon de bois de mesquite au fond du récipient, inondai le tout de liquide inflammable (approuvé par le ministère de l'Environnement) et craquai une allumette. Les flammes orange montant bien haut, une vague de chaleur roula sur moi et je me demandai ce que faisait Lucy Chenier. J'avalai encore un peu de Falstaff et me dis que ça serait bien de l'avoir à côté de moi sur la terrasse. On aurait pu aller passer la journée à Disneyland et, comme maintenant, se sentir bien en rentrant. On aurait attrapé de légers coups de soleil, on aurait été un peu fatigués, mais elle m'aurait souri. Elle se serait accoudée à la rambarde, elle aurait trouvé la vue agréable, mais, c'est vrai, la nuit un rien frisquette, et donc, je l'aurais serrée dans mes bras pour qu'elle n'ait plus froid. Je finis le reste de ma Falstaff. Bizarre... Je croyais l'avoir à peine entamée.

Je nettoyai les pommes de terre, les ouvris dans le sens de la longueur et les entourai de papier alu. Puis je les mis au four, thermostat monté à 9. Elles étaient petites et ça ne prendrait pas longtemps. Je sortis mon steak de son emballage, le piquai mille et mille fois de chaque côté avec une fourchette et le saupoudrai de poivre, d'ail en poudre et de sauce de soja. Je lavai mes oignons verts, les coupai en tranches et les mélangeai avec du yaourt sans matières grasses. Tout était prêt pour la cuisson. Le repas-éclair de base. Évidemment, maintenant que j'étais sans emploi, me dépêcher n'avait rien de nécessaire. Des extravagances culinaires avec neuf plats d'affilée genre Julia Child auraient été plus dans le ton. Un aspic d'oie ? Une caille farcie aux huîtres avec sauce au *chile poblano* ? Descendre pêcher l'anguille de mer avec Pike à Cabo San Lucas ? Notre amie Ellen Lang n'aurait peut-être pas dit non. Même chose pour ma copine Cindy, la distributrice de produits de beauté. J'ouvris une autre Falstaff.

Le chat débarqua pendant que je pensais à tout ça et bondit sur le plan de travail comme il le fait quand il espère que je ne le verrai pas. Je vis travailler ses narines : monsieur humait le steak.

— Je t'ai certainement beaucoup manqué, lui dis-je.

Il hocha un rien la tête, à la chat.

Je coupai un bout de steak, puis je posai le chat et le morceau de steak par terre. Le chat renifla encore un coup, puis se mit au boulot.

— En tout cas, toi, tu m'as manqué, insistai-je.

J'étais assis par terre dans ma cuisine à boire de la bière et à caresser mon chat lorsque la sonnette retentit. C'était Jodi. Elle portait un sweatshirt gris par-dessus son jean, et n'était pas maquillée. Les mains dans les poches, l'air pensif et fermé, comme dans le motor-home, ou peu s'en fallait. Gênée.

— Tiens, tiens, dis-je. La star.

Je n'en étais quand même qu'à ma quatrième Falstaff, non ?

— J'espère que je ne vous dérange pas, dit-elle.

— Pourquoi me dérangeriez-vous ? lui répondis-je. Et puis ça vaut toujours mieux que de mentir.

Une cinquième ?

Je levai la main, secouai la tête et reculai d'un pas.

— Je vous demande pardon, lui dis-je. Je m'apitoyais sur mon sort et j'ai pas mal bu. Des trucs de gamin.

Elle acquiesça d'un signe de tête.

— Entrez, je vous en prie.

Je lui montrai le chemin sans me sentir trop embarrassé par mes bières et mon tee-shirt à l'effigie de Bullwinkle.

— Avez-vous mangé ? lui demandai-je.

Elle garda les mains dans les poches.

— Je n'ai pas faim. J'ai honte de ce qui s'est passé et j'aimerais qu'on en parle.

— Bon. J'allais mettre un steak à griller. Ça vous ennuie de parler pendant que je mange ?

Elle me répondit que non, bien sûr, et me suivit à la cuisine.

— Oh, dit-elle. Vous avez un chat.

Le chat leva le museau de dessus son morceau de viande, rabattit les oreilles en arrière et gronda.

— N'essayez pas de le caresser. Il n'aime pas les gens et il mord.

Elle s'écarta. Le chat cessa de gronder et se remit au boulot.

— Désirez-vous quelque chose à boire ?

— Oui, ce serait gentil. Vous avez du scotch ?

— Oui.

Je mis des glaçons dans un verre et attrapai la bouteille de Knockando.

— Vous vivez seul ?

— Oui. En dehors de ce chat…

— Vous n'êtes pas marié ?

— Non.

Elle inspecta ma maison d'un petit coup d'œil.

— C'est très joli, dit-elle.

Comme si elle voulait parler mais ne savait pas par où commencer.

Je lui tendis son verre. Elle sortit les mains de ses poches pour le prendre. Je retournai à la cuisine, ouvris le four et appuyai sur mes pommes de terre. Elles étaient bien molles à l'intérieur. Je les posai sur un plateau de bois, puis je sortis le petit bol de yaourt et oignons verts du frigo. J'emportai le steak et les pinces jusqu'au gril. Jodi Taylor me regarda faire et me suivit sur la terrasse sans rien dire. Elle avait l'air grave et les traits tirés, j'espérais qu'elle ne me prendrait pas pour un poivrot.

— J'adore les odeurs de barbecue, dit-elle. Pas vous ?

Elle tenait son verre à deux mains, je vis qu'il était déjà vide. Il n'y avait pas de danger qu'elle me prenne pour un pochard. Je repris le Knockando, lui resservis à boire et reposai la bouteille sur la rambarde.

— Votre mission, si vous l'acceptez, sera de vous occuper de cette bouteille. Vous devrez remplir votre verre quand vous en aurez envie et sans jamais m'en demander l'autorisation ou attendre que je le fasse à votre place. Est-ce bien clair, mademoiselle Taylor ?

Elle pouffa.

— Je devrais y arriver.

Je lui souris en retour.

— Parfait.

Je posai le steak sur le gril. Les charbons étaient d'un beau rouge bien uniforme, la viande grilla joliment en émettant une odeur qui me rappela les hamburgers que nous avions fait cuire chez Lucy Chenier. *Sors-toi cette nana de la tête, Elvis.*

— Veuillez m'excuser pour ce qui s'est passé, lança Jodi.

— Oubliez ça.

— Non, non, je tiens à présenter des excuses.

— Excuses acceptées, mais vous oubliez, d'accord ? C'est fini. Il est temps de passer à autre chose.

Et Lucy, ça lui plairait de descendre à Cabo ? *Arrête ça !*

Il n'y avait pas de bruit dans le canyon, hormis les cris de deux ou trois coyotes de l'autre côté de la crête. À nos pieds, une voiture glissait sur la route, phares avant balayant les ténèbres de leur faisceau. Les constellations de l'été se détachaient sur un ciel d'un noir intense.

— Ce n'est pas très facile pour moi, reprit-elle.

Je retournai le steak et le serrai avec les pinces afin d'en faire couler la graisse sur la braise.

— Mon père est mort en 1985. Et ma mère deux ans après. Ils étaient tout pour moi.

— Bon.

— Je sais qui ils étaient. Mon père, c'était Steve Taylor et ma mère, sa femme, Cecilia. Vous comprenez ?

— Oui.

— Je les aimais plus que tout. Et je les aime encore.

Quelque chose de sombre passa au-dessus de nos têtes. Une chouette qui suivait la ligne de crête en planant. Jodi reprit du scotch et regarda fixement les flammes qui léchaient la viande.

— J'ai des questions à vous poser sur la Louisiane.

Sa voix était douce et ses yeux ne lâchaient pas les flammes.

— D'accord.

— Est-ce que je lui ressemble ?

Nous savions tous les deux de qui elle parlait. Elle avait soupiré en me le demandant, comme si à poser sa question elle s'engageait sur un chemin qu'elle évitait depuis toujours.

— Oui. Vous pourriez être sa sœur.

— Et mon père naturel est mort ?

Elle n'avait toujours pas lâché les flammes des yeux, pas une fois elle ne s'était retournée pour me regarder, comme si en refusant tout contact visuel elle ne posait que des questions irréelles et sans plus de substance que celles qu'on se marmonne à soi-même avant de s'endormir.

— Oui. J'ai parlé à sa sœur cadette.

— Ma tante ?

J'acquiesçai.

— Est-ce que je lui ressemble ?

— Non.

Le steak était prêt, mais Jodi Taylor semblait au bord d'un véritable abîme de douleur et je ne voulais pas lui faire perdre l'équilibre.

— Vous avez vu une photo de mon père naturel ? reprit-elle.

— Vous ne lui ressemblez pas. Du côté de votre père naturel, on a la peau claire et les traits fins, mais c'est à votre mère que vous ressemblez.

Je retournai à nouveau le steak.

— Êtes-vous sûre de vouloir entendre ces choses ? lui demandai-je.

Au restaurant elle m'avait dit non, et ce non était catégorique.

Elle cligna plusieurs fois des paupières et se resservit encore une fois de scotch. Le chat se glissa sur la terrasse et s'y assit sous le vent. À peine si on le voyait dans le noir. Il guettait. Souvent je me demande ceci : *S'interroge-t-il sur le cœur humain ?*

— J'ai l'impression d'être coupée en deux, dit-elle. J'ai honte et me sens aussi coupable que si je trahissais mon père et ma mère. Je n'avais jamais pensé à mes parents naturels avant, et maintenant je n'arrête pas de me dire que si je n'arrive pas à faire la paix avec ça, tout va devenir si énorme que ça finira par m'engloutir et que je ne serai plus jamais moi-même. Vous comprenez ?

J'ôtai le steak du gril. Je le déposai sur une assiette et restai immobile dans le noir, à la regarder.

— Je ne voulais pas payer ce type, reprit-elle. Je me disais que ça n'avait pas d'importance. Je pensais que personne ne s'y arrêterait.

Une fois encore, ses yeux se remplissaient de larmes.

— Mais Beldon et Sid vous ont convaincue du contraire.

Elle acquiesça d'un signe de tête.

— Ils vous ont fait peur en jouant sur la honte.

Elle cligna des paupières.

— Dieu que j'ai peur ! s'écria-t-elle. Je ne sais plus quoi faire.

— Bien sûr que si.

Elle me regarda et reprit du scotch.

— Jodi, lui dis-je, pourquoi êtes-vous venue ici ?

— J'ai deux jours de repos avant qu'on commence à tourner le prochain épisode. Je veux vous réengager. Je veux que vous m'accompagniez là-bas. Je veux voir d'où je sors et savoir qui je suis. Accepteriez-vous de faire ça pour moi ?

Lucy Chenier.

— Oui.

Elle hocha la tête. Ni l'un ni l'autre nous n'ajoutâmes quoi que ce soit à ce qui venait d'être dit.

Nous rentrâmes dans la maison avec le steak. Je songeai que les anguilles de mer de Cabo San Lucas devraient attendre. Le cœur humain connaît des urgences plus grandes.

19

Jodi Taylor et moi descendîmes en Louisiane dès le lendemain. Nous prîmes le vol de sept heures du matin, avec escale à Dallas-Fort Worth, et arrivâmes à Baton Rouge un peu avant midi. Nous louâmes une Ford Thunderbird grise à mon nom et nous rendîmes tout de suite au bureau de Lucy Chenier. Jodi tenait à s'excuser, je ne l'en empêchai pas. J'appelai le cabinet de l'aéroport et informai Darlene que nous partions.

— Je ne pensais pas vous revoir, me dit-elle.

— Les miracles, ça arrive, lui rétorquai-je.

— Tiens donc.

Lucy nous accueillit fort aimablement à la porte, et me tendit la main avant de la tendre à Jodi. Je souriais aussi fort que le colley devant sa pâtée, mais Lucy me parut froide et quelque peu lointaine, et sa poignée de main purement professionnelle.

— Bonjour, monsieur Cole, dit-elle. Bonjour, mademoiselle Taylor. Si vous voulez bien entrer…

Rien de plus.

Nous nous assîmes. Lucy nous informa que Sid avait téléphoné, qu'ils avaient donc parlé de ce qui s'était passé et du pourquoi de l'affaire, puis elle ajouta qu'elle serait certainement très heureuse de continuer à aider Jodi au mieux de ses compétences. Toutes choses qu'elle confia à ma cliente sans jamais me regarder ou m'adresser la parole.

— Salut, lui lançai-je. Vous vous souvenez de moi ?

— Bien sûr, me répondit-elle. Ça fait plaisir de vous revoir.

Professionnel. Diablement avocat. Elle revint à Jodi.

— Je savais que Sid allait vous appeler, dit celle-ci, mais je tenais à m'excuser pour ce qui est arrivé. En personne. J'aurais dû être honnête avec vous et j'ai honte de ce que j'ai fait.

Lucy se leva et fit le tour de son bureau.

— Je vous en prie, lui dit-elle, n'ayez pas honte. Vous allez vous présenter à Edith Boudreaux ?

Jodi Taylor secoua la tête et se leva à son tour. On aurait dit que nous venions juste d'arriver.

— Je ne veux pas rencontrer ces gens, dit-elle. Je ne veux pas faire leur connaissance. Non, je veux seulement les voir, enfin… Vous comprenez ?

Lucy lui prit la main.

— Bien sûr que oui. Nous avons tous ce genre de curiosité. En la voyant, vous pourrez enfin découvrir une part de vous-même. Que vous n'ayez aucune envie de faire sa connaissance n'y change rien.

— Oui, voilà. C'est ça, dit Jodi.

— Si je puis vous aider en quoi que ce soit, quand ça ne serait que pour parler, n'hésitez pas à m'appeler.

— Merci.

Je dis à Jodi que je la rejoindrais dans un instant, et elle s'en alla. Debout à la porte, Lucy ne me regardait toujours pas.

— J'ai l'impression d'avoir raté une marche, lui dis-je.

— Je ne crois pas.

— Voulez-vous que nous dînions ensemble ce soir ?

— C'est très aimable à vous, mais je ne peux pas.

— Nous pourrions emmener Ben.

Elle secoua la tête.

— Vous m'en voulez ?

— Bien sûr que non. Je crois que Jodi vous attend.

— Vous êtes en colère.

Elle haussa les sourcils.

— Si Jodi a besoin de mon aide, elle peut m'appeler à toute heure. Elle a mon numéro.

— Je le lui dirai. Merci.

Je quittai le cabinet. Jodi et moi descendîmes jusqu'à la voiture. Je pris le volant, elle s'assit à côté de moi, ni l'un ni l'autre ne disant mot. Elle remonta ses genoux, posa les mains entre ses jambes et regarda fixement par la fenêtre.

— Qu'est-ce que vous avez ? me demanda-t-elle enfin.

— Rien. Je n'ai rien du tout.

Elle plissa le front, puis se remit à regarder par la fenêtre.

Nous traversâmes le Mississippi, Baton Rouge disparaissant bien vite derrière nous. Nous roulâmes si vite jusqu'à Erwinville, Livonia et Lottie qu'à treize heures trente-six nous arrivions à la bretelle de sortie pour Eunice.

— C'est ici que vit Edith Boudreaux avec son mari et sa famille. Elle est mariée à un certain Joel Boudreaux, le shérif du coin. Elle tient un magasin de vêtements au centre-ville. Son père vit lui aussi à Eunice. La sœur de Leon Williams s'appelle Chantel Michot. Elle habite à vingt et un kilomètres d'ici vers le nord. Vous êtes née dans une maison qui se trouve à quarante-cinq kilomètres d'ici, toujours vers le nord, au-dessus de Ville Platte. Que voulez-vous voir en premier ?

— La femme.

La femme. Pas besoin de chercher pour savoir qu'elle ne parlait pas de Chantel Michot. C'était bien Edith Boudreaux qu'elle voulait voir.

Nous quittâmes la grand-route, Jodi posa les deux mains sur le tableau de bord et commença à attendre avec une telle violence que je la ressentis physiquement dans la voiture.

Je la conduisis donc d'abord chez Edith Boudreaux. Edith et son mari habitaient une maison de style colonial bien entretenue, azalées éblouissantes et grand jardin élégant. La rue était calme et peu fréquentée. Chaleur douce, senteurs de gazon fraîchement coupé, foule de gros bourdons jaune et noir se traînant dans les azalées. Un jeune Noir torse nu poussait une tondeuse à gazon le long de la rue. Il nous fit un signe de tête lorsque nous le dépassâmes.

Je ralentis, puis arrêtai la Thunderbird à l'entrée de l'allée. Jodi se tortilla sur son siège, les yeux écarquillés. Pas plus de voiture de shérif que d'Oldsmobile 88.

— C'est là qu'elle habite ? me demanda-t-elle.

— Oui. Elle a une Oldsmobile, mais la voiture n'est pas là. Elle est partie.

— C'est la femme du shérif ?

Elle le savait déjà.

— Oui. Il s'appelle Joel.

Ça aussi, elle le savait déjà.

— Elle a des enfants ?

— Elle en a. Ils ont tous une vingtaine d'années. Je ne sais pas s'ils habitent par ici.

— Comment s'appellent-ils ?

— Je ne sais pas.

— Filles ou garçons ?

— Je ne sais pas.

Elle regardait la maison tandis que nous parlions, en suivait les contours des yeux comme si elle essayait d'y découvrir quelque vérité. Quand elle en eut assez, nous gagnâmes d'abord la petite maison où Monroe Johnson attendait de mourir, puis le magasin de vêtements d'Edith Boudreaux. La voiture d'Edie ne se trouvait pas plus chez son père que devant son magasin. Jodi ne parut pas s'intéresser au vieillard, mais lorsque nous passâmes devant le magasin, elle me demanda de regarder si Edie y était. Je me garai sur la place et regardai dans la vitrine, mais ne découvris qu'une brune que je n'avais encore jamais vue. Je regagnai la voiture.

— Et maintenant ?

— Michot.

Elle avait le front plissé et son regard était dur.

— Il est presque deux heures, lui fis-je remarquer. Vous ne voulez pas manger quelque chose ?

— Non.

— Les toilettes ?

— Montrez-moi cette femme.

— Elle travaille. On ne pourra pas la voir à cette heure-ci.

Je n'avais rien mangé depuis le voyage en avion et la tête m'élançait.

— Bon, alors montrez-moi où elle habite, me dit-elle.

Je m'arrêtai devant un 7-Eleven pour y acheter deux saucisses et un sachet de M&M aux cacahuètes. Mon déjeuner. Nous prîmes la vieille route jusqu'à Point Blue et arrivâmes devant la bicoque de Chantel Michot. Lewis et Robert se poursuivaient en courant autour du Dodge. Une fillette plus âgée était assise dans la véranda, tout près de l'endroit où je m'étais moi-même assis, et faisait ses devoirs. Je longeai la maison, trouvai un endroit où exécuter un demi-tour, puis revins et me garai dans l'herbe. La fillette leva le nez de dessus ses devoirs et nous dévisagea.

— Le petit s'appelle Lewis, dis-je à Jodi. L'autre, c'est Robert. Je ne connais pas le prénom de la fille. Chantel est la sœur cadette de Leon Williams.

Jodi se pencha encore une fois en avant sur son siège, les yeux écarquillés.

— Ce sont ses enfants ?

— Oui.

— Qu'est-ce qu'ils sont pauvres !

J'acquiesçai d'un signe de tête. La fillette s'était remise à ses devoirs, mais, incapable de se concentrer, ne cessait de nous regarder en douce. Une grosse poule rouge de Rhode Island sortit de dessous la maison en picorant dans la poussière. Les autres poules et poulets la suivirent.

— C'est renversant, dit Jodi. Je n'en crois pas mes yeux.

Je gardai le silence.

— Ces gens-là sont de ma famille ?

Je hochai de nouveau la tête. Robert tournait en rond autour de Lewis. Lewis trébucha et se cogna la tête contre le Dodge. Il atterrit sur les fesses et se frotta le crâne en pleurant. Robert le rejoignit en courant pour s'assurer que le petit frère allait bien. Les poules et les poulets continuèrent de gratter la poussière, comme si de rien n'était.

Jodi Taylor inspira un grand coup, puis souffla. La fillette s'était remise à nous dévisager. Elle posa son livre de côté, s'approcha du bord de la véranda, appela les gamins, et tous rentrèrent dans la maison. Un garçon d'un ou deux ans plus jeune que la fillette se montra à la porte et nous dévisagea à son tour.

— Je veux voir la femme, dit Jodi.

Edith, encore une fois.

— Il est tard, Jodi. Nous devrions rebrousser chemin. On peut revenir demain.

— Je ne suis pas venue ici pour poser mon cul dans un hôtel. Je veux voir cette femme.

Elle était tout au bord de l'abîme, tendue à craquer, déjà près de lâcher. Ses joues avaient la couleur du lait.

Je la regardai.

— S'il vous plaît, dis-je.

Son visage se radoucit et elle me prit le bras.

— Essayons encore au magasin. Si elle n'y est pas, nous rentrerons à l'hôtel.

Je la ramenai à Eunice.

Nous y arrivâmes juste avant quatre heures. Encore une fois je dus descendre de voiture et aller jeter un coup d'œil dans la vitrine. Et encore une fois Edith n'était pas là. Je regagnai la voiture et y montai en secouant la tête.

— Qu'est-ce qu'il faut faire pour avoir de la chance dans ce pays ? me demanda-t-elle.

Nous étions juste en train de repartir lorsque l'Oldsmobile bleu métallisé d'Edith Boudreaux nous dépassa et se gara le long du trottoir. Edith en sortit aussitôt. Jodi et moi la vîmes au même instant.

— C'est elle, lui dis-je.

Jodi se raidit d'un coup sur son siège et colla son visage contre le pare-brise, ses deux mains agrippant le tableau de bord. Elle entrouvrit les lèvres. La voiture fut comme inondée par un champ magnétique. Je regardai Jodi, puis Edith Boudreaux, puis revins sur Jodi. En regardant Edith, j'avais l'impression de trouver une version plus douce et plus âgée de Jodi.

Edith mit, disons, une quinzaine de secondes à quitter sa voiture et à entrer dans le magasin, puis elle disparut.

— Ça va ? demandai-je à Jodi.

Elle fixait obstinément le plancher de la voiture. Sa poitrine se souleva, puis s'abaissa, le sang battant fort sous la peau lisse de son cou.

— Jodi ?

Elle cligna deux fois des paupières, me regarda, puis secoua la tête.

— Je me trompais, dit-elle. Je ne peux plus m'en aller maintenant. Il faut que j'aille la voir.

20

Le soleil brillait haut dans le ciel d'un bleu riche et profond et peut-être n'avais-je pas bien entendu. Peut-être ne parlait-elle pas d'Edith Boudreaux. Qui sait si nous n'avions pas tourné au mauvais endroit en rentrant ? Peut-être ne nous trouvions-nous déjà plus à Eunice, État de Louisiane. Peut-être étions-nous à Mayberry et peut-être, parce qu'elle venait de voir Tante Béa [1] se glisser dans le magasin, avait-elle envie de l'y retrouver. Ben tiens. C'était sûrement ça.

— Je croyais que vous ne vouliez pas la rencontrer, lui fis-je remarquer.

— J'ai changé d'avis, me répondit-elle sans me regarder.

Elle ne me voyait pas. Elle regardait plus loin, là-bas, le magasin, comme si Edith Boudreaux allait soudain se carapater et disparaître dans la nature.

— Vous êtes bien sûre de vous ? insistai-je.

Elle secoua la tête.

— Il serait peut-être plus astucieux de faire venir Lucy Chenier. Elle s'y connaît, dans ce genre de trucs.

Elle secoua de nouveau la tête.

— Je pourrais avoir la trouille et renoncer.

— Si vous n'êtes pas sûre de vous, vaudrait peut-être mieux.

— Pourquoi essayez-vous de me dissuader ?

---

1. Personnage de l'*Andy Griffith Show*, célèbre dans les années cinquante et soixante.

— Parce que vous refusiez catégoriquement de la rencontrer. Dès que vous aurez fait sa connaissance, vous ne pourrez plus revenir en arrière. Et elle non plus. Je tiens à ce que vous soyez absolument certaine de ce que vous voulez faire.

Elle garda les yeux rivés sur le magasin et se mit à tapoter sur le tableau de bord.

— Le minimum serait que j'y aille le premier et que je la prépare.

— Écoutez, dit-elle, finissons-en.

Elle se propulsa hors de la voiture comme on s'élance du plongeoir pour ne pas pouvoir se donner le temps d'y réfléchir à deux fois. Comme on fait quand on ne sait pas trop si on a envie d'y aller mais qu'on y va quand même.

Je descendis de voiture avec elle, nous traversâmes la rue et entrâmes dans le magasin d'Edith, moi derrière, Jodi devant, en fonçant comme des brutes, advienne que pourra. Deux femmes d'une soixantaine d'années farfouillaient dans le rayon des pantalons d'été sur notre droite tandis que la jeune vendeuse blonde papotait avec une rouquine qui se regardait dans un miroir à trois pans au fond du magasin. Debout à la caisse, Edith examinait un bon d'achat en fronçant les sourcils. Elle leva les yeux en entendant tinter la petite sonnette, nous sourit automatiquement, puis elle me reconnut et son sourire se figea aussi brusquement qu'un cœur qui s'arrête. Son regard se porta un instant sur Jodi, s'y arrêta, puis revint sur moi. Jodi s'immobilisa au milieu du magasin comme si on l'avait clouée au sol. Voir les choses du fond d'une voiture et les avoir sous le nez ne fait pas le même effet.

— Bonjour, madame Boudreaux, lançai-je. J'espère que nous ne tombons pas au mauvais moment.

Elle n'appréciait pas vraiment que je sois revenu.

— En fait, si, dit-elle.

Elle regarda encore une fois Jodi. Non, elle le savait, ce n'était pas la femme avec laquelle j'étais venu la fois d'avant. Jodi portait toujours ses lunettes noires et sa casquette de base-ball. Cheveux tirés en arrière, débardeur informe en coton, grosses boucles d'oreilles brinquebalantes et pas de maquillage. Elle ne ressemblait pas à l'héroïne de *Songbird.*

Je gagnai le comptoir en essayant de prendre tout cela comme une visite absolument ordinaire.

— Madame Boudreaux, repris-je, est-ce que nous pourrions vous parler en privé ?

Elle regarda encore une fois Jodi et cette fois-là, ce fut avec une certaine curiosité.

— Pourquoi ? me demanda-t-elle.

— Parce que nous voudrions vous entretenir de quelque chose de personnel et qu'il vaudrait mieux ne pas le faire ici.

J'avais baissé la voix de façon à ce qu'Edith Boudreaux soit la seule à m'entendre.

Elle coula un nouveau regard à Jodi et parut nerveuse.

— Mon mari vous a parlé très clairement en notre nom la dernière fois, me répliqua-t-elle. Je n'ai rien à vous dire et je vous prierais de partir.

Jodi ôta ses lunettes de soleil. Elle n'avait pas lâché Edith des yeux depuis qu'elle était entrée et voilà qu'Edith la dévisageait à son tour.

— J'ai l'impression de vous connaître, dit-elle.

Jodi ouvrit la bouche pour dire quelque chose, puis la referma. Elle s'approcha, se tint près de moi, si près même que son épaule frôla mon bras. Elle ne semblait plus aussi décidée. Elle avait l'air du nageur qui, juste au moment où il saute du plongeoir, s'aperçoit brusquement que le bassin est vide.

— Je m'appelle Jodi Taylor, dit-elle.

Edith parut hésiter, puis elle hocha la tête et sourit vaguement.

— Vous passez à la télé, dit-elle. On vous voit tout le temps.

Jodi s'approcha d'Edith Boudreaux.

— Madame Boudreaux, dit-elle, je crois que vous et moi sommes de la même famille. D'après les archives d'État, je suis née il y a trente-six ans et serais la fille de votre mère, Pamela Johnson. Mais je n'en crois rien. Ce que je crois, c'est que vous êtes ma mère. Est-ce vrai ?

Le visage d'Edith Boudreaux perdit toute sa couleur et ses lèvres s'entrouvrirent.

— Oh, mon Dieu ! s'écria-t-elle.

Les deux femmes de soixante ans se tournèrent vers nous, l'une d'elles tenant dans la main une robe couleur rouille au moins quatre fois trop petite pour elle.

— Edie, lui demanda-t-elle, tu crois que ça m'irait ?

Edith ne l'entendit pas. Elle recula d'un demi-pas, puis s'avança et s'agrippa au comptoir en formica pour se calmer. Je souris aux deux femmes.

— Je suis désolé, mesdames, leur dis-je, mais Mme Boudreaux est occupée.

La femme à la robe couleur rouille fit la grimace et me répliqua :

— Je ne pense pas vous avoir demandé quoi que ce soit, si ?

Edith cligna six ou sept fois des paupières, puis lui dit :

— Jill, vous voulez bien aider Maureen, s'il vous plaît ?

À peine si on l'entendait.

La blonde rejoignit les deux femmes, mais Maureen n'avait pas l'air contente.

— Je me pose un certain nombre de questions sur moi-même et j'espère que vous y répondrez, dit Jodi.

Aucune émotion, rien d'intime, elle ne semblait pas attacher plus d'importance aux réponses qu'elle attendait qu'un employé du bureau du recensement.

Edith tendit la main en avant comme pour la toucher, mais Jodi recula d'un demi-pas, les bras le long du corps.

— Et si nous allions faire un tour ? suggérai-je à tout le monde.

Edith informa la vendeuse qu'elle reviendrait un peu plus tard et nous traversâmes tous les trois la petite place tandis que je disais à Edith ce que nous savions et comment nous l'avions appris. Je me demandais si elle n'allait pas se sauver, commencer à réclamer son mari en hurlant ou déclencher un esclandre genre comment osions-nous l'envahir de la sorte, mais elle ne fit rien de tout ça. On aurait dit qu'elle avait passé trente-six ans à attendre que Jodi veuille bien franchir le seuil de son magasin ; maintenant que celle-ci l'avait fait, elle ne pouvait plus la lâcher des yeux. Je marchais entre elles deux, qui me tenaient presque prisonnier, Jodi les mains dans les poches et regardant droit devant elle, Edith l'air inquiète et ne cessant de fixer Jodi du regard comme si brusquement celle-ci allait disparaître et qu'il valait mieux s'en graver vite l'image dans la tête. Lorsque j'eus fini de parler, elle me dit :

— Je n'arrive pas à croire à quel point elle me ressemble ! Elle me ressemble encore plus que les enfants que j'ai élevés.

Comme si Jodi était un rêve, et pas vraiment là.

— Si les documents que Rebenack avait en sa possession sont authentiques, Jodi est bien l'enfant que Pamela Johnson a confiée aux services sociaux de l'État. Aucun ne mentionne que vous seriez sa mère. Rien non plus qui établirait l'identité de son père.

— Non, dit-elle, il n'y en a sûrement pas.

— Et donc vous ne niez pas être ma mère ? lui demanda Jodi.

Edith parut surprise.

— Non, répondit-elle, bien sûr que non. Pourquoi le ferais-je ?

— Vous l'avez fait il y a trente-six ans.

— Oh.

— Bon, lançai-je, maintenant que nous sommes tous ensemble, peut-être vaudrait-il mieux que j'aille attendre au magasin de glaces au yaourt d'en face pendant que vous bavardez.

— Non ! s'écrièrent-elles en chœur.

Et Jodi m'attrapa la main et ajouta :

— Je veux que vous restiez. Ça ne prendra pas longtemps.

Nous longeâmes quelques bancs publics en fonte pour rejoindre le kiosque à musique au milieu de la place. En salopette, une casquette rouge d'ingénieur sur la tête, un vieillard était assis sur l'un d'entre eux. Tête renversée en arrière, bouche ouverte, yeux clos – il dormait. Petit chien en laisse, celle-ci attachée au banc. L'animal s'était couché à l'ombre sous son maître et couina lorsque nous passâmes devant lui. Tout noir et plein de poils collés par la sueur. Je me dis qu'il devait avoir chaud. Nous gravîmes les marches du kiosque. De l'ombre. Nous nous arrêtâmes. Même à l'ombre, il faisait chaud.

Jodi me serrait toujours la main et se tenait bien à l'écart d'Edith.

— Alors ? dit-elle.

Edith décroisa les bras, puis les recroisa. Commença à dire quelque chose, puis se tut. Le petit chien sortit de dessous son banc et tenta de venir sous le kiosque, mais se retrouva au bout de sa laisse et jappa. Edith et Jodi le regardèrent l'une et l'autre.

— Bon, ben…, leur lançai-je, surtout ne parlez pas toutes à la fois.

Jodi fronça les sourcils.

— Ce n'est pas drôle, dit-elle.

— Non, sans doute pas.

Nous continuâmes de rester debout. Le kiosque était comme niché entre trois grands magnolias et l'air alourdi par l'odeur qu'ils dégageaient. Les bourdons – et ils étaient gros – zigzaguaient autour du kiosque comme des hélicoptères de police en patrouille.

— Je m'excuse, reprit Edith. Je ne sais pas quoi dire. J'ai toujours pensé que vous reviendriez peut-être. Des fois je pensais à vous et essayais d'imaginer ce moment et… et voilà que nous y sommes.

Jodi fronça encore les sourcils, son visage se crispant en une grimace embarrassée.

— Madame Boudreaux, dit-elle, il vaudrait peut-être mieux que je précise certaines choses.

— Bien sûr, bien sûr.

— Je ne suis pas venue ici pour trouver une mère. J'en ai déjà une et c'est la femme qui m'a élevée.

Edith regarda de nouveau le petit chien.

— Naturellement, dit-elle.

— Ceci pour que tout soit clair.

— Oui, oui, lui assura Edith en hochant la tête.

Elle ourla les lèvres, puis ajouta :

— J'espère que les gens qui vous ont recueillie vous ont bien traitée.

— Ils m'ont très bien traitée. Très très bien.

Edith acquiesça encore une fois en hochant la tête.

— Leon Williams était-il mon père naturel ?

Elle avait posé sa question brutalement, de la même façon qu'elle s'était jetée hors de la voiture lorsqu'elle avait décidé d'entrer dans le magasin – comme si elle était obligée de procéder ainsi sans quoi rien ne se ferait.

Le regard d'Edith vacilla. Elle savait que ça allait venir, et ça y était.

— Oui, répondit-elle. Leon était votre père.

Jodi aspira lentement, la gorge toujours aussi nouée.

— Bon. Bon, bon.

Edith décroisa les bras et poussa sa main droite dans sa main gauche, tout contre son sein. Elle me regarda, puis elle revint à Jodi.

— C'est ça que vous vouliez savoir, n'est-ce pas ?

Jodi acquiesça d'un signe de tête.

Encore une fois, Edith fit un pas vers Jodi et Jodi leva sa main libre et l'arrêta. De l'autre, elle s'accrochait toujours à moi.

— Non, dit-elle, je vous en prie.

— Ça vous gêne de savoir que votre père était noir ?

Le visage de Jodi se crispa encore plus.

— Cela semble gêner beaucoup de gens, lui répondit-elle.

— Ça ne date pas d'aujourd'hui. Je n'étais qu'une gamine et Leon n'était pas beaucoup plus vieux. Nous étions des enfants, et très amis. Puis c'est devenu plus que ça.

Ses yeux s'embuant soudain, elle cligna plusieurs fois des paupières.

— J'espère que vous ne me haïssez pas… pour tout ça.

Jodi regarda fixement le petit chien, puis s'appuya à la rambarde du kiosque. Il faisait toujours aussi chaud. Une seule goutte de sueur lui perla sur la joue, juste devant son oreille gauche. Elle ne dit rien pendant un moment, pour remettre de l'ordre dans ses idées sans doute. Quelques mouches bourdonnèrent devant la figure du vieillard. Il les chassa sans ouvrir les yeux.

— Bien sûr que non, lui répondit Jodi. Ne soyez pas idiote.

Edith clignait de plus en plus fort des paupières.

— C'est pour ça qu'on vous faisait chanter, n'est-ce pas ?

— Oui.

Edith sourit doucement, mais sans plaisir. Je vis plutôt la reconnaissance d'une expérience partagée.

— Oui, bon, ça aussi, je connais, reprit-elle. Quand ils disent de pas se mettre dans de sales draps, ils rigolent pas, n'est-ce pas ? On dirait que vous y avez mis tout le monde.

Jodi me regarda d'un air gêné, comme si brusquement elle regrettait de se trouver là et de parler à cette femme et d'être témoin de sa douleur.

— Vous êtes devenue très jolie, reprit Edith. Je suis très fière de vous.

— Comment Leon Williams est-il mort ?

Edith inspira fort et ferma les yeux.

— Mon père l'a assassiné.

— Parce qu'il était noir ?

Edith s'humecta les lèvres et réfléchit un instant. Je pensai soudain que j'aurais préféré être ailleurs. Je n'avais pas le droit d'assister à cette scène, je n'y avais pas ma place. Je me sentais étranger, énorme intrus dans cette histoire, mais Jodi m'agrippait toujours la main et paraissait s'y accrocher encore plus fort.

— Je crois qu'il a tué Leon parce qu'il ne pouvait pas se résoudre à m'abattre, moi.

— Ah, mon Dieu !

Edith s'adossa à la rambarde du kiosque et raconta à Jodi comment elle en était venue à exister. Jodi ne le lui avait pas demandé mais Edith semblait y tenir, comme si elle avait autant besoin de s'expliquer à elle-même qu'à sa fille. Elle lui décrivit un foyer pauvre, en proie à la fureur et dominé par une brute de père qui battait aussi bien sa femme que ses enfants. Elle se dépeignit sous les traits d'une fillette timide et craintive qui adorait l'école, moins parce qu'elle y aurait appris des choses que parce que celle-ci lui offrait de brefs instants de répit dans la désespérance engourdissante de sa vie et parce que, après l'école, elle se payait encore quelques minutes de tranquillité en allant se promener sur les digues et dans les bayous, pour y lire ou écrire dans son journal, y sentir l'air du dehors et goûter au sentiment de sécurité qu'elle éprouvait toujours dès qu'elle n'était plus chez elle. L'Edith Boudreaux qu'elle lui raconta n'avait absolument rien de la personne qui se tenait sous le kiosque, mais bon, ce n'était plus elle non plus. Elle lui raconta une journée qu'elle avait passée dans le bayou, les pieds dans l'eau, et alors Leon Williams était apparu, beau comme un dieu, avec son grand sourire amical, et Leon lui avait demandé ce qu'elle était en train de lire (*Little Women* [1], elle s'en souvenait encore) et l'avait fait rire (il lui avait demandé quelle taille elles avaient) – Leon Williams qui, comme elle, rêvait d'un avenir meilleur (il voulait s'acheter une station Esso). Quand elle parla de Leon, ses yeux se fermèrent et elle sourit. À Jodi, elle dit encore comment ils s'étaient de nouveau rencontrés la semaine suivante, tout à fait par accident, et comment encore une fois Leon l'avait fait rire et comment, après ça, leurs rencontres avaient été délibérées et plus du tout le fruit du hasard. Au fur et à mesure qu'elle racontait son histoire, les sentiments qu'elle avait oubliés jouaient à nouveau sur son visage, tellement même, qu'au bout d'un moment ce fut comme si elle n'était plus là. Elle était avec lui, avec lui elle était assise à l'ombre, il faisait chaud, et oui, elle nous l'avoua, c'était elle qui l'avait embrassé la première, même qu'elle y avait pensé pendant des semaines et des semaines, elle voulait qu'il se décide, mais lui ne faisait que parler et parler, jusqu'au moment où elle avait compris qu'il n'irait jamais plus loin, elle était blanche et il était noir, et elle s'était dit : au diable, tout ça, et avait pris, pour ainsi dire, le taureau par les cornes et l'avait embrassé, et là, c'était clair, elle revoyait son visage aussi nettement que si ça se passait maintenant. Après, elle le

1. *Les Quatre Filles du Dr March*, roman de Louisa May Alcott.

dit aussi, leurs rencontres étaient devenues plus fréquentes et affolées, et un jour, elle n'avait pas eu ses règles et, un autre jour encore, elle avait su qu'elle était enceinte – treize ans, Blanche et enceinte de Leon Williams, un jeune Afro-Américain (aussi insignifiant que cela fût devenu). Elle avait été terrifiée à l'idée de tout avouer à sa mère, et encore plus de ne pas le faire, jusqu'au jour où enfin elle avait craqué et alors, bien sûr, ses parents avaient exigé de savoir qui l'avait engrossée. Edith s'arrêta brusquement, comme si elle comprenait soudain qu'elle n'était plus Edith Johnson, mais Edith Boudreaux. Elle se fit très calme et son visage s'assombrit.

— Mon père voulait que je lui dise son nom. Il me harcelait sans arrêt, des semaines et des semaines, que ça a duré, et un soir qu'il avait bu et me battait, ma mère hurlait qu'il allait me faire perdre mon bébé, et moi je ne voulais pas lui dire mais j'avais tellement peur de vous perdre...

Elle secoua la tête, croisa de nouveau les bras et commença à cligner des paupières pour refouler ses larmes.

— Ne vous inquiétez pas, Edith, lui dis-je, vous n'étiez qu'une enfant. Vous aviez peur.

Elle acquiesça d'un signe de tête, mais ne nous regarda pas, et ses larmes coulèrent plus fort.

— Il a cherché Leon partout et il l'a abattu. Comme ça.

À peine un murmure.

— Mon Dieu ! s'écria Jodi.

Edith s'essuya les yeux, et étala tout sur son visage : larmes, mascara et le mucus qui lui avait coulé du nez.

— Je dois avoir l'air d'une folle, dit-elle avec un petit sourire. Je m'excuse.

— Non, dit Jodi.

Déjà Edith commençait à se dominer.

— Voulez-vous revenir chez moi ? demanda-t-elle. Je pourrais faire du café. Il y a tellement d'autres choses que j'aimerais vous raconter.

Jodi eut l'air mal à l'aise.

— Je ne crois pas que ce soit possible, lui répondit-elle.

Elle me regarda comme si elle voulait que je dise quelque chose, du genre qu'on avait des trucs à faire et que, ah, mon Dieu, vous avez vu l'heure ? il vaudrait mieux que je l'emmène ailleurs.

Dans les yeux d'Edith, ce fut soudain la panique.

— Vous savez que vous avez trois sœurs ? dit-elle à Jodi. Je pourrais vous montrer leurs photos.

Suppliante.

— Désolée, lui répondit Jodi, mais je dois rentrer à Los Angeles.

Edith secoua la tête et son visage parut se fermer. J'eus l'impression qu'elle avait peur.

— Je ne voulais pas avouer, reprit-elle. Tous les jours je me le reproche, mais… je n'ai pas été assez forte pour le sauver.

Elle se prit la tête dans les mains et ajouta :

— Je vous aurais gardée si j'avais pu, je veux que vous le sachiez. Et je veux aussi que vous sachiez que j'ai souvent pensé à vous. Que j'ai prié pour vous. Dieu me pardonne de ne pas avoir été assez forte pour vous sauver tous les deux. Je vous en prie, pardonnez-moi. Je vous en prie, je vous en prie, pardonnez-moi.

Ses épaules tremblaient. Elle se détourna, posa les mains sur la rambarde et pleura.

Le vieil homme sur son banc rouvrit les yeux, se redressa et nous regarda.

— Mais c'est quoi, ce bordel ? lança-t-il.

Je me penchai vers lui.

— Tu fermes ta grande gueule ou j'te botte le cul, d'accord ? lui répondis-je.

Il détacha la laisse de son petit chien et déguerpit. Je clignais beaucoup des paupières moi aussi. Toute cette poussière qu'il y avait. Saloperie de poussière.

— Edith ? fit Jodi.

Edith secoua la tête.

— Je vous pardonne.

Edith secoua de nouveau la tête. C'était maintenant tout son corps qui tremblait.

Jodi me regarda.

— Comme vous voulez, lui dis-je.

L'actrice avança les lèvres, souffla fort et contempla le plancher en bois grossier du kiosque.

— Edith, lança-t-elle enfin, je voudrais savoir encore quelque chose. Est-ce que vous aimiez mon père ?

Edith lui répondit d'une voix si faible que ce fut à peine si j'arrivai à l'entendre. Peut-être même ne fîmes-nous que l'imaginer, qu'entendre seulement ce que nous avions envie d'entendre.

— Dieu, oui ! dit-elle. Ce que je l'aimais ! Mon Dieu, que je l'aimais !

Jodi s'approcha d'elle et lui posa les mains sur les épaules.

— Peut-être qu'on pourrait rester encore un peu, dit-elle. Après tout...

Toutes les deux demeurèrent ainsi debout, Edith pleurant, Jodi lui tapotant l'épaule, ensemble dans la chaleur du jour.

21

Nous regagnâmes la demeure d'Edith Boudreaux, nous garâmes dans son allée, puis nous entrâmes afin qu'Edith puisse dire ce qu'elle avait vécu à sa fille enfin retrouvée.

Avec son mobilier américain caractéristique, la maison était belle et sentait légèrement l'encaustique. Tout y avait la propreté que seul peut avoir un foyer après que les enfants ont grandi et l'ont quitté. Vieille horloge dans l'entrée, piano Yamaha contre le mur, juste derrière la porte. Fouillis de photos de famille sur le dessus du Yamaha. Edith et Jodi entrèrent devant moi, chacune gardant soigneusement ses distances, l'une comme l'autre trop polies, l'une comme l'autre sur leurs gardes et incertaines.

— Vous avez une jolie maison, dit Jodi.

— Merci.

— Ça fait longtemps que vous vivez ici ?

— Oh, oui, très longtemps. Presque quinze ans maintenant.

Vous voyez le genre ? Eh bien oui, comme ça.

Je m'assis dans un fauteuil à oreillettes à côté du canapé tandis qu'elles faisaient le tour de la pièce, examinant les souvenirs d'Edith comme si, par hasard, elles étaient tombées sur une chambre mortuaire longtemps condamnée sous la grande pyramide. *Ça, c'est mon mari, Joel. Ça, c'est quand on s'est mariés. Et ici, ce sont mes filles.* Photos de trois jeunes demoiselles qu'on montre ici et là sur les murs du séjour. Événements inscrits en lettres d'or : remise des diplômes de fin d'études, mariage. *Là, c'est Sissy, la plus grande ; elle a deux garçons. Et là, ce sont Joana et Rick. Ils habitent à La Nouvelle-Orléans. Barb, c'est la petite ; elle fait ses études à l'université de Louisiane.* Jodi suivait Edith de cliché en cliché, les mains dans le dos, soucieuse de ne toucher à rien. Elle n'avait pas l'air particulièrement heureuse d'être là, mais c'était peut-être moi qui me faisais des idées.

Elles continuèrent ainsi pendant un moment, puis Edith lui demanda :

— Voulez-vous du café ? Ça prendra juste une minute.

Nerveuse, voulant faire plaisir à tout prix.

Jodi me regarda.

— Ce serait très gentil, dis-je. Merci.

Lorsque Edith fut partie, je baissai la voix :

— Ça va ?

Jodi haussa légèrement les épaules.

— Ça me fout les jetons.

— On peut partir quand vous voulez.

Elle secoua la tête.

— Non, je suis ici, je ferais aussi bien d'apprendre tout ce que je peux.

— Oui, bien sûr.

— Parce que je ne reviendrai pas.

J'écartai les mains.

Elle plissa le front.

— C'est-à-dire que… je ne peux quand même pas me montrer impolie, si ?

— Absolument pas.

Lorsque Edith revint avec le café, Jodi regardait les photos posées sur le piano. Edith avait évité plusieurs fois de passer devant et n'eut pas l'air heureuse de voir Jodi se tenir dans cet endroit.

— Ce sont vos frères et sœurs ? demanda celle-ci.

Edith versa le café, puis me tendit une petite assiette remplie de pralines aux noix de pécan. Ça faisait des années que je n'en avais pas grignoté.

— Certains, oui, répondit-elle à Jodi.

— Vous me montrez ?

Edith fronça les sourcils et rejoignit Jodi devant les photos.

— Ça, c'est ma mère avec ma tante. Là, c'est Joel enfant. Et eux, ce sont mes frères et sœurs. Là, c'est moi. J'avais seize ans.

Jodi acquiesça d'un signe de tête et se pencha sur les photos.

— Lequel est votre père ?

Edith parut se reprendre.

— Je n'ai pas de photo de lui ici.

— Elvis m'a dit que vous vous occupiez de lui.

— C'est exact.

Jodi dévisagea Edith un instant, puis regarda de nouveau la photo.

— Comment eux et vous supportiez-vous ça ?

Edith commença à répondre, se tut, puis trouva des mots.

— Les familles savent garder les secrets, dit-elle. Nous n'en avons jamais parlé. Par l'âge, c'était mon frère Nick qui était le plus proche de moi. Il avait douze ans, mais il est mort maintenant. Sara avait dix ans et les autres étaient encore plus jeunes. Je ne sais pas s'ils sont au courant ou pas.

Jodi siffla entre ses dents.

— Votre père a tué un enfant et l'a emporté en paradis ? Comme ça ?

Edith croisa de nouveau les bras, comme elle l'avait fait au kiosque.

— C'était un certain Duplasus qui était shérif à l'époque. Il est venu à la maison et mon père lui a dit exactement ce qui s'était passé et pourquoi.

Elle serra encore plus fort ses bras contre elle – sûrement pas pour se protéger du froid.

— Je suis sûre que M. Duplasus a trouvé la colère de mon père parfaitement justifiée. Une Blanche souillée par un jeune de couleur, vous savez…

— Eh ben dites donc ! s'écria Jodi.

Edith gagna le canapé.

— Oui, bon. À l'époque on rangeait ça dans la catégorie des crimes passionnels. Voulez-vous encore du café, monsieur Cole ?

— Oui, madame, ce serait gentil.

Jodi se détourna du piano et se tint immobile au milieu du séjour.

— Vous auriez pu dire quelque chose. Vous le pouvez toujours, lui fit-elle remarquer.

Puis elle me regarda.

— Il n'y a pas de prescription pour les crimes de sang, n'est-ce pas ?

— Non, lui répondis-je.

— Mon père a quatre-vingt-sept ans, dit Edith. Il est incontinent et parle tout seul, et les trois quarts du temps pour ne rien dire. Je m'occupe de lui d'une manière qui ne lui plaît pas toujours, mais je suis la seule à le faire.

Elle secoua la tête et ajouta :

— Je ne suis plus aussi en colère qu'autrefois. Leon n'est plus là depuis très longtemps.

Jodi remua la mâchoire.

Edith haussa légèrement les épaules et parut soudain profondément fatiguée.

— C'est ainsi qu'on sent les choses par ici, reprit-elle. Ça doit être ce qui déclenche les problèmes.

— Milt, dis-je.

— Ah, mon Dieu ! Vous êtes bon, vous, comme détective ! s'écria-t-elle.

— Milt ? répéta Jodi. Qui est-ce ?

Edith la regarda.

— Il ne vous a pas dit ce qui se passait ?

Jodi fronça les sourcils.

— C'est quoi, ce que vous ne m'avez pas dit ?

— Que certaines des personnes qui vous faisaient chanter nous font chanter nous aussi, lui répondit Edie.

— Jodi, précisai-je, je ne vous ai dit que ce qui vous concernait. Les affaires d'Edith ne sont pas les vôtres.

— Non, mais regardez-moi cet enfoiré qui ne l'ouvre pas !

Je haussai les épaules à mon tour.
— Monsieur Silence, c'est comme ça qu'on m'appelle.
Jodi voulut que je la mette au courant, Edith me fit savoir que ça ne la gênait pas.
— Rebenack travaillait pour un certain Milt Rossier. Pour autant que je comprenne, Rebenack avait découvert l'assassinat de Leon Williams et vendu le renseignement à Rossier afin que celui-ci puisse avoir barre sur le mari d'Edith. Mais Rebenack a doublé Rossier en vous faisant chanter pour son propre compte. Il se croyait malin, mais c'est ça qui m'a fait entrer dans la danse et a attiré l'attention sur Rossier.
Je regardai Edith et ajoutai :
— Non, Edith, Joel n'a rien dit.
— Mais enfin, s'écria Jodi, on n'a que des secrets dans cette famille ?
— Après que Lucy et moi sommes allés vous voir, le gorille de Rossier m'a enlevé et emmené à l'élevage d'écrevisses. Rossier n'aurait jamais su que j'étais passé vous voir si votre mari ne l'en avait pas informé. Et Rebenack se trouvait lui aussi à l'élevage. Rossier voulait savoir pourquoi je fouinais partout et s'est pas mal fâché quand je lui ai appris que Rebenack faisait chanter Jodi. Il l'ignorait, et je suis prêt à parier que c'est pour ça qu'il a tué Rebenack.
Edith secoua la tête.
— Jamais Joel ne tuerait quiconque, dit-elle. Je ne vous crois pas.
Je haussai les épaules.
Edith reposa sa tasse de café.
— J'ai dit à Joel que trente-six années de mensonges, ça suffisait. Je lui ai dit que je ne voulais pas qu'il fasse quoi que ce soit de mal et il m'a répondu : « Quoi ? Qu'est-ce que tu veux ? Tu veux que j'aille arrêter ton père ? »
Elle secoua encore une fois la tête et se frotta les yeux.
— Tout ceci est un vrai cauchemar.
Je me tournai vers Jodi.
— Vous connaissez, non ?
— Quoi ?

— Vous non plus, vous ne vouliez pas payer.

Elle plissa les lèvres, puis se pencha vers Edith.

— Et votre mari ne peut rien faire ?

— Il voudrait bien, mais il ne sait pas comment. Ça le tue.

— Je crois que ça vous tue tous les deux, lui dit Jodi.

Une voiture s'étant engagée dans l'allée, Edith se dirigea vers la porte.

— Ça doit être lui, dit-elle. J'aimerais que vous fassiez sa connaissance.

La porte d'entrée s'ouvrit sur Joel Boudreaux, chapeau de campagne électorale dans une main, exemplaire roulé de *Sports Illustrated* dans l'autre. L'air qu'on a quand on pense : Assez bossé pour la journée. Il s'immobilisa en nous voyant.

— Qu'est-ce qui se passe ? demanda-t-il.

Tout aussi calme et raisonnable qu'on l'est lorsque chaque soir qu'on rentre chez soi on tombe sur un détective privé et une star de la télé dans son salon. Sauf que non, pas tout à fait. Son regard étant brièvement passé sur Jodi, puis revenu sur moi, son calme fut plutôt celui du type qui sent son cœur s'emballer mais sait bien qu'il n'en faut rien montrer. Tous les flics que je connais en sont capables.

Edith se leva.

— Joel, dit-elle, cette jeune femme s'appelle Jodi Taylor.

Elle s'humecta les lèvres et précisa :

— C'est ma fille.

Jodi se leva à son tour et tendit la main au shérif.

— Bonjour, monsieur Boudreaux.

— C'est la vedette de la télé, Joel, reprit Edith. La petite fille que j'ai abandonnée.

Joel Boudreaux serra la main de Jodi sans émotion apparente et hocha la tête, genre tout cela est quand même un peu déroutant, vous ne trouvez pas ?

— Je ne comprends pas, chérie, dit-il. C'est ta mère qui a abandonné un enfant.

Comme si Edith ne se souvenait plus très bien du jour où elle était allée au marché.

— C'est plus la peine de faire semblant, Joel, lui déclara-t-elle en posant une main sur le bras de son mari. Ils savent. Ces gens la faisaient chanter elle aussi. Exactement comme nous.

Joel écarquilla les yeux, s'humecta les lèvres à son tour et eut soudain l'air très nerveux. Fou, même. On rentre chez soi pour se reposer en lisant *Sports Illustrated* et boum, voilà qu'on se retrouve avec sa vie qui file dans le trou des chiottes.

— Mais personne ne nous fait chanter ! se récria-t-il.

— Nous n'avons aucune intention de vous faire du mal, Joel, lui dis-je. Ne vous inquiétez pas.

Le shérif Boudreaux m'agita son journal sous le nez.

— Je ne sais pas ce que vous croyez avoir déterré, me lança-t-il, mais nous ne voulons pas entrer dans vos petits jeux.

Il se carra devant moi et se donna de grands airs menaçants. À la flic.

— Vous feriez mieux de partir.

— Arrête ça, Joel ! lui cria Edith. Il faut qu'on parle. Il est grand temps de commencer à régler tout ça.

Très énervé, Boudreaux ne savait manifestement plus quoi faire.

— Comme si on avait à régler quoi que ce soit ! s'exclama-t-il. Est-ce que tu comprends, Edie ? On n'a rien à se dire et ils devraient s'en aller.

La voix d'Edith se fit plus forte.

— Je veux savoir ! insista-t-elle. Je veux savoir si tu es mêlé à un meurtre.

Joel Boudreaux cligna deux fois de l'œil gauche et fit un pas vers moi. Je me levai. La figure toute rouge, Edith n'arrêtait pas de lui tirer le bras en arrière.

— Je vous ai vu avec Milt Rossier, dis-je à Joel. Nous sommes au courant pour Leon Williams et le père d'Edith. Rebenack extorquait de l'argent à Jodi et à son producteur, et Rossier vous fait chanter.

Boudreaux cligna encore une fois de l'œil et secoua la tête.

— Non, marmonna-t-il.

— Il dit que Rossier a tué le rouquin. Tu es au courant ? Tu n'es pas en train de le couvrir, au moins ?

Boudreaux cligna encore plus fort des paupières et regarda sa femme.

— C'est tout ce que t'as trouvé à dire ?

Il se tourna vers moi et plissa les paupières pour ne plus cligner des yeux.

— Si je savais qui a tué Jimmie Ray Rebenack, je le mettrais en état d'arrestation. Et si c'était vous ? Peut-être que je devrais vous emmener au trou pour vous interroger.

— Ben voyons ! Ça ferait vraiment bien dans la presse locale.

Il secoua de nouveau la tête, son œil gauche clignant follement, comme une mite dans un bocal.

— Je ne sais pas ce que vous a raconté Edith, reprit-il, mais elle s'est sûrement mélangé les pédales. Ce qu'elle raconte n'a aucun sens.

Soudain sa femme s'avança et le gifla. Sans beaucoup de force, mais le bruit fut clair et net et, tout étonné, Joel recula. Edith lui prit à nouveau le bras et le secoua.

— Ose encore parler de moi sur ce ton ! s'écria-t-elle. La façon dont nous vivons me fait honte, et je veux que ça cesse. Je veux que ça cesse, tu entends ?

Joel prit sa femme par les avant-bras. À peine si j'entendis ce qu'il lui disait :

— Tu veux que j'aille arrêter ton père ? Parce que c'est ça qui va arriver et ça sera génial, non ? Tu pourras même témoigner au tribunal.

Edith pleurait.

— Nous sommes de votre côté, dit Jodi. Peut-être pouvons-nous vous aider. En travaillant ensemble...

— Nous n'avons rien à nous dire, répéta Joel. Je ne sais pas de quoi vous parlez et donc... occupez-vous de vos affaires et laissez-moi m'inquiéter des miennes.

Edith pleurait plus fort.

— Je ne veux plus mentir, dit-elle. Je veux en finir.

— Mais bordel, Edie ! s'écria son mari. Il n'y a rien à raconter !

Surtout, nier jusqu'au bout.

Edith le lâcha et traversa la maison en courant. Une porte claqua. Pendant un long moment, personne ne bougea, puis Boudreaux gagna la porte et nous la tint ouverte. Il respirait fort et il lui fallut une bonne minute pour retrouver son calme. Il me regarda.

— Avez-vous une déposition à faire concernant l'assassinat de Jimmie Ray Rebenack ?

— Laissez-nous vous aider, Joel, lui répondis-je.

Il se tourna vers Jodi.

— Je suis content qu'Edie ait eu l'occasion de vous voir, dit-il, mais il y a un malentendu. Nous ignorons tout de Milt Rossier et du meurtre de Leon Williams.

— Vous vous conduisez comme un sot, lui répondit-elle.

Boudreaux hocha la tête et se tourna de nouveau vers moi.

— Et c'est quoi, la suite ? me demanda-t-il.

— Putain, Boudreaux !

Il cligna encore une fois de l'œil, très fort.

— Je veux juste savoir.

Je crus qu'il allait pleurer.

Je respirai un grand coup.

— La suite, c'est que tout ça reste entre nous, lui dis-je. Nous ne vous abandonnerons pas.

Le shérif Joel Boudreaux demeura debout à la porte qu'il tenait ouverte d'une main. Les bruits du voisinage étaient doux et entraient dans la maison avec l'odeur humide de l'herbe coupée. Soudain il s'éloigna, comme ça, retraversa le séjour et franchit une porte pour aller retrouver sa femme.

Jodi et moi sortîmes de la maison, refermâmes la porte derrière nous et repartîmes en voiture. De la fin de l'après-midi on était passé au soir ; à l'orient, le ciel commençait à s'empourprer. Des lucioles dessinaient des chemins irréguliers dans le crépuscule.

Jodi s'était tassée dans son coin et, les bras croisés, regardait fixement par la vitre en se mordant la lèvre. Celle-ci commençant à saigner, elle s'arrêta et préféra se ronger un ongle. Nous roulions en silence.

— Allez-y, dites-le ! lui lançai-je.

— Ces gens-là sont bons. Il s'imagine la protéger parce qu'il est grand et con, mais en réalité il ne fait que leur compliquer l'existence.

— Ouais.

Elle consulta sa montre et son genou droit commença à trembler. Nerveuse.

— Il faut que je rentre à Los Angeles pour finir le tournage, mais je ne peux pas disparaître comme ça. Je veux que vous restiez ici et que vous trouviez un moyen de les aider.

L'air s'était rafraîchi et fleurait bon, mais quoi ? j'aurais été incapable de le dire.

— Je sais d'expérience que, dans ce genre de situation, la seule façon d'échapper au passé est de tout avouer. Ils ne m'ont pas l'air pressés de le faire.

— J'aimerais que vous tentiez le coup. Voulez-vous essayer ?

— Et vous ?

Elle me regarda.

— Qu'est-ce que ça veut dire ?

— Qui êtes-vous, Jodi ? Voulez-vous que ces gens entrent dans votre existence ?

Elle me dévisagea pendant ce qui me parut une éternité, puis elle croisa de nouveau les bras et se réinstalla dans l'ombre.

— Je ne sais pas ce que je veux, dit-elle enfin. Aidez-les, c'est tout. D'accord ?

— D'accord.

22

Je la reconduisis directement à l'aéroport. Elle se paya la dernière place de première classe à bord d'un avion qui s'apprêtait à quitter la porte d'embarquement. On retint l'appareil un instant. Comme si on pouvait s'envoler en laissant en rade l'enfant chérie de l'Amérique !

— Appelez-moi quand vous voulez, me lança-t-elle. Le tournage ne devrait prendre que quelques jours et je reviendrai tout de suite après.

— Entendu.

Elle me donna un baiser, puis s'en fut. Un businessman à la calvitie naissante la regarda monter dans l'avion.

— Hé, bonhomme, me demanda-t-il, c'est bien celle que je crois ?

— C'est-à-dire ?

— La nana de la télé ? La chanteuse.

— Alors là, pas du tout ! lui répondis-je en secouant la tête.

Je fis demi-tour et retraversai le terminal. Je me sentais seul, paumé et un peu trop conscient du fait que Lucy Chenier se trouvait à quelques minutes en voiture. Bien sûr, elle n'avait pas l'air ravie que je sois, moi, si près d'elle, mais ça ne me rendait pas les choses plus faciles. J'essayai de ne pas penser à elle. Je me dis que, peut-être, il serait bon de faire quelque chose d'excitant pour m'éclaircir les idées. En ayant les idées claires, je pourrais même, qui sait, trouver le moyen d'aider Edith Boudreaux, ce qui, bien sûr, était ce pour quoi on me payait. Sans compter qu'à faire quelque chose d'excitant, je pourrais aussi oublier un peu Lucy – qui sait ?

Il était sept heures vingt-trois et il y avait très exactement six personnes à part moi dans le terminal. Cela dit, l'homme d'action est toujours plein de ressources, et seule l'imagination saurait brider ses choix. Hmm. Gagner la digue et y flinguer des rats ? Ça risquait d'être bruyant et il fallait sans doute un permis pour le faire. Difficile à obtenir, ça. Bon, d'accord, je pouvais aussi escalader les trente-deux étages de la façade du Capitole et m'élancer par-dessus le pont Huey-Long en deltaplane, mais où allais-je en trouver un ? L'agence de location L-Delta avait des chances d'être fermée. *Elvis Cole, tu as la vie devant toi !*

Je me rendis au Howard Johnson de la plage, y repris une chambre, demandai qu'on me fasse porter un sandwich à la dinde et montai dans ma chambre. Vingt minutes plus tard, j'étais en train de le manger lorsque le téléphone sonna.

— Établissements Espérances limitées, Elvis Cole à l'appareil.

— Si c'est un jeu de mots sur *De grandes espérances*, c'est un rien obscur, me répliqua-t-elle.

— Bonjour, dis-je.

Mon cœur s'emballa, les paumes de mes mains furent soudain toutes moites. Il arrive que nous ne soyons pas aussi dur que nous le laissons supposer.

— Je veux m'excuser pour la façon dont je me suis conduite, reprit-elle. J'aimerais pouvoir m'expliquer.

— Je ne crois pas que ce soit nécessaire.

— Jodi m'a appelée de l'avion. Elle m'a raconté ce qui se passait et m'a redemandé de vous aider autant que je le pouvais.

Débit mécanique, comme si elle était un rien nerveuse.

— Bien, fis-je.

Puis elle se tut pendant si longtemps que je crus qu'elle avait raccroché.

— Je suis en train de préparer à dîner, enchaîna-t-elle enfin. Si ça vous dit, vous pourriez peut-être passer… qu'on parle de tout ça.

— J'en serais ravi, merci.

— Vous vous rappelez le chemin ?

— Évidemment.

Deuxième pause, puis elle ajouta :

— Bon, ben... à tout à l'heure.

— C'est ça.

— Au revoir.

Je raccrochai et regardai le téléphone. Tiens, tiens. Je jetai le reste de mon sandwich, me douchai en quatrième vitesse et convainquis le barman de l'hôtel de me vendre une bouteille de merlot et une autre de chardonnay trois fois plus cher qu'elles ne valaient. Quatorze minutes plus tard, j'étais devant chez Lucy. Essayez donc de traverser Baton Rouge en quatorze minutes ! Il vous faudrait un vaisseau spatial du genre klingon dans *Star Trek*.

Le quartier de Lucy était calme et sa maison bien éclairée. Alléchant. Le même homme et la même femme y promenaient le même chien de traîneau que l'autre jour. Je me garai dans l'allée, à côté de la Lexus, et leur adressai un signe de tête.

— Ce que la soirée est belle ! dit la femme.

— Ah oui, n'est-ce pas ? lui renvoyai-je.

Lucy m'ouvrit la porte. Jean, chemisier rouge et boucles d'oreilles brinquebalantes. À cet instant précis, je me dis que jamais encore je ne m'étais trouvé en présence d'une femme aussi belle. Mon cœur battait fort et vite.

— Je suis contente que vous ayez pu venir.

Je brandis mes bouteilles.

— Comme je ne savais pas ce qu'on allait manger...

Elle sourit et regarda les étiquettes.

— Oh, mais c'est merveilleux ! s'écria-t-elle. Merci.

Elle me fit entrer dans la cuisine. Claire, mais une seule lampe était allumée dans le séjour où l'on avait mis un disque de Janis Ian. Lucy, son foyer et l'atmosphère qui y régnait semblaient empreints d'une manière d'hyperréalité, comme si je venais d'entrer dans une photo du magazine *Better Homes & Gardens*. Je me demandai ce qui y était réel et jusqu'où j'y étais vraiment.

— Ça sent terriblement bon, dis-je.

— J'ai mis des rumakis au four en guise d'entrée. J'ai aussi préparé un canard rôti aux cerises noires comme plat de résistance. J'espère que ça ira.

— Waouh ! dis-je.

— Je me suis servi un verre de vin. Vous voulez vous joindre à moi ?

Une bouteille de riesling de Johannesburg se trouvait sur le comptoir, à côté d'un verre pratiquement vide – comme la bouteille, je le remarquai.

— J'en serais enchanté.

— Et si on gardait votre vin pour le dîner en finissant le riesling tout de suite ?

— L'idée me paraît bonne.

Je débouchai le merlot pour le mettre à chambrer pendant qu'elle apportait un deuxième verre et le remplissait.

— Je peux faire quelque chose pour me rendre utile ?

— Tout est prêt sauf la sauce aux cerises, me répondit-elle. Asseyez-vous donc au comptoir pour me raconter les derniers événements pendant que je la prépare.

Elle ouvrit une boîte de conserve de cerises à noyaux noirs, en versa le contenu dans une casserole avec du jus de citron, du porto et beaucoup de sucre, posa le tout sur un brûleur et mit à cuire à feu doux. Je lui dis comment j'avais fait visiter Eunice et Ville Platte à Jodi, comment celle-ci s'était présentée à Edith Boudreaux et ce qui s'était passé pendant cette rencontre. Elle hocha plusieurs fois la tête, puis fronça les sourcils lorsque je lui rapportai comment Jodi s'était ruée dans le magasin d'Edith bien qu'il y eût des clientes. Pour l'essentiel néanmoins, elle se contenta de siroter son vin en se concentrant sur sa sauce aux cerises. Nerveuse, me dis-je. Tendue. Elle finit son verre, le remplit et ajouta un fond de bouteille au mien. Plus de riesling et je n'en avais bu qu'un verre. Quand avait-elle commencé à picoler ?

— J'ai l'impression que les rumakis sont en train de brûler, lui fis-je remarquer.

— Ah, merde ! s'écria-t-elle en les sortant du four.

Les rumakis étaient des petits morceaux de marrons d'eau enveloppés dans du bacon maintenu en place par des cure-dents. Ceux-ci fumaient un peu et quelques rumakis avaient brûlé, mais dans l'ensemble tout allait bien. Elle les posa sur la cuisinière.

— C'est comme ça que je les aime, dit-elle.

Elle me sourit gauchement et s'enfila encore une rasade de vin.

— Vous êtes sûre que ça va ? lui demandai-je.

Elle posa son verre et me regarda en face. Pour avoir picolé, elle avait picolé.

— Vous me plaisez vraiment beaucoup, dit-elle.

Je sentis mon estomac se nouer.

— Moi aussi, vous savez, répondis-je.

Elle acquiesça d'un signe de tête et regarda ses rumakis. Et commença à les sortir de la casserole pour les disposer sur un plat. Je respirais plus vite. J'essayai de me calmer et de ralentir mon souffle.

— Lucy ?

Elle finit de disposer les rumakis sur son plat et posa ce dernier sur le comptoir entre nous.

— Voudriez-vous bien manger un de ces machins-là et me dire qu'ils sont merveilleux ? me lança-t-elle.

J'en mangeai un.

— Ils sont merveilleux, lui dis-je.

Elle ne me parut pas ravie de ma performance.

— Non, en fait, ils sont géniaux, insistai-je. Vraiment géniaux !

Elle but encore un peu de vin. Je respirais si vite que je crus ma tête sur le point de se remplir de sang et d'exploser. J'avançai ma main paume en l'air sur le comptoir, elle y mit la sienne.

— Ne t'inquiète pas, lui dis-je.

Elle secoua la tête.

— Tout ira bien.

Elle me reprit sa main, traversa la grande cuisine, puis revint vers moi. Elle posa les deux paumes à plat sur le comptoir et me regarda droit dans les yeux.

— Je suis saoule, dit-elle.

— Alors là, vous parlez d'un secret, madame !

— Ne ris pas, me dit-elle en fronçant les sourcils.

— Si je ne ris pas de quelque chose dans les deux minutes qui suivent, je vais avoir une attaque.

— C'est quand tu es reparti à Los Angeles que j'ai compris combien tu me plaisais. Je ne peux pas tomber amoureuse d'un type qui vit à trois mille kilomètres d'ici. Je t'en ai voulu de partir et je t'en veux d'être revenu. Pourquoi a-t-il fallu que tu reviennes ?

J'avais l'impression que mon sang se ruait dans ma tête et là, oui, j'avais les oreilles qui sifflaient et les paupières qui battaient.

— C'est que je me suis fixé une règle, moi, reprit-elle. Je ne fais jamais rien avec les hommes avec lesquels je travaille. Je me sens très troublée, je me sens très bête et je n'aime pas ça.

Enfin, je parvins à dominer ma respiration, mais rien à faire pour les oreilles. Je regardai la table dans le séjour. Bougies. Élégamment mise. Pour deux.

— Où est passé Ben ?

— Je l'ai envoyé dormir chez un copain.

Je la dévisageai, elle me dévisagea.

— Nom de Dieu, tu parles d'un détective ! s'écria-t-elle. Il faut que je te fasse un dessin ?

Je regardai de nouveau la table, je regardai le vin, puis les rumakis. Je fis le tour du comptoir, passai dans la cuisine et lui dis :

— Y aurait-il du café à détecter ?

Et je commençai à ouvrir des placards.

Elle leva les bras au ciel.

— Je viens de m'offrir à toi et tout ce que tu veux, c'est du café ?

Je trouvai un bocal de Folger's, récolte montagnarde. Je me mis en quête de tasses.

— Nous allons prendre du café, lui répondis-je. Et nous allons manger.

Je trouvai des tasses et cherchai une cuillère pour préparer mon putain de café.

— Je refuse que tu couches avec moi si tu ne peux pas le faire sans te saouler.

J'arrêtai de cogner des trucs et de chercher partout et me tournai vers elle.

— Est-ce que tu comprends ?

Elle ouvrit la bouche, puis la referma. Elle porta une main à sa tête, puis la rabaissa. Elle acquiesça, puis réfléchit un instant, puis secoua la tête. Troublée.

— C'est quoi, ça ? Un petit trip de suprématie masculine ?

— Évidemment. N'est-ce pas tout ce dont les mecs sont capables ?

Je crois que je m'étais mis à hurler.

Elle se calma.

— Je t'en prie, ne crie pas, dit-elle.

J'éprouvais le même sentiment que lorsque j'avais menti au bibliothécaire de Ville Platte.

Elle traversa la cuisine et prit mon visage à deux mains.

— Oui, dit-elle, boire du café est une bonne idée. Merci.

Je hochai la tête.

— Tu es absolument magnifique.

Elle sourit.

— Je ne pense plus qu'à toi. Mon cœur est plein de toi.

Elle ferma les yeux, puis posa la tête sur mon épaule.

Nous bûmes notre café, puis nous mangeâmes notre canard. Nous nous assîmes sur le sofa du séjour à peine éclairé, puis nous écoutâmes Janis Ian en nous tenant par la main. À dix heures moins le quart elle passa un coup de fil et demanda des nouvelles de Ben. Nous lui souhaitâmes tous les deux bonne nuit. Elle raccrocha, revint dans le séjour et me dit :

— Regarde ça.

Elle joignit les pieds, tendit les bras devant elle, ferma les yeux et se toucha le bout du nez avec l'index droit. Elle pouffa en le faisant, puis rouvrit les yeux.

— Test réussi, monsieur l'agent ?

Je la soulevai de terre et la portai jusqu'à la chambre.

— Tu me reposes la question demain matin ?

23

Le lendemain matin je me réveillai bien au chaud dans son grand lit. J'étais calme et en paix, et Lucy s'était serrée contre moi, toute petite sous les draps gris clair et le duvet. Elle respirait régulièrement et, « Hmmh », grogna de plaisir lorsque je m'enfonçai sous les draps pour lui embrasser le dos.

Je posai ma langue sur sa peau.

— Je dors, marmonna-t-elle.

Son dos était encore tout salé de sueur. Le lit et la chambre sentaient bon nos corps, l'amour que nous nous étions fait et, tout en dessous, le doux parfum de son shampooing et de son savon. Je restai étendu un instant, savourant la chaleur de son être et les souvenirs que suscitaient ces odeurs, arrivant même à retrouver le fumet de ce que nous avions mangé la veille et les senteurs de jasmin autour de sa maison. La chambre de Lucy était vaste et son lit installé devant les grandes portes-fenêtres qui donnaient sur le jardin de derrière. Il y avait des rideaux, mais ils étaient ouverts et me permettaient de voir le patio en briques usées et le Weber sur lequel nous avions fait griller nos hamburgers. Trois ou quatre cardinaux, et sans doute une demi-douzaine de moineaux, s'étaient rassemblés autour de la mangeoire et piaillaient en picorant les graines. Des cardinaux, il y en a à Los Angeles, mais on les voit rarement. Le patio et la cour de derrière étaient inondés de lumière et, quelque part au loin, j'entendais les plaintes d'une tondeuse à gazon à moteur. Entendait-on donc toujours des bruits de tondeuse à gazon en Louisiane ? Et si c'était ça, la Louisiane ? Un pays si fertile et où la vie foisonnait si fort que toujours il fallait y remettre de l'ordre, sans quoi les gens qui y vivaient se seraient fait emporter ? L'espace d'un instant, je me demandai si c'était aussi comme ça en amour, mais très vite cette idée me quitta.

Je descendis tout doucement du lit afin de ne pas la réveiller, enfilai mon caleçon et gagnai la salle de bains. Je me brossai les dents avec un doigt, puis me rendis à la cuisine. Nous avions bien dû brûler vingt mille calories pendant la nuit, et le choix était simple : ou bien je préparais le petit déjeuner ou bien je sautais sur Lucy et finissais au gnouf pour cannibalisme.

Je fis la vaisselle, puis je commençai à fouiller dans ses placards. Enfin je trouvai de la pâte Bisquick, des myrtilles surgelées et du fromage blanc maigre. Une plaque à crêpes était accrochée à l'intérieur d'un tiroir en hauteur à côté du lave-vaisselle, mais je lui préférai une grande poêle. Les vieilles habitudes. Je versai une tasse de myrtilles dans un petit bol et les couvris d'eau, puis je trouvai un bol plus grand et y apprêtai la pâte en y ajoutant du fromage blanc et du lait sans matières grasses. J'étendis de l'anti-adhésif Pam parfumé au beurre au fond de la poêle et posai celle-ci sur la cuisinière, à feu moyen. Pendant que ça cuisait, je courus au jardin, coupai une rose, puis rentrai, toujours en courant. Je vidai l'eau des myrtilles et avais commencé à les mélanger à la pâte lorsque Lucy glapit :

— Au secours ! Il y a un homme dans ma maison !

Elle se tenait de l'autre côté du comptoir, enveloppée dans un drap. Je la lui fis à la Groucho Marx.

— N'aie pas peur, petite fille. C'est pas une tronçonneuse, c'est juste que je suis content de te voir.

— Ben voyons. Continue à rêver.

Je lui tendis la main, les doigts écartés. Elle passa les siens entre les miens. Ils étaient tièdes et j'aimais ça.

— Bonjour, lui dis-je.

— Bonjour.

Nous nous sourîmes d'un air mutin, elle me fit tout un cirque, genre je regarde autour de moi en hochant beaucoup la tête.

— Tu as débarrassé la table. Et tu es en train de préparer le petit déjeuner, dit-elle.

Je revins à mes myrtilles.

— Chez nous, le service est complet et garanti, ma p'tite dame.

Elle laissa tomber son drap, fit le tour du comptoir et se blottit contre moi.

— Tu me le redis un peu, soldat ?

Et par-dessous son bras, elle regarda la pâte.

— Des crêpes. Miam, miam ! dit-elle. Qu'est-ce que je peux faire ?

— Me trouver une spatule ?

Elle me trouva une spatule.

Je lui donnai un baiser.

— Tu vas aller travailler aujourd'hui ? lui demandai-je.

Elle se blottit à nouveau contre moi.

— Après le déjeuner, peut-être. C'est à peine si j'arrive à marcher, espèce de brute.

Je montai la flamme sous la poêle, puis y versai quatre cuillerées de pâte en prenant soin que chaque portion ait le même nombre de myrtilles. Je fis légèrement sécher la pâte afin que les crêpes soient épaisses et moelleuses.

— Les femmes dans vos âges, lui expliquai-je, doivent faire régulièrement de l'exercice, sinon elles perdent la forme.

— Fumier.

Elle m'enfonça ses doigts entre les côtes, puis m'embrassa encore et ouvrit grand les yeux.

— Miam, miam ! Il n'y a pas que les crêpes que je mangerais bien.

Je rabaissai la flamme. Quand les crêpes sont aussi épaisses que celles-là, il ne faut pas plaisanter avec la flamme : forte au début pour que la pâte ne s'étale pas trop, puis faible pour que la crêpe cuise bien de part en part, mais sans brûler.

— Les hommes dans mes âges, repris-je, doivent, eux, énormément se sustenter pour seulement pouvoir prétendre satisfaire les femmes dans vos âges.

— Je veux bien vous croire. Supériorité féminine, sans doute.

— Tu m'en diras tant.

Je reposai la spatule et lui effleurai le bout du nez, puis les lèvres.

— Vous êtes d'une beauté dévastatrice.

— Oui, oui, dit-elle en hochant la tête.

Je fis courir mon doigt entre ses seins, puis sur son ventre plat.

— Parfait sur tout ce qu'on en peut discerner, ajoutai-je.

Elle ronronna.

— Ah.

— Et côté baise, c'est pas mal non plus.

Je revins encore une fois à mes crêpes.

— Ce n'est pas ce que tu disais hier soir, grand mec.

Elle poussa ses seins contre mon dos, puis recula et me toucha le bas des reins.

— Qu'est-ce que c'est que ça ?

— Des éclats d'obus. Vietnam.

Je laissai ses doigts glisser d'une cicatrice à l'autre. Mes cicatrices ne sont pas énormes.

— Comment c'est arrivé ?

— J'essayais de me cacher au mauvais endroit et au mauvais moment.

Elle se pencha très bas, embrassa l'une d'elles, puis toucha celle qui est très en creux au-dessus de mon trapèze gauche.

— Et là ? Qu'est-ce qui s'est passé ?

— Un voyou du nom de Charlie DeLuca. Il m'a tiré dessus.

Elle passa son doigt dessus. Cette cicatrice-là ressemble à un petit cratère en forme de pointe de flèche.

— Tu te fais souvent tirer dessus ?

— Seulement de temps en temps.

Elle passa devant moi, se retourna, attira mon visage contre le sien et regarda tout au fond de mes yeux.

— Tu veux bien me faire plaisir et ne plus te faire tirer dessus ? D'accord ?

— Ah, zut, tiens ! Même pas un petit coup ?

Elle secoua la tête. Lentement.

— Non, monsieur, dit-elle, même pas un petit coup.

Lorsque les crêpes furent prêtes, nous en fîmes un gros tas et y ajoutâmes des tranches de banane et du sirop d'érable, puis nous nous assîmes au comptoir. Nos genoux se touchaient.

— Merveilleuses, ces crêpes, dit-elle.

J'acquiesçai d'un signe de tête.

— Vieille recette de famille. Idéal pour restaurer les énergies et revigorer la libido.

— Ah, dit-elle. Enfin quelque chose d'intéressant pour plus tard.

Je frétillai des sourcils.

— Et donc, tu vas pouvoir aider les Boudreaux ? reprit-elle.

— Je ne sais pas. Joel n'ayant pas l'air de vouloir coopérer, il va falloir que je trouve à quoi joue Milt Rossier et comment le faire reculer. J'aurai sans doute besoin d'un coup de main pour y arriver. Je vais faire venir mon associé.

— Tu as un associé ?

— Oui. Un ancien officier de police du nom de Joe Pike. Il est propriétaire de l'agence avec moi.

Elle mangea un morceau de crêpe, puis une tranche de banane.

— Tu as des pistes ?

— Sandi.

— Le nom qu'on a trouvé dans les papiers de Jimmie Ray ?

J'acquiesçai d'un signe de tête et continuai de manger. Je n'étais pas loin d'arriver au bout de mes crêpes et pensai que je devrais peut-être en préparer deux ou trois autres.

— J'ai trouvé deux messages de cette dame sur son répondeur. Il y avait de la romance dans l'air. Si c'est bien de Sandi qu'il s'agit, peut-être Jimmie Ray l'a-t-il mise au courant de ce qui se passait.

— Et peut-être te le dira-t-elle.

— Peut-être en effet.

Je terminai mon assiette et regardai la pâte en fronçant les sourcils. Juste assez pour une de mieux, peut-être deux.

Lucy partagea celle qu'il lui restait sur son assiette et me fit cadeau de la plus grosse moitié.

— Je ne pourrai pas la finir, dit-elle.

— Merci.

Et j'attaquai.

Elle avala son dernier morceau de crêpe et reposa sa fourchette sur son assiette.

— Comment vas-tu la retrouver ?

— Ça ne devrait pas être trop difficile. S'ils étaient intimes, ils ont dû se parler souvent. Je vais rééplucher ses notes de téléphone et essayer tous les numéros le plus fréquemment appelés. J'appelle, et j'espère que la dénommée Sandi me répondra.

Elle se pencha en avant, se mit en appui sur les coudes et me sourit.

— À t'entendre, ce serait du gâteau.

— Mener des enquêtes n'a pas grand-chose à voir avec le calcul intégral, lui répondis-je.

Je terminai ma dernière crêpe et me tamponnai les lèvres avec ma serviette.

— De plus, ça ne sera facile que si Jimmie l'appelait de l'autre bout du pays. Si la dame habitait en face de chez lui, rien n'apparaîtra sur les factures et nous l'aurons dans l'os.

Lucy sourit encore plus fort et prit son air diablesse.

— Pas question que j'aille travailler sans le savoir, dit-elle.

Elle descendit de son tabouret, disparut, puis revint avec sa mallette. Nous étudiâmes les papiers que j'avais piqués chez Jimmie Ray. Il ne nous fallut pas longtemps. Nous avions quatre factures de téléphone pour les cinq mois écoulés – celles des deux premiers et des deux derniers mois : celle du milieu manquait. Nous commençâmes par la première et repérâmes quatorze appels passés au même numéro de Baton Rouge. C'était le mois où Jimmie avait téléphoné à Sid et Jodi. La facture suivante faisait apparaître douze appels à ce même numéro, les deux dernières montrant qu'il l'avait encore appelée respectivement six fois, puis deux.

— Tu crois que c'est elle ?

Je décrochai le téléphone de la cuisine et appelai. La sonnerie retentit quatre fois, puis une femme s'écria :

— Bonjour ! Je ne peux pas vous répondre pour l'instant, mais si vous voulez bien laisser un message, je vous rappellerai tout de suite ! C'est promis !

Voix claire, ton enthousiaste, c'était bien la dame que j'avais entendue sur le répondeur de Jimmie Ray Rebenack.

Je raccrochai et ouvris les mains, paumes en l'air.

— *Et voilà*[1] *!* dis-je.

— Ah, mon Dieu !

J'essayai de paraître modeste.

— Que veux-tu ? Le petit est un vrai génie.

Elle écrivit le numéro sur une feuille et nota quelque chose à côté.

— Je peux avoir son nom et son adresse par le cabinet, reprit-elle. Cela vous aiderait-il, ô grand mage, ou bien seriez-vous capable de déduire ce genre de choses du bruit que faisait son téléphone ?

— Les petites gens aiment bien croire qu'elles rendent des services. D'accord, si tu veux bien t'en occuper.

Elle rangea sa note et les papiers dans sa mallette, puis reposa celle-ci à côté d'elle et s'approcha de moi.

— Tes crêpes étaient merveilleuses, Elvis, dit-elle. Merci.

— Chérie, lui renvoyai-je, tu n'as encore rien vu.

Elle se coula à bas du tabouret et me tapota le bras.

1. En français dans le texte.

— Peut-être en verrai-je davantage ce soir. J'ai un rendez-vous à une heure, je ne peux pas me permettre de le rater et je pue. Je vais prendre une douche.

Je la regardai disparaître au fond de sa maison, rangeai la vaisselle dans l'évier, puis décrochai à nouveau le téléphone de la cuisine pour appeler Joe Pike. Il répondit à la deuxième sonnerie.

— C'est toi, dit-il.

C'est quelque chose, ce Pike, non ?

— Comment l'as-tu deviné ?

Il ne répondit pas.

Je lui donnai une version abrégée de l'histoire d'Edith, Joel et Milt Rossier et lui expliquai ce que j'avais envie de faire. Puis je lui parlai de Sandi. Lorsque j'en eus fini, il me dit seulement :

— Je peux descendre ce soir ou demain.

— Demain sera parfait. Ce soir, j'ai prévu des trucs.

— Mouais.

— Appelle le bureau de Lucy Chenier pour lui donner l'heure de ton arrivée. Je passerai te prendre.

Il raccrocha sans ajouter un mot. Pas mal, l'associé, non ?

Je regagnai la chambre de Lucy, puis j'entrai dans sa salle de bains. L'eau coulait dans la douche, de la buée avait couvert le miroir. J'ôtai mes sous-vêtements, me glissai sous la douche et laissai courir mes mains sur le dos de Lucy, le long de ses flancs et sur son ventre. Elle avait la peau ferme et toute luisante de gouttes. Ses cheveux étaient blancs de mousse.

— On dirait que la vieille recette de famille a encore marché, me lança-t-elle.

Puis elle se retourna et se pressa contre moi.

— N'oublions pas mon rendez-vous d'une heure. Je n'ai pas beaucoup de temps.

— Nous serons efficaces. L'efficacité est la clé du bonheur.

Je fis courir mes mains dans ses cheveux.

— Et si tu me ravissais et me lavais en même temps ? Qu'en penses-tu ?

Je lui savonnai lentement le cou et les épaules.
— J'en pense que je me sens d'essayer.
Elle sourit et s'agenouilla.
— Et c'est vrai, en plus ! s'écria-t-elle. Mais pas longtemps, d'accord ?

24

Le lendemain matin, Lucy et moi arrivâmes à l'aéroport de Baton Rouge à onze heures quarante afin d'y attendre Joe Pike. Nous venions de passer vingt-huit minutes ensemble et, miracle, avions réussi à rester entièrement vêtus. J'étais très satisfait de mon self-control. J'avais des crampes, oui, mais j'étais satisfait.

L'avion de Pike atterrit.

— Comment vais-je le reconnaître ? me demanda Lucy.

— Il fait un mètre quatre-vingt-dix et pèse quatre-vingt-quinze kilos. Il a les cheveux bruns coupés court et de grandes flèches rouges tatouées sur les deltoïdes. Il portera un jean, un sweat-shirt gris à manches coupées et des lunettes noires.

— Comment le sais-tu ?

— C'est ce qu'il porte.

— Tout le temps ?

— Quand il fait froid, il ajoute une parka des marines.

Elle sourit.

— Et pour les grands jours ?

— Comprends qu'il s'agit là de constantes. Joe Pike est l'être le plus constant que je connaisse.

— Hum.

— Et s'il lui faut parler, c'est toujours très direct. Il ne dit jamais grand-chose. C'est son style.

— On dirait que tu me mets en garde.

— Non, je te prépare. Je préfère ce mot.

Joe Pike se matérialisa dans la file de voyageurs comme s'il était là sans être là, aussi différent de ses compagnons de voyage qu'une photo superposée à une autre. Il vint vers nous, nous nous serrâmes la main.

— Lucy Chenier, dis-je, je te présente Joe Pike. Joe, Lucy.

Elle lui tendit la main.

— Ravie de faire votre connaissance, monsieur Pike, dit-elle.

La tête de Pike pivota vers elle. Il lui accordait toute son attention. Il est comme ça, le Pike, avec les gens. Pour lui, on est ou bien là ou pas là. Si on est là, il se donne tout entier.

— Joe, dit-il.

Il prit la main de Lucy dans la sienne, l'y retint un instant, puis la baisa. Élégant.

Lucy rayonnait.

— Alors là, s'écria-t-elle, merci !

— Vous êtes ensemble, dit-il.

Ça aussi, elle aima.

— Ça se voit donc tellement ?

Il acquiesça d'un signe de tête.

Puis celle-ci pivota vers moi, yeux bien cachés, regard secret derrière les verres fumés de ses lunettes. Sa bouche se crispa une fois, puis il lâcha la main de Lucy. S'il ne sourit jamais, sa bouche parfois se crispe, ce qui signifie que, oui, c'est drôle. Il regarda de nouveau Lucy, puis revint sur moi. Sa bouche se crispa encore un coup. On était en état d'hilarité totale. D'hystérie entière et absolue.

— J'ai un sac, dit-il.

Nous récupérâmes un sac vert olive aux bagages, regagnâmes la voiture et traversâmes la ville pour rejoindre le bureau de Lucy. Pike s'était mis derrière et Lucy devant, assise de côté afin de mieux le voir.

— Vous êtes déjà venu en Louisiane ? lui demanda-t-elle.

— Mouais.

— Quand ça ?

— Avant.

— Ça vous a plu ?

Il ne répondit pas.

Lucy se tortilla encore un peu sur son siège pour le scruter plus à loisir.

— Joe ?

Il regardait par la fenêtre, le paysage défilant à toute allure sur ses verres de lunettes. Immobile.

Lucy se tourna vers moi, je lui tapotai la jambe. *Tu vois ?*

En conduisant, je mis Pike au courant des derniers événements et lui dis ce que Jodi Taylor attendait de nous. Je lui racontai ce que j'avais découvert sur Leon Williams, lui expliquai comment Rossier s'en servait pour avoir barre sur les Boudreaux et lui parlai de Jimmie Ray Rebenack et de Sandi.

— Par son bureau, Lucy a réussi à avoir le nom et l'adresse de cette Sandi en appelant le service des mines.

— Nom de la dame, Sandi Bergeron, enchaîna Lucy. Elle a vingt-huit ans, n'est pas mariée et travaille aux services sociaux de l'État, ici même, au Capitole.

— Vu que Jimmie Ray n'aurait jamais pu se procurer des documents scellés sans aide, c'est peut-être elle.

— Hum, fit Pike.

C'était le premier son que je lui entendais émettre depuis un quart d'heure.

— Et Rossier ?

Lucy sortit une enveloppe jaune 21 × 30 de sa mallette et la lui tendit.

— L'ami que j'ai au bureau de l'attorney général m'a donné une copie de son dossier, dit-elle. Rossier a fait dans la prostitution et l'extorsion de fonds dans les années soixante et soixante-dix, jusqu'au jour de 1973 où il a été condamné pour vente d'amphétamines à un gang de motards du coin. Il a tiré vingt-quatre mois au pénitencier d'Angola, puis s'est recyclé dans la pisciculture. Son affaire est légale, mais a pour fonction première de blanchir de l'argent sale. Il a été accusé de complicité dans deux assassinats liés à la drogue et on le soupçonne d'avoir trempé dans six homicides de plus.

Pike avait parcouru le dossier pendant que Lucy lui parlait.

— Comment se fait-il que ce gars-là soit en liberté ? demanda-t-il.

— On a renoncé à poursuivre quand les témoins de l'accusation ont disparu. Personne ne pense que Rossier a vraiment pressé la détente, mais qu'il ait ordonné ces meurtres ne fait guère de doute. Ce serait un dénommé LeRoy Bennett qui aurait fait le boulot, ou alors un certain René LaBorde.

Pike voulut rendre le dossier à Lucy, mais celle-ci refusa d'un signe de tête.

— Vous pouvez le garder si vous le désirez, dit-elle. Mais mon ami pourrait avoir des ennuis si jamais on découvrait qu'il me l'a donné.

— « Il » ?

Pike me tapa sur l'épaule. Il voulait attirer mon attention.

— Tu crois que Boudreaux a commis des crimes avec Rossier ?

— Non. Je crois seulement qu'il ferme les yeux pour que Rossier puisse faire tout ce qu'il veut.

— Mais quoi, on ne sait pas.

Je secouai la tête.

— Pas encore, non. Mais peut-être Sandi pourra-t-elle nous le dire.

Pike se remit à regarder par la fenêtre.

— Tu parles d'un boulot ! Aider des gens qui ne veulent pas qu'on les aide !

Lucy se tortilla de nouveau sur son siège afin d'observer Pike.

— Cette aide, Mme Boudreaux en a besoin, dit-elle. Elle aimerait en finir avec cette histoire. C'est pour ça que Jodi Taylor nous a engagés.

— « Nous » ?

— Ça vous pose un problème ?

La bouche de Pike se crispa.

— Pas du tout.

Puis il lui pressa le bras et ajouta :

— Merci de nous aider.

Je fis la grimace.

— C'est quoi, tes rapports avec ce mec du bureau de l'attorney général ? demandai-je à Lucy.

Lucy soupira, fort.

— L'hormone rageuse, moi, j'aime bien, chez les hommes.

Nous la lâchâmes devant son bureau. Elle prit ses affaires et tendit la main à Joe Pike.

— Ravie de vous avoir rencontré, Joe, dit-elle. Vous êtes un homme intéressant.

— C'est vrai, dit-il.

Elle me donna un baiser, puis descendit de la voiture et gagna son bureau. Je me retournai pour regarder Joe.

— Elle te dit que tu es « intéressant » et toi, tu lui réponds « c'est vrai » ?

Il passa à l'avant de la voiture.

— Tu aurais préféré que je lui mente ?

Nous nous rendîmes au Capitole et nous garâmes à l'ombre d'un énorme chêne, non loin d'un lac. Monolithe de trente-quatre étages, le capitole de l'État de Louisiane domine le Mississippi à la manière d'un Empire State Building miniature. C'est le plus grand capitole du pays et Charles Foster Kane, je le pense, n'aurait pas dédaigné d'y élire domicile. Huey Long s'y est fait assassiner.

Un groupe de retraités du Wisconsin en balade touristique s'était massé dans l'entrée, nous le suivîmes, puis passâmes devant deux gardes qui se moquaient des New Orleans Saints et montâmes au sixième par l'ascenseur. C'était là que se trouvaient les services sociaux. Nous aurions pu nous faire annoncer par téléphone et demander à nous entretenir avec Sandi Bergeron, et Sandi aurait peut-être accepté de nous parler, mais sait-on jamais ? La surprise est souvent le seul recours.

Nous franchîmes une porte marquée *Services sociaux* et nous approchâmes d'une Afro-Américaine assise derrière un comptoir surélevé. Il fallait passer devant elle quand on voulait arriver au reste des bureaux, et passer devant elle ne semblait pas facile.

— J'aimerais voir Sandi Bergeron, dis-je à la dame.

D'après les renseignements qu'avait obtenus Lucy, Sandi exerçait les fonctions de vice-présidente du service des requêtes et travaillait dans ce bureau.

— Vous avez rendez-vous ?

Je lui décochai un de mes plus beaux sourires.

— C'est disons... une surprise. Dites-lui que c'est Jimmie Ray Rebenack.

Sandi saurait que Jimmy était mort ou elle ne le saurait pas. Si elle le savait, elle appellerait aussitôt la sécurité. Si elle ne le savait pas, elle sortirait de son bureau pour le voir.

L'employée décrocha son téléphone et appuya sur des touches.

— Nous attendrons dans le couloir, lui lançai-je.

Elle couvrit l'écouteur de sa main et nous répondit que ce serait parfait. Pike et moi regagnâmes le couloir.

Nous n'y étions pas depuis plus de trente secondes lorsqu'une jeune femme qui frisait la trentaine sortit du bureau en courant. Elle avait des cheveux blonds ébouriffés, des épaules maigres et des bagues aux troisième et quatrième doigts de la main gauche, tout comme la femme dont j'avais vu la photo dans le bureau de Rebenack – celle où elle l'avait laissé lui mettre un sac sur la tête pour la photographier toute nue. Elle était trop maquillée et avait les ongles de la couleur du chewing-gum Bazooka.

Elle nous jeta un bref coup d'œil, regarda plus loin dans le couloir, dans un sens, puis dans l'autre. Elle cherchait Jimmie Ray. Elle plissa le front en ne le voyant pas et se retourna pour rentrer dans son bureau.

— Mademoiselle Bergeron ? lui lançai-je.

Elle s'arrêta. Perplexe.

— Vous êtes venu avec Jimmie Ray ? me demanda-t-elle.

Elle ne savait pas qu'il était mort.

— J'ai de mauvaises nouvelles, mademoiselle Bergeron. Y a-t-il un endroit où nous pourrions parler ?

Elle me regarda, passa à Pike, puis revint sur moi. Elle avait l'air nerveuse.

— Vous êtes de la police ?

— Non, lui répondis-je.

— Où est Jimmie ? On m'a dit qu'il était ici.

— Il n'a pas pu venir. Y a-t-il un endroit où nous pourrions parler ?

Elle eut visiblement l'impression que le monde ralentissait autour d'elle. Le plafond, c'était clair, s'abaissait, le couloir reculait devant elle, le bruit de son sang devenait plus fort, si fort qu'il couvrait tous les bruits environnants. Elle parut vaciller, comme un roseau dans le vent, puis elle secoua la tête.

— Je suis désolée, dit-elle. Je ne vous connais pas et ne crois pas avoir quoi que ce soit à vous dire.

Elle fit demi-tour pour rentrer dans son bureau. Je l'attrapai par le bras et lui dis calmement :

— Jimmie est mort. Milt Rossier l'a fait assassiner.

Elle tenta de se libérer mais je tins bon et, tout aussi vite qu'elle avait essayé de le faire, elle cessa de vouloir se dégager. Des larmes lui vinrent, elle cligna frénétiquement des paupières, mais bientôt ses larmes s'en allèrent elles aussi. Des gens passaient dans le couloir, sortaient des bureaux ou y entraient, quittaient des ascenseurs ou y montaient. Je la lâchai et reculai d'un pas.

— Nous ne sommes pas de la police et ce n'est pas non plus Milt Rossier qui nous envoie. Nous ne vous ferons aucun mal.

Elle hocha la tête.

— Je suis détective privé et ce n'est pas vous que je cherche. C'est Milt. C'est lui que je veux casser. Comprenez-vous ?

Elle hocha de nouveau la tête. Elle reprenait son souffle.

— Il a tué Jimmie Ray ?

— Je le crois, oui.

— C'est pour les dossiers, n'est-ce pas ?

— Nous ne devrions pas parler ici.

Elle nous fit descendre deux volées de marches jusqu'à une cafétéria pour employés qui sentait le hamburger et le chili. Nous nous assîmes à une table avec vue sur toute la ville et bûmes du café pendant que Sandi Bergeron nous racontait comment elle avait fait la connaissance de Jimmie Ray quelque dix mois plus tôt, le jour où il était venu à son bureau pour lui demander les papiers d'adoption de Jodi Taylor. Comme ça. Il était entré et avait tout simplement demandé à en avoir une copie. On le lui avait refusé, bien sûr, et on l'avait renvoyé, mais il était resté à traîner dans le couloir près du distributeur de Coca-Cola en fulminant et tapant des pieds. Monsieur était convaincu que cette « salope de patronne », comme il avait appelé Mme Washington, voulait seulement se faire graisser la patte. Sandi était sortie chercher un Dr Pepper au distributeur et y avait trouvé Jimmie Ray qui lui avait demandé si elle avait la monnaie d'un dollar. Elle avait été surprise lorsqu'il l'avait rappelée quelques jours plus tard – il avait retrouvé son numéro par les services sociaux et déclaré vouloir parler à « la jolie blonde ». On lui avait passé deux autres femmes avant de l'aiguiller sur Sandi Bergeron, qui n'était pas jolie, ne le serait jamais et en aurait toujours beaucoup de chagrin.

Trois semaines plus tard, alors qu'ils étaient au lit ensemble, il lui avait demandé pourquoi on faisait un tel cirque autour de ces documents et si enfin quoi, bordel, c'était dans des coffres ou quoi qu'on les gardait.

Quinze jours après, alors qu'ils étaient toujours au lit ensemble, il avait voulu savoir si Sandi avait jamais vu une de ces pièces sous scellés et, si elle ne les avait jamais vues, comment elle pouvait être sûre qu'elles se trouvaient dans des coffres.

Une semaine plus tard enfin, alors qu'ils étaient encore au lit ensemble, il lui avait demandé s'il n'y avait pas moyen de mettre la main sur le dossier d'adoption de Jodi Taylor et, si elle le pouvait, d'y jeter un coup d'œil rapide et de lui donner le nom de sa petite maman naturelle.

Il ne lui avait pas demandé de piquer le dossier, mais, nous précisa-t-elle encore, lorsque enfin elle l'avait eu entre les mains, elle s'était sentie tellement nerveuse qu'il lui avait paru plus facile de tout prendre plutôt que de rester plantée là, à le lire de bout en bout. C'était donc ce qu'elle avait fait.

— Saviez-vous que Jimmie Ray travaillait pour Milt Rossier ? lui demandai-je.

— À cette époque-là, non, il ne travaillait pas pour lui. Il cherchait juste un truc à vendre au *National Enquirer* ou à un autre journal du même acabit. Mais quand il est tombé sur l'histoire de Leon Williams et du shérif du coin, il est allé tout raconter à Milt Rossier.

— Étiez-vous au courant de son chantage ?

Elle fut tout de suite sur la défensive.

— Jimmie Ray m'a dit que Rossier allait lui verser du fric et qu'il n'aurait plus besoin de bosser comme mécanicien dans un garage. Jimmie en avait marre d'être un moins que rien.

— Ce qui lui fait déjà un souci de moins, pas vrai ? lança Pike.

Sandi Bergeron le regarda fixement, puis avala un peu de café.

— Jimmie Ray vous a-t-il dit pourquoi Milt Rossier faisait chanter le shérif ?

Elle secoua la tête.

— Vous a-t-il dit le genre d'affaires dans lesquelles il trempait ?

— Non, désolée.

— Je vous en prie, essayez de vous rappeler.

Elle posa sa tasse et tripota la table. Ses ongles couleur chewing-gum étaient longs et pointus – et faux, c'était probable. Elle eut un petit haussement d'épaules.

— Jimmie Ray n'était pas au courant de tout ce qu'il faisait et c'est pas faute d'avoir passé beaucoup de temps à essayer de le savoir, il me l'a dit lui-même. Il m'a dit que Rossier faisait tellement gaffe qu'on ne le coincerait jamais. Il m'a même dit qu'il avait appris beaucoup en le regardant faire.

— Beaucoup ? Comme quoi ?

Elle essaya encore de se souvenir – on voyait qu'elle essayait vraiment.

— Il m'a dit que le vieux ne se mouillait jamais dans ses trucs. Il avait un autre type pour ça.

— LeRoy Bennett.

— Jimmie Ray le prenait pour un pantin. D'après lui, s'il y avait jamais des problèmes un jour, tout remonterait jusqu'au pantin.

— Quoi d'autre ?

Elle se mordit les lèvres et réfléchit encore plus fort.

— Il m'a parlé d'un truc qui s'appelait le Bayou Lounge.

— Ouais.

— C'est Rossier qui en est propriétaire. Jimmie Ray pensait que le vieux avait acheté ce bar à cocktails pour ne pas avoir à rapporter ses sales boulots à la maison. Il pensait aussi qu'il n'y avait rien de plus futé. D'après lui, le pantin allait souvent au Bayou Lounge pour régler des trucs. Comme ça, il avait pas besoin de bosser à la maison. Vous voyez ?

Je jetai un coup d'œil à Pike, qui acquiesça d'un signe de tête.

— C'est peut-être là qu'il faudrait aller voir, dit-il.

Sandi Bergeron se croisa les bras sur le ventre.

— Je vais avoir des ennuis ? demanda-t-elle.

Je la regardai.

— C'est possible, mais ça ne viendra pas de nous. Les flics vont enquêter sur la mort de Jimmie et il se peut qu'ils vous retrouvent, comme nous, nous vous avons retrouvée, mais ce ne sera pas parce que nous vous aurons donnée. Nous ne vous donnerons pas.

Elle hocha la tête et contempla son café.

— Je sais que ce que j'ai fait n'est pas bien, dit-elle. Je suis vraiment désolée.

— Ouais.

— Je crois que je vais rentrer chez moi. Je ne me sens pas bien.

Nous l'accompagnâmes jusqu'à l'ascenseur. Elle appuya sur le bouton pour monter. Nous appuyâmes sur le bouton pour descendre. L'ascenseur qui montait arriva le premier, mais elle n'y entra pas tout de suite. Elle s'immobilisa juste à l'entrée et nous dit :

— Je sais ce que vous pensez, mais c'est pas ça. Jimmie Ray ne s'est pas servi de moi. Il m'aimait. Nous allions nous marier.

Elle s'était redressée en le disant, comme si elle attendait qu'on la reprenne.

— Sandi ? lui lançai-je.

Elle me dévisagea.

— J'ai un peu connu Jimmie Ray avant qu'il meure. Il ne parlait que de vous. Il voulait vous épouser. Il me l'a dit.

Elle cligna fort des paupières, deux fois, puis ses yeux se remplirent de larmes. Elle entra dans l'ascenseur à reculons, les portes se refermèrent, elle avait disparu.

Nous restâmes debout en silence, puis Joe me dit :

— C'est vrai, ça ?

L'ascenseur qui descendait arriva. Nous y montâmes et je restai silencieux.

25

Nous rentrâmes au Howard Johnson de la plage, réglâmes la note, puis appelâmes Lucy à son bureau et lui annonçâmes que nous partions pour Ville Platte.

— Vous savez ce que vous allez y faire ?

— Nous installer au Bayou Lounge et donner des idées à Rossier et ses copains. Ça pourrait prendre du temps.

Elle ne dit rien pendant un moment, puis me lança :

— Oui, ça risque.

— Tu vas me manquer.

— Toi aussi, Studly. Essaie de ne pas te faire abattre.

Un peu avant deux heures cet après-midi-là, Pike et moi prîmes la chambre que j'avais déjà louée à Ville Platte et y déposâmes nos bagages. J'enfilai des bottes Cabela et un tee-shirt noir. Pike ne se changea pas, mais sortit un colt .357 Python de son sac et le glissa sous son sweat-shirt. Je fourrai mon Dan & Wesson dans un holster à clip, accrochai celui-ci à ma ceinture côté intérieur et laissai flotter mon tee-shirt par-dessus afin qu'on ne le voie pas. Mon tee-shirt ne le dissimulait pas aussi bien que le sweat de Pike son Python. On se dirait sans doute que je me trimballais mon petit sac à colostomie.

Nous descendîmes à La Porcherie pour y avaler quelques trucs au poisson-chat, traversâmes la rue pour aller au petit supermarché du coin et y achetâmes une glacière en polystyrène bon marché, de la glace et assez de coca light, de papier-cul et de sandwiches pour tenir deux ou trois jours. Pike donna dans le fromage et le beurre de cacahuète, je me ruai sur le singe et le poulet reconstitué. Pike hocha la tête d'un air triste lorsqu'il vit le singe. Mais il la hochait déjà avant de devenir végétarien. La caissière pensait que nous allions à la pêche, nous n'essayâmes pas de la contredire. Elle nous informa que le *sac-à-lait* mordait sérieusement en ce moment. Son mari était allé en pêcher la veille au soir et en avait rapporté deux ou trois douzaines. C'est ça... dans le bayou, du côté de Châtaignier. Nous la remerciâmes et lui assurâmes que nous tenterions le coup. En sortant, Pike me demanda :

— C'est quoi, les sacs-à-lait ?

— Un genre de perche, je crois.

Il grogna.

— Ils bouffent aussi des boulettes d'orphie, ajoutai-je.

Il me regarda, genre ben tiens, pardi.

Lucy nous avait fourni la dernière adresse de LeRoy Bennett, nous obtînmes celle du Bayou Lounge en appelant les renseignements. Pike et moi décidâmes de nous partager entre la baraque de LeRoy et l'élevage d'écrevisses pendant la journée, puis de surveiller ensemble le Lounge dès la nuit tombée. Nous commençâmes par nous rendre chez LeRoy.

Il habitait une rue résidentielle dans le quartier ouest de Ville Platte, mais sa demeure en bois était minuscule, poussiéreuse, sale et envahie de mauvaises herbes. Les autres maisons étaient petites, elles aussi, mais bien entretenues pour la plupart, avec des pelouses tondues et des allées bordées de pierres. Devant chez lui, le gazon devait faire dans les quinze centimètres, les ronces et autres mauvaises herbes montant beaucoup plus haut. Deux ornières parallèles couraient jusque dans le jardin, avec de grandes taches d'huile noire à l'endroit où LeRoy garait sa Polara qui fuyait. Il y avait bien une allée, mais pourquoi se garer dans une allée quand on peut le faire sur l'herbe ? J'espérais que LeRoy et sa voiture seraient là pour que Joe puisse les voir, mais il n'y avait personne. Évidemment, ils pouvaient très bien s'être cachés dans la verdure.

— C'est sa baraque, dis-je à Pike.

— Pas de quoi être fier, grogna-t-il en secouant la tête.

Je m'arrêtai à l'entrée de l'allée.

— Il conduit une Polara jaune assez abîmée par le soleil.

Je regardai dans la rue et ajoutai :

— Le meilleur endroit où planquer serait après le croisement, sous le chêne.

Pike regarda et approuva. À côté de chez LeRoy, un sexagénaire rebouchait des fissures dans le flanc d'une Chevrolet Chevelle modèle 64 avec du Bond'o. Maison et pelouse étaient impeccables, mais les ronces du jardin crapoteux de son voisin LeRoy débordaient sur sa propriété comme des cheveux sales sur un col de chemise. Il laissa tomber son Bond'o un instant et nous regarda. Nous nous éloignâmes.

Nous nous rendîmes à l'élevage de Milt Rossier. Je passai lentement devant le portail afin que Pike puisse le voir, puis je garai la voiture sur une petite route gravillonnée deux ou trois cents mètres plus loin. Nous nous glissâmes entre les arbres jusqu'aux limites de l'élevage et nous accroupîmes à côté d'un pin mort tombé par terre. Rien ou presque ne nous échappait, des bassins et hangars sur notre gauche jusqu'à la maison de Milt perchée sur une petite butte à notre droite. Enfin nous fûmes installés.

— Tiens, tiens, toute la bande est là ! m'exclamai-je.

LeRoy Bennett parlait à une grosse femme près des hangars tandis que Milt Rossier se baladait entre les bassins, juché sur une voiturette de golf à moteur avec un de ses contremaîtres maigrichons. LeRoy avait rangé sa Polara à côté de la maison et René LaBorde lui aussi se trouvait là, assis sur une chaise longue blanche, à dormir ou à se contempler l'entre-deux. Pike remua un sourcil en le découvrant.

— Fine équipe, dit-il.

— Ça !

Nous regardâmes divers individus patauger dans des bassins, y répandre ici et là ce qui devait être de la bouffe à écrevisses, arracher des mauvaises herbes aquatiques et faire en sorte que le fond de l'eau soit toujours en mouvement. Dans d'autres bassins, on se servait de camions équipés de winchs pour sortir du poisson-chat gris tout luisant ou de l'écrevisse rouge sombre à l'aide de grands filets qu'on vidait dans des remorques à bâche ouverte. Un certain nombre de personnes travaillant dans les bassins étaient des Afro-Américaines, mais l'essentiel de la main-d'œuvre se composait de petites Hispaniques du genre bien carré. Deux ou trois Blancs maigrichons et coiffés de chapeaux de paille à large bord s'agitaient entre les bassins pour dire à tout un chacun et chacune ce qu'il fallait faire. Les cadres.

— Ça te suffit ? demandai-je à Pike.

Il acquiesça d'un signe de tête.

Nous regagnâmes la Thunderbird, puis rejoignîmes le Bayou Lounge, à l'ouest de Ville Platte, près de la nationale 110 qui passe à Reddell. Petite bâtisse blanche en retrait de la route, l'affaire était sise au milieu d'une clairière dans les bois. Un magasin d'appâts abandonné se trouvait non loin de là, fenêtres à jamais condamnées, énormes inscriptions GLACE ET VERS sur ses murs en lettres de trois mètres de haut. Sol couvert de coquilles d'huîtres brisées avec, par endroits, des ronces et des carrés d'herbe pelée, tout rappelait la baraque de LeRoy Bennett. Minable. Un poteau en acier rouillé surmonté d'un panneau SCHLITZ faisait saillie sur un côté du bar. Le Bayou Lounge n'évoquait pas franchement le repère de criminels, mais sait-on jamais ?

Nous lâchâmes doucement la route après le magasin d'appâts, nous arrêtâmes et regardâmes derrière nous. Il était trois heures trente-six. Quelqu'un avait rangé sa Ford Ranger bleue sur le côté du bar, un camion de bière Lone Star étant garé le long de la façade. Un type en uniforme bleu et blanc de livreur sortit de l'établissement en poussant un diable, une femme armée d'une écritoire portative le suivant de près. Elle avait beaucoup de cheveux d'un roux artificiel empilés sur le sommet du crâne, les ongles peints en rouge et, bien sûr, avait du rouge à lèvres. Les épaules étaient étroites, mais le fessier imposant et engoncé dans un pantalon en toile blanc qui eût mieux convenu à une nana ayant dix ans et dix kilos de moins. Elle bavarda avec le type qui chargeait son diable sur son camion, puis le regarda s'éloigner avant de rentrer dans le bar.

— La Ford est sûrement à elle. Tu veux vérifier, ou c'est moi qui m'en charge ? me demanda Pike.

— Je m'en occupe.

Nous repassâmes devant la façade et nous garâmes sous le panneau Schlitz. Puis j'entrai. Six caisses de Lone Star étaient entassées au bout du comptoir, et la femme fronçait les sourcils en regardant un Hispanique tout en os les ranger une par une derrière le bar. Il y avait huit ou neuf tables carrées éparpillées ici et là dans la salle, des chaises posées les pattes en l'air sur chacune d'elles, un juke-box Rockola contre le mur du fond, à côté d'une porte marquée TOILETTES. Un seau de nettoyage industriel était posé par terre à côté du juke-box, la porte de derrière ouverte pour laisser entrer un peu d'air. La femme me regarda et dit :

— Désolée, mon chou, mais c'est fermé.

— Je suis censé retrouver quelqu'un, lui expliquai-je. À quelle heure vous ouvrez ?

— À cinq heures, en gros. Qui c'est que tu cherches ?

Sourire de commande. Elle devait avoir quarante-cinq ans, mais paraissait plus vieille et avait la peau caoutchouteuse et toute tendue à force de sourire. L'Hispanique s'arrêta de travailler pour nous observer.

— Oh, c'est juste un pote, dis-je.

Monsieur Mystère.

— Alors, tu me dis ou tu le gardes pour toi, mon grand ? J'bosse ici tout le temps, moi.

Puis elle remarqua l'Hispanique et aboya :

— Et toi, tu restes pas là à rien foutre, bordel ! Tu me ranges ça et vite fait. *Endelay !*

L'Hispanique fit demi-tour et se remit au boulot dare-dare. Je n'étais pas certain qu'il eût compris ce qu'elle lui avait crié, mais comprendre qu'elle était fumasse n'avait rien de bien sorcier. Complètement dégoûtée, la beauté le chassa d'un geste du poignet.

— Putain, c'est quelque chose, ces Hispanos ! s'écria-t-elle. Je préfère cent fois les Nègres !

— Un certain LeRoy Bennett m'a dit que je pourrais le trouver ici.

Elle revint à ses sourires et se lova contre le comptoir. La posture devait plaire aux vieux après qu'ils s'étaient enfilé une bonne dizaine de bières.

— Ah, oui, dit-elle. Il est fourré ici tout le temps. Je peux y transmettre un message, si vous voulez.

— Non, non. Je file à Biloxi. Je le verrai en revenant.

Je regagnai la voiture et m'assis à côté de Pike.

— Ils ouvrent à cinq heures. LeRoy traîne là tout le temps.

— Ça se comprend.

Nous remontâmes la route sur un bon kilomètre et demi, puis nous fîmes demi-tour. Cent mètres après le magasin d'appâts, je m'arrêtai sur le bas-côté, Pike descendant aussitôt de la voiture avec son sac avant de disparaître entre les arbres. Je fis encore quatre cents mètres, puis trouvai une route gravillonnée qui franchissait un pont en planches et me garai. Je fermai à clé, puis revins au magasin d'appâts à petite foulée. Lorsque j'y arrivai, Pike y était déjà entré. Il avait nettoyé un coin de vitre sale et observait le Bayou Lounge.

Celui-ci ouvrait peut-être à cinq heures, mais personne ne s'y montra avant six heures et ce furent surtout des jeunes. Casquettes de base-ball et bronzage corsé, ils donnaient l'impression de sortir du boulot et de vouloir s'en jeter une ou deux, et bien fraîches, avant de rentrer chez eux. Quelqu'un ayant mis le Rockola en route à sept heures moins neuf, nous entendîmes Doug Kershaw chanter en français.

Nous ouvrîmes nos sandwichs, bûmes du coca light et continuâmes de surveiller les allées et venues, mais en vain : pas de Milt Rossier. Ni non plus de LeRoy Bennett, voire seulement de René LaBorde. Le crime était sans doute endémique en ces lieux, mais s'il l'était, nous n'en voyions rien.

Le magasin d'appâts se réduisait à une manière d'enveloppe en parpaings abritant un comptoir, deux ou trois étagères et un plancher en ciment sur lequel nous nous étions assis entre deux ou trois panneaux bizarrement découpés dans du contreplaqué et des milliers de crottes de rat. Tout disparaissait sous une épaisse couche de poussière qu'on n'avait pas dérangée depuis longtemps, tout puait le moisi.

— Pense seulement aux mecs qui sont obligés de mettre une cravate et de pointer au boulot, lançai-je à Pike.

Il ne répondit pas.

À huit heures quinze ce soir-là, sept véhicules s'étaient déjà garés dans le parking en coquilles d'huîtres brisées, une dizaine de clients se trouvant à l'intérieur du Bayou Lounge. Mais toujours pas de Milt Rossier ni de LeRoy Bennett. Pike parlait rarement et, n'ayant moi-même pas grand-chose à faire, je commençai à penser à Lucy, à me demander où elle était et ce qu'elle faisait, à l'imaginer dans son bureau, ou assise sur le canapé du séjour en train de regarder *Star Trek* avec Ben. Au bout d'un moment, je me fatiguai de penser aussi fort à elle et tentai d'arrêter, puis je me dis que... et si, tiens, j'allais faire un tour au Bayou Lounge pour lui passer un coup de fil ? Sauf que si jamais je cédais à cette envie, il y avait évidemment neuf chances sur dix pour que Milt et LeRoy s'y pointent pile au même instant. Ainsi le veulent les lois de la nature.

— Tu la mérites, me dit Pike.

— De quoi parles-tu ?

— De Lucy Chenier.

Je le dévisageai. Monsieur lisait-il dans les pensées ?

— Nous prenons grand plaisir à être ensemble, lui répondis-je.

Il acquiesça d'un signe de tête.

— Elle me plaît et moi aussi, je lui plais, ajoutai-je. À peu de chose près, ça ne va pas plus loin que ça.

Il acquiesça d'un nouveau signe de tête.

À neuf heures quinze, nous étions redescendus à deux voitures, à dix heures il n'y en avait plus une seule dans le parking, excepté la Ford Ranger bleue.

— Un vrai filon, dit Pike.

À onze heures moins vingt, une vieille Mercury familiale y déboula en cahotant et s'arrêta, moteur allumé. Le petit Hispanique et une femme, elle aussi hispanique mais que je n'avais jamais vue encore, en descendirent et entrèrent dans le bar pendant que la Mercury s'en allait. La femme portait ce qui me parut être un sac de commissions en papier kraft.

— C'est un Latino qui conduisait, dit Pike.

J'écarquillai les yeux, mais ne parvins pas à en être certain.

— Joe, lui dis-je, tu trouves pas bizarre qu'il y ait tant de Latinos dans le coin ?

Il haussa les épaules.

À onze heures dix, toutes les lumières du Bayou Lounge s'éteignirent, la femme qui tenait le bar regagnant vite sa Ford pour s'en aller à son tour. Pike et moi rassemblâmes nos affaires, remontâmes la route à pied jusqu'à la voiture, puis rentrâmes au motel. J'aurais bien appelé Lucy, mais il n'était pas loin de minuit, je risquais de la réveiller, ou alors ce serait Ben que je sortirais de son sommeil.

La dernière chose dont je me souvins ce soir-là fut le rire de Lucy. Et l'odeur de sa peau. J'étais tout creusé par son absence.

26

À cinq heures dix-huit le lendemain matin, Joe Pike se glissa dans les bois en face de l'élevage d'écrevisses de Milt Rossier. Je revins à Ville Platte et me garai sous le chêne, à une rue de chez LeRoy Bennett. Le ciel commença à s'éclaircir à six heures vingt et à sept heures trente, Bond'o et mastic en main, je vis le vieux qui habitait à côté se remettre à bosser sur sa Chevelle beige. Un chat blanc tout ébouriffé le rejoignit et lui donna des petits coups d'épaule dans les jambes. Le vieil homme lui gratta la tête. L'homme et le chat semblaient prendre plaisir à la compagnie l'un de l'autre. À ce moment-là, LeRoy Bennett sortit de chez lui avec une petite serviette de toilette verte, se racla la gorge et cracha sur sa pelouse envahie de saloperies. Le vieil homme arrêta de gratter la tête de son chat et fusilla Bennett du regard. Bennett ne pouvait pas ne pas l'avoir vu, mais fit comme si de rien n'était, ni l'un ni l'autre ne se parlant. LeRoy essuya la rosée sur le pare-brise et la vitre arrière de sa Polara, jeta sa serviette sur les marches de sa véranda, monta dans sa voiture et s'éloigna. Le vieil homme le regarda filer avant de contempler la serviette et le jardin de son voisin : la serviette y faisait un effet désastreux. Il se tourna vers sa pelouse qui, elle, était impeccable, et secoua la tête. Pourquoi se casser la nénette à l'entretenir si LeRoy avait décidé de laisser sa baraque ressembler à des latrines, devait-il se dire. Et d'ajouter sans doute que tout ce qu'on racontait à la radio était vrai : oui, l'Amérique filait droit vers l'abîme et il en avait malheureusement la preuve sous le nez.

Nous avions prévu que je surveillerais LeRoy jusqu'à quatre heures, après quoi je romprais le contact et passerais prendre Pike pour regagner le Bayou Lounge. Nous espérions qu'en sa qualité de bras droit de Rossier, LeRoy aurait des tas de choses intéressantes à faire pendant la journée, une ou deux d'entre elles nous donnant peut-être une idée de ce que Rossier pouvait bien manigancer. LeRoy ayant disparu au coin de la rue, j'effectuai un rapide demi-tour, pris mon temps pour commencer ma filature – il ne fallait surtout pas qu'il me repère –, et le suivis jusqu'au Dunkin' Donuts [1] de Ville Platte. Il y fit des réserves de petits gâteaux saupoudrés de sucre, puis acheta pour quatre dollars d'essence à la station self-service Sunoco et fila droit à l'élevage. À huit heures trente-six ce matin-là, il s'assit enfin dans une chaise longue blanche devant chez Rossier et se mit à feuilleter un magazine pendant que Pike et moi nous installions derrière notre pin mort. Côté indices, ce n'était pas gras.

— Tu parles d'une affaire, dis-je.

Pike observait LeRoy à l'aide d'une belle paire de jumelles Zeiss.

— Il ne lit pas, dit-il. Il regarde juste les images.

J'acquiesçai d'un signe de tête.

— Les génies font rarement dans le crime.

Ainsi passâmes-nous la journée assis sur la doublure de nos ponchos en plastique, au sein du sumac vénéneux et autres petites plantes du sous-bois. La chaleur monta et avec elle l'air se fit lourd et humide, une accumulation de nuages gris apparaissant bientôt au-dessus de nos têtes. Les bois étaient pleins du bourdonnement des abeilles et de bruits de lézards, d'écureuils et de martinets des marais. De temps en temps seulement nous entendions les gens que nous avions devant nous et les voyions se déplacer ici et là autour des bassins pour y accomplir leur travail. Celui-ci était bien

1. Genre de cafétéria où on peut acheter des donuts et les tremper *(dunk)* dans son café.

ordinaire et rien n'y semblait bizarre ou illégal, à ceci près que c'était peut-être toute l'opération qui l'était.

Au milieu de la matinée, Milt Rossier sortit de chez lui et emmena Bennett jusqu'aux hangars qui s'étendaient au-delà des bassins. Là, il s'arrêta et parla avec tous les contremaîtres l'un après l'autre. Il hochait la tête lorsqu'on lui disait quelque chose et, une fois, il ôta son chapeau et s'essuya le front, ce qui n'était probablement pas un crime passible du tribunal. René LaBorde sortit, lui, d'un hangar à conditionnement, les rejoignit en vacillant, puis leur emboîta le pas sans que personne daigne lui adresser la parole. Je ne l'avais pas vu arriver et Pike ne m'avait pas signalé sa présence. Vivait-il donc à l'intérieur du hangar ?

Le contremaître du bâtiment se porta à la rencontre de Bennett et de Rossier lorsque ceux-ci arrivèrent, les trois hommes se mettant aussitôt à parler. René resta un instant à l'extérieur du cercle qu'ils formaient, puis se dirigea vers le bassin à tortues, où il entra et s'enfonça jusqu'aux genoux. Ce fut le type au chapeau de paille qui le vit le premier. Tout de suite on s'excita beaucoup tandis que LeRoy se ruait au bord du bassin en hurlant :

— Putain, René, mais sors de là, quoi ! Allez, vite, avant que Luther te morde !

René remonta sur le bord, mais y resta immobile à contempler l'eau boueuse du bassin, ses chaussures et son pantalon tout dégoulinants de flotte. Il n'avait pas l'air de très bien comprendre ce qu'il venait de faire, et encore moins pourquoi on l'avait obligé à s'arrêter.

— Ben dis donc ! s'exclama Pike en secouant la tête.

Au bout d'un moment, LeRoy et Rossier ayant repris le chemin de la maison, tout le monde regagna son poste de travail. René continua de scruter l'eau, son grand corps par instants secoué de soubresauts comme si les synapses de sa cervelle s'allumaient à retardement. À mi-chemin de sa maison, Rossier s'aperçut que René ne suivait plus et flanqua une gifle à LeRoy. LeRoy fit demi-tour et alla chercher René au petit trot. René le suivit jusqu'à la maison, l'un et l'autre finissant par s'asseoir sur des chaises blanches. Ainsi passèrent-ils le reste de la journée, René à attendre que la boue finisse de sécher sur son pantalon, LeRoy à regarder les images dans son magazine.

Les nuages ne cessant de grossir, vers trois heures de l'après-midi, le ciel s'assombrit beaucoup. Quelque part dans les arbres derrière nous il y eut un éclair. Les roulements du tonnerre suivirent, lents au début, mais gagnant vite en puissance. LeRoy et René rentrèrent dans la maison, les gens qui travaillaient aux bassins cherchant un à un refuge dans les hangars de conditionnement. Pike et moi enfilâmes nos ponchos et regagnâmes la voiture. Nous partions plus tôt que prévu, mais, tout le monde fuyant la pluie, il y avait peu de chances pour que des actes de nature criminelle soient perpétrés avant quelque temps. Sur la route de Reddell, nous nous arrêtâmes à un Minimart ouvert vingt-quatre heures sur vingt-quatre. J'y trouvai une cabine publique et appelai Lucy à son bureau. Elle était avec un client. Darlene me demanda si je voulais laisser un message. Je lui dis de lui signaler que j'avais téléphoné et que je la rappellerais le plus vite possible. Darlene me répondit que, vu les circonstances, mon message était faiblard.

— Vu quelles circonstances ? lui demandai-je.

Elle se marra et raccrocha. Les femmes se racontent-elles donc toujours tout ?

Le ciel avait la couleur du goudron sur une route au soleil et des éclairs de lumière dansaient à l'horizon lorsque Pike et moi entrâmes une deuxième fois dans le magasin d'appâts en face du Bayou Lounge. La pluie tambourinait régulièrement sur le toit et passait au travers comme l'eau coule au robinet, mais c'était mieux que de planquer dans les bois. À sept heures ce soir-là, la clientèle du Bayou Lounge se réduisait à deux pépés qui étaient arrivés dans une Bronco blanche. À huit heures, ils partirent, et à neuf, la même familiale verte que la veille apparut : on venait chercher les deux Hispaniques. À neuf heures et demie, le Bayou Lounge ferma. La pluie avait dû dissuader les gens de venir. Peut-être suffirait-il que la pluie dégringole toute l'année pour que la criminalité tombe à zéro.

Pike et moi nous tapâmes, à quelques variations près, le même scénario le lendemain et les jours suivants. Le matin, j'attendais LeRoy devant chez lui, à tous les coups il zigzaguait jusqu'au Dunkin' Donuts, puis il filait à l'élevage, où il passait sa journée à feuilleter ses magazines assis dans une chaise longue. Il éliminait ses calories, c'était l'évidence même. Une fois, Milt Rossier sortit à midi pour lui dire quelque chose. LeRoy sauta illico presto dans sa Polara et disparut en catastrophe. Je retraversai les bois à toute allure et arrivai à la route juste à temps pour le voir partir en direction de Ville Platte. Je l'y suivis jusqu'au McDonald's, où il acheta des tonnes de trucs avant de faire demi-tour et de foncer à nouveau jusqu'à l'élevage de Rossier. Il faut croire que les criminels aiment les Big Mac.

Si les journées étaient pénibles, les soirées l'étaient encore davantage. Assis par terre dans le magasin d'appâts, nous regardions passer les voitures et observions les gens qui s'y trouvaient, mais les gens qui s'y trouvaient n'étaient jamais LeRoy ou Milt Rossier. Et rien n'indiquait qu'on eût affaire à des activités illégales. À un moment donné, un gros lard en costume et une maigre aux cheveux à la Dolly Parton s'envoyèrent en l'air à l'arrière d'une Buick Regal, la femme se payant, deux soirs plus tard, mais dans une Isuzu Trooper cette fois, une autre partie de plaisir avec un petit rachitique à stetson en paille. Mais pouvoir déférer Milt Rossier devant un tribunal pour ça, non, pas vraiment. Une autre fois encore, trois types sortirent du bar en titubant et hurlant de rire pendant que, coiffé d'une casquette de base-ball blanche, un quatrième se plantait au milieu de la chaussée, laissait tomber son pantalon sur ses chevilles et se mettait à couler un bronze. Au beau milieu de son affaire il perdit l'équilibre et tomba dedans, les trois autres rirent encore plus fort avant de lui jeter des boîtes de bière. Rien de tel qu'une bonne soirée entre copains.

Pendant les trois jours qui suivirent, j'eus très exactement deux fois l'occasion d'appeler Lucy – et la ratai à chaque coup. La première je lui laissai un message sur son répondeur personnel, la deuxième je pus dire quelques mots à

Darlene. Elle m'informa que Lucy avait très envie de me parler et voulait savoir s'il n'y aurait pas moyen que je lui fixe un rendez-vous à l'avance. Je lui fis répondre que c'était impossible et Darlene me rétorqua :

— Oh, le pauvre petit.

Peut-être était-elle plus gentille que je ne le pensais.

Nous eûmes droit à deux jours sans pluie, puis à un troisième avec. Surveiller le Bayou Lounge sans jamais arriver à quoi que ce soit commençait à me déprimer. Et si nous perdions complètement notre temps ? Et si toutes ces activités illégales se déroulaient derrière des portes closes ? Et si, à rester planqués dans nos bois ou au fond de notre magasin d'appâts jusqu'à ce que gèlent les bayous, nous courions le risque de ne jamais établir le moindre lien avec quoi que ce soit ? Pike et moi faisions de l'exercice à tour de rôle.

À huit heures vingt-deux le quatrième soir – c'était au magasin d'appâts et la pluie cognait sur le toit pendant que je faisais du yoga –, Pike me dit soudain :

— Ça y est.

LeRoy Bennett et René LaBorde venaient d'entrer dans le parking et de se garer à côté de la Ford bleue. Six voitures s'y trouvaient déjà, dont quatre de clients réguliers et pas vraiment soupçonnables. LeRoy descendit de sa Polara et entra dans le bar en roulant des mécaniques. René, lui, resta dans le véhicule.

— Je vais chercher la bagnole, dit Pike, et il disparut sous la pluie.

À huit heures vingt-huit, une Cadillac Eldorado gris foncé immatriculée à La Nouvelle-Orléans se rangea à côté de la Polara. Un Hispanique vêtu d'un imperméable couleur argent en descendit et entra dans le bar. À huit heures trente et une, Pike reparut, les cheveux trempés de pluie et de sueur. Deux minutes plus tard à peine, l'Hispanique ressortait du bar avec LeRoy Bennett. L'Hispanique remonta dans son Eldo et LeRoy dans sa Polara, puis la Polara s'éloigna, l'Eldo dans son sillage.

Pike et moi nous dépêchâmes de regagner notre voiture et commençâmes à les suivre. Pendant que je conduisais, Pike dévissa l'ampoule du plafonnier. On se préparait.

Personne ne se ruait ni ne faisait mystère de l'endroit où il allait. Pike et moi avions déjà fait le trajet avant, et n'avions pas de problèmes, on était juste des mecs qui s'occupaient de leurs affaires. Il n'y avait pas de circulation. Il aurait été préférable de se tenir à deux ou trois voitures de distance, mais la pluie arrangeait bien la filature. Nous n'avions pas allumé nos phares et eûmes deux fois droit à des types qui, venant en sens inverse, nous firent des appels lumineux pour nous le rappeler, dont un cow-boy qui nous traita de trous-du-cul en nous croisant à toute allure. S'il jetait des coups d'œil dans son rétro, le type de l'Eldorado avait certainement repéré notre manège et se posait peut-être des questions, mais il n'en montrait rien. Pourquoi se casser la tête à surveiller ses arrières quand on a la police dans sa poche au lieu de l'avoir aux fesses ?

Nous étions arrivés à la route qui conduisait à l'élevage de Rossier et je me disais déjà que c'était bien là qu'on allait lorsque non, tout le monde franchit le portail mais continua droit devant. Je laissai encore du champ entre ma voiture et les leurs, Pike se penchant en avant sur son siège et clignant des paupières pour distinguer leurs feux rouges à travers la pluie et le va-et-vient des essuie-glaces. Environ quinze cents mètres après le portail, leurs stops s'allumèrent et Pike me dit :

— Ils tournent.

La Polara devint très visible dans les phares de l'Eldorado lorsque celle-ci s'engagea sur une route gravillonnée qui s'enfonçait dans le marécage envahi de cannes à sucre et de ronciers. Nous attendîmes qu'ils aient disparu au loin, puis nous rattrapâmes notre retard et franchîmes un pont à vaches. Devant nous, un énorme aqueduc en ciment se dressait à côté du pont. Nous vîmes des tuyaux, du matériel de pompage et ce qui ressemblait beaucoup à des jauges de pression, tout ça protégé par de hautes clôtures en métal. Les restes d'une installation pétrolière abandonnée.

— À continuer comme ça dans le néant, on devrait bientôt arriver sur la face cachée de la Lune, dis-je à Pike.

La petite route rétrécit encore en suivant le haut d'une berme à travers le marais. On n'arrêtait pas de filer entre des cannes à sucre, des roseaux et des carex, parfois en traversant d'autres routes encore plus envahies par la végétation. Nous avions parcouru environ huit cents mètres lorsqu'une voie d'eau importante apparut sur notre gauche. Les rives en étaient elles aussi enfouies sous la végétation, mais, nettes et droites, indiquaient un chenal creusé de main d'homme.

— C'est un truc industriel ? lançai-je à Pike.

— Si jamais ils font demi-tour, on va avoir des problèmes, répliqua-t-il.

— Ouais.

Arrivés au croisement suivant, nous nous arrêtâmes et, quittant la chaussée, nous garâmes assez profondément dans les carex pour cacher la voiture. Puis nous repartîmes au petit trot. La pluie battait l'herbe et l'eau avec un bruit constant de bacon qui frit dans la poêle. Nous suivîmes la petite route sur quatre à cinq cents mètres et tombâmes soudain sur une énorme bâtisse en tôle ondulée. Baignée de lumière, elle semblait sortir du marécage telle une incroyable cité perdue. Gigantesque hangar en métal, elle se dressait au bord du canal et, sur ce qui me parut faire trois étages, était illuminée par des floods industriels qu'alimentait un générateur à moteur diesel. Des tuyaux rouillés y entraient et en sortaient de tous les côtés et certains panneaux en tôle ondulée pendaient de travers. Isolement et technologie, l'endroit semblait inquiétant, comme si nous avions redécouvert des installations gouvernementales abandonnées et dont il eût mieux valu tout oublier.

La Polara et la Cadillac s'étaient garées au pied du bâtiment, à côté de deux camions de deux tonnes cinq. Les moteurs des deux véhicules tournaient au ralenti, leurs tuyaux d'échappement expédiant des nuages blancs dans l'atmosphère. On aurait dit des bêtes qui attendaient. Pike et moi quittâmes la route et nous enfonçâmes dans les carex.

— Des gens dans des cosses, dis-je.

Il me regarda.

— On dirait la pépinière que découvre Kevin McCarthy dans *L'Invasion des profanateurs de sépultures*. Tu sais bien, le film où les gens qui sont nés dans des cosses en font pousser d'autres et les chargent sur des camions pour les expédier dans tout le pays.

Pike secoua la tête et regarda de nouveau le bâtiment.

— T'es quelqu'un, toi ! dit-il.

Un côté de la bâtisse comportait une porte de dimensions colossales. Trois types en parka imperméable descendirent des camions, l'ouvrirent, puis remontèrent dans leurs camions pour les faire entrer dans le hangar. Les rots réguliers d'un moteur diesel se firent entendre sous la pluie deux ou trois minutes plus tard, et un remorqueur apparut sur le canal. Tous feux éteints, il poussait une petite barge. Il ralentit à environ cent mètres de l'entrée du bâtiment, l'Hispanique gagnant alors le bord de l'eau en agitant une lanterne rouge. Le pilote du remorqueur monta la puissance des moteurs, puis, ceux-ci toujours en prise, fit entrer son bateau dans le hangar. René, LeRoy et le type à la Cadillac se dépêchèrent de le suivre. Pike et moi longeâmes le bord de la zone éclairée jusqu'au moment où nous pûmes voir ce qu'il y avait de l'autre côté de la porte. Je m'attendais à découvrir des gens en train de charger des balles de marijuana dans les cales de la barge, mais non, nous eûmes droit au spectacle d'une trentaine d'individus descendant du remorqueur pour monter aussitôt dans les camions. Nombre d'entre eux, mais pas tous, avaient l'air mal fichus. Des Hispaniques pour la plupart, mais j'aperçus aussi deux Noirs, trois Blancs et une demi-douzaine d'Asiatiques. Tous paraissaient fatigués, malades et apeurés, tous portaient des valises, des sacs de marin et des objets personnels.

— Ah, l'enfoiré ! dit Pike. C'est des gens.

Lorsque les camions furent pleins, les types en parka abaissèrent des bâches sur les côtés des véhicules afin de masquer leur chargement, remontèrent dans les cabines et firent sortir les camions du hangar. Une fois que ces derniers eurent disparu sous la pluie, deux petits durs descendirent de la barge en tirant un vieux monsieur tout maigre derrière eux. L'un des deux tenait à la main ce que je pris pour une poupée de chiffon. Le vieillard pleurait et s'agrippait aux deux brutes, mais celles-ci ne lui prêtaient guère attention. Il se dirigea vers le propriétaire de l'Eldorado en lui faisant de grands signes, puis il se jeta à ses pieds. Le type de l'Eldorado le roua de coups de pied, sortit un revolver, le lui colla sur la tempe et *pan !* nous entendîmes une détonation.

Je retins mon souffle et sentis Pike qui se tendait.

Le propriétaire de l'Eldorado repoussa le cadavre du vieillard d'un coup de pied, puis souffla quelques mots à LeRoy Bennett qui acquiesça d'un signe de tête. Les types du remorqueur remontèrent à bord de leur bateau tandis que LeRoy et le mec au revolver regagnaient la Cadillac. Le tireur ouvrit le coffre, en sortit un petit sac à main et le tendit à LeRoy qui l'emporta jusqu'à la Polara. Enfin, le remorqueur quitta le hangar en marche arrière à la puissance maximale, vira lentement de bord sur le canal puis repartit par où il était venu, ses feux toujours éteints, le grondement de ses moteurs se perdant bientôt dans la brume. Le tireur remonta dans son Eldorado et prit la route qu'avaient empruntée les camions. Nous n'étions plus que quatre.

— C'est trop tard pour le vieux, dit Pike. Qu'est-ce qu'on fait ?

— On attend la suite.

LeRoy sortit une pelle de la Polara, puis, aidé par René, tira le vieillard et la poupée de chiffon le long d'un sentier qui se perdait dans les herbes. Pike et moi les suivîmes sans faire de bruit. René creusa une vague tranchée dans la terre détrempée, y jeta le corps et la poupée, les recouvrit et regagna sa voiture. LeRoy éteignit le générateur, et soudain le marécage fut à nouveau plongé dans le noir. LeRoy et René remontèrent dans la voiture et s'éloignèrent à leur tour.

— Allez, dis-je.

Nous rejoignîmes la tombe, écartâmes la terre avec les mains et trouvâmes le vieillard et une fillette. Celle-ci devait avoir dans les cinq ans. Petite et maigre, elle avait l'air d'avoir été malade, ou peut-être pas. Son visage était noir de terre mouillée mais, la pluie le caressant, les saletés s'en allèrent. Je passai la main dans les cheveux de la gamine et sentis ma respiration ralentir et les muscles de mon cou, de mes épaules et de mon dos se tendre. C'était sans doute la petite-fille du vieillard. Ou peut-être pas. Peut-être était-ce une gosse abandonnée qu'il avait secourue. Par amitié, qui sait ? Et, toujours par amitié, peut-être avait-il dit sa colère de la voir morte et, pour l'avoir osé, s'était fait descendre. Nous fouillâmes dans ses poches en espérant y trouver quelque chose qui nous permettrait de l'identifier, mais elles étaient vides. Nous n'y découvrîmes qu'une petite photo toute pliée et tachée d'eau le représentant avec un groupe de gens – sa famille, peut-être. Il souriait. Je glissai le cliché dans ma poche.

— Allez, on les sort de là, dis-je.

Pike me toucha le bras.

— On peut pas, Elvis.

Je le regardai.

— Si on les bouge de là, Rossier le saura. Il faut attendre. On ne peut rien faire avant d'en savoir plus.

Je respirai un grand coup dans l'air humide, puis je secouai la tête. Ça ne me plaisait pas, mais que pouvais-je y faire ?

Nous restâmes un instant sous la pluie avec le vieil homme et la fillette, puis nous partîmes.

27

Nous retournâmes au motel un peu avant deux heures du matin. Les routes étaient luisantes de pluie et nous traversâmes une ville tellement calme qu'elle nous parut aussi morte que les cadavres que nous avions laissés derrière nous dans la boue et les carex. Ni Joe ni moi ne parlions. À part nous, rien ne bougeait dans Ville Platte qu'éclairaient seulement les feux orange, clignotant comme pour nous murmurer de faire attention.

Nous prîmes une douche et nous changeâmes, Joe y allant le premier. Quand nous eûmes fini et éteint la lumière, je l'appelai :

— Hé, Joe ?

Je l'entendis remuer par terre, mais il lui fallut plusieurs secondes pour me répondre.

— Oui ?

— Putain, Joe ! dis-je.

Il est possible qu'il ait dormi, mais moi, je ne dormis pas. J'étais bien au sec dans la chambre, mais sans y être. Accroupi dans les carex, à côté du vieillard et de la fillette, je pataugeais dans la nuit chaude et humide, la pluie coulant de mes cheveux et me dégoulinant dans le cou. À grosses gouttes elle tombait sur leurs visages au-dessous de moi et traçait sur leur peau des ronds parfaitement clairs, mais d'une clarté qui ne durait pas et vite effacée par d'autres gouttes, comme des vérités nouvelles en recouvrant de plus anciennes.

La pluie cessa de tomber peu après quatre heures du matin, et à sept heures cinq nous appelâmes Lucy chez elle pour lui dire ce que nous avions vu.

— Vous pensez que c'étaient des immigrés clandestins ?

— Nous avons dénombré trente-cinq personnes qui montaient dans les camions, lui répondis-je, mais il se peut qu'il y en ait eu davantage. Quelques Asiatiques, deux ou trois Noirs et des Blancs, mais une majorité d'Hispaniques.

Puis je lui dis pour le vieil homme et la petite fille.

— Ah, mon Dieu ! s'écria-t-elle.

— Nous les avons laissés là-bas. Rossier n'étant pas sur les lieux, je ne suis pas certain qu'on puisse lui coller ça sur le dos. Bennett et LeRoy, c'est sûr, mais Rossier, non, peut-être pas.

— Avez-vous relevé le numéro d'immatriculation de la Cadillac ?

Je le lui donnai.

— Restez où vous êtes, me dit-elle. Je vous rappelle dès que j'ai quelque chose.

— Merci, Luce.

— Tu me manques, Studly.

— Toi aussi, Luce.

Une heure et treize minutes plus tard, elle nous rappelait.

— L'Eldorado appartient à un certain Donaldo Prima qui habite à La Nouvelle-Orléans. Il a trente-quatre ans, est originaire du Nicaragua et a été condamné à deux reprises pour des délits mineurs : la première fois pour revente de marchandises volées et la deuxième pour possession illégale d'armes à feu. Dans son casier, rien n'indique qu'il aurait à voir avec des trafics d'immigrés clandestins, mais la police fédérale ne s'intéresse guère à ce genre d'histoires. J'ai une amie à Baton Rouge auprès de laquelle tu pourrais te renseigner. Elle travaille pour un journal alternatif, le *Bayou State Sentinel*, et a déjà fait du bon boulot sur ces questions. Il est possible qu'elle soit disposée à t'aider.

— Possible ?

— Tu verras.

Elle m'indiqua le chemin et raccrocha. Pike et moi prîmes la route de Baton Rouge.

Le *Sentinel* avait élu domicile dans une petite maison en planches située dans une rue en retrait du campus de l'université de Louisiane et où on louait beaucoup aux étudiants et aux amateurs de vie de bohème. Les trois quarts des bâtiments avaient été transformés en magasins où on vendait des vieux CD, des fripes de style grunge, voire des bâtons d'encens et des alligators en papier mâché. L'alternatif, quoi. Deux VTT et une moto Triumph étaient enchaînés à un porte-vélos devant une maison sur laquelle un panneau proclamait :

BAYOU STATE SENTINEL,
LE DERNIER BASTION DE LA VÉRITÉ EN AMÉRIQUE.

Il faut croire que bosser pour un bastion de la vérité n'empêchait pas de pouvoir se faire piquer son vélo par le vulgaire.

Nous nous garâmes devant un parcmètre.

— Je reste dans la voiture, me dit Pike.

Le style alternatif n'est pas son genre.

Je gravis une petite allée en ciment, franchis la porte de devant et atterris dans ce qui avait dû être une salle de séjour du temps où on vivait dans ces espaces au lieu d'y travailler. Cinq bureaux s'y trouvaient coincés, en plus d'une machine à café, d'un distributeur d'eau, de plusieurs tonnes d'affiches représentant Kurt Cobain et Hillary Clinton et de couvertures du *Bayou State Sentinel*. Sur ces dernières on pouvait lire des titres du genre LA VIE PUE et CINQ RAISONS DE SE SUICIDER TOUT DE SUITE. Alternatif, quoi. Deux Afro-Américaines frisant la trentaine tapaient des trucs sur des Mac installés au fond de la pièce, l'une d'elles en répondant au téléphone, pendant qu'un Blanc passablement athlétique et aux cheveux roux coupés court officiait dans un bureau juste derrière la porte. Un perroquet se tenait perché dans ce qui servait de zone d'attente, de vieux numéros du *New York Times* et du *New Orleans Times-Picayune* étalés sous son perchoir. Il battit des ailes en me voyant, puis leva bien haut la queue et laissa choir du caca de perroquet sur l'exemplaire du *New York Times*.

— Putain, c'est quelque chose, ce bestiau ! dis-je.

Le rouquin me décocha un sourire.

— C'est notre Bubba à nous, dit-il, et c'est bien ce que nous pensons de la grande presse. Que puis-je pour vous ?

Je lui tendis une de mes cartes de visite.

— J'aimerais voir Sela Henried. Lucille Chenier l'a prévenue de ma visite.

Il regarda ma carte et se leva.

— Je vais voir, dit-il. Vous voulez du café ?

— Non, merci.

Il disparut dans un petit couloir, puis, deux ou trois minutes plus tard, revint avec une grande femme que ma visite n'avait pas l'air d'enthousiasmer.

— C'est vous, le mec que m'envoie Lucille ? me demanda-t-elle.

Elle avait froncé les sourcils en me posant sa question. Elle gagna les fenêtres et regarda dehors. Qui sait si des hordes d'agents du FBI ne me collaient pas au train ?

— Lucy m'a dit que vous seriez deux.

— L'autre attend en bas dans la voiture.

Elle posa de nouveau les yeux sur moi, ses pupilles se rétrécissant comme si le fait d'attendre dans une voiture lui posait un problème.

— Bon, d'accord, dit-elle enfin. Passons dans mon bureau.

Sela Henried avait un visage long, des cheveux blonds (coupés court, décolorés en blanc et taillés en crête) et une rangée de neuf petits trous courait au bord de son oreille gauche. Petite croix bleue tatouée sur le dos de la main droite entre le pouce et l'index, bagues en argent bon marché à presque tous les doigts. J'estimai qu'elle avait environ trente-cinq ans, mais elle était peut-être plus âgée. Donnant sur le devant de la maison, son bureau avait dû être une chambre à coucher avant. Sela gagna encore une fois les fenêtres, regarda Pike et posa les mains sur ses hanches.

— J'aime pas qu'il attende là-bas, dit-elle.

— Pourquoi ?

— Il a une gueule de flic. Et vous aussi.

Elle se tourna de nouveau vers moi et croisa les bras.

— Peut-être même en êtes-vous un.

Soupçonneuse.

— Mademoiselle Henried, lui répondis-je, Lucy vous a-t-elle expliqué de quoi il s'agit ?

Y aller au charme ? Et si c'était ça qu'il fallait faire ?

— Oui. Sinon, j'aurais refusé de vous recevoir. Lucy Chenier et moi nous connaissons depuis très longtemps, monsieur Cole. Nous jouions au tennis ensemble à l'université de Louisiane, mais le journal que je dirige est plutôt controversé. On nous a mis sur tables d'écoute, on nous a perquisitionnés et la liste des agences qui aimeraient nous voir plier bagage est impressionnante.

Elle s'assit et me dévisagea.

— Cet entretien n'aura pas lieu tant que vous n'aurez pas accepté d'être fouillé, conclut-elle.

— Fouillé ?

Le charme n'avait pas l'air de beaucoup marcher.

— J'ai confiance en Lucy, reprit-elle, mais pour ce que j'en sais, vous pourriez très bien l'avoir dupée pour profiter de moi.

J'écartai les mains, paumes en l'air.

— De quoi causons-nous donc ? D'une fouille au corps ou des petites papouilles de base ?

— Tommy ! cria-t-elle.

Le rouquin entra.

— Tu vérifies s'il a pas de micro ?

Tommy me sourit d'un air timide.

— Désolé, dit-il.

— Pas de problème.

Il me fouilla sous les bras, dans le creux du dos et autour de la taille. Pro. Comme il avait dû le faire avant et comme on le lui avait sûrement fait avant aussi. Il trouva mon Dan & Wesson et eut l'air surpris.

— Hé, dit-il, il a un flingue.

Sela Henried fronça les sourcils. Une des affiches au-dessus de son bureau montrait un pistolet barré d'une grande croix rouge. ARRÊTONS LA FOLIE DES ARMES ! pouvait-on y lire.

— Votre portefeuille, s'il vous plaît, dit-elle.

— Mais bien sûr.

Je le sortis de ma poche et le tendis à Tommy. Il examina tout ce qu'il y trouva comme un gamin pourrait le faire, curieux, mais pas trop intéressé.

— C'est un détective privé de Californie, dit-il. Il a un port d'armes.

— Bon, merci, Tommy.

Tommy me rendit mon portefeuille et s'en alla. Poli. Une journée ordinaire à l'usine de vérités.

Sela Henried passa derrière son bureau et s'assit. Elle se renversa en arrière et posa un pied sur le bord du plateau. Doc Martens.

— Lucy me dit que vous voudriez avoir des renseignements sur l'immigration en Louisiane.

— C'est exact. Nous essayons de pincer un certain Donaldo Prima. Nous pensons qu'il fait passer des immigrants clandestins, mais nous n'en avons trouvé trace nulle part.

— Oui, elle m'a parlé de lui, dit-elle en prenant un crayon en plastique pour s'en tapoter le genou. J'ai regardé dans mes dossiers et je ne le trouve pas. Mais ça ne veut rien dire. Nous avons bel et bien ce que la presse appelle un « problème d'immigration ». La Nouvelle-Orléans est un grand port d'entrée pour tous ceux qui arrivent par le golfe du Mexique et les charognards qui les font passer par la côte sont nombreux.

— Si vous ne pouvez pas nous aider, peut-être connaissez-vous quelqu'un qui le pourrait.

Elle secoua la tête.

— Désolée, dit-elle.

Elle savait des choses, mais ne voulait pas parler.

— C'est important, mademoiselle Henried, insistai-je.

Elle m'enfonça son crayon dans la poitrine.

— Ça fait des années que je couvre les violences infligées aux personnes qui veulent entrer aux USA, reprit-elle. Le *Sentinel* est pour l'ouverture des frontières et soutient tous ceux qui s'opposent aux méfaits des racistes. Il refuse toute politique d'exclusion des immigrants.

— Mademoiselle Henried, lui répondis-je, je travaille pour des gens auxquels on inflige des violences qui ne sont pas mal elles non plus. Si j'arrive à retrouver Donaldo Prima, je pourrai peut-être y mettre un terme. Je ne vais certes pas sauver la planète, mais ça, je peux le faire.

Elle garda le silence.

— Hier soir, un peu après minuit, j'ai vu Donaldo Prima tuer un vieillard d'une balle de calibre .32 en pleine tête. Je crois qu'il l'a abattu parce que le vieux gueulait comme un âne et ne supportait pas qu'une petite fille soit morte dans la cale de la barge qui les avait amenés dans ce pays. J'ai vu les deux corps. Je les ai touchés. Est-ce bien là le genre d'activités auxquelles vous vous opposez ?

Elle siffla entre ses dents, puis ôta son pied du bureau et se pencha en avant.

— Vous ne me racontez pas de conneries, au moins ?

— C'est la vérité.

— Vous pouvez me montrer les corps ?

— Non.

— Pourquoi ?

— Parce que le faire pourrait compromettre mes clients.

— Et si le problème les dépassait ?

— Ce sera à moi de m'en débrouiller.

Elle me fit encore les gros yeux, puis se leva et repartit à la fenêtre pour voir si Pike attendait toujours dans la voiture. Elle revint à son bureau.

— Je connais peut-être quelqu'un, dit-elle. Il s'appelle Ramon del Reyo et pourrait vous aider. Mais il ne dira jamais rien au téléphone. Il a aidé des tas de gens à entrer aux USA et il a sans arrêt les Fédéraux au cul.

— Bien, dis-je.

Elle poussa un grand soupir.

— Je tiens à ce que vous sachiez bien tout ce que je risque dans cette affaire, reprit-elle. Je crois beaucoup à ce que fait Ramon. C'est un sacré bonhomme et, des Fédéraux jusqu'à la dernière de ces crapules du Nicaragua, tout le monde veut lui faire la peau. Et moi, je n'aimerais vraiment pas qu'il lui arrive quoi que ce soit. Comprenez-vous bien ce que je vous dis ?

— C'est Prima que je veux, rien que lui. Votre type acceptera-t-il de me parler ?

— Il faut que je l'appelle, et je ne le ferai pas d'ici. Vous pouvez attendre ou venir avec moi.

Elle se remit debout et ajouta :

— Alors ?

Nous remontâmes la rue jusqu'à une cabine publique installée devant une boutique Subway Sandwich. Sela Henried composa un numéro en me présentant son dos pour que je n'arrive pas à le voir. Elle parla en gros deux minutes puis raccrocha, mais garda la main sur l'écouteur.

— On va nous rappeler.

J'acquiesçai d'un signe de tête.

Neuf minutes plus tard, la sonnerie retentit et Sela décrocha avant la deuxième. Elle parla quelques minutes, cette fois en notant des trucs dans un petit carnet de reporter. Après avoir raccroché, elle me tendit ses notes.

— C'est à La Nouvelle-Orléans, d'accord ? Devant un magasin. Vous devrez y être à une heure, mais vous avez tout le temps.

— Merci, Sela. J'apprécie.

Elle glissa son carnet dans sa poche, puis regarda Pike. Il n'était pas difficile de le voir assis dans la voiture, mais savoir ce qu'il regardait ou pouvait bien penser n'avait rien d'évident.

— Ramon y sera avec des gens capables de le protéger, reprit-elle. Vous comprenez ce que je vous dis ?

— Évidemment. Surtout ne pas faire de conneries.

Elle acquiesça d'un signe de tête.

— À votre place, je n'emporterais pas de flingue. Ça pourrait les rendre nerveux. Sans compter qu'il y a toutes les chances pour qu'ils vous le confisquent.

— Bon.

Elle hocha encore une fois la tête, puis me regarda droit dans les yeux comme on le fait quand on veut s'assurer que la personne à qui l'on parle non seulement écoute ce qu'on lui raconte, mais que tiens, oui, elle a tout pigé.

— Je m'en remets à vous, monsieur Cole. Ramon est un chic type, mais les gens d'en face sont dangereux et ont beaucoup de choses à perdre. Si jamais ils pensent que vous les menacez, ils vous tueront. Si jamais ils se disent que je leur ai tendu un piège, ils pourraient très bien me liquider moi aussi. J'espère que vous en tiendrez compte.

Je regardai la cabine téléphonique, puis je me retournai et contemplai les bureaux du *Bayou State Sentinel.*

— Si les Fédéraux vous veulent assez pour coller vos téléphones sur tables d'écoute, ils y ont sûrement mis toutes les cabines publiques du coin aussi.

Elle acquiesça et me parut soudain fatiguée, comme si toutes ces années de peur et de paranoïa commençaient à lui peser un peu trop.

— Comme vous, nous faisons de notre mieux, me répondit-elle. J'espère que ça pourra vous aider, monsieur Cole.

Elle regagna les bureaux du *Sentinel.* Joe Pike et moi nous rendîmes aussitôt à La Nouvelle-Orléans. Y arriver nous demanda un peu moins d'une heure et demie, le trajet s'effectuant à travers des marécages et des forêts si denses qu'on aurait dit une jungle. Tout en conduisant, je rapportai à Pike ce que Sela m'avait raconté sur Ramon del Reyo et ses gens. Il m'écouta en silence, puis me lança :

— Je connais les mecs de là-bas. Ils sont dangereux, Elvis. Ils ont grandi avec la guerre. Pour eux, se battre est une manière de vivre.

— Ça vaudrait peut-être le coup de se séparer. Je ferais peut-être mieux d'aller voir Ramon et toi de rester derrière moi pour me couvrir.

Autrement dit me dégager les fesses de leur ligne de mire si ça flinguait trop fort, et pour ça, il n'y avait pas meilleur que Pike dans la profession.

— Bonne idée, dit-il.

Sur les trente derniers kilomètres, la route se mit à passer au-dessus de marécages dans lesquels des hommes se tenaient accroupis ou à genoux dans des bateaux à fond plat. Le lac Pontchartrain apparut à notre droite telle une grande mer intérieure, puis les marais disparurent, faisant place à de vastes banlieues-dortoirs avant d'arriver enfin à La Nouvelle-Orléans. Nous empruntâmes l'Interstate n° 10 pour entrer dans le cœur de la ville et longeâmes un Louisiana Superdome qui, vu de la route, ressemblait à une manière de vaisseau spatial genre *Le jour où la terre s'arrêta* planté en plein milieu d'un quartier de grands immeubles. Nous sortîmes à Canal Street et poursuivîmes en direction du fleuve et du Vieux Carré.

À une heure moins vingt, nous nous garâmes dans un parking public de Charles Street et nous séparâmes, Pike filant le premier. Je cachai le Dan & Wesson sous le siège avant, puis je m'éloignai à mon tour.

Je partis vers l'ouest dans Magazine Street et traversai une zone de boutiques minables ou en ruine, bien loin de Bourbon Street et de Jackson Square où traînent les touristes. Les immeubles étaient vieux et pouilleux, pleins de magasins pitoyables qu'on aurait préféré ne pas voir. Je trouvai l'adresse qu'on m'avait donnée, mais la maison était vide et fermée à clé. Un panneau À LOUER était fixé sur la porte, celle-ci couverte de crasse comme si personne ne vivait plus là depuis des siècles.

— Eh ben, dis-je.

Je frappai, j'attendis, mais personne ne m'ouvrit. Je regardai à droite et à gauche dans la rue, mais Pike restait invisible. J'étais en train de frapper à nouveau à la porte lorsqu'une Acura gris pâle s'arrêta le long du trottoir, depuis laquelle un Hispanique maigrichon et portant des Ray-Ban me dévisagea. Un Noir était assis à côté de lui. Il avait l'air haïtien.

— Ramon ?

L'Hispanique me fit un léger signe de tête pour m'indiquer la banquette arrière.

— Montez.

Je regardai encore une fois à droite et à gauche dans la rue, et encore une fois ne vis personne. Je reculai.

— Navré, les mecs, mais j'attends quelqu'un d'autre.

Le Haïtien me pointa un pistolet-mitrailleur Tec-9 entièrement automatique sur la poitrine.

— Monte, *man*, ou je te fais des boutonnières éternelles.

Je montai, nous partîmes. Me séparer de Pike n'avait peut-être pas été une si bonne idée.

28

Nous franchîmes quatre croisements avant d'arriver au grand World Trade Center de la digue, puis nous revînmes vers Decatur Street et la limite sud du quartier français, au Vieux Carré. Nous nous garâmes en face de la vieille brasserie Jackson et partîmes à pied vers Jackson Square en longeant des boutiques de souvenirs et des restaurants et en passant devant un musicien des rues coiffé d'un haut-de-forme, qui faisait tout ce qu'il pouvait pour jouer *La Marche de la Saint-Vitus*. Je feignis de bien le regarder pour essayer de retrouver Joe Pike. Il se pouvait que celui-ci nous ait vus tourner. Possible aussi qu'il nous ait suivis dans les petites rues et nous ait repérés au milieu des voitures qui encombraient le quartier français tandis que nous cherchions une place où nous garer. Le Haïtien me tira par le bras :

— Allons-y, *man*.

L'air était brûlant et salé tant il sentait fort les huîtres ouvertes et le crabe bouilli de chez Zatarain. Nous passâmes sous la *banquette*[1] d'un bâtiment de trois étages surchargé de ferronnerie d'art, longeâmes d'autres boutiques de souvenirs et d'autres restaurants de fruits de mer devant lesquels se dressaient de grands chaudrons où des écrevisses rouge vif égouttaient dans des passoires en fil de fer. Il était midi et c'était le milieu de la semaine, les gens se pressaient sur les trottoirs et la grande place au milieu de

1. En créole dans le texte.

laquelle se dresse la statue d'Andrew Jackson. Des caricaturistes travaillaient à l'ombre paresseuse des magnolias, des mules tiraient des cabriolets à l'ancienne le long de rues étroites. Cela tenait de Disneyland un dimanche après-midi, mais en plus chaud ; les touristes avaient l'air de fondre et jetaient des coups d'œil furtifs aux bars et restaurants qu'ils découvraient – on rêvait de fuir vers des lieux climatisés où siroter des trucs sudistes bien glacés.

Je suivis le Haïtien et le type aux Ray-Ban à travers tout Washington Artillery Park jusqu'à une longue promenade cimentée dominant le fleuve, puis encore jusqu'à une grande fontaine circulaire où un autre Hispanique nous attendait à côté d'une petite voiture de marchand de glaces.

— C'est vous, Ramon ? lui demandai-je.

Il secoua la tête en souriant.

— Pas tout de suite, bonhomme, dit-il.

Sans le moindre accent sudiste.

— Armé ?

— Non.

— Faut qu'on vérifie.

D'abord le rouquin, et maintenant lui ?

— Bien sûr, dis-je.

— Vous faites ce qu'on vous dit et tout ira bien. Ramon n'est pas loin.

— Toujours prêt à coopérer.

— Dans ce cas, ça sera du gâteau.

J'eus l'impression qu'il était de Brooklyn.

Il m'ordonna de rester là comme si nous nous en payions une sacrée tranche, et je lui obéis. Ray-Ban et le Haïtien se mirent à rigoler eux aussi et me palpèrent les épaules comme si nous nous marrions tous un bon coup, leurs doigts dansant légèrement sous mes bras et descendant le long de mes côtes. Le nouveau se fendit la gueule lui aussi, mais pendant qu'il se la fendait, laissa tomber sa glace et me tâta les chevilles et les cuisses en se redressant. Comme le rouquin, ce n'était pas la première fois qu'il s'y essayait. Il alla jeter sa glace et me dit :

— Bon, tout est en règle. Allons le voir.

Nous passâmes de l'autre côté de la fontaine où Ramon del Reyo s'était assis sur un petit banc, à proximité d'un buisson d'azalées artistement taillé. Les fleurs recouvraient ce dernier en si grand nombre et y étaient si roses et si vives qu'elles brillaient dans le soleil aveuglant, semblant projeter une lumière rose autour d'elles. Ramon se redressa en nous voyant approcher, puis me tendit la main. Il faisait à peu près ma taille, mais était du genre maigre, avec un look de prof, petites lunettes rondes et cheveux bien peignés. Niveau fac. Il fumait et sa chemise en coton était trempée de sueur.

— Je m'appelle Ramon del Reyo, monsieur Cole, dit-il. Allons faire un tour, voulez-vous ?

Il se leva, je partis avec lui, les autres nous suivirent, certains de près, d'autres de plus loin, tout le monde surveillant les alentours. J'avais déjà vu travailler les types de la garde rapprochée du Président, mais bosser comme ça, non. On se serait cru revenu en pleine guerre froide et, tout bien considéré, peut-être était-ce le cas.

— Sela Henried est mon amie et donc, j'accepte de vous parler, reprit-il, mais je vous avertis qu'il y a homme armé d'un 7 mm Magnum dans les environs. Et qu'il s'y connaît. Vous comprenez ? Descendre un cerf qui court à cinq cents mètres ne lui pose aucun problème.

J'acquiesçai d'un hochement de tête.

— Et il est à combien de mètres en ce moment ?

— Moins de deux cents, me répondit-il en me regardant d'un air étudié. S'il m'arrivait quoi que ce soit, vous mourriez aussitôt.

— Il ne vous arrivera rien, monsieur del Reyo.

Ce fut à son tour d'acquiescer d'un hochement de tête.

Il me montra le milieu de ma poitrine. Je regardai. Un point rouge y flottait, net et brillant même au grand soleil. Puis le point rouge parut vaciller et s'éteignit. Je levai la tête, mais n'arrivai pas à repérer le tireur.

— Rayon laser, dis-je.

— C'est juste pour que vous sachiez, reprit-il en faisant un geste pour qu'on n'en parle plus. Appelez-moi Ramon, je vous prie.

Le mec te dit que t'es à un doigt de mourir et après, il te demande de l'appeler Ramon, « je vous prie » ?

— Qui est Donaldo Prima ?

Il tira un grand coup sur sa cigarette et laissa la fumée faire des ronds au sortir de sa bouche et de son nez.

— Une merde.

— Non, sérieusement, Ramon. Dites-moi ce que vous pensez vraiment de lui.

Il me sourit doucement en faisant tomber sa cendre d'un mouvement sec du pouce. Deux flics en patrouille passèrent à deux pas de là, tout sourire lubrique à force de mater ces demoiselles de la faculté. Ils portaient des shorts, comme les touristes, mais aussi des chemisettes à manches courtes avec des épaulettes et des chaussettes qui leur montaient jusqu'aux genoux. Se croyaient-ils en plein safari ?

— Il essaie de la jouer gros gangster, vous voyez ? *El Coyote*. Le type qu'on va voir quand on veut entrer dans votre pays.

— Comme vous.

Il cessa de sourire et me regarda de la manière dont on regarde un étudiant décevant.

— Donaldo Prima est contrebandier. Automobiles, cocaïne, équipement agricole ou immigrants, pour lui, c'est tout pareil. Du moment que ça s'achète et se vend, vous voyez ? Et c'est encore mieux quand on peut en profiter. Moi, je suis un militant politique. Ce que je fais, je le fais gratuitement parce que j'aime ces immigrants et la lutte qu'ils mènent pour arriver dans notre pays.

— Je vous demande pardon.

Il haussa les épaules. On laissait tomber.

— C'est un sale boulot. Et Donaldo Prima a des soucis.

— De quel genre ?

— Il travaillait pour un certain Frank Escobar. Vous connaissez ?

Je secouai la tête.

— Je ne sais rien de tout ça, moi. C'est pour ça que je vous parle.

— Escobar, c'est lui, le grand criminel. Il contrôle l'essentiel du trafic du port de La Nouvelle-Orléans, toute la contrebande. *El Coyote grande*. Et lui aussi, c'est une ordure. Un ancien de l'armée du Salvador. Les escadrons de la Vérité.

Manquait plus que ça.

— Un fou, quoi

Del Reyo eut un léger sourire.

— Oui. Un tueur, vous voyez ? Il fait beaucoup d'argent en expédiant des automobiles américaines volées en Amérique centrale quand le bateau repart vers le sud, et en rapportant de la drogue et des réfugiés ici pour encore plus d'argent quand le bateau remonte. Vous pigez ?

— Il y a donc tellement d'argent à gagner en introduisant des clandestins aux USA ?

— Il n'y a pas que les pauvres qui veulent venir ici, monsieur Cole. Les pauvres rampent sous la clôture à Brownsville et travaillent comme journaliers à ramasser des légumes. Les riches, les bien éduqués veulent aussi entrer en retrouvant leurs vies et leurs métiers. C'est beaucoup plus difficile que de ramper sous une clôture.

— Ils veulent s'acheter des papiers ?

— *Sí*. Le Coyote leur dit qu'ils achètent leur citoyenneté, vous voyez ? Qu'on leur donnera acte de naissance, permis de conduire, carte de Sécurité sociale, tout à leur nom et, en général, avec la bonne date de naissance. C'est ça qu'ils paient et ils paient un maximum. On leur dit qu'avec ces papiers ils pourront utiliser leur doctorat de médecine, leur diplôme d'ingénieur, tout ça, quoi.

— Et ils les obtiennent ?

— Presque jamais.

Nous gagnâmes le bord de la promenade. À nos pieds, large, plat et légèrement animé, le Mississippi dessinait comme une grande allée à travers la ville. La rive du fleuve était hérissée de grues de chargement, les quais semés de hangars. Del Reyo jeta un coup d'œil au Haïtien et baissa la voix.

— Quatre mois après son arrivée ici, sept membres de sa famille se sont acheté la traversée par l'intermédiaire de Frank Escobar. On les a entassés dans une grande barge dans le Golfe, cinquante-quatre personnes dans trois mètres sur deux, sans nourriture ni eau, et en avant. La barge était vieille et Escobar n'avait aucune intention d'amener les passagers à bon port. Il avait déjà son argent, vous voyez, tout payé ? Un tanker a signalé la barge en dérive et les gardes-côtes ont cherché. Les cinquante-quatre hommes, femmes et enfants étaient morts. Il avait fait très chaud dans la barge dépourvue de ventilation et d'eau. L'écoutille avait été fermée, vous voyez ?

Le Haïtien avait la peau d'un beau noir anthracite et ruisselait de sueur.

— Son père était dentiste. Lui aussi veut devenir dentiste, mais nous verrons.

Il n'alla pas au bout de ses pensées, puis me regarda.

— C'est comme ça que ça marche avec les gens comme Escobar et Prima, vous voyez ? Ils ramassent l'argent et après, *pfuit*. C'est pour ça que je suis tellement protégé, vous voyez ? J'essaie d'empêcher. J'essaie d'arrêter ces meurtres.

Nous ne parlâmes ni l'un ni l'autre pendant un moment.

— Bon, et Prima là-dedans ?

— J'ai entendu dire qu'il avait monté son affaire à lui en cassant les prix d'Escobar.

— Ah.

Del Reyo acquiesça d'un signe de tête.

— Si Prima a monté un réseau, Escobar ne doit pas aimer.

Il tira sur sa cigarette.

— *No*, dit-il. Il y a de la bagarre entre eux. Il y a toujours de la bagarre entre les gens comme eux.

La fumée de sa cigarette lui fit cligner des paupières.

— Vous dites que vous ne savez rien des *Coyotes*, mais vous posez des questions sur Prima. Vous dites que vous savez bien qu'il est méchant. Comment connaissez-vous ces choses ?

— Hier soir, aux environs de onze heures et demie, j'ai vu ses gens sortir une enfant morte d'une barge. Il y avait d'autres personnes, mais seule l'enfant était morte. Un vieil homme s'est mis à hurler et j'ai vu Prima le tuer d'une balle dans la tête.

Ramon del Reyo ne bougea pas.

— Vous avez vu ça ?

J'acquiesçai.

— Vous avez la preuve ?

— Je peux mettre la main dans ma poche ?

— Oui.

Je lui montrai la photo du vieil homme. Il la tint soigneusement dans sa main puis respira un grand coup, laissa tomber sa cigarette et l'écrasa.

— Je peux la garder ?

— Les flics pourraient en avoir besoin pour l'identification du corps.

Il contempla encore la photo, puis la glissa dans sa poche.

— Je vous la rendrai, monsieur Cole. Vous avez ma parole.

Je ne répondis pas.

— Que je vous dise une chose, reprit-il, et si vous êtes malin, vous écouterez. Ces gens viennent de régions en guerre où la vie n'a pas de valeur. Ils ont exécuté des centaines, peut-être même des milliers de gens. Ce type, Frank Escobar, il a assassiné beaucoup et il continue d'assassiner tous les jours. Prima est lui-même de ce genre.

Il me donnait l'impression de devoir réfléchir à la manière de me dire toutes ces choses.

— Il y a tellement d'assassinats dans l'air que c'est ce qu'on respire. Prendre la vie des autres a perdu toute signification.

Il hocha la tête.

— Les armes.

Il hocha la tête à nouveau, comme si avec ces deux mots il avait tout résumé.

— Et les Fédéraux ? lui demandai-je.

Il se frotta le bout des doigts avec le pouce et garda le silence.

— Si je voulais me faire Donaldo Prima, comment devrais-je m'y prendre ?

Il me dévisagea de ses grands yeux marron, puis haussa légèrement les épaules.

— Je pense qu'en demandant ces choses vous cherchez à faire le bien, mais vous ne le trouverez pas ici, monsieur Cole. Cet endroit n'a pas de Dieu.

— Je ne crois pas que vous soyez sans Dieu, monsieur Del Reyo, lui dis-je.

— Je crains que je ne le saurai pas avant l'au-delà, non ?

Nous arrivâmes au petit banc près du buisson d'azalées. Ramon del Reyo s'y assit et je l'imitai.

— Nous avons assez parlé, maintenant, reprit-il. Je vais partir et vous resterez assis ici pendant exactement dix minutes. Si vous partez avant, ça sera mal pris et vous serez tué. Je suis désolé d'être aussi direct, mais c'est ainsi.

— Bien sûr, dis-je.

Je songeai à l'homme au fusil. Je l'imaginai en train d'attendre le signal et me demandai en quoi celui-ci pouvait consister. Un bâillement ? Un geste de la main en travers du front ? Le signal. On appuie sur la détente, terminé.

— Si l'homme qui est avec vous s'approche, dites-lui de s'asseoir à côté de vous et il ne lui sera pas fait de mal.

— Quel homme ? dis-je.

Il rit, puis me palpa la jambe et s'éloigna. Del Reyo, le type aux Ray-Ban, les autres et enfin le Haïtien, tout le monde s'éloigna. Le Haïtien me mit en joue avec ses doigts et appuya sur la détente. Puis il sourit et disparut dans la foule. Tu parles d'une vie.

Je restai assis au bord du banc et attendis dans la chaleur humide. Ma chemise collait, ma peau s'échauffait et commença à me brûler. Joe Pike fendit la foule et vint s'asseoir à côté de moi.

— De l'autre côté de la place, dit-il, immeuble du coin, troisième étage, troisième fenêtre.

Je ne me donnai pas la peine de vérifier.

— Un mec avec un fusil, dis-je seulement.

— Plus maintenant. Tu l'avais repéré ?

— Non. C'est eux qui me l'ont dit. Ils t'avaient reconnu, Joe. Ils savaient que t'étais là.

Il resta immobile un instant, mais il n'aimait pas trop, ou n'y croyait pas, et ça se voyait. Pour finir, il haussa lui aussi les épaules.

— T'as appris des choses ?

— Je crois.

— Les Boudreaux ont-ils une chance de s'en sortir ?

Je contemplai le fleuve, ses eaux brunes qui filaient régulièrement vers le Golfe, les grands bateaux qui remontaient vers le nord et le cœur de l'Amérique.

— Oui, répondis-je, je crois que oui. Ils ne vont pas apprécier, mais je crois qu'ils en ont une.

Je réfléchis un peu, puis je me retournai vers lui.

— Ces gens-là sont dangereux, dis-je. Très dangereux.

Il acquiesça d'un signe de tête et contempla le fleuve avec moi.

— Oui, conclut-il enfin, mais nous aussi.

29

Un vent chaud soufflait du lac Pontchartrain. Le dernier nuage avait disparu, laissant le ciel d'un bel azur au-dessus de nos têtes et le soleil de l'après-midi tel un disque de chaleur blanche inexorable. Nous roulions vitres baissées, l'air brûlant nous envahissant et grondant à nos oreilles. Ça sentait l'aquarium qu'on n'a pas nettoyé depuis trop longtemps. Nous arrivâmes à Baton Rouge mais ne nous y arrêtâmes pas. Nous franchîmes le pont et continuâmes vers l'ouest, en direction du poste du shérif d'Evangeline Parish, Joel Boudreaux. Il ne serait pas heureux de nous voir, mais ça ne me réjouissait pas, moi non plus...

L'après-midi tirait à sa fin lorsque nous nous garâmes à l'ombre pommelée d'un chêne à tronc noir et entrâmes dans le poste. Une Afro-Américaine mince et aux lèvres très rouges – elle avait aussi les joues trop fardées – était assise à un bureau, un grand flic osseux à la peau tannée comme du cuir se tenait debout près du distributeur de café. Il se tourna vers nous lorsque nous entrâmes et nous regarda nous avancer vers la réception. Nous dévisagea, oui. Je tendis une de mes cartes à la femme.

— Nous voudrions voir le shérif Boudreaux, lui dis-je. Il sait de quoi il s'agit.

Elle regarda ma carte.

— Vous avez rendez-vous ?

— Non, madame. Mais je suis sûr qu'il nous recevra.

Le flic osseux se rapprocha. Il commença par regarder Pike, puis m'observa comme si nous avions déposé une demande d'emploi qu'il s'apprêtait à rejeter.

— Le shérif est un homme très occupé, dit-il. Si vous avez un problème, vous pouvez me causer.

Sur sa plaque, je lus le nom WILLETS.

— Je vous remercie, mais cela concerne le shérif.

Il ne lâcha pas.

— S'il s'agit d'un crime, cela me concerne moi aussi.

Il cligna des paupières et ajouta :

— Vous n'êtes pas du coin, n'est-ce pas ?

— Ça aurait de l'importance ? lui rétorqua Pike.

Willets le gratifia de son regard flic.

— Vous me dites quelque chose, vous. Je vous aurais pas déjà foutu au gnouf ?

— Bon, bon, dit la réceptionniste, calme-toi, Tommy.

Puis, ma carte de visite à la main, elle disparut dans un petit couloir. Willets resta planté là, les poings sur les hanches, à nous dévisager. La réceptionniste revint avec Joel Boudreaux et regagna son bureau. Boudreaux avait l'air nerveux.

— Je croyais que vous étiez partis, dit-il.

— Y a des choses dont il faudrait parler.

— Ils ont refusé de me causer, dit Willets.

— Je m'en occupe, Tommy, fit Boudreaux. Merci.

Willets repartit vers le distributeur de café mais il n'appréciait pas. Boudreaux tenait ma carte de visite à la main et n'arrêtait pas de la tordre, un coup en avant, un coup en arrière. Il regarda Joe.

— Qui c'est, celui-là ?

— Joe Pike. Il travaille avec moi.

Il tordit encore un peu ma carte, puis s'approcha et baissa la voix.

— La nana est revenue, dit-il, et elle a appelé ma femme. J'aime pas du tout ça.

— À qui faites-vous allusion ?

Il parla doucement en articulant :

— À elle. Jodi Taylor, dit-il en jetant un coup d'œil à Willets pour être sûr que celui-ci n'avait pas entendu.

— C'est vraiment pas de chance, shérif. Vous tenez à ce qu'on discute ici ?

Willets nous observait toujours de la machine à café. Il ne pouvait pas nous entendre, mais il n'aimait pas nos conciliabules.

— Hé, Joel, lança-t-il, tu veux que je règle l'affaire ?

— Non, Tommy, je m'en occupe. Merci.

Boudreaux nous conduisit à son bureau. Comme lui, celui-ci était simple et fonctionnel. Rien sur le plateau ni dans le meuble classeur surmonté d'une télé. Une belle perche empaillée était exposée au mur. Boudreaux était gros et sanguin. Cent ans plus tôt, on l'aurait pris pour le forgeron du village. Pour l'heure, il avait l'air empoté dans son uniforme à manches courtes et son ceinturon Sam Browne.

— Je tiens à vous dire que je n'apprécie pas que vous veniez ici, reprit-il. Et je n'aime pas du tout que cette femme appelle mon épouse. Je vous ai dit que je débrouillerais mes problèmes tout seul, et donc nous n'avons rien à nous dire.

— Je suis venu vous signaler un meurtre. Je vous fais ma déposition à vous, ou au pitre qui est dehors ?

Il vacilla. Il avait de gros os, il était fort et avait dû se taper sa part d'ouvriers du pétrole bien bourrés, mais brusquement il avait la trouille et se demandait ce qu'il fallait faire. Je n'aurais jamais dû être là. J'étais censé avoir disparu pour ne jamais revenir.

— Comment ça, « un meurtre » ? répéta-t-il. Qu'est-ce que vous me racontez ?

— Je sais ce que fabrique Rossier, lui répondis-je. Et il va falloir que vous y mettiez un terme.

Il posa la main sur le bouton de la porte comme s'il s'apprêtait à nous flanquer dehors.

— J'ai dit que je m'en débrouillerais.

— Ça fait longtemps que vous vous masquez la réalité, mais maintenant ça vous dépasse, vous, votre femme et votre beau-père.

— Non, dit-il en agitant la main.

— Je suis en train de vous faire une fleur, Boudreaux, lui répliquai-je. Ni Jodi ni votre épouse ne sont au courant de cette histoire, mais je vais la leur raconter. Je vous avertis en premier pour qu'on puisse régler ça en privé. Ou bien vous garez votre gros cul des voitures en cachette, ou bien on déballe tout devant votre copain de service.

— Génial, ça, renchérit Pike.

Pour ce qui est de mettre du piment dans la conversation, Pike n'a pas son pareil.

Boudreaux cessa d'agiter la main.

— À onze heures et demie hier soir, enchaînai-je, nous avons vu un certain Donaldo Prima tuer un vieillard d'une balle en pleine tête. Cela s'est passé près d'une station de pompage abandonnée, à environ quinze cents mètres au sud de l'élevage de Milt Rossier. Ils faisaient entrer des immigrants clandestins. Les petites frappes de Rossier étaient là quand ça s'est produit.

Joel Boudreaux cessa de se tortiller et d'agiter les bras aussi totalement que si on avait appuyé sur un commutateur. Ses iris se rétrécirent un instant, il posa les mains à plat sur son bureau et s'humecta de nouveau les lèvres. C'est à peine si je l'entendis lorsqu'il se remit à parler.

— Vous venez me déclarer un homicide ?

— Et ce n'est pas le premier, Joel. Ça dure depuis des années et ça ne s'arrêtera que quand on y mettra bon ordre.

— Et Rossier y était ?

— Prima est venu chercher LeRoy dans son bar, le Bayou Lounge. Bennett et LaBorde se trouvaient à la station de pompage, mais c'est Rossier qui dirigeait l'affaire avec Prima.

Il se massa les doigts comme un chat ses pattes, mais sans aucune satisfaction.

— Vous pouvez le prouver ?

— Ils ont enterré le vieil homme et la fillette. Vous voulez y aller ?

Il fit le tour de son bureau et coiffa son chapeau.

— Dieu vous vienne en aide si vous m'avez menti, dit-il.

Tommy Willets avait disparu lorsque nous retraversâmes le poste et montâmes dans la voiture de Joel.

Celui-ci prit le volant. Je ne lui parlai que pour lui indiquer le chemin et moins de vingt minutes plus tard, nous franchissions le pont à vaches et entrions dans les marécages et les champs de canne à sucre. La pluie avait creusé des fondrières remplies d'eau, mais les marques laissées par les camions étaient toujours nettes et claires. Tout avait un autre air en plein jour et, Dieu sait pourquoi, paraissait plus grand. Des aigrettes au plumage d'un blanc aveuglant marchaient élégamment au bord des buissons de carex, des oiseaux à gros yeux étaient perchés sur des cannes à sucre qui oscillaient.

Nous nous garâmes le long de la station de pompage. Le soleil chauffant les flaques de pluie, nous eûmes l'impression d'entrer dans un nuage de vapeur lorsque nous descendîmes de voiture. Nous suivîmes le bord du chenal sur environ quatre-vingts mètres, puis nous arrivâmes à la tombe. La pluie ayant légèrement raviné la terre, nous vîmes tout de suite un bout de bras qui dépassait – le vieil homme. L'air était aigre et sentait le poisson et le lait tourné. Mais peut-être n'était-ce que l'odeur du marais.

— Oh, mon Dieu ! murmura Joel Boudreaux.

Il se pencha en avant, mais ne toucha ni la terre ni ce qu'elle cachait. Il se redressa, se tourna et regarda de l'autre côté du chenal en secouant la tête.

— Putain, quel gâchis ! dit-il.

— Bref, ça vous dépasse, vous et votre femme, lui renvoyai-je. Rossier ne se contente plus de vendre du crack aux camés du coin. Il bosse avec des brutes et il y a des gens qui en meurent. Vous ne pouvez plus faire semblant de l'ignorer.

Il s'essuya le front avec un mouchoir.

— Oh, putain de putain ! répéta-t-il. Ça, je ne le savais pas. Je n'ai jamais très bien su ce qu'il foutait. C'était le marché, vous comprenez ? Je devais me tenir à l'écart. Je n'avais rien d'autre à faire. Je le laissais faire ses trucs. Je n'ai jamais su ce qu'il fabriquait ici.

— Peut-être. Mais ça doit cesser, Joel, et tout de suite. Il va falloir que vous lui fermiez sa boutique.

Il eut l'air paumé.

— Que voulez-vous dire ?

— Seulement ceci : moi, je ne peux pas regarder ailleurs et laisser pisser. Si vous n'arrêtez pas ça, je vous dénonce.

Il cligna fort les paupières, me regarda, regarda Joe, puis revint sur moi. Il avait le visage tout rose de soleil et luisant de sueur.

— Vous croyez que je laisserais quiconque l'emporter en paradis après un truc comme ça ? Vous croyez que je suis prêt à regarder ailleurs ?

Je lui montrai la tombe.

— Ce vieil homme et cette petite fille sont morts parce que vous l'avez fait.

De rose qu'il était, son visage devint tout rouge : le forgeron apeuré avait disparu. De nouveau Joel était le paysan solide qu'il lui fallait bien être pour affronter les poivrots du samedi soir qui se battent à coups de tessons de bouteilles de Budweiser.

— J'ai une femme à protéger, dit-il. Et il a fallu que je m'occupe de son foutu vieux !

Pike s'écartant, je m'approchai de Boudreaux à le toucher et lui dis doucement :

— Cette histoire-là remonte à près de quarante ans, Joel. Edith était une gamine. Vous avez fermé les yeux parce que vous ne vouliez surtout pas qu'on sache qu'elle avait couché avec un Noir. C'est bien un truc racial, non ?

Il avait des poings gros comme des jambons. Il m'en balança un dans la figure en y mettant tout ce qu'il avait. Le coup se perdit dans l'air épais. Je lui flanquai une claque sur la main en l'évitant. Il me balança l'autre, cette fois en tournant et poussant un grognement sourd tant il peinait. Je lui frappai la main de la même manière et passai sous son bras. Joel Boudreaux était grand, lourd et n'avait plus vraiment la forme. Deux coups de poing, et il soufflait déjà comme un phoque. Pike secoua la tête et se détourna. Joel Boudreaux se jeta en avant pour essayer de me prendre en étau dans ses bras, j'esquivai encore une fois de côté, puis, en balayage du pied, je lui fis perdre l'équilibre. Il vacilla, battit fort des bras et s'écrasa dans la terre boueuse. Il y resta étendu à pleurer sur son sort, mais aussi, peut-être, sur celui du vieil homme et de la petite fille. Jodi Taylor avait raison : il n'était pas méchant. Il était seulement con et terrorisé, comme le sont parfois les gens qui ne sont pas méchants. Quelque part dans les environs, un poisson sauta, des moucherons minuscules commençant à nous tourner autour dans un grand nuage qui vibrait. Boudreaux retrouva son calme, puis se redressa.

— Veuillez m'excuser, dit-il.

— Pas grave, lui répondis-je.

Il regarda son pantalon.

— Merde ! s'écria-t-il derechef, on dirait que je me suis pissé dessus !

Pike lui tendit un mouchoir.

Boudreaux s'essuya les mains et le visage puis se moucha.

— J'ai pas chialé comme ça depuis que j'étais môme, dit-il. J'ai honte.

— Vous êtes prêt à causer de tout ça ? lui demandai-je.

Il voulut rendre le mouchoir à Pike, mais celui-ci secoua la tête. Boudreaux haussa les épaules.

— Putain, je sais pas quoi faire, dit-il en se mouchant encore une fois.

Puis il mit le mouchoir dans sa poche et ajouta :

— Il faut que j'aille causer à Edie.

— Vous n'avez pas trop le choix, Joel, et surtout pas celui de fermer les yeux. C'est de n'avoir rien fait qui vous a amené à ça et je ne vous permettrai pas de continuer dans cette voie.

Il acquiesça d'un signe de tête et contempla le canal. L'eau y était boueuse et quasiment stagnante. Côté conseils et inspiration, ça devait être léger.

— Bordel de bordel, quel merdier ! reprit-il. Je me suis foutu dans un merdier pas possible.

Il contempla de nouveau la tombe peu profonde et conclut :

— Et merde, tiens !

— Il y a un moyen d'en sortir, dit soudain Pike.

En l'entendant, je sentis un froid me descendre le long de l'échine.

— Joe, dis-je.

Joel Boudreaux regarda Pike en cillant, l'œil curieux et plein d'espoir.

— Lequel ? dit-il.

— Prima fait la guerre à un autre coyote du nom d'Escobar. Escobar essaie de zigouiller Prima parce que Prima lui bouffe des parts de marché. S'il savait que Rossier est en cheville avec Prima et comment les coincer, il pourrait très bien les liquider tous les deux.

Joel Boudreaux se remit à cligner de l'œil gauche. Il dévisagea Pike, puis se tourna vers moi.

— Mais c'est de l'assassinat ! s'écria-t-il.

— Je sais pas trop si ça aiderait, Joe, dis-je à Pike.

— On pourrait pousser à la roue. Rossier et Prima hors jeu, on arrêterait Escobar.

Il pencha la tête de côté, le brûlant soleil de Louisiane se reflétant dans ses lunettes.

— Personne n'a besoin de savoir ce que sait Rossier !

Il pencha la tête de l'autre côté et ajouta :

— Vous me suivez ?

Le monde selon Pike.

Joel Boudreaux se passa la langue sur les lèvres. Il avait l'air secoué.

— Ben, je sais pas, dit-il.

— Il y a plusieurs façons de s'y prendre, mais ne rien faire est impossible. C'est de ne rien faire qui a tué ces gens, insistai-je.

Je lui montrai la petite tombe.

— Si Jodi Taylor est revenue, il va falloir que je la voie. Et Lucy Chenier aussi. Vous avez jusqu'à demain, Joel. Parlez-en avec Edie et prenez votre décision. On vous appellera demain.

Il hocha encore la tête.

— Ouais. Bon, ben demain, oui.

Il s'humecta une fois de plus les lèvres puis regarda encore la sépulture de fortune et secoua la tête.

— Les pauvres. Les pauvres gens, dit-il.

Il reprit le chemin de sa voiture de patrouille.

— Où allez-vous ?

Il me répondit sans me regarder.

— Faut que je fasse venir les gens du bureau du coroner pour qu'on récupère les corps. On peut pas les laisser comme ça.

Il disparut au milieu des cannes à sucre vertes et des carex.

— Qu'est-ce qu'il va faire, à ton avis ? me demanda Pike

Je secouai la tête.

— Je ne sais pas, mais j'espère qu'il ne va pas se tourner les pouces.

Nous attendîmes là en regardant fixement le bras qui dépassait du tas de terre. On aurait dit que le vieil homme nous demandait de l'aider à revenir des ténèbres.

30

Deux voitures des services du shérif d'Evangeline Parish et une camionnette du bureau du coroner étant arrivées, il fut procédé à l'exhumation des corps. Une Buick familiale bleu ciel se pointa quelques minutes plus tard, conduite par un certain Deets Boedicker. Concessionnaire Dodge-Chrysler de la ville, celui-ci avait été élu coroner, ses fonctions consistant surtout à surveiller les techniciens du mortuarium Able Brothers afin qu'ils ne bousillent pas les pièces à conviction avant que la police en ait terminé avec les premières constatations. Able Brothers avait des contacts au sein de la municipalité. Quand les flics eurent fini de photographier et mesurer, Boedicker nous demanda comment les corps avaient été trouvés. Le shérif Boudreaux lui raconta que deux gamins qui pêchaient du poisson-chat depuis un *bateau*[1] les avaient découverts et avaient téléphoné à la police.

— On dirait des Mex, lâcha seulement Boedicker. Manquait plus que ça ! Avec tous ceux qui traînent déjà dans le coin en ce moment !

Son savoir devait s'arrêter là.

Le shérif Boudreaux donna l'ordre à un jeune adjoint qui s'appelait Berry de finir le boulot avec les gars du mortuarium, puis il nous ramena au poste d'Eunice. Aucun flic ou employé du coroner ne nous avait demandé qui nous étions et pourquoi nous nous trouvions sur les lieux. Il fallait croire

1. En français dans le texte.

qu'ils avaient pris l'habitude de ne pas poser de questions, et certes, cette idée me tracassa, mais peut-être pas autant qu'elle aurait dû.

Nous arrivâmes à notre hôtel de Baton Rouge à dix-neuf heures et montâmes tout de suite dans nos chambres afin de prendre une douche et de nous changer. Je demandai à la réception si Jodi Taylor était arrivée. Elle l'était, effectivement, mais personne ne me répondit lorsque je l'appelai dans sa chambre. Je téléphonai à Lucy chez elle et lui demandai si Jodi était là.

— Oui, dit-elle. Elle a débarqué hier.

— Bon. J'ai enfin compris de quoi il retourne. J'ai causé avec Boudreaux et il faut que j'en parle à Jodi. Il va se passer des trucs, et dans pas longtemps, je pense, et il se pourrait que ça l'affecte.

— Nous avons déjà mangé, mais Pike et toi pourriez passer prendre le dessert pour qu'on en discute...

Ça m'allait très bien. Je me douchai, me changeai et filai cogner à la porte de Joe. Comme il ne répondait pas, je me glissai dans sa chambre en me disant qu'il devait être sous la douche. Il n'y était pas. Il y avait bien de la buée sur la glace de la salle de bains, mais je ne vis pas une goutte d'eau dans la baignoire et les serviettes mouillées avaient été repliées et raccrochées au porte-serviettes. La chambre était impeccablement en ordre, le couvre-lit tiré comme à l'armée, les revues rangées en tas sur la table près de la fenêtre et non, les fauteuils ne portaient pas la trace d'un corps qui s'y serait jamais posé. Seul un sac de marin vert olive suspendu à la porte de la penderie indiquait que M. Joe Pike était là. Fermé au cadenas acier trempé Master, le sac. Coucou, l'est là, le Joe Pike, coucou, l'est plus là. Il devait être parti faire des trucs à la Pike.

À huit heures moins dix, Lucy m'ouvrit la porte de chez elle avec un sourire aussi chaud que le soleil qui caressait l'herbe couverte de rosée.

— Salut ! lui dis-je.

Elle en eut autant à mon service. Monsieur et Madame Laretenue en personne.

Jodi Taylor se tenait debout derrière elle dans l'entrée, un verre de vin à la main. Manifestement, elle m'attendait. Mais là où il m'était facile de m'attarder sur Lucy, regarder Jodi m'était pénible. Et ce serait encore plus difficile quand il me faudrait lui dire ce que j'avais à lui dire.

— Vous savez ce qui se passe ? me demanda-t-elle.

— Oui. Et il faut qu'on en parle.

Lucy nous conduisit à la cuisine. Les lumières du jardin de derrière étaient allumées. Ben et un autre enfant se servaient de la corde pour grimper dans le pacanier. Un chien noir et blanc courait comme un fou autour de l'arbre, l'arrière-train tout frétillant de plaisir.

— J'ai du gâteau au citron vert. Tu veux du café ? me demanda Lucy.

— Une bière ?

Elle sortit une bouteille de Dixie du congélateur et me l'ouvrit. J'en bus un peu. Le gâteau au citron était posé sur le comptoir, à côté d'un petit tas d'assiettes à dessert, de fourchettes et de serviettes en tissu. Il manquait deux parts de gâteau, j'en déduisis que les garçons avaient déjà avalé leur dessert. Un vrai volcan de déductions, que je suis. Un très grand maître de l'art.

— Qu'est-ce qu'il y a ? insista Jodi. Pourquoi vous ne dites rien ?

Je bus encore un peu de bière et regardai Lucy couper des parts égales de gâteau et les disposer sur les assiettes.

Jodi me tira par le bras.

— Pourquoi ai-je l'impression que quelque chose ne va pas ?

— Parce que c'est le cas. Rossier et un certain Donaldo Prima font passer des immigrants clandestins aux USA et il y a des fois où ça marche et d'autres où ça foire, mais ils s'en tapent.

Je lui racontai toute l'histoire. Le faire m'apporta un certain réconfort, comme si, les souvenirs s'émoussant chaque fois que je rapportais ce qui s'était passé, les corps du vieil homme et de la fillette perdaient de leur cruelle netteté.

Lorsque je lui appris comment Donaldo Prima avait tué le vieil homme, Jodi m'interrompit :

— Minute, minute, dit-elle. Ce type a assassiné quelqu'un ?

— Oui.

— Vous avez… assisté à un meurtre ?

J'acquiesçai à nouveau.

Elle jeta un coup d'œil à son verre. Lucy surprit son regard et lui reversa du vin.

— Je n'arrive pas à le croire, reprit Jodi. Je suis actrice, moi ! Je chante, bordel !

Elle secoua la tête et contempla les deux garçons. Ben s'était accroché à la corde la tête en bas et son copain le poussait. Dehors, des papillons et autres bestioles ailées du mois de juin se massaient autour des lampes du patio, le chien blanc et noir dansait de bonheur, à l'intérieur les adultes discutaient meurtre et déshonneur de la race humaine. Un jour comme les autres dans la classe moyenne américaine.

— As-tu trouvé un moyen d'aider les Boudreaux ? me demanda Lucy.

— Non, lui répondis-je en secouant la tête.

Jodi se tourna de nouveau vers moi.

— Comment ça, « non » ? dit-elle.

— J'espérais trouver une façon d'obliger Rossier à les laisser tranquilles – on garde son petit secret et basta –, mais non : il ne semble pas y avoir moyen d'y arriver. Rossier n'a pas de famille et on ne lui connaît pas d'associé, hormis ce Donaldo Prima. Or leurs relations ne semblent pas dépasser le cadre de leurs petites affaires. Comme dans toutes les affaires louches, y a du fric sale qui circule et c'est Rossier qui le blanchit grâce à son élevage d'écrevisses. Milt Rossier agit seul et n'a besoin de personne. Peinard.

— Mais il doit bien y avoir quelque chose à faire ! s'exclama-t-elle.

— Oui. Le tuer ou l'arrêter.

Elle eut un petit geste de la main.

— Des sottises, tout ça, dit-elle.

— Prima travaille pour un autre salopard du nom de Frank Escobar. Il voulait monter sa propre affaire, mais pour y arriver il lui fallait trouver un moyen sûr de faire passer ses clandestins par la côte. Il l'a trouvé avec Rossier. Sans lui, Prima n'est rien. Et Escobar aimerait bien le virer. S'il savait comment coincer Rossier et Prima, il pourrait peut-être régler notre petit problème.

Lucy n'avait pas bougé. Elle avait posé les mains sur le comptoir.

— Tu voudrais arranger un assassinat ? dit-elle.

— Non, je parle seulement de filer quelques tuyaux à Escobar et de laisser les choses suivre leur cours.

Jodi croisa les bras, puis les décroisa.

— Vous plaisantez, non ?

Ben et son copain entrèrent dans la pièce par les portes-fenêtres. Ils ruisselaient de sueur. Ben marchait pieds nus et ses genoux étaient verts d'herbe. Son copain portait un tee-shirt Wolverine.

— Faut qu'j'aille chez Gary, d'accord ? dit-il. Ah, salut, Elvis.

— Salut, Ben.

L'autre devait donc s'appeler Gary.

Lucy regarda la pendule accrochée au-dessus de l'évier.

— Tu rentres à neuf heures... dernier délai, dit-elle à Ben.

— 'r'voir, M'man !

Elle n'avait pas fini sa phrase qu'ils avaient détalé.

La porte de devant claqua, puis la maison retrouva le silence. Lucy gagna l'évier, se remplit un verre d'eau et le but. Jodi secoua la tête.

— Bon, moi, je trouve que tuer des gens est idiot. On ne peut pas tuer des gens, point à la ligne. Et les Boudreaux ne peuvent pas l'arrêter. S'ils le font, il parlera.

— Joel n'a pas le choix, rétorquai-je. Je ne veux pas que ça continue comme avant.

Jodi posa les mains sur ses hanches.

— Ce qui signifie ?

Lucy se tourna vers nous.

— Un vieillard s'est fait tuer d'une balle dans la tête parce que Joel Boudreaux a la trouille de quelque chose qui s'est passé il y a trente-six ans. Ce n'est tout simplement pas acceptable, dis-je.

J'avais la gorge serrée.

— Si on continue comme ça, d'autres vieux se feront tuer et d'autres fillettes mourront d'une crise cardiaque, et ça non plus, ce n'est pas acceptable, insistai-je.

C'était maintenant tout mon cou et le haut de mon crâne qui me semblaient pris dans un étau. Ma voix était dure et lointaine.

— Tout ça, je l'ai dit à Boudreaux et maintenant, c'est à lui de faire quelque chose... même si ça veut dire renoncer à son secret parce que moi, non, non et non, je n'accepte pas que des vieux et des petites filles y laissent encore leur peau. S'il n'agit pas, c'est moi qui le ferai.

Le sang me battait dans les tempes.

Jodi jeta un coup d'œil à Lucy, puis son regard revint sur moi.

— Qu'est-ce que ça veut dire ? Qu'est-ce que vous comptez faire ?

— Aller au ministère de la Justice et leur filer tout le dossier Rossier-Prima.

Elle jeta un nouveau coup d'œil à Lucy.

— Mais Rossier dénoncera les Boudreaux ! s'écria-t-elle. Il dénoncera les Boudreaux comme un vulgaire petit cafteur !

— Oui, je sais.

Jodi fit un pas vers moi, puis me regarda droit dans les yeux.

— Et alors tout le monde connaîtra mon histoire !

— Ça aussi, je le sais, mais... désolé.

Elle sortit de la cuisine et entra dans le séjour. Elle se passa la main dans les cheveux avec fureur et se regarda dans la fenêtre qui donnait sur le jardin de derrière. Il faisait déjà nuit, les vitres reflétaient l'intérieur de la maison. Ce n'était plus des Boudreaux que nous parlions, mais d'elle.

— Et le secret là-dedans, hein ? reprit-elle. Fini ? Et mes intérêts que vous étiez censé protéger ? Vous aviez promis, vous vous rappelez ?

Je gardai le silence. Ses yeux étaient rouges et se remplissaient de larmes. J'aurais voulu la réconforter, lui dire que tout irait bien, mais je ne pouvais pas lui mentir.

— J'ai vu Boudreaux tout à l'heure, lui répondis-je. Ce soir, il parle de tout ça avec Edie, et demain nous leur téléphonons pour voir comment ils veulent jouer le coup. Je suis navré, Jodi, vraiment navré.

Elle s'en alla. Lucy la rejoignit dans l'entrée. Je les entendis parler, mais ne compris pas ce qu'elles se disaient. Je posai mes deux mains à plat sur le comptoir et regardai entre les deux. Le plateau de corian était lisse et gris, et semblait très épais. Je m'appuyai dessus et me demandai quel poids il pouvait supporter. Pouvait-on y poser des poêles à frire brûlantes ? des casseroles chaudes ? À partir de quelle température risquait-il d'être abîmé ? Bref, je m'interrogeais.

Lucy mit longtemps à revenir. Enfin j'entendis des bruits de pas, puis elle fut de nouveau à côté de moi, le dos appuyé au meuble, les bras croisés.

— Studly, dit-elle, t'as une gueule de décavé.

— Merci.

Elle respira un grand coup et ajouta :

— Je sais que tu as fait le Vietnam, mais il faut quand même que je te demande. As-tu tué des gens en service ?

— Oui.

— En as-tu assassiné ?

— Non. J'ai toujours tué parce que j'étais menacé. Ou alors parce que je voulais aider un innocent dont la vie était en danger.

— Et tu n'avais rien fait pour créer ces situations ?

Je réfléchis. Ces moments, il y en avait eu beaucoup. Autant que de taches de rousseur sur la peau d'un type qui travaille en plein soleil.

— Quand on s'engage dans mon métier, on accepte de prendre une certaine part de risques. Il y a toujours un moment où on peut refiler le bébé aux flics, mais dès qu'on le fait, les risques se multiplient. Les flics vont-ils merder ? Cela va-t-il aider le client ou lui causer du tort ? Justice sera-t-elle faite ? Il y a toujours matière à questions. Et les réponses ne sont pas toujours claires... quand elles ne se font pas connaître bien après les faits.

Elle soupira.

— Et dans ces moments-là, tu choisis de t'en remettre à ton instinct, dit-elle.

— Oui, toujours.

Elle garda le silence pendant quelques instants, puis se tourna de côté et tendit la main en avant pour me caresser les cheveux.

— Bon. Au moins tu es honnête.

— Tout aussi honnête que les journées sont longues.

J'essayai de sourire, mais cela ne donna pas grand-chose.

— Ça me pose un cas de conscience, dit-elle.

— Je sais.

— Le cadre de la loi n'est rien d'autre que la manière dont nous définissons et protégeons la justice. S'il était donné à chacun de définir subjectivement ce qu'est la justice, l'ordre cesserait vite d'exister et toute justice disparaîtrait. Ce serait l'anarchie.

— Facile à dire pour toi.

Elle fronça les sourcils. L'humour manque souvent à l'appel quand on en a le plus besoin.

— Mais bon, oui, tu as raison, ajoutai-je. Évidemment.

— Rien ne t'obligeait à faire tout ça, reprit-elle. Tu aurais très bien pu tourner les talons, ou agir de ton côté en allant droit au ministère de la Justice pour leur donner Rossier. Mais tu ne l'as pas fait. Tu es toujours dans le coup, même si ça t'embête.

Je la regardai et tentai de lui préciser ce que je ressentais.

— Mon travail, c'est d'aider les gens, lui expliquai-je. Je m'attaque à leurs problèmes et j'essaie toujours de rester dans les limites qu'ils m'ont fixées pour arriver à une conclusion juste. Pour moi, la confiance du client est essentielle, sacro-sainte. Tu comprends ?

— Tu ne te définis que par rapport aux services que tu lui rends ?

— D'une certaine manière, oui.

— Et tu n'as jamais brisé cette confiance ou rompu le contrat ?

Je secouai la tête.

— Sauf que cette fois, tu pourrais avoir à le faire pour une justice que tu places plus haut que les intérêts de ta cliente.

— Oui, lui répondis-je d'une voix rocailleuse.

Elle me tira vers elle. M'agrippa les deux biceps et me dévisagea. Je la regardai observer les différentes parties de ma figure, de ma tête, de mes oreilles, de mes cheveux. Puis son regard descendit, s'arrêta sur ma poitrine – le bouton, là, qui sait ? –, sur les plis de ma chemise, comme si les réponses qu'elle cherchait s'y trouvaient. Enfin, elle ferma les yeux et se serra contre moi.

— Tu es un mec bien, Elvis, me dit-elle. Très très bien.

Elle gagna le téléphone de la cuisine, appuya sur une touche mémoire, puis demanda à quelqu'un si Ben pouvait rester. Et s'il le pouvait, oui, bien sûr qu'elle serait très heureuse d'emmener tout le monde à l'école le lendemain matin. Le quelqu'un avait dû lui répondre oui car elle lui dit merci, raccrocha, revint vers moi et me prit par la main. Et me fit un des sourires les plus aimables que j'aie jamais vus.

— Tu as entendu ? me demanda-t-elle.

— Oui.

— Voulez-vous m'accompagner jusqu'à ma chambre, monsieur ?

— Vous me donnez une minute pour réfléchir ?

Son sourire s'élargit tandis qu'elle me serrait plus fort la main.

— Mais bien sûr, dit-elle.

Elle passa son bras sous le mien, m'accompagna jusqu'à sa chambre et, cette nuit-là, nous nous aimâmes autrement. Nous restâmes étendus sur son lit, tout habillés, et nous serrâmes fort l'un contre l'autre jusqu'à l'aurore.

31

Le lendemain matin, Lucy était déjà partie accompagner les enfants à l'école lorsqu'on l'appela de son bureau pour lui faire savoir que Joel Boudreaux cherchait à me joindre. J'arrêtai le répondeur et pris la communication en plein milieu du message.

— Tiens donc, me lança Darlene, vous ?

— Vous ferez moins la folle quand vous serez au chômage, lui renvoyai-je.

— On est bien grincheux, ce matin.

Ah, les assistantes ! C'est quelque chose.

— Pourrais-je parler à Mlle Chenier, je vous prie ?

— Mlle Chenier n'est pas disponible. Qu'est-ce qu'il voulait, le Boudreaux ?

— Il y avait deux messages sur le répondeur du bureau et il avait l'air assez inquiet. Il a laissé un numéro.

Elle me le communiqua, puis raccrocha.

J'appelai, tombai sur le bureau du shérif d'Evangeline Parish, poste d'Eunice, puis on me passa Boudreaux.

— Non, dit-il, je peux tout simplement pas tuer des gens. Putain de Dieu ! Je peux pas faire un truc pareil !

— Bon. Mais se rouler les pouces n'est plus possible non plus. Alors qu'est-ce que vous avez décidé ?

J'entendis des bruits de fond et les grincements que fait une chaise lorsqu'un gros type change de position.

— Parlez-moi, Joel, insistai-je.

— Edie pense que vous avez raison. Elle dit qu'il est temps d'arrêter de cacher le passé. Elle n'a jamais dit autre chose, mais il faut croire que j'avais trop la trouille pour l'entendre.

Il s'attaquait à sa culpabilité, et celle-ci ne concernait pas seulement son épouse. Il avait dû imaginer les visages du vieil homme et de la fillette des milliers de fois pendant la nuit.

— Je vais arrêter ce fumier, dit-il enfin. J'aurais dû le faire il y a six mois. J'aurais dû l'arrêter quand il est venu chez moi pour me dire ses trucs et commencer à me faire chanter.

— C'est bien, Joel. C'est ça qu'il faut faire.

— Pas seulement pour le vieil homme, reprit-il. Pour toute l'opération. Quelle ordure, ce Prima ! Tous ces pauvres gens qu'ils ont fait passer ici ! J'arrive pas à me sortir la fillette de la tête.

— Et vous ne voulez plus de tout ça.

— Non. Bon Dieu, non ! Je ne veux plus qu'il y ait des petites filles qui meurent ainsi. Ça non ! Non !

Il avait la voix épaisse.

— Mais je ne suis qu'un petit flic de la campagne, moi ! Je ne sais pas comment il faut faire !

— Joel, en avez-vous parlé au procureur du comté ?

— Non. Edie et moi, on voudrait en discuter avec les enfants d'abord. On aimerait mieux qu'ils apprennent notre histoire et celle de leur grand-père de notre bouche plutôt que de la lire dans les journaux. Parce que dès que j'aurai arrêté Rossier, il va tout dire.

— Y a peut-être un moyen d'arranger tout ça, Joel.

— Comme quoi ? Les arrêter tous ?

— Par exemple. Laissez-moi le temps d'en parler avec Lucy. Il faut qu'on soit au clair côté juridique. On ne peut pas les piéger comme ça, mais il y a sûrement un moyen d'y arriver.

Je raccrochai, puis je me douchai et m'habillai. J'étais dans le patio avec le petit chien noir et blanc lorsque Lucy revint de son périple. Elle tenait deux grands gobelets de café et un sac en papier sulfurisé. Elle me tendit un des cafés.

— Rebonjour, me dit-elle.

— Darlene a appelé. Il y avait un message de Boudreaux. Je crains d'avoir révélé notre liaison.

— Te fais pas de souci. Elle a l'habitude.

Ah, ces dames !

Je lui rapportai mon coup de fil à Boudreaux et lui demandai ce qu'elle en pensait. Elle sortit un doughnut du sac en papier et me le tendit. Moelleux, léger, encore chaud. Et pas trop sucré. Elle mordit dedans après moi et secoua la tête.

— Je ne connais rien au droit criminel, Studly, me dit-elle, mais nous avons plusieurs anciens procureurs à la boîte.

— Tu crois qu'on pourrait en débaucher un pour aller faire un tour à Eunice ?

Elle but encore un peu de café et donna un petit bout de gâteau au chien.

— C'est possible. Je finis ce doughnut et je passe quelques coups de fil.

— Génial.

Elle sirota son café, puis elle regarda les buissons de camélias qui séparaient son jardin de celui du voisin. Le soleil du matin donnait des teintes émeraude à leurs feuilles.

— Il faut le dire à Jodi, reprit-elle. Ça finira par se savoir et il faut l'avertir le plus tôt possible.

— Bien sûr.

Elle me tendit encore son doughnut, mais je refusai d'un signe de tête. Elle le jeta au chien.

— Ça ne va pas être facile pour toi, n'est-ce pas ?

— Tu m'as beaucoup aidé hier soir, Lucy, lui dis-je. Merci.

Elle sourit et me tapota le bras.

— Je vais passer mes coups de fil.

Cela lui prit une vingtaine de minutes. Un de ses associés, un certain Merhlie Comeaux, accepta de se rendre à Eunice avec elle et de lui donner son avis. Il avait une bonne expérience d'avocat de la défense au criminel et avait été seize ans procureur au tribunal du secteur est de Baton Rouge. Lucy passerait le prendre, après quoi ils nous retrouveraient au bureau de Boudreaux. J'appelai Joel pour lui demander si ça lui convenait, il me répondit que oui. Il avait l'air inquiet, mais parut soulagé d'apprendre que quelqu'un qui s'y connaissait était prêt à le conseiller. Après avoir raccroché, je téléphonai à Jodi à son hôtel. Elle répondit à la sixième sonnerie. Elle avait la voix pâteuse de quelqu'un qu'on réveille.

— J'ai parlé avec Joel ce matin, lui dis-je. Et je pars le rejoindre à l'instant. Il a décidé d'arrêter Milt Rossier.

Elle garda le silence.

— À mon avis, il valait mieux que vous le sachiez, insistai-je. Vous voulez qu'on parle un peu de tout ça ?

— Pour en dire quoi ?

Elle avait la voix creuse, et moi non plus je ne savais pas trop quoi lui dire. Elle raccrocha. Encore un client satisfait.

J'appelai Joe Pike, lui expliquai le plan d'action et passai le prendre à l'hôtel pour filer à Eunice.

Traverser le bassin d'Atchafalaya ne nous prit guère de temps. Voies d'eau, champs de canne à sucre et paysages industriels, tout nous était déjà familier. Des hommes et des femmes peinaient dans les plantations, pêchaient dans les rivières ou vendaient des sacs en toile de jute remplis d'écrevisses vivantes pour quinze cents la livre. Certains de leurs visages me semblaient connus, mais c'était peut-être mon imagination qui me jouait des tours. J'allumai la radio, cherchai la station de l'évangéliste afin de ne pas rater le sujet du jour et ce matin-là, tiens, c'était le complot humanisto-libéral qui allait ruiner l'Amérique en désintégrant la famille nucléaire. La dame précisa que ces individus avaient d'ailleurs déjà réussi leur coup dans la communauté nègre, mais que lesdits nègres commençaient à y voir clair, ce qui expliquait, entre autres, la nouvelle popularité des « muslims » noirs. Et de conclure, assez inévitablement, que la guerre interraciale était proche et que certes, elle ne faisait pas partie du complot humanisto-libéral mais prouvait au moins clairement que ces gens-là n'étaient pas aussi futés qu'ils le croyaient, vu qu'ils pensaient pouvoir se servir desdits nègres pour faire oublier à l'Amérique chrétienne ce qui, au fond, constituait la véritable raison d'être des Noirs.

— Éteins-moi ça, dit Pike.

— La véritable raison d'être des nègres ne t'intéresse pas ?

— Non.

J'éteignis en me demandant combien de gens il y avait dans les champs, sur les eaux et dans les maisons pour écouter ces trucs-là. Et si Pike et moi étions les seuls parce que ça faisait beau temps que tout le monde avait coupé le sifflet à la dame. Et si, maintenant que nous le lui avions coupé à notre tour, elle pérorait dans l'air mort, énième tête de lard qui dispose d'un émetteur de huit mille watts et n'a pas grand-chose à faire de sa sainte journée hormis fumer des cigarettes, râler dans son micro et dire combien tout est minable, voix qui parle toute seule, signal qui fait des rides silencieuses sur l'étang, sans personne pour l'écouter ici-bas, mais qui file dans l'espace, bien plus loin que la Lune et Mars, bien plus loin que Pluton et les astéroïdes, jusque là-bas, au fin fond des éternités. J'espérais que sur Alpha du Centaure on était assez malin pour lui couper le sifflet aussi.

Vingt minutes plus tard, nous nous garâmes à côté de la Lexus de Lucy, juste devant le poste d'Eunice. Même femme au même comptoir, même magnolia immaculé dans son petit pot. La fille sourit en me voyant.

— Ils sont avec le shérif, me dit-elle. Ils vous attendent.

Je trouvai Lucy et Joel en compagnie d'un grand Afro-Américain. Épaules larges, cheveux blancs et ventre aussi imposant qu'un baril de pétrole de deux cents litres. Merhlie Comeaux. Lucy fit les présentations, puis se tourna vers Joel.

— Shérif, avant de commencer, nous devons absolument fixer le cadre de cette affaire. Merhlie est un ancien procureur du secteur est de Baton Rouge et travaille maintenant pour le cabinet Sonnier, Melancon & Burke en qualité d'associé. Tout ce que vous pourrez dire ici sera donc couvert par le secret qui lie le client à son avocat. Est-ce bien clair ?

Joel eut l'air interloqué.

— Mais je ne vous ai pas engagée, dit-il.

— Nous avons conclu un accord avec Jodi Taylor, accord aux termes duquel nous devons veiller à vos intérêts. Aux conditions que vous n'en ignoriez pas et que cet accord vous agrée, nous sommes, de facto, votre représentant légal.

Joel me regarda.

— J'ai vraiment besoin d'un avocat ? me demanda-t-il.

— Contentez-vous de l'écouter, lui répondis-je.

Il fronça les sourcils et se tourna de nouveau vers Lucy.

— Nous allons donc parler de ce que vous savez et de la part que vous avez prise dans certaines activités qui, plus tard, pourraient avoir pour résultat de vous faire inculper au criminel. Nous ne voulons pas qu'aujourd'hui vous nous disiez quoi que ce soit qui pourrait jouer en votre défaveur le moment venu.

Joel eut l'air gêné.

— Je n'ai pas l'intention de me dérober, dit-il.

Lucy écarta les mains.

— C'est à vous de voir, évidemment. Il se peut que vous changiez d'avis plus tard. En outre, il est possible que nous soyons amenés à discuter de points plus personnels, voire de nature criminelle et concernant d'autres membres de votre famille. En acceptant d'être couvert par le secret qui lie le client à son avocat, vous leur offrirez à eux aussi cette protection. Comprenez-vous bien ce que je vous dis ?

Joel acquiesça d'un signe de tête.

— Je leur offre cette protection à eux aussi, répéta-t-il.

— Acceptez-vous les termes de cet accord ?

— Oui.

Lucy hocha la tête, puis se tourna vers Merhlie Comeaux.

— Jodi Taylor nous a déjà donné l'autorisation de parler ouvertement de son affaire avec l'agence de détectives privés Elvis Cole.

Elle se tourna de nouveau vers Joel et ajouta :

— Comme nous vous l'avons déjà représenté, Me Comeaux est ici en qualité de conseiller juridique dans l'arrestation de Milt Rossier. Il ne peut pas parler au nom de l'État, mais peut vous prodiguer ses avis et conseils quant à la manière de monter ce dossier. Comprenez-vous aussi cet aspect-là des choses ?

— Oui. Et j'ai besoin de toute l'aide qu'on pourra me donner.

— Messieurs, dit enfin Merhlie Comeaux, je vous prie de me rapporter tout ce que vous savez.

Joel m'ayant fait signe d'y aller d'un haussement de sourcils, je rapportai à Comeaux tout ce que je savais. Je commençai par lui raconter l'histoire de Jimmie Ray Rebenack, lui dis ce qui s'était passé à l'élevage de Rossier et terminai mon récit en lui décrivant la rencontre Rossier/Donaldo Prima au Bayou Lounge et les événements auxquels j'avais assisté près de la station de pompage. Lorsque j'eus fini de lui raconter le meurtre du vieillard et de lui décrire les corps que nous avions retrouvés dans la tombe, Comeaux exigea de voir le rapport de police. Joel lui tendit le dossier, il regarda les photos.

— Savez-vous de qui il s'agit ?

— Pas encore. L'Identité judiciaire de La Nouvelle-Orléans s'en occupe.

Comeaux secoua la tête et poussa un soupir.

— Y aurait moyen d'avoir un café ?

Joel demanda à la réceptionniste d'en apporter. Quand elle l'eut fait, je terminai mon histoire en lui racontant ma rencontre avec del Reyo. Puis je lui dis ce que j'avais appris sur Donaldo Prima et Frank Escobar et lui précisai comment Prima se servait de Rossier pour faire entrer des clandestins par le golfe du Mexique et ses voies d'eau. Comeaux secoua la tête comme s'il réfléchissait, puis se tourna vers le shérif.

— Avez-vous quelque chose à ajouter à cet exposé ? lui demanda-t-il.

— Non. Non, non, maître.

Merhlie se tourna encore une fois vers moi et se croisa les mains sur le ventre. Il avait les yeux clairs et le regard dur, celui, je le pensai tout de suite, d'un procureur qui n'avait pas dû être tendre.

— Revenons un peu à ce qui s'est passé à la station de pompage. Avez-vous vu ce Prima appuyer sur la détente ?

— Oui.

Il se tourna vers Pike.

— Et vous ?

Pike acquiesça.

— Où se trouvait Rossier ?

— Il n'était pas là.

— Et les deux types qui travaillent pour lui ?

— Bennett et LaBorde étaient avec Prima.

— Vous avez l'identité des clandestins ?

— Non.

— Pourriez-vous en faire citer certains à la barre ?

— Non.

Il avança les lèvres et but une gorgée de son café. Je remarquai qu'il tenait le petit doigt en l'air lorsqu'il levait son gobelet.

— Qu'est-ce que tu en penses, Merhlie ? lui demanda Lucy.

Il haussa les épaules, genre on fera au mieux avec ce qu'on a.

— C'est maigre, dit-il. On tient Prima, ça c'est sûr, mais on n'a rien contre Rossier.

— Ah, ben merde ! s'exclama Joel.

Comeaux ouvrit grand les mains.

— Il loue le terrain, dit-il, et le procureur pourrait peut-être l'inculper pour complicité, mais c'est léger. Si vous voulez le coincer, il faut me le mettre sur les lieux du crime.

— Et les clandestins ? lui demandai-je.

— Les clandestins ? Quels clandestins ? À moins de les faire citer à la barre, vous ne pourrez jamais prouver que ces gens sont même seulement des étrangers.

— Allons, Merhlie, allons ! dit Lucy.

Il ouvrit encore une fois grand les mains.

— C'est mon avis à moi. Si tu penses pouvoir en tirer plus, va voir le procureur.

— Si nous le faisons tout de suite, ce fumier saura qu'on le cherche, dit Joel en se mordillant les lèvres.

Puis il gagna la fenêtre, se retourna et contempla la grande perche empaillée accrochée à son mur. Je ne suis pas sûr qu'il la voyait vraiment.

— Putain de putain, moi et ma famille, c'est sacrément dur ce qu'on a à faire ! s'exclama-t-il. On aurait peut-être dû s'en occuper il y a un an, mais si c'est maintenant, je veux être sûr que cette ordure paie cher tout le plaisir qu'il s'est offert. Je veux qu'il finisse en prison.

Puis, d'un geste colérique, il montra le dossier qui contenait les photos et ajouta :

— Je ne veux plus voir mourir des petites filles.

— Il faudra donc l'arrêter en flagrant délit, lui fis-je remarquer.

Tout le monde me regarda.

— Ce n'était pas la première fois que Prima amenait des clandestins, continuai-je. Nous n'avons qu'à nous tenir prêts pour le prochain coup. Et nous assurer que Rossier soit là pour prendre livraison du chargement.

Comeaux secoua la tête.

— Vaudrait mieux y aller mollo de ce côté-là. Si jamais il peut prouver le coup monté devant un tribunal, vous êtes cuits.

Je songeai à Ramon del Reyo et repris en ces termes :

— Tout ce que nous avons à faire, c'est de lui donner une raison suffisante pour être là. Ça risque de ne pas être facile, mais ce n'est pas infaisable.

— Et si vous me disiez à quoi vous pensez ? me lança Comeaux.

Je m'exécutai. Cela ne me prit pas longtemps. L'ex-procureur se leva et Lucy l'imita.

— Vous jouez votre tête, bonhomme, me dit Comeaux. Dieu soit avec vous.

Le visage de Lucy s'était rembruni.

— Tu es sûr de pouvoir réussir un coup pareil ?

Je regardai Pike.

— Madame voudrait savoir si nous sommes sûrs de réussir un coup pareil, lui dis-je.

Il se rembrunit lui aussi. Il devait en douter.

Je me servis du téléphone de Joel pour passer quelques coups de fil. Lorsque j'en eus fini, Lucy et Merhlie avaient filé. Debout près de la fenêtre de son bureau, Joel se passait la main dans les cheveux en contemplant les rues de sa ville. Regardait-il les rangées de bâtiments ? Les voitures et les passants qui marchaient sur les trottoirs ?

— J'aurais dû faire ça il y a six mois, dit-il. J'aurais dû faire ça quand ce salaud est venu chez nous et a commencé tout ce bazar. Ouais, c'est à ce moment-là que j'aurais dû le coincer.

— Il vous a pris par surprise et vous aviez la trouille. Quand on a la trouille, on ne pense pas toujours droit.

— Ouais.

Il n'avait pas l'air très convaincu. Il regarda par terre, puis il releva la tête.

— J'apprécie beaucoup ce que vous avez fait, dit-il. Et Edie sera contente, elle aussi.

— Vous nous payez une bière si on en réchappe ? lui demanda Joe.

Ah, le mec. Un vrai régal, non ?

Nous regagnâmes la voiture et rentrâmes à La Nouvelle-Orléans.

32

Le Haïtien poireautait devant chez le marchand de *beignets*[1] de South Rampart Street, à l'extrémité nord du Vieux Carré. Il y resta juste assez longtemps pour nous faire comprendre qu'il nous avait vus, puis il se mit en route sans nous attendre. Nous gagnâmes Canal Street et obliquâmes vers le sud. Après que nous eûmes franchi deux ou trois croisements, Pike me dit :

— En face, au milieu du pâté de maisons.

Je jetai un coup d'œil en arrière et repérai le type aux Ray-Ban. J'acquiesçai d'un signe de tête.

— On fait gaffe à la sécurité.

— On est malsain, dit-il.

Ramon del Reyo était assis sur le siège avant d'un taxi Yellow Cab garé un peu en dessous de Carondelet Street, là où les vieux tramways verts font demi-tour dans Saint Charles Street et Garden District. Le signal « en service » du taxi était éteint. Le Haïtien nous ouvrit la portière arrière, puis s'installa au volant. Ramon sourit à Pike.

— Alors, señor, vous êtes avec nous ce coup-ci ?

— Je l'étais déjà la dernière fois.

Pike inclina la tête et ajouta :

— Y a le mec aux lunettes de l'autre côté de la rue. Et y en a encore un autre près de la voiture à chevaux, mais je n'ai pas vu son flingue.

Ramon haussa les épaules.

1. En français dans le texte.

— Mais vous savez qu'il est là. Le type au flingue est toujours là.

Pike grimaça.

— Je peux en terminer avec Donaldo Prima et Frank Escobar, lançai-je à Ramon. Jusqu'où avez-vous envie de les avoir ?

Le Haïtien se retourna sur son siège pour me regarder, mais Ramon del Reyo ne bougea même pas.

— Je sais comment et où Prima fait entrer ses clandestins et j'ai un shérif qui est prêt à les arrêter.

Del Reyo s'humecta les lèvres.

— Ça relève du ministère de la Justice, dit-il.

— Mon type s'occupera de les arrêter et de collecter les preuves à conviction. Le ministère de la Justice n'aura plus qu'à s'amener, tout y sera et il n'y aura pas moyen de nier quoi que ce soit.

Je me penchai vers lui et ajoutai :

— C'est du béton. Mon bonhomme a très envie de mettre de l'ordre dans ses affaires.

Le Haïtien regarda del Reyo.

— Ça ne s'arrête pas là, mon ami, me répondit Ramon.

— Je sais, mais je ne vais pas vous dire de quoi il retourne.

Del Reyo garda le silence.

— Tout ce que vous avez à savoir, enchaînai-je, c'est que si nous préparons bien le coup, c'est rideau pour Escobar et Prima.

Le Haïtien marmonna quelque chose en espagnol, mais del Reyo ne réagit pas. Le Haïtien répéta et, cette fois, del Reyo lui répondit très sèchement. Puis il me regarda en fronçant les sourcils.

— Qu'est-ce que vous voulez, au juste ?

— Escobar. Sinon, je n'ai pas de dossier à filer à la justice. J'ai besoin de tout savoir sur son truc de coyote. Ce que coûte le passage et ce que tout le monde y gagne, comment travaillent Escobar et Prima, quoi. Je veux faire croire à Escobar que je suis dans le coup moi aussi et que j'aimerais conclure un marché avec lui. Pour ça, il faut que je sache de quoi je parle. Si je ne peux pas me mettre Escobar dans la poche, je n'arriverai à rien.

— Vous êtes fou ! dit Ramon en éclatant de rire.

— Sauf que j'ai la très nette impression que vous avez quelqu'un dans son organisation. C'est comme ça que vous êtes au courant de ce qu'il fabrique. Aidez-moi à entrer dans son bazar, Ramon. S'il vous plaît.

Le Haïtien dit encore quelque chose et, cette fois-ci, Ramon acquiesça d'un signe de tête. Ça n'avait pas l'air de beaucoup lui plaire mais il marcherait dans la combine.

— Et pourquoi Frank Escobar voudrait-il vous voir ? me demanda-t-il.

— Parce qu'il déteste Prima et que je peux le lui livrer sur un plateau. Même mort, s'il y tient absolument.

Il me sourit.

— Nous n'avons toujours pas identifié le vieil homme, ajoutai-je. Il faut que vous me rendiez la photo.

Il sourit encore plus fort et secoua la tête. Puis il descendit du taxi et disparut dans Canal Street, vers le sud. Il ne revint qu'au bout d'une heure ou presque et, lorsqu'il le fit, je découvris qu'il avait amené un Asiatique avec lui. Âge moyen, frêle, cheveux noirs, genre Cambodgien. Le Cambodgien se pencha en avant pour nous examiner, puis recula pour discuter avec Ramon. Une dizaine de minutes plus tard, le Cambodgien s'en alla, et Ramon revint aussitôt vers notre taxi. Il passa un peu moins d'une demi-heure à nous décrire l'organisation d'Escobar, puis celle de Prima. Il nous dit combien prenaient les gens d'Escobar pour faire entrer un clandestin aux États-Unis et combien il en coûtait à Prima pour avoir la permission d'utiliser la station de pompage abandonnée de Milt Rossier. Tout se réduisait à une manière de prix de revient par tête. Escobar faisait payer tant par tête, Prima payait tant par tête pour avoir le droit d'utiliser le chenal de Rossier. Du bétail, quoi. Du moins qu'humain.

Del Reyo me tendit un bout de papier où était noté un numéro de téléphone.

— Nous avons quelqu'un qui est en très bons termes avec Escobar. C'est lui qui arrangera la rencontre. Si jamais un de vos bonshommes avait besoin de références, vous lui faites appeler ce numéro.

Je rangeai son papier sans le regarder

— Bon, je vous laisse. Jésus vous conduira.

Jésus devait donc être le Haïtien.

— Il vous déposera et filera tout de suite. Vous serez tout seuls. Si jamais il vous arrive quelque chose, nous ne serons pas là pour vous aider. Comprenez-vous cela ?

— Oui.

Ramon del Reyo s éloigna sans dire un mot de plus ni regarder en arrière. Pas de « À plus ». Pas de « Bonne chance ». Pas de « Et t'en gagnes une pour le Gipper[1] » Peut-être savait-il quelque chose que nous ignorions.

Nous prîmes vers le nord, en direction du lac Pontchartrain, laissâmes vite le centre des affaires derrière nous et nous retrouvâmes dans un quartier résidentiel avec des chaussées bordées de grands trottoirs et de quantité de chênes, de magnolias et de bananiers, sans parler des vieux qui se balançaient dans des rocking-chairs sur la terrasse devant chez eux. J'avais l'impression que nous roulions au hasard, tournant tantôt ici, tantôt là, et sans hâte d'arriver nulle part. On tuait le temps, voilà. L'air était chaud et humide, aussi graisseux que des relents d'arrière-cuisine, et notre taxi puait la sueur et les odeurs corporelles. La peur aussi, il y avait des chances, mais j'essayai de ne pas y penser. Elvis Cole, le Détective qui ne tremble pas. Je jetai un coup d'œil à Pike et Pike semblait dormir. Liquidé par la trouille, ça ne faisait aucun doute.

Très vite, les rues devinrent encore plus belles, puis nous longeâmes un parcours de golf d'un superbe vert émeraude, puis un canal, puis ce fut le lac. La digue était magnifique, et voilà que Jésus nous baladait dans des rues bordées de manoirs, certains de ces derniers, mais pas tous, disparaissant

1. Le Gipper était le surnom du célèbre footballeur George Gipp. À sa mort, son entraîneur demanda à ses coéquipiers de « gagner un match pour le Gipper ».

derrière de hauts murs et des portails. Nous entrâmes dans un cul-de-sac au pied de la digue et nous arrêtâmes devant une demeure en brique de deux étages avec des chênes devant et sur les côtés. Deux VTT sur la pelouse, un camion pour enfant avec des pneus énormes dans l'allée. En regardant celle-ci, on pouvait voir un garage à quatre voitures, et encore une piscine avec salle de billard attenante, mais tout ça me parut bien calme. Jésus arrêta son taxi.

— Vous allez à la porte et vous frappez. Tout est prêt, dit-il.

— Merci, Jésus.

— Vous êtes armé, ce coup-ci ?

— Oui.

— Bon, dit-il en hochant la tête.

Nous descendîmes du taxi, et Jésus s'en alla. Étonnant comme on peut se sentir seul dans un petit jardin devant une porte. Je regardai les VTT et le camion pour enfant.

— Tu parles d'une bicoque, dis-je.

Pike grogna.

La porte s'était ouverte avant que nous y arrivions. Une jolie femme aux cheveux noirs nous sourit. Elle portait un très élégant maillot de bain une pièce et une serviette nouée autour de la taille en guise de chemise. Pieds nus, cheveux mouillés comme si elle sortait du bain.

— Monsieur Cole ? dit-elle.

— Oui, madame.

Elle était rayonnante et me tendit la main.

— Je m'appelle Holly Escobar, reprit-elle. Si vous voulez vous donner la peine d'entrer… Frank est derrière.

Pike lui tendit la main à son tour et se présenta. Holly Escobar nous exprima tout le plaisir qu'elle avait a faire notre connaissance. Un petit garçon d'environ cinq ans fila dehors quasiment entre nos jambes, grimpa sur le camion et se rua dans le cul-de-sac en crachant entre ses lèvres pour faire le bruit du moteur. Il était bronzé comme une châtaigne et n'était vêtu que d'une vieille bouée orange. Holly Escobar ferma la porte.

— Ne vous inquiétez pas. Il n'y a pas de circulation

Elle nous fit traverser une maison qui ressemblait à toutes les maisons du monde. Nous y découvrîmes des photos de famille et une très belle collection de trophées équestres (ceux de madame, sans doute), et encore deux garçons plus âgés plantés devant une télé, puis nous entrâmes dans une cuisine bien éclairée, avec un comptoir au milieu. Là, un homme en pantalon ample à carreaux empilait des sandwiches sur un plateau en plastique. Il était à peu près de ma taille, mais plus jeune, et avait une solide musculature, les cheveux ramenés en arrière et les doigts carrés. Il leva la tête lorsque nous entrâmes.

— Ronnie, lui dit Holly, ce sont les messieurs qu'attend Frank. Tu les emmènes derrière et je finis le travail ?

Elle se retourna vers nous et nous sourit encore.

— Tout le monde est là-bas, dit-elle.

Ronnie nous fit franchir plusieurs portes-fenêtres. Trois hommes étaient assis à une table ronde près de la piscine. Une femme se faisait dorer dans une chaise longue. Comme Holly Escobar, elle portait un maillot de bain une pièce et avait l'air d'être la femme de quelqu'un. Pas de grandes bécasses dans la maison. Deux des hommes portaient des chemises amples sur leurs shorts – pour qu'on ne voie pas leurs armes ? –, mais le troisième ne portait rien sur le dos.

— Frank ? lança Ronnie.

C'était lui, le type sans chemise. Bas sur pattes, costaud, disons la petite cinquantaine et solidement charpenté. Mèches grises, mais les poils qu'il avait sur la poitrine étaient, eux, presque blancs et épais comme du chaume. Il leva la tête en entendant son prénom et se leva.

— Ah, oui, dit-il. Pour ça, il vaudrait mieux qu'on passe à la salle de billard.

Léger accent du Sud qu'il se donnait beaucoup de mal pour cacher. Il nous montra son verre.

— Nous marchons au gin tonic, dit-il. Vous en voulez un ?

Le seigneur du gang en hôte attentif.

— Non, merci.

— Entrez, reprit-il. Ici, nous serons tranquilles.

Il vacilla, un des types en chemise le rattrapa pour qu'il ne tombe pas. Il n'était pas encore midi et il était bourré comme un coing. Le seigneur du gang en poivrot.

Nous entrâmes dans la salle. Table de billard. Bar. Deux ou trois machines à sous et consoles de jeux vidéo. Portrait grandeur nature de Frank Escobar au bon vieux temps, en uniforme d'officier quelque part dans une jungle d'Amérique latine. Cheveux ras et moustache de *bandido*. Notre Escobar à nous s'affala dans un fauteuil à dossier haut et fit un geste de la main à l'intention de Ronnie.

— Tu les fouilles ? dit-il. Qu'on voie ce qu'ils trimballent ?

Je tendis les bras en avant.

— Sur la hanche droite.

Ronnie s'empara de mon arme, puis me palpa sommairement. Son affaire une fois terminée, il se dirigea vers Pike, mais Pike lui dit ceci :

— Non.

Frank Escobar fronça les sourcils et dit ceci :

— Comment ça, « non » ?

Pike leva la main, paume en l'air et pointée sur Ronnie.

— Vous voulez que j'attende dehors, pas de problème. Mais il ne me touche pas et il n'est pas question que je lui donne mon arme.

Escobar se frotta les yeux.

— C'est quoi, ce bordel ? lâcha-t-il.

Puis il arrêta de se frotter les yeux et ajouta :

— Vous voulez garder l'artillerie, pas de problème. On va s'y prendre autrement.

Il glissa la main sous la chemise d'un des types et en ressortit un Beretta calibre 38.

Et me le colla sur la tempe.

— Vous gardez votre truc si vous voulez, dit-il. Nous, on le tient comme ça.

Il fit un signe au type à la chemise.

— Hé, Leon ! Tu le tiens en joue, d'accord ? L'autre petit con veut garder son flingue.

Leon lui prit le Beretta et me le remit sur la tempe pendant que Frank Escobar fusillait Pike du regard.

— Là, voilà, dit-il. Content ? Vous avez votre arme, non ?

Pike acquiesça d'un signe de tête. Un vrai pote.

Escobar se tourna vers moi.

— Bon, reprit-il, qu'est-ce que vous avez à m'offrir ?

— Donaldo Prima.

Sa paupière gauche se ferma presque. Il n'avait plus du tout l'air saoul. De fait, j'eus même l'impression de n'avoir encore jamais rencontré un personnage aussi dangereux que lui.

— Prima ? Qu'est-ce que vous savez sur lui ?

— Je sais qu'il fait entrer des clandos. Il bosse avec un ami à moi. Mon ami lui fournit le moyen de transport et un lieu sûr, mais c'est pas là qu'est le fric.

— Comment il s'appelle, votre ami ?

— Rossier. C'est lui qui a la terre et la voie d'eau. Très sûr, le coin qu'il lui prête pour débarquer la marchandise. C'est Prima qui est venu le voir et a tout arrangé, mais maintenant nous ne sommes plus satisfaits. Vous voyez ce que je veux dire ?

— Il prend combien ?

— Mille par tête.

Il s'esclaffa.

— Des nèfles, quoi !

Exactement comme del Reyo l'avait prévu.

— Nous le pensons aussi.

— Et pourquoi votre ami ne se met-il pas en affaires pour son propre compte ?

— C'est Prima qui a la marchandise, Frank. Comme vous. Deux mille par tête et Prima est fini. Nous avons des gens qui vont se pointer et nous aimerions augmenter les bénefs.

— *Pouf*, comme ça ? C'est si facile ?

— C'est comme vous voulez.

Frank Escobar s'humecta les lèvres. Il réfléchissait. Il but encore un peu de gin tonic. Une goutte lui en coula au coin des lèvres et dégoulina sur son menton.

— Prima, répéta-t-il.

— C'est ça, Frank. Vous avez besoin de réfléchir et de vous renseigner, pas de problème. Ça fait environ six mois qu'on marche avec Prima. C'est lui qui amène personnellement le fric avec chaque chargement. Ouais, comme ça.

Je lui filais Prima. Je lui disais : tiens, prends.

Il me regarda en hochant la tête.

— Réfléchissez, Frank. Si vous voulez me joindre, je suis au Howard Johnson de la plage, à Baton Rouge. Si vous voulez me donner un numéro où je peux vous appeler, pas de problème non plus. C'est comme vous voulez. Mais ce que nous, nous voulons, c'est deux mille par tête.

Holly Escobar sortit du grand soleil et, son plateau à la main, nous dit avec un beau sourire :

— Vous voulez un sandwich, messieurs ?

Mais se figea sur le seuil en voyant le mec, celui en pantalon ample, qui me tenait en respect avec son calibre. Son sourire s'évanouit.

— Frank ? dit-elle.

Le type abaissa son .38.

Frank Escobar laissa échapper son verre, qui tomba. Il avait la figure aussi empourprée qu'une tranche de foie trop cuite et se dégagea de son fauteuil.

— Je t'ai pas dit de jamais entrer sans frapper ? s'écria-t-il.

Elle recula d'un pas, un seul, et tenta de se refaire un sourire, mais celui-ci resta embrumé de peur.

— Je suis désolée, Frank, dit-elle. J'attendrai dehors.

— Oh, merde ! murmura le type à la chemise.

Frank Escobar se rua sur son épouse et la ramena sèchement dans la salle de billard. La grande assiette en plastique et les sandwiches se retournèrent, ces derniers pleuvant aussitôt sur la table de billard, certains dégringolant même dans le patio. Holly Escobar hurla tant son mari lui serrait fort le bras.

— Tu me fais mal !

Et alors Escobar la gifla deux fois, la première de la paume de la main gauche, la deuxième du revers de la main droite. Holly bascula de côté, passa par la porte et s'effondra par terre dans le patio. L'homme et la femme qui se tenaient près de la piscine s'immobilisèrent.

Je sentis Pike se glisser à côté de moi, mais c'était déjà fini. Aussi vite que l'incident s'était produit, il s'était achevé. Escobar remit sur pied son épouse qui pleurait et lui dit :

— Il faut m'écouter, Holly. Il faut faire attention à ce que je dis. D'accord ? N'entre plus jamais ici comme ça.

Il lui caressa les cheveux et lui essuya le visage, avec pour seul résultat de lui étaler le sang sur la figure.

— Putain ! reprit-il. Tu vois ce que tu me fais faire ? Va te laver, tu veux ?

Holly Escobar courut à la maison, Frank essuyant sur son short le sang qu'il avait à la main droite.

— Va la voir, Ronnie, dit-il. Assure-toi que tout va bien.

Ronnie alla rejoindre Mme Frank Escobar.

— Ça va, Frank ? demanda le type à la chemise comme si c'était Frank qui saignait.

— Ça va, ça va.

Il ramassa son verre et eut l'air presque gêné.

— Putain ! Quelles connasses, ces bonnes femmes !

Puis il se tourna vers nous et dut voir quelque chose dans le regard de Pike, ou alors dans le mien, car il nous lança :

— Ben quoi ?

Dur, comme avant. Mais il s'empourpra encore un peu.

Pike grimaça.

Escobar le dévisagea un instant, puis agita les mains pour nous faire signe de partir.

— J'y réfléchirai, d'accord ? Je sais où vous joindre.

Il fit signe au type à la chemise.

— Tu leur appelles un taxi ? Putain, j'ai besoin d'un petit verre, moi.

Il sortit de la salle de billard, gagna la table ronde, prit le verre de quelqu'un et but. Rien ne vaut un gin tonic pour retrouver son allant après qu'on a piqué sa crise, ah, non alors ! Je le regardai droit dans les yeux.

Le type à la chemise nous informa qu'il allait appeler un taxi et que nous pouvions attendre devant. D'après lui, les taxis arrivaient toujours très vite, Frank avait passé un accord avec la compagnie. Il ajouta qu'on pouvait prendre un sandwich si on voulait. Joe Pike lui conseilla d'aller se faire mettre.

Nous longeâmes le bassin, puis l'allée, et arrivâmes enfin dans la rue. Le petit garçon chevauchait toujours son camion à grosses roues. Il tournait en rond, remontait une allée, puis longeait le trottoir et hop, demi-tour, il redescendait l'allée d'à côté et repassait sur le trottoir. Heureux et plein d'énergie, ce gamin.

Pike et moi le regardâmes un instant, puis Pike me dit :

— Ce serait dommage de coincer son vieux.

Je gardai le silence.

— Oui, dis-je finalement, mais bon, ça ne serait pas si terrible que ça non plus.

33

Nous fûmes arrêtés pour excès de vitesse à la sortie de Saint-Gabriel, dans l'État de Louisiane, et encore à celle de Livonia, mais passâmes sous le panneau de l'élevage Rossier juste après cinq heures ce soir-là, au moment même où l'air commençait à se libérer des pires chaleurs de la journée. Les gens qui travaillaient aux bassins se traînaient lentement jusqu'aux hangars de conditionnement, les femmes qui y bossaient regagnant déjà leurs voitures. La quille. Tout le monde semblait se déplacer en glissant, comme si le lot de chacun était de se casser les reins pour Rossier toute la sainte journée et après de rentrer chez soi, et là de se casser les reins à autre chose. Ce n'était pas la façon dont on marche quand tout le corps lâche mais plutôt celle de qui n'a plus le cœur à rien, celui pour qui le travail quotidien a épuisé tous les espoirs et ne laisse plus que la perspective d'un autre jour qui sera très exactement identique à celui qui vient de finir. C'était comme ça qu'Holly Escobar, elle aussi, finirait par marcher un de ces jours.

Nous longeâmes les hangars de conditionnement comme si nous en étions les propriétaires, et nous dirigeâmes vers la maison. Les femmes qui rentraient chez elles ne nous regardaient pas, ou, si elles le faisaient, se foutaient bien de ce qu'elles voyaient. C'est vrai que nous n'avions pas sur notre bagnole un panneau qui disait : ATTENTION, ENNEMI.

— C'est plutôt facile, dit Pike.

— À quoi tu t'attendais ? À un champ de mines ?

Entre les hangars de conditionnement nous vîmes la maison et la petite silhouette d'un Rossier qui s'était assis dans un fauteuil de jardin et portait toujours son chapeau pour se protéger du soleil. René LaBorde se tenait debout entre les bassins et en scrutait si fort la surface qu'il ne parut pas nous remarquer. Mais LeRoy Bennett, lui, sortait du hangar de conditionnement avec un des contremaîtres maigrichons lorsque nous arrivâmes. Il gueula quelque chose et se mit à nous courir après. Il n'avait pas beaucoup de chemin à faire, sa Polara étant garée juste à côté de la maison.

Nous parcourûmes les quatre à cinq cents mètres qui nous séparaient encore de celle-ci et laissâmes la voiture à côté de la Polara. La maison avait l'air déserte. Seule une Noire plutôt enrobée se tenait dans le séjour, Milt Rossier se trouvant toujours dans le patio de derrière. Nous avions commencé à faire le tour du bâtiment lorsque Milt vint s'enquérir de qui nous étions. Salopette et chapeau, il tenait un verre de thé glacé dans la main.

— Salut, Milt, lui lançai-je. Vous me remettez ?

Il s'arrêta net – la surprise. Il me connaissait mais n'avait jamais vu Pike et fut encore plus surpris lorsque celui-ci sortit son .357 et le lui laissa bien voir.

— Ah ben, merde ! s'exclama-t-il.

— On regagne le patio, d'accord ? C'est plus agréable, lui dit Pike.

Rossier me jeta un regard.

— On vous a flanqué dehors. Je croyais que vous étiez parti !

— C'est fou le nombre de gens qui croient ça, Milt, et chaque fois ils se gourent.

— Le patio, insista Pike.

Plus bas dans la propriété, LeRoy Bennett gueulait toujours à René de se magner le cul d'arriver. René regarda dans notre direction, mais va savoir ce qu'il vit ou pensa.

Rossier fit la grimace en regardant l'arme de Pike, puis retourna au patio.

— Asseyez-vous, Milt, lui dis-je. Nous avons une affaire à vous proposer.

Il se laissa doucement choir dans un fauteuil de jardin, et Pike abaissa son flingue.

— Quelqu'un s'est fait Jimmie Ray, dit Rossier. Je vous avais promis qu'il arrêterait de faire le con avec cette petite, et maintenant c'est fait. Je croyais qu'on en avait fini avec cette histoire.

Il essayait de me regarder, mais ne pouvait s'empêcher de surveiller Pike. Nerveux.

Je souris.

— Ce n'est pas de ce genre d'affaire qu'il s'agit, Milt, lui renvoyai-je.

Entre les bassins, LeRoy Bennett ressemblait à un petit nain blanc tandis qu'en pompant des bras et des jambes il continuait de courir vers nous. René LaBorde se dirigeait lui aussi vers nous, mais en traînant lourdement la patte, genre monstre à la Frankenstein.

— Voici ce qu'on raconte partout, Milt, repris-je. On raconte que vous êtes en train de vous faire baiser la gueule par Donaldo Prima et nous, on peut doubler la mise.

À peine eus-je prononcé le nom de Donaldo Prima que son visage se tendit. Il essaya de poser son verre de thé glacé, mais rata la petite table et le verre alla se briser sur le dallage du patio. Exactement comme Frank Escobar. Une mauvaise coordination œil/main allait-elle toujours de pair avec les activités criminelles ?

— Je ne vois pas de quoi vous parlez, dit-il.

Je regardai Pike.

— Eh, *man*, tu trouves pas qu'ils ont toujours la bonne repartie, ces mecs ? lui lançai-je.

Pike ne bougea pas. LeRoy se rapprochait et c'était lui qu'il observait. René avançait toujours entre les bassins, mais soufflait déjà beaucoup. Je me dis que Pike devait songer à l'obligation dans laquelle il allait bientôt se trouver de les abattre tous les deux.

— Donaldo et vous faites passer des immigrants clandestins par des voies d'eau dont vous avez l'usufruit.

Donaldo se charge des contacts en Amérique latine et des contrats avec les clandestins et vous, vous lui fournissez le transport et un lieu où débarquer ses types.

Il agitait les mains en l'air, paniqué semblait-il, et tenta de s'extraire de son fauteuil.

— J'ai jamais entendu parler d'un truc pareil. Je ne sais pas de quoi vous parlez.

Pike se pencha vers lui et le rassit dans son fauteuil d'une poussée. Rossier lui donna quelques tapes sur la main comme pour écraser une bestiole qui l'emmerdait, Pike lui en colla une bonne sur le dessus du crâne et Milt cessa de lui taper sur la main.

— J'ai jamais entendu parler de ce Prima et de toutes ces conneries d'immigration clandestine, reprit Rossier. Vous feriez mieux de vous tirer avant que j'appelle la police !

Milt Rossier en vieillard outragé.

Je lui montrai deux doigts.

— Deux mots, Milt, lui dis-je : Donaldo Prima.

Il cessa de bafouiller, puis il me regarda de près.

— C'est Escobar qui contrôle les coyotes dans le port de La Nouvelle-Orléans et sur toute la côte. Nous venons juste de lui rendre visite. Prima bossait pour lui, mais il a décidé de se lancer dans les affaires avec vous. Et ça, Escobar n'aime pas. Non, ça, que Prima lui pique ses affaires ne lui plaît pas du tout. Et si Prima lui pique des clients, c'est parce qu'il casse les prix, et ça, Escobar aime encore moins. Vous voyez ce que je veux dire, Milt ?

Ah, les gros yeux qu'il me faisait !

— Mais comme Prima fait payer moins cher, vous, vous récoltez moins. Vous voyez ? Qu'est-ce que vous ramassez ? Mille dollars par tête ?

Milt ne se donnait même plus la peine de nier. Je causais pognon, et quand on cause pognon, on intéresse toujours beaucoup.

— Frank est prêt à vous filer deux mille par tête. Il double la somme. À raison d'un chargement de clandestins par semaine, disons trente bonshommes en moyenne, ça vous fait trente mille par semaine, soit cent vingt mille par mois payés par le sieur Prima. Frank, lui, double la mise. De trente on passe à soixante. De cent vingt par mois, on monte à deux cent quarante, et tous les mois, rien que pour bosser avec Escobar et lâcher Prima. On cause bien toujours des mêmes trucs, pas vrai, Milt ?

LeRoy Bennett arriva enfin dans le patio. À bout de souffle, à peine s'il tenait sur ses jambes. Il vit l'arme que tenait Pike et fouilla vite sous sa chemise pour prendre la sienne. Pike lui en colla une, et une seule, en travers de la figure. LeRoy Bennett s'écrasa. Pike se pencha sur lui et le désarma.

— Tu parles d'un garde du corps, marmonna-t-il.

Rossier dévisagea LeRoy d'un air pensif, puis il dit :

— Je suis entouré d'ânes.

Je haussai un rien les épaules.

Rossier secoua la tête et se réinstalla dans son fauteuil de jardin.

— Bon, alors comme ça, c'est vous, le nouveau Jimmie Ray Rebenack ? dit-il. Lui aussi s'imaginait que ça serait du gâteau et regardez où ça l'a mené.

— Milt, lui renvoyai-je, Jimmie Ray et moi on ne vient même pas de la même planète, vu ? Vous ne l'oubliez pas et tout ira bien.

René débarqua lourdement et pila devant LeRoy. Puis il regarda Joe Pike et trembla une fois, mais de tout son gros corps. Puis il accommoda et passa devant LeRoy. Pike leva son Python.

— Je le tue, dit-il.

Milt Rossier hurla :

— René ! Putain, René, tu bouges plus !

Il avait des taches partout sur la figure et semblait au bord de l'attaque d'apoplexie.

René eut l'air paumé. LeRoy grogna, puis roula sur le côté – pour découvrir René qui le contemplait.

— Ben quoi ! Reste pas planté là comme un con ! Aide-moi à me relever !

René le souleva comme une baudruche. LeRoy claudiqua jusqu'à une chaise de jardin en se tenant le flanc.

— Saloperie de point de côté, dit-il. Courir comme ça !

— Faut faire de l'exercice, lui conseilla Pike.

Bennett gronda.

— Espèce d'enfoiré ! On verra ça en temps utile, d'accord ?

— Mouais, fit Pike.

— Bon, mais pour l'instant, on laisse tomber tout ça, lança Rossier. On cause affaires.

Il me regarda et ajouta :

— Et vous, qu'est-ce que ça vous rapporte ?

— On prend ce qu'Escobar vous paie pour la première livraison. Disons soixante mille.

Mentir gros est toujours plus facile.

— Vous dites des conneries.

— Quelles conneries, Milt ? C'est moi qui arrange le coup. Vous, vous auriez continué avec Prima parce que vous en avez pas trop dans le citron et le Prima se serait fendu la gueule. C'est tout arrangé. Vous vous faites tout de suite le double et, pour ce petit service, Joe et moi nous ramassons très exactement la paie d'une semaine. Après, c'est tout pour vous. Étant donné ce que vous vous faisiez avec Prima, vous récupérez la mise en quinze jours.

Je lui montrai Joe du doigt et conclus :

— Moi, ça me semble juste. Et toi, Joe ?

— Juste, répéta-t-il en hochant la tête.

Milt Rossier, ça se voyait, faisait ses petits calculs : tout ce fric qu'il allait se faire rien que pour offrir à ses escrocs un endroit où mouiller leurs bateaux. Il se convainquait lui-même. C'est comme ça que fonctionnent les meilleures arnaques : le bonhomme se monte le bourrichon tout seul.

— Frank Escobar, hein ? dit-il.

— Que je vous fasse un petit dessin, Milt, repris-je. Deux mille par tête, il n'y a pas plus haut. Donc, c'est pas la peine de réfléchir à la manière de faire cracher plus de fric à Prima. Frank, lui, c'est l'exclusivité qu'il veut, et pour ça il tient absolument à ce que Prima soit rayé de la liste, et de façon permanente. Est-ce que nous nous comprenons bien ?

— Ouais, ouais.

— Frank veut que vous laissiez faire encore un voyage à Prima, sauf que cette fois-ci, nous serons tous à la station de pompage. Prima ne saura rien de Frank, de Frank et de ses gens, bien sûr, parce que s'il le savait, il ne se pointerait pas. Et quand il se pointera... Frank veut lui rendre la monnaie de sa pièce, mais personnellement. Vous voyez ?

Milt Rossier secoua la tête.

— Il aurait pas besoin d'être là, me fit-il remarquer.

— Bien sûr que si, Milt. Pour Frank, si vous êtes capable de virer Prima, vous êtes tout aussi capable de le virer, lui. Et donc, vous allez vous marier, les mecs. Pas de mariage, pas de deux mille dollars par tête. Deux cent quarante mille par mois, Milt. Pensez-y. Prima ne rentrera pas chez lui ce soir-là, mais tout le monde sera très heureux après ça.

Milt Rossier réfléchissait.

Je lui passai le papier que Ramon del Reyo m'avait donné.

— Tenez, voilà un numéro où vous pouvez appeler. Vous appelez si vous voulez, vous appelez pas si vous voulez pas. C'est à vous de voir. Ce n'est pas sur Escobar que vous tomberez, seulement sur ses gens. Si ça vous intéresse, vous pouvez toujours vérifier que c'est pas du baratin. Si ça ne vous intéresse pas, vous laissez tomber. C'est à vous de choisir.

Il prit le bout de papier et le regarda.

— Qu'est-ce qui m'empêche de vous couler, vous ?

— Allons, Milt ! Vous ne vivez pas dans une forteresse ! Vous nous coulez, c'est fini pour vous.

Pike lui agita son .357 sous le nez.

— Ah ouais ! dit LeRoy Bennett.

Milt Rossier contempla Pike un instant, puis jeta un coup d'œil à LeRoy. Celui-ci se sentait un peu mieux, mais son œil gonflait à l'endroit où Pike l'avait frappé. Ça ne devait pas lui inspirer beaucoup confiance, à Milt.

— Il faut que j'y réfléchisse, dit-il. Comment je vous avertis ?

Je lui indiquai où nous étions descendus à Baton Rouge, puis Pike et moi reprîmes le chemin du retour. Milt Rossier nous rappela :

— Hé ! cria-t-il.

Nous nous retournâmes.

— Hé ! La prochaine fois que l'un d'entre vous me colle un flingue sous le nez, vaudrait mieux qu'il tire.

Je lui souris.

— Ne vous inquiétez pas, Milt, la prochaine fois qu'on vous colle un flingue sous le nez, on tirera.

34

De retour à Baton Rouge, j'appelai la chambre de Jodi Taylor de la réception, mais personne ne décrocha. L'employé m'informa qu'elle avait quitté l'hôtel en début d'après-midi sans laisser ni message ni petit mot. À l'entendre, elle avait l'air inquiète. J'en eus un grand vide dans la poitrine, comme si, Dieu sait pourquoi, je n'avais pas terminé le boulot et, parce que je ne l'avais pas terminé, je ne m'étais pas montré à la hauteur.

— Merde, dis-je.

— La nuit est belle, me fit remarquer Pike. Très claire. Je vais courir un peu.

Excepté Pike, le réceptionniste et moi, le hall de l'hôtel était désert. Des voix lasses montaient du bar.

— Tu m'accompagnes ? insista Pike.

— Je passe quelques coups de fil.

Il acquiesça d'un hochement de tête.

— Je t'attendrai dehors.

Nous montâmes dans nos chambres. J'enfilai un short et des chaussures de jogging et appelai Lucy. Je lui racontai mes entrevues avec Escobar et Rossier et ajoutai qu'il n'y avait plus rien d'autre à faire qu'attendre pour voir si Rossier marcherait dans la combine. Puis je lui demandai si elle avait des nouvelles de Jodi.

— Oui, me répondit-elle. Et de Sid Markowitz aussi. Sid prétend qu'il va nous poursuivre en justice. Je ne suis pas certaine que Jodi le veuille, mais elle m'a paru très paumée.

— T'a-t-elle parlé d'Edith Boudreaux ?

— Non.

Nous gardâmes tous les deux le silence pendant un moment. Puis elle me dit :

— Studly ?

— Oui, madame ?

— Ben va se coucher à dix heures. Si tu venais après... qu'on se pelote un peu dans la voiture ?

— Pike et moi allons courir. La journée a été chaude.

Elle soupira.

— C'était juste pour que tu saches, dit-elle.

— Je savais bien que je ne t'appelais pas sans raison !

Nous raccrochâmes et je téléphonai à Joel Boudreaux. Je lui répétai ce que j'avais dit à Lucy.

— Est-ce qu'ils ont marché ? me demanda-t-il quand j'eus fini.

— Nous verrons. Rossier va se renseigner à droite et à gauche, histoire de savoir si nous sommes fiables, et quand il découvrira qu'on bosse avec Escobar, il décidera.

— Bon. Et après ?

— Il m'appellera ici. Dès qu'il le fait, je téléphone à Escobar. Nous n'aurons pas beaucoup de temps, il faudra être prêts à agir.

— Je peux mobiliser mes gars en cinq minutes, ça, bonhomme, j'en mets ma tête à couper.

— Comme vous voudrez.

Pike m'attendait dans l'allée en ciment à l'entrée de l'hôtel. Monsieur s'échauffait les tendons. Je le rejoignis, me penchai en avant jusqu'à avoir la tête entre les genoux, puis écartai grand les jambes en V et me penchai encore plus en avant, jusqu'à avoir la poitrine qui traînait par terre. Après une journée dont j'avais passé l'essentiel à conduire, sans même parler de la tension que j'avais supportée en traitant avec des sous-humains du type criminel, travailler ses muscles faisait du bien. Et si je n'avais pas trop merdé avec Jodi, après tout ? Peut-être n'avais-je jamais fait que traînasser un peu parce que je ne m'étais pas tenu en assez bonne forme physique et avais très sérieusement besoin de m'oxygéner. Peut-être. Ben, tiens. C'était sûrement ça.

Qu'est-ce que lâcher une cliente comparé à tout le travail qu'il faut faire pour garder la forme ?

Pike se tapa cent pompes puis se retourna et, les jambes en appui contre le mur, se tapa cent abdos. Je l'imitai. Le gamin de la réception sortit de l'hôtel pour venir nous voir, en restant debout dans l'entrée de façon à pouvoir surveiller son bureau.

— Dites donc, les mecs, vous êtes souples, vous ! Vous allez courir ?

— C'est cela même.

— Vaut mieux faire gaffe où vous allez, vous savez ? Y a des coins mal famés.

— Merci.

— Non, je rigole pas, insista-t-il. Le centre-ville est pas génial. Où que vous alliez, vous finirez par vous cogner dans des nègres.

— Dites, c'est pas votre téléphone qui sonne ?

Il se tourna, baissa la tête pour entrer, puis reparut et secoua la tête.

— Non, dit-il. Ça devait être autre chose.

Mes muscles s'échauffant, la tension commença à baisser, comme des blocs de glace dégringolant d'une moraine dans la mer.

— Ils disent comme ça qu'on fait partie des dix villes les plus dangereuses du pays, reprit-il.

Pourquoi eus-je l'impression qu'il en était fier ?

— On fera attention, lui répondis-je.

— Allez, on y va, dit Pike. Avant que je le cogne…

Nous prîmes vers le sud, le long d'une rue parallèle à la digue, puis remontâmes jusqu'au vieux bâtiment du Capitole, puis obliquâmes encore à l'est pour nous éloigner du fleuve. La nuit était chaude et l'humidité telle qu'on suait aussitôt. Je me concentrai sur ma respiration, le rythme de la course et l'effort qu'il fallait déployer pour ne pas perdre Pike. Courir devint pénible, mais la concentration qu'il fallait maintenir pour supporter ça avait quelque chose de libérateur. Le quartier des affaires fit place à des endroits où les magasins et les petits pavillons se mêlaient. Beaucoup de Noirs. Nous suivîmes une grande avenue et, la circulation y étant dense, restâmes autant que possible sur le trottoir. Les croisements étaient rapprochés et les rues qu'on traversait numérotées. Chaque fois qu'on en traversait une, on devinait le genre d'existence qui s'y menait. Nous vîmes des petits Afros qui faisaient du skate ou du vélo et d'autres qui s'entraînaient au base-ball dans la rue ou au football dans les terrains vagues. Ils s'arrêtaient pour nous regarder, là, deux types pâlichons filant rapidement au bord de leur monde. Je me demandai si c'était à ce genre d'endroits que pensait le gamin de la réception.

— T'as fait tout ce que tu pouvais pour elle, me dit Pike.

— Je sais, lui répondis-je en respirant régulièrement

— Mais t'es pas content de toi.

— Je l'ai laissée tomber. Je l'ai abandonnée.

Je réfléchis un peu puis ajoutai :

— Et c'est pas la première fois qu'on l'abandonne.

Un Noir qui courait seul déboula dans la rue, sur le trottoir d'en face, à la même allure que nous. Il avait à peu près notre âge. Début de calvitie, peau noire comme l'ébène, torse maigre du coureur qui ne plaisante pas. Pas de chemise, comme nous. Short, chaussures de course, poitrine et dos ruisselants de sueur, luisant comme luit l'obsidienne fortement polie. Je tournai la tête vers lui, mais il courait en regardant droit devant, comme si nous n'étions pas à sa hauteur sur le trottoir d'en face. Très vite, je m'aperçus que moi aussi je m'étais mis à regarder droit devant moi, ce qui ne m'empêchait pas de le voir du coin de l'œil.

— Elle m'a engagé pour une tâche précise et je fais autre chose. Elle m'a engagé en espérant que je pourrais protéger ses intérêts et je fais des trucs où ses intérêts sont vraiment secondaires.

Nous longeâmes un collège et des centres commerciaux, Pike et moi de notre côté de la rue, le coureur noir de l'autre, et nos allures étaient toujours les mêmes. Pike garda le silence pendant quelques instants, et je trouvai du réconfort dans ce silence qui criait. Le bruit de nos respirations.

Celui de nos chaussures qui frappaient le sol. Rythme de métronome.

— Tu ne lui as pas fait faux bond, dit-il. Tu lui as donné une chance d'aimer.

Je le regardai.

— Elvis, dit-il, tu peux pas mettre des trucs dans son cœur s'ils y sont pas déjà. Y a pas suffisamment d'amour pour qu'on puisse se payer le luxe de dire non quand on vous en offre. Là, c'est elle qu'a fait faux bond. Pas toi.

— C'est pas facile pour elle, tu sais ? Et c'est pas les raisons qui manquent.

— Peut-être.

Le coureur noir poussa l'allure et nous dépassa. Pike et moi le regardâmes au même instant, et poussâmes l'allure à notre tour. Nous le rattrapâmes, tînmes le rythme, puis accélérâmes encore. Nous restâmes en tête sur quelques centaines de mètres avant que de nouveau il se porte à notre hauteur. Je poussai derechef avec Pike, le Noir fit encore monter la pression. Mon souffle s'exhalait en bouffées rapides et fortes, l'air de la Louisiane m'oxygénant Dieu sait comment, la sueur me dégoulinant des cheveux et me tombant dans les yeux. Nous courions de plus en plus vite, nous étions déjà au sprint, nous de notre côté de la rue, lui du sien. Brusquement, nous arrivâmes à un croisement, ralentîmes au feu, et lorsque je tournai la tête pour le regarder, souriant, voulant lui faire un petit signe, il avait disparu. Il avait obliqué dans la rue que nous venions de traverser. J'essayai de l'y apercevoir, mais non : il avait bel et bien disparu. Nous fîmes du surplace un moment, en attendant que le feu passe au rouge. Soudain, je compris que j'aurais dû lui faire signe plus tôt. Maintenant, bien sûr, il était trop tard.

Le feu piétons passa au vert. Pike et moi continuâmes de courir, les kilomètres filant derrière nous. Il se faisait tard. Nous arrivâmes en bordure d'un parc où se trouvaient des terrains de football et des diamants[1] de base-ball, nous

1. Terrains de base-ball, par référence à leur forme.

prîmes vers le nord en en longeant les limites occidentales, puis nous obliquâmes de nouveau vers l'ouest, du côté du fleuve et de l'hôtel. Nous courions depuis pratiquement une heure. Nous devions en courir une de plus.

— Tu penses toujours à elle ? reprit Pike.

— Oui.

— Alors pense à ceci : tu l'as emmenée jusqu'au bout de ce qui était juste. Quoi qu'elle décide, c'est à elle de se taper le reste du chemin. Il n'y a pas trente-six mille solutions. Et c'est très exactement comme ça que ça doit être.

— Oui, Joe. Merci.

Il grogna, genre, la philo, ça me connaît.

— Bon, et maintenant, tu arrêtes de penser à elle et tu réfléchis un peu à Rossier. Si tu te sors pas tout de suite la tête du cul, il va te flinguer.

— Toujours le mot pour rire, pas vrai ?

— C'est pour ça qu'on me fait des ponts d'or.

35

Milt Rossier appela à neuf heures quatorze le lendemain matin. Et la première chose qu'il me dit fut ceci :

— Je marche si on monte à deux mille cinq cents par tête.

— Laissez tomber.

— Deux mille deux cent cinquante, bordel, ou je continue comme avant.

Je lui raccrochai au nez. Si j'avais les bonnes cartes, je les jouerais. Dans le cas contraire, il saurait que je tirais à blanc.

Six minutes plus tard, il rappela.

— Deux mille cent, espèce d'enfoiré. Vous savez très bien qu'il y a toujours des ristournes. Soyez raisonnable.

Je crus bien que l'estomac allait me remonter dans la gorge.

— Il y en a, Milt, il y en a, mais ce coup-ci, c'est moi qui ramasse. Je ne joue qu'un coup et après, rideau, je dégage. Libre à vous d'entuber Escobar pour de la petite monnaie, c'est votre affaire.

— Ah, l'enfoiré ! répéta-t-il, mais ce coup-là, il riait.

On était entre salopards et on essayait de s'entuber, comme de bons garçons.

— Prima amène un chargement ce soir. C'est trop tôt pour vous ?

— Non. À quelle heure ?

— Le bateau accostera aux environs de dix heures. Prima verra LeRoy dans un bar qui s'appelle le Bayou Lounge. Vous connaissez ?

— Pas ce soir, Milt. Vous dites à Prima de nous retrouver au bateau. Escobar et moi vous retrouverons chez vous à huit heures. Escobar n'a pas envie d'être en retard.

— Et il apportera le fric ?

— Qu'est-ce que vous croyez ?

— Non, rien, bon, dit-il.

— Vous avez pas raconté des trucs à Prima, par hasard ?

— Putain, non !

— Frank le veut, Milt. C'est ça ou rien.

— J'ai dit que j'ai pas cafté, putain ! Si Frank veut traiter avec moi, il peut se le faire quand il veut, le Prima. Même que je le troue et l'éviscère moi-même s'il veut.

— Parfait. Il est impatient de vous voir, Milt. D'après lui, débarquer trois chargements par semaine ne devrait pas poser de problème.

— Putain de Dieu de nom de Dieu ! s'écria-t-il.

Il devait voir une pluie de dollars danser devant ses yeux.

— C'est les beaux jours assurés, Milt.

— Un truc quand même, bonhomme.

— Oui, quoi ?

— Vaudrait mieux que vous soyez au Bayou. Vous y êtes pas, je me retire comme la sangsue dans son tas d'boue.

Tout le parfum du Sud.

— Pas question de rater ça, bonhomme.

C'était bien mon tour, non ?

— Si jamais Frank ne se pointe pas, vous allez le regretter. Il est pas né, celui qui fera bouffer de la merde à Milt Rossier. Vous pigez ?

— Je vous reçois cinq sur cinq.

Je raccrochai et appelai Frank Escobar.

— Donaldo Prima amène une cargaison ce soir à dix heures. Rossier est d'accord pour que vous vous fassiez Prima. Vous êtes toujours partant ?

— Toujours.

— Il veut qu'on se retrouve dans un endroit qui s'appelle le Bayou Lounge. C'est là qu'on le voit avant de rejoindre le bateau. Il vaudrait mieux avoir le fric.

— Vous inquiétez pas pour ça.

Je raccrochai et appelai Joel Boudreaux chez lui. Il décrocha à la deuxième sonnerie.

— Ils marchent ? me demanda-t-il d'une voix tremblante.

— C'est ce soir. Vous pouvez rassembler vos gars ?

— Ah, Seigneur ! s'écria-t-il.

— Vous allez y arriver ?

— Oui. Bien sûr que oui.

Sacrément tendu.

— Du calme, Joel. Le bateau arrivera à dix heures, mais il faut que je retrouve Rossier à son bar à huit heures, ce qui veut dire que vous, vous devrez être à vos postes à sept. Vous pourrez ?

— Oui, oui, bien sûr. Je rassemble mes gars et je les fais venir chez moi aux environs de quatre heures. Après, on organise tout.

— J'y serai.

— Hé, Cole !

— Quoi ?

— C'est vraiment chic, ce que vous faites.

— Oui, bon.

Je raccrochai, appelai Lucy à son bureau et l'informai que c'était parti.

— Tu crois que Joel va réussir ?

— C'est pas la mer à boire, Lucy, lui répondis-je. Tous les méchants débarquent avec le fric et les clandestins, et lui, tout ce qu'il a à faire, c'est de les arrêter. Le seul problème que je vois, c'est de rassembler les gars. En soi, l'arrestation n'a rien d'extraordinaire.

— Bon… si tu le dis.

Elle n'avait pas l'air convaincue.

Je l'informai que nous mettrions tout au point chez Joel à quatre heures, elle me dit qu'elle appellerait Merhlie Comeaux et qu'ils nous y retrouveraient. Nous raccrochâmes, puis j'allai frapper à la porte de Joe.

— C'est parti, lui dis-je.

Il gagna la penderie et en sortit son sac. J'entendis des bruits de trucs en métal.

— Ça fait des années que je suis prêt, dit-il.

À trois heures de l'après-midi, nous descendîmes au parking, prîmes la voiture et franchîmes le pont, direction Eunice.

Trois voitures de patrouille de la surveillance des autoroutes d'Evangeline Parish étaient garées dans l'herbe devant chez Joel, la Lexus de Lucy se trouvant dans l'allée. Je me demandai si les voisins n'allaient pas trouver bizarre de voir tant de bagnoles, mais non, peut-être pas. Un petit barbecue pour les boys en plein milieu de semaine, pourquoi pas ? Pike et moi frappâmes à la porte. Edith Boudreaux nous fit entrer. Elle nous sourit en nous accueillant, mais son sourire me parut un rien forcé.

Lucy et Merhlie Comeaux avaient pris place dans les fauteuils à oreilles, trois flics s'étant installés sur le canapé. Le jeune Noir, Berry, le dénommé Tommy Willets, et le troisième, un certain Dave Champagne qui ressemblait au petit bonhomme des pains en tranches Pillsbury, sauf qu'il était tout rose et avait les joues couvertes de duvet. Willets fronça les sourcils en nous voyant, puis se détourna en secouant la tête. Toujours à jouer les petits malins. Champagne et Berry étaient plus jeunes que lui. Boudreaux fit les présentations, je restai avec tout le monde pendant que Pike allait se mettre seul dans un coin contre le mur. Berry et Champagne n'arrêtaient pas de le regarder. Un petit plateau de fourrés aux figues Newton et de sablés au sucre était posé sur la table. Edith Boudreaux nous offrit du café dans des tasses en porcelaine. Elle avait l'air de beaucoup tenir à ce que nous acceptions de boire et ne cessait de marcher autour de la pièce comme une mouche coincée derrière une paroi de verre. Je me dis que, d'une certaine manière, ce devait être plus dur pour elle que pour les autres.

— J'ai averti tout le monde qu'on allait se payer Milt, dit Joel. J'ai mis tout le monde au courant de l'histoire des clandestins, de Donaldo Prima et de Frank Escobar. Tout le monde sait ce que nous allons essayer de faire. Vous voulez leur dire ce que vous avez vu ?

Je leur racontai le remorqueur, la station de pompage, le vieil homme et la fillette, puis je leur expliquai comment j'avais décidé de doubler Prima pour faire sortir toute l'affaire au grand jour. J'étais au milieu de mon récit lorsque Willets se pencha en avant et m'arrêta :

— Vous avez assisté à un meurtre ? Mais bordel, vous auriez dû venir nous voir immédiatement !

— Tommy, dit Joel, il avait ses raisons.

Tommy le dévisagea.

— Ne pas prévenir la police d'un crime est illégal, Joel. Putain de Dieu, mais qui c'est qu'a fait de lui le shérif, hein ?

Puis il coula un regard à Edith et ajouta :

— Je m'excuse, Edie.

Joel avait encore l'air tout embarrassé lorsque Dave Champagne se lança :

— Oh, la barbe, Tommy ! Mets-y une sourdine, tu veux ? On va enfin coincer Rossier ! C'est pas génial, ça ?

Il souriait si fort qu'il ressemblait à une citrouille rose et velue. Je jetai un regard à Pike. Pike secoua la tête. On allait arrêter de vrais truands avec une bande de boy-scouts.

— Je retrouve Milt Rossier et Frank Escobar au Bayou Lounge à huit heures, enchaînai-je. Après, nous allons à la station de pompage pour attendre le bateau. Il doit arriver à dix heures. Et Prima est censé se trouver à bord.

Joel regarda Merhlie Comeaux.

— Qu'est-ce que vous en pensez ? On ne pourra pas nous accuser de le piéger [1], si ?

Merhlie hocha la tête.

— Non, shérif, je ne vois pas de problème. Tout ça m'a l'air propre. On livre Rossier, le fric et un plein bateau de clandestins à la justice d'État, ils devraient leur réserver tout de suite une cellule à deux lits au pénitencier d'Angola. C'est garanti.

Il avait dit *gah-rann-ti*. À la cajun.

---

1. La loi américaine interdit en effet de tendre des pièges à un escroc pour le coincer.

— Il est possible que Rossier n'entre pas en possession du fric, lui dis-je. C'est peut-être à Bennett qu'il ira. Ça s'est passé comme ça la dernière fois.

— Aucune importance, dit Merhlie. Bennett travaille pour Rossier, et c'est Rossier qui loue le terrain.

Il regarda Boudreaux et ajouta :

— Moi, j'attendrai près du téléphone. Vous me faites savoir quand c'est fait et j'appelle tout de suite Jack Focher chez le procureur. Milt sera inculpé dès demain midi. Jack Focher est un type bien.

Berry avait l'air inquiet.

— Je connais parfaitement la vieille station de pompage de l'Hyfield Oil, dit-il. Comment pourrons-nous voir quoi que ce soit si tout se passe à l'intérieur ?

— Prima fait signe au bateau de s'arrêter depuis la berge. Ce n'est qu'après qu'ils font entrer les camions dans le bâtiment par deux portes coulissantes, lui expliquai-je. Et ces portes, ils les laissent ouvertes. Vous n'aurez aucun problème de ce côté-là. C'est comme ça que nous avons vu le vieil homme se faire tuer.

— Comme on va se trouver dans les buissons, il est possible qu'on ne voie pas ce qui se passe, fit remarquer Joel. Faudrait peut-être que vous nous fassiez un signe.

— Hé, Joel ! lui lança Comeaux. Qu'est-ce que vous voulez qu'il fasse ? Qu'il agite un foulard rouge ? Ces salopards sont armés et ils aiment assez tirer.

Lucy se redressa dans son fauteuil.

— Tu seras avec eux quand ils les arrêteront ? me demanda-t-elle.

— Oui.

Elle regarda Pike, puis revint sur moi.

— C'est vraiment nécessaire ?

— Je suis la clé de voûte de toute l'affaire. Étant donné que c'est moi qui mets Escobar et Rossier en contact, ils voudront que je sois là d'un bout à l'autre. Rossier est un peu nerveux et si Escobar marche dans la combine, c'est uniquement parce qu'il s'imagine qu'il va pouvoir liquider Prima.

Je regardai Boudreaux.

— Prima ne s'attendant pas à tomber sur Escobar, dès qu'ils se verront, ce sera l'enfer. Il faudra agir vite.

Joel hocha la tête.

— Ça !

Il était pâle et n'arrêtait pas de se frotter la mâchoire.

Willets montra Pike du pouce.

— Et toi, bonhomme, où tu seras ? lui demanda-t-il.

— Je surveillerai.

Willets n'eut pas l'air d'apprécier.

— Et ça veut dire quoi, au juste ?

— T'en fais pas, Tommy, lui dit Joel. Il y sera.

Willets embraya aussi sec.

— Vaudrait mieux savoir où tout le monde se trouvera, dit-il. Il se pourrait que ça canarde. Ce serait vraiment dommage qu'il y ait, ben… des accidents, quoi.

— Vous inquiétez pas, Willets, dit Pike.

Willets fronça les sourcils, mais laissa passer.

— Et nous, où on sera ? demanda Berry.

— Dans les cannes à sucre, à un endroit d'où on pourra voir par les portes coulissantes. Il faudra planquer les bagnoles en retrait de la grand-route et faire le reste à pied. Donc, vous rentrez chez vous et vous enfilez vos bottes. Vous allez en avoir besoin.

— Combien de temps nous reste-t-il ? s'enquit Willets. J'ai des trucs à faire.

Boudreaux regarda sa montre.

— Nous avons encore une heure avant d'être à nos postes. C'est bien ça ? me demanda-t-il en me regardant.

J'acquiesçai d'un signe de tête. Willets grogna : dégoûté, sans doute, que Boudreaux m'ait demandé mon avis. Boudreaux l'ignora.

— Mettez tous des vieux habits : on va sacrément se mouiller. Mais que tout le monde soit en parka du poste de police. Je veux savoir à qui j'ai affaire quand on y sera.

Boudreaux venait d'en finir et me regarda encore une fois.

— Bon, dit-il, je crois qu'on ferait mieux d'y aller. Vous avez autre chose à dire ?

— Ouais. Je veux pas qu'on me tire dessus.

Berry et Champagne se marrèrent et tout le monde se leva pour gagner la porte. Le shérif s'approcha de Merhlie Comeaux pendant que Lucy me prenait en aparté. Elle avait toujours les lèvres serrées et m'entraîna aussi loin qu'elle le pouvait dans la pièce.

— Il faut vraiment que tu y sois ? me demanda-t-elle.

— C'est pas la première fois que je fais des trucs comme ça, lui répondis-je. Fais-moi confiance.

Ses narines se gonflèrent, puis elle regarda fixement devant elle et fronça les sourcils.

— Si c'est pas génial ! chuchota-t-elle. Et moi, qu'est-ce que je fais pendant ce temps-là ? J'attends avec les nanas ?

— Si tu le lui demandes gentiment, je suis sûr que Pike ne te refusera pas un flingue.

— Ben voyons, dit-elle, et elle repartit vers Comeaux.

Pike était à l'autre bout de la pièce, il me regarda et me montra la porte d'un signe de tête. Je l'y retrouvai.

— Ils te plaisent, ces mecs ? me demanda-t-il.

— C'est tout ce qu'on a, non ?

Il regarda Willets.

— J'aime pas ce morveux qui s'y croit.

— Allez, à plus, Joe.

Il acquiesça d'un hochement de tête, je regagnai ma voiture et filai au Bayou Lounge.

Quelques années plus tôt, un ami et moi nous étions payé une croisière Tahiti-Hawaï en bateau à voile. La traversée avait duré cinq jours et nous avait jetés dans des mers si lointaines que nous avions perdu tout contact radio avec la terre. Plus nous voguions, plus la houle devenait forte. Nous avions quitté Papeete depuis trois jours lorsque l'équipage nous fit savoir que le sonar n'arrivait plus à sonder les fonds. D'après les cartes, ceux-ci se trouvaient à quelque huit mille mètres sous notre coque, mais pour nous c'était la même chose que de rouler et tanguer sur un abîme. Il n'y avait aucun moyen de savoir ce qu'il y avait tout en bas. Quant à appeler chez soi pour demander de l'aide… Les monstres, c'était tout ce qu'il nous restait.

Des nuages denses grossissaient à l'occident, masses orageuses qui fonçaient sur nous et remplissaient le ciel de teintes ardoise aussi sombres que les vagues – les eaux, voilà, n'avaient plus de fond.

36

Une pluie fine tombait sur le parking en écailles d'huîtres cassées du Bayou Lounge. La couverture nuageuse, basse et lourde, donnait à la lumière des apparences de crépuscule. Vent et éclairs, la tempête menaçait. Quatre ou cinq familiales garées dans le parking, à l'intérieur du bar une dizaine de types qui monopolisaient le comptoir. On s'empiffrait de sandwiches qu'on faisait descendre avec de la Dixie. La femme aux cheveux teints sourit en me voyant.

— Alors, chéri, dit-elle, je pensais plus jamais te revoir dans le coin.

— Mais le monde est petit, non ?

— Oh, il est bien plus grand qu'on croit.

Un type coiffé d'une casquette Evinrude se marra.

Je commandai un club soda et l'emportai à une petite table près de la porte. Celle-ci étant ouverte, il faisait plus frais à cet endroit, mais d'une fraîcheur humide qui collait à la peau. Mon Dan & Wesson allait beaucoup se mouiller et je serais obligé de le nettoyer avant qu'il rouille. Sauf si la suite des événements ne tournait pas à mon avantage, évidemment. Dans ce cas-là, je n'aurais plus à m'inquiéter du problème.

Deux ou trois minutes plus tard, la Polara de Bennett se gara près de la porte et son propriétaire entra en secouant son chapeau pour se débarrasser de la pluie qui lui était tombée dessus. Il portait une veste de berger australien et ressemblait au bonhomme Marlboro. Un vrai cancer sur pieds. La femme aux cheveux teints glapit en le voyant.

— Hé, LeRoy ! s'écria-t-elle en se penchant par-dessus le comptoir pour lui faire un bisou sur la joue.

Il se fendit d'un sourire et lui tripota les seins, mais elle le repoussa comme si ce n'était pas vraiment ce qu'elle aurait voulu. Deux ou trois habitués le saluant d'un hochement de tête, il serra la main de l'un d'entre eux. On était revenu voir les piliers de bar. Il se commanda une Dixie, puis se dirigea vers moi et se laissa tomber sur une chaise. Il avait encore un bel œil au beurre noir.

— Où ils sont, tes basanés ? me lança-t-il.

— Je suis en avance.

Il avala une gorgée de bière et décocha un clin d'œil à miss Cheveux-Teints.

— Ah bon ? reprit-il. Ben vaudrait mieux qu'ils se pointent vite fait, tes basanés, sinon t'es dans la merde.

— LeRoy ?

Il avait commencé à se suçoter les dents.

— Vous vous faites un cadeau et vous les appelez plus comme ça, d'accord ?

Il fronça les sourcils comme si j'étais un gros étron.

— C'est pourtant bien ce qu'ils sont, non ?

Je secouai la tête. Il y a des gens qui ne comprennent jamais. Des gens auxquels il n'y a tout simplement pas moyen de parler.

— Où est Milt ? lui demandai-je.

— Il va venir.

— Je pensais qu'il viendrait avec vous.

Il téta sa Dixie.

— Tu t'occupes de tes basanés, d'accord ?

Il se colla une Tarryton 100 dans le bec et l'alluma avec un gros Zippo en acier. L'index et le majeur de sa main droite étaient jaunes de nicotine. Et ses ongles parfaitement crasseux. Il me sourit méchamment et laissa filer la fumée entre ses dents. Il ne se les était probablement pas lavées depuis un an.

Il se leva et alla mettre de l'argent dans le juke-box. Il finit sa première Dixie et partit en chercher une autre. Pendant qu'il était au bar, miss Cheveux-Teints lui glissa un truc dans l'oreille. Derechef il lui en glissa un autre dans la sienne. Elle se marra. C'est drôle, non, les trucs qui séduisent les gens. Le mec à la casquette Evinrude et un autre, qui était plus gros et boitait, décidèrent de rentrer chez eux. Je serais bien parti avec eux. La pluie tombait plus fort. Elle remplissait les trous et les creux dans le parking en coquilles d'huîtres et cognait sur la toiture. Insensiblement les restes du jour cédaient à la nuit. Soudain, le parking fut inondé de lumière blanche, deux fois de suite. Aussitôt après, deux coups de tonnerre retentirent. Les types du bar applaudirent. Le tonnerre était si fort et si proche que la petite bâtisse en trembla. Les verres vibrèrent, le disque du juke-box sauta un sillon. Qu'on ne vienne pas me causer de tremblements de terre.

À huit heures moins deux, des faisceaux de phares balayèrent la porte d'entrée. Une BMW bleu marine pila dans le parking. Frank Escobar entra dans le bar, le grêlé lui tenant un parapluie grand comme un parachute au-dessus de la tête.

— Ben c'est pas trop tôt, grogna LeRoy.

Il sirotait sa troisième Dixie et avait parlé trop fort.

Les deux hommes s'approchèrent de ma table et s'assirent, Escobar secouant son imper.

— Ça, on peut dire que vous avez choisi votre temps pour démarrer, me lança-t-il. Où est Rossier ?

— Pas encore arrivé.

LeRoy lui tendit la main.

— Je m'appelle LeRoy Bennett, dit-il. C'est un vrai bonheur de vous voir, non, vrai.

Escobar regarda par la fenêtre. Main ou bonhomme, LeRoy n'existait pas.

— Qui c'est, ce type ? me demanda Escobar.

— Le clown à Rossier.

— Non mais, hé ! C'est quoi, ces merdes ? s'écria LeRoy.

Escobar le frappa si fort du revers de la main droite que LeRoy en tomba quasiment de sa chaise. Le même geste exactement qu'il avait eu pour cogner sa femme. Deux mecs du bar se retournèrent pour voir, miss Cheveux-Teints poussa un petit cri. Escobar attrapa LeRoy par la tête et lui planta un pouce sous la mâchoire.

— Dis, tu me vois ? lui cria-t-il. Je suis assis.

LeRoy tenta d'échapper au pouce, mais en vain.

— Hé, mais oui, quoi ! C'est quoi ça, frangin ?

— Non, parce que si tu me vois, ton patron, moi, je le vois pas, bordel ! Tu crois que j'ai du temps à perdre ?

Au moment même où il prononçait ces paroles, d'autres faisceaux de phares balayèrent la porte, d'autres crissements de pneus se faisant vite entendre par-dessus la musique du juke-box et le bruit de la pluie. LeRoy s'écarta du pouce et dit « Ben, ça doit être Milt qui arrive » à l'instant même où celui-ci entrait dans le bar.

— Hé, Milt ! cria la femme derrière le bar.

Mais Milt ne lui répondit pas. Il nous vit, vint vers nous et tendit la main à Escobar.

— Frank, dit-il, Rossier. Je tiens à m'excuser pour ce retard, mais cette pluie est une vraie saloperie.

— Bah, c'est pas grave, répondit Escobar. Si vous vous étiez tapé la route pour venir de Métairie !

Il serra la main de Rossier un peu plus longtemps que nécessaire, puis ajouta :

— J'espère qu'on fera de bonnes affaires, Milt, mais commençons par le commencement. Où est Prima ?

— Oh, lui ? Je parie qu'il est à la station de pompage.

Escobar me jeta un coup d'œil, puis se tourna de nouveau vers Rossier. Il lui tenait toujours la main.

— Je veux me faire beaucoup de pognon avec vous, reprit-il, mais là, faut comprendre que moi et Prima, c'est personnel. On pourra pas s'y mettre tant que je me le serai pas fait, ce fumier.

Milt approuva de la tête en essayant de lui retirer sa main. Les yeux d'Escobar n'étaient plus que des fentes et Milt semblait avoir peur de lui.

— Frank, dit-il, je vous emmène le voir immédiatement, d'accord ?

Escobar lui lâcha enfin la main.

— Vous voulez bosser tout de suite ou on s'en descend un avant d'y aller ? C'est chez moi, ici. Et c'est moi qui régale.

Comme si un type qui valait des millions allait sauter sur l'occasion de se faire payer un coup.

Escobar secoua la tête et se leva. Il claqua des doigts, aussitôt le grêlé s'amena.

— Prima, dit-il.

Une vraie obsession. Il avait les doigts qui lui démangeaient, c'était clair, il pressait déjà la détente. Son imper s'ouvrant lorsqu'il se leva, j'y vis comme un petit éclair.

— Bon, ben, allez, dit Milt. On y va.

Nous retrouvâmes la pluie. Milt proposa qu'on monte dans la Polara, mais nous étions cinq et ça faisait un peu trop. Il demanda à Escobar si ça l'embêtait de le suivre dans sa propre voiture. Escobar lui répondit que ça serait parfait et se dépêcha de regagner sa BMW avec son tueur. Personne n'avait envie de s'attarder sous la pluie. Nouvel éclair dans le ciel, le parking en fut entièrement illuminé. Escobar et son factotum ouvrirent les portières de la BMW. Les lumières intérieures s'allumaient déjà lorsque deux hommes sortirent de derrière le Bayou Lounge. Boules de feu dans leurs mains, claquements secs des pistolets à chargement automatique, un rien assourdis par la pluie. Escobar et son tueur s'affalèrent contre la BMW. Les pistolets-mitrailleurs crachaient encore lorsque LeRoy me frappa le côté de la tête avec quelque chose de dur et de froid. Je dégringolai dans la boue, Bennett se jeta sur moi et me frappa encore deux fois.

— Alors qui c'est le clown, maintenant, hein ? Qui c'est ?

Mais Rossier l'écarta et lui cria :

— T'arrêtes ça, tu veux ? On n'a pas le temps de s'amuser à ces machins-là ! Relève-le !

René LaBorde sortit d'on ne sait où et me remit sur pied. Bennett, qui souriait à s'en fendre la figure en deux, me prit mon arme et me frappa encore un coup.

La pluie tombait plus fort. À l'intérieur du Bayou Lounge, plus personne ne bougeait.

Les deux tueurs achevèrent les blessés, puis vinrent vers nous. Le premier n'était autre que Donaldo Prima. Et le second le shérif adjoint d'Evangeline Parish, Tommy Willets. Il paraissait avoir la trouille.

— On se l'est payé comme il faut, c't'enculé ! dit Prima.

Je compris alors que les bons étaient entièrement seuls à la station de pompage. Et tous les mauvais autour de moi.

— Putain, Willets ! m'exclamai-je.

Willets me frappa au front avec la crosse de son pistolet, puis me coinça contre le flanc de la Polara.

— Mais merde ! cria Milt. Dépêche-toi de me le foutre dans la bagnole, quoi ! Y a pas que lui à tuer !

37

Willets me passa les menottes, puis demanda à René de l'aider à m'asseoir sur la banquette arrière de la Polara. Il soufflait fort, des torrents de pluie lui tombaient du bord du chapeau, son poncho de police semblant brûler dans les éclairs de l'orage. La porte d'entrée en bois du Bayou Lounge était fermée. Je me demandai si ce n'était pas Bennett qui l'avait verrouillée après notre départ. Peut-être.

À l'autre bout du parking, Bennett et un petit mec à grosse moustache chargèrent les cadavres dans le coffre de la BMW. Le petit mec était donc le tueur de Prima. Ce dernier s'approcha de la Polara et m'agita son arme sous le nez.

— C'est ce connard-là qui voulait me baiser ? demanda-t-il, les yeux rouges d'avoir tué.

— Range-moi ce bazar ! hurla Rossier. On pourrait avoir besoin de lui.

Prima écarta Milt d'une poussée.

— Je vais le flinguer, moi, ce trouduc ! gueula-t-il.

Prima avait touché Milt. Rapides comme le serpent, les mains de René jaillirent, attrapèrent l'arme de Prima et la firent tomber par terre. Prima jura en espagnol, puis s'écria :

— Vire-moi ce mec !

Rossier demanda à René de reposer Prima par terre, Prima et Rossier gagnant ensuite la voiture d'Escobar avec Bennett et Moustache. Willets monta à l'arrière de la Polara avec moi. René resta dehors sous la pluie. Il portait un imperméable, mais celui-ci était déboutonné. À croire que c'était un autre qui l'avait enfilé à sa place. Pas de capuche, et la pluie qui lui dégringolait sur la tête lui collait les cheveux sur le crâne. Son revolver de service à la main, Willets ne bougeait pas. Toujours à respirer fort, toujours les yeux écarquillés, il regardait les autres par la lunette arrière comme si je n'étais pas là. Les vitres commencèrent à s'embuer.

— Dis, Willets, combien ça coûte d'acheter un mec comme toi ? lui demandai-je.

— Ta gueule.

— Je sais qu'il t'a payé assez cher pour que tu le tuyautes sur le shérif, mais... il t'a filé assez pour que tu dormes tranquille ?

— Ta gueule.

— Willets, insistai-je, t'as peut-être vendu tes couilles au kilo, mais je suis sûr que maintenant t'as même pas de quoi foutre de la p'tite monnaie dans un parcmètre.

Il me regarda de côté, cligna deux fois des paupières et me flanqua un revers dans la figure avec son revolver. Le canon et le barillet de son arme m'atteignirent au-dessus de l'œil gauche, ma tête partant brutalement en arrière. Peau qui éclate, puis trou noir, puis champ d'étoiles dorées, puis douleur aiguë au-dessus de l'œil et rien de plus. Je sentis du sang couler sur le coin de ma paupière. Je souris.

— Tu pensais pas qu'on en viendrait là quand tu les as vendus, hein ? C'est vrai que les mecs dans ton genre, ça pense jamais très loin. Sauf que maintenant ça y est, que ça va à toute allure et que t'en chies dans ton froc. Ça, pour être dans la merde, t'es dans la merde, Willets. T'as drôlement raison d'avoir la trouille.

Il s'humecta les lèvres et regarda encore une fois les types sous la pluie. Pour avoir la trouille...

— C'est pas moi qu'ai à m'en faire, dit-il.

— Hé, Willets. Et Rebenack ? T'étais dans le coup là aussi ?

Il refusait toujours de me regarder.

— Alors là, chapeau, Willets. Chapeau.

LeRoy et Milt revinrent vers la Polara. Prima repassa seul derrière le Bayou Lounge chercher la voiture de patrouille de Willets, tandis que LaBorde et Moustache montaient dans la BMW d'Escobar, qui démarra. Nous partîmes, Prima nous collant au pare-chocs. Personne n'avait bougé dans le Bayou Lounge, personne n'était sorti voir ce qui se passait. La pluie et le tonnerre avaient couvert tous les bruits.

— Milt, dis-je, j'arrive pas à croire que vous ayez pas marché. Deux mille dollars par tête, c'est un sacré paquet de fric.

Rossier se retourna sur son siège et me sourit tout grand. Son visage me parut vieux et fendillé. Il tenait le .45 de Bennett dans la main.

— Ça, en fait, c'est vrai. Vous m'avez presque baisé la gueule. J'aurais tout avalé si Willets ne m'avait pas rencardé.

— Il est pas le seul à savoir. Y a beaucoup de gens dans la combine et Joel Boudreaux va tous vous coincer. Fini le chantage.

Willets se lécha les lèvres.

— Il a raison, Milt, dit-il. On aurait pas dû jouer le coup comme ça.

— Y en a d'autres qui savent ? demanda Milt. Qui ça ?

Willets se lécha encore les lèvres.

— Les mecs du poste, la femme de Joel, la nénette de Baton Rouge et Merhlie Comeaux. Comeaux est rentré chez lui et les deux nanas sont chez les Boudreaux.

Rossier hocha la tête et sourit encore plus.

— Bah, on les rassemble tous, on les tue et le tour est joué.

Il avait dit ça comme on demanderait des cornichons pour mettre dans son sandwich à la viande.

— Mais... vous êtes complètement givré ! m'écriai-je.

— Putain, mais c'est fou ! hurla Willets.

— On verra bien, dit Rossier en hochant la tête à nouveau.

— Tu peux pas les tuer tous, quand même ! reprit Willets.

Milt hocha la tête encore un coup avant de demander à Bennett s'il savait comment aller chez les Boudreaux.

Bennett le savait. Willets n'arrêtait plus de se lécher les lèvres toutes les deux ou trois secondes.

— Hé, Milt, reprit-il, tu parles pas sérieusement, si ? Tu peux quand même pas assassiner tous ces gens !

Milt pencha la tête de côté, puis l'observa comme on regarde un enfant attardé.

— Fiston, dit-il, les plans les plus simples sont toujours les meilleurs. Que veux-tu que je fasse d'autre ?

Willets se tortilla sur son siège en tenant mollement son revolver de service sur ses genoux. Je me demandai si je ne pourrais pas le lui piquer avant que Milt ne m'abatte. En me jetant sur lui…

— Mais ça fait trois officiers de police, Milt ! Plus la femme à Joel ! Comment vas-tu expliquer ça ! Putain de Dieu, Milt !

— Hé, Willets, l'interrompis-je, et comment il va expliquer que tu sois le seul à en avoir réchappé, hein ? À ton avis…

— Alors là, c'est facile, dit Rossier.

Et il braqua le .45 de LeRoy Bennett sur le shérif adjoint Thomas Willets et pressa la détente. Le bruit fut énorme. Chaleur, déflagration, là, juste devant mes yeux. La tête de Willets partit en arrière contre le dossier puis revint en avant, une explosion de rouge giclant sur le vinyle, les vitres et tout mon corps. Puis sa tête s'immobilisa, Willets s'affaissa sur le côté et ne bougea plus.

— Putain, mec, ça pète vachement plus fort qu'un cochon, ce truc-là ! dit LeRoy.

Milt se pencha en arrière, attrapa le revolver de Willets et demanda à Bennett de se garer sur le bas-côté. Bennett fourra le cadavre dans le coffre de la voiture et nous repartîmes.

— Donc, c'est du sérieux, dis-je à Milt. Vous allez tuer tout le monde, c'est bien ça ?

— Hmm, hmm.

Nous allâmes jusque chez les Boudreaux et nous garâmes dans l'allée, Prima arrêtant la voiture de patrouille juste derrière nous.

— Si vous leur faites le moindre mal, je vous jure que je vous tue, dis-je à Rossier.

— Gaspille pas ta salive, trouduc, rétorqua LeRoy. T'en auras peut-être besoin plus tard.

Milt descendit de la voiture, retrouva Prima et Moustache, et tous trois gagnèrent aussitôt la porte d'entrée. La rue était calme et bien éclairée, mais voilée de pluie. Encore une soirée bien sudiste et dégueu en pays de cocagne.

Milt sonna, Edith Boudreaux lui ouvrit la porte. Moustache la poussa et entra dans la maison. Une seconde plus tard, Lucy et Edith traversaient la pelouse pour aller à la voiture. Lucy se débattait si fort que Moustache dut lui mettre la main sur la bouche. On ne s'attend jamais à ce que les méchants sonnent à la porte. Rossier remonta dans la voiture et sourit.

— On va bien voir ce que va faire Joel, pas vrai ? dit-il. Parce qu'on va le voir, non ?

Je ne savais toujours pas s'il s'adressait à moi ou à Bennett. Peut-être se parlait-il seulement à lui-même.

Ils nous conduisirent à l'élevage d'écrevisses sous des trombes d'eau et nous enfermèrent dans le hangar de conditionnement. La BMW d'Escobar était déjà là. René se tenait debout sous la pluie, les pieds dans la boue, tel quelque grand golem qui a tout oublié. En le voyant, Milt Rossier secoua la tête et tiqua. Fallait croire qu'il n'arrivait pas à s'y faire. Ils attachèrent les poignets de Lucy et d'Edith avec du chatterton et nous firent asseoir par terre, sous les tables à éviscérer. La pluie entrait par la grande porte ouverte et martelait le sol, mais nous étions en retrait et bien protégés. L'arrière du hangar était lui aussi ouvert et de la pluie y tombait à grosses gouttes. Milt, Prima et Bennett se regroupèrent mais Bennett finit par regagner sa Polara pour s'en aller annoncer la nouvelle à Joel. Edith était pâle et fatiguée. Lucy, elle, avait l'air effrayée. Prima et Moustache finirent de les attacher, puis nous laissèrent.

— Vous ici ? lançai-je aussitôt.

Lucy ne sourit pas. Marbrures sur sa peau bronzée, narines blanches et pincées. Elle ne cessait de regarder Rossier, Moustache, LaBorde et Prima, comme si, peut-être, il allait se passer des choses et qu'il lui fallait être prête à agir dans l'instant, sans quoi tout serait perdu à jamais.

— C'est loin d'être fini, lui dis-je. Il y a Pike, et il y a moi. Je te sortirai de là.

Elle hocha la tête sans me regarder.

— Je t'ai pas dit que j'étais d'une force irrésistible ?

Un sourire lui glissa au coin des lèvres, puis elle me regarda.

— On peut dire que tu sais amuser les filles, toi.

— Irrésistible, que je suis. Y a pas moyen de m'arrêter. Sauter par-dessus les immeubles d'un bond, ça me connaît.

Elle se détendit un rien et hocha la tête.

— Le moment viendra, Lucy. Et quand il viendra, je veux que tu te caches sous cette table, tout au fond. Et vous aussi, Edith. Vous entendez ?

Elle avait le teint aussi cireux qu'un mannequin et je n'étais pas sûr qu'elle m'ait entendu. Rossier revint et me flanqua deux coups de pied dans la jambe, fort, très fort.

— On arrête de jacasser !

Il déchira du chatterton et nous en couvrit la bouche.

Assis sur le plancher en ciment mouillé, nous regardâmes Rossier, Prima et Moustache arpenter le hangar en échafaudant des plans. René suivait Rossier comme un chien son maître. Rossier gagna la maison, puis en revint avec deux fusils à pompe et un maigrichon à la peau couleur moka. Encore un de ses tueurs. Il donna un fusil à Moustache et l'autre à Donaldo Prima. Tous parlèrent quelques instants dans l'encadrement de la porte, Rossier montrant des choses avec de grands gestes. Le Noir et Moustache repartirent enfin sous la pluie. On délimitait le champ de tir. Je poussai sur mon chatterton avec ma langue et le frottai contre mon épaule et le pied de la table à éviscérer. Je sentis qu'il commençait à lâcher.

Milt restait dans l'encadrement des portes coulissantes pour surveiller. Au bout d'un moment, des phares apparurent. La Polara de LeRoy Bennett s'approchait des hangars. Il n'y avait pas qu'elle. La voiture de patrouille de Joel la suivait sans sirène, gyrophare éteint, tout doucement, comme pour essayer de ne pas aggraver la situation. LeRoy gara sa Polara le long du hangar de conditionnement, puis entra. Il était trempé mais avait l'air tout excité.

— J'les ai ! s'écria-t-il. J'leur ai dit comme tu m'avais dit et ils sont sortis juste comme prévu, putain de putain ! Et j'leur ai piqué leurs flingues ! Et leur radio avec !

Il avait des sourires de fou, comme si nous étions tous des gamins qui jouent à des trucs à la colo. Nature, le mec.

Edith se redressa pour regarder et je l'imitai. De l'endroit où nous étions assis, nous voyions la voiture de patrouille par l'ouverture de la porte. Elle était garée en plein milieu du terrain où nous serions exécutés. Joel sortit côté chauffeur et se tint debout sous la pluie, Berry et Dave Champagne descendant de l'autre côté. Je crus voir une ombre filer à l'arrière du véhicule au moment où Berry en sortait, mais rien n'était moins sûr.

— Où est l'autre ? demanda Rossier.

— Quel autre ? dit Bennett.

— Celui qui t'a assis sur ton cul, espèce de connard !

Pike n'était pas avec eux.

Bennett cligna des paupières en regardant la pluie.

— On n'a pas réussi à le trouver, répondit-il. Il est toujours dans les marais.

Le visage dur, Rossier frappa Bennett.

— Quel crétin tu fais ! gronda-t-il. J'avais dit « tout le monde » !

— On l'a pas trouvé, Milt ! répéta Bennett en gémissant. On le retrouvera dès qu'il fera jour.

— Et merde ! marmonna Rossier en gagnant la grande porte. Allez, Joel, amène-toi, qu'on règle cette affaire.

— Mon cul, oui ! répliqua Joel en restant là où il était. C'est toi qui sors ! Tu es en état d'arrestation !

J'entendis du bruit à l'arrière du hangar, vers l'endroit où on nettoyait le sang et les écailles. Pike ? Je tirai mes pieds sous moi et frottai plus fort mon chatterton en me disant que si ça ne s'arrangeait pas, je pourrais toujours protéger Lucy en me couchant sur elle.

— J'ai ta femme, bordel ! cria Milt. Alors, tu t'amènes et on cause.

Joel s'avança, puis entra. Son holster était vide. Ce fut moi qu'il vit en premier. Il regarda sa femme, puis Lucy. Il avait l'air vieilli et fatigué, comme un homme qui a longtemps couru alors qu'il n'a pas la forme.

— Ça va, Edie ? demanda-t-il.

Edie hocha la tête.

Personne ne prêtait attention à moi. Je me mis sur un genou et gardai l'autre pied sous moi.

— Alors, Milt, comment on fait ? demanda Joel.

— Comme ça, répondit Milt en levant le revolver de service de Tommy Willets.

Je plongeai en avant au moment même où, entrant par la porte de derrière, Pike ouvrait le feu et touchait Milt en haut de l'épaule gauche. Celui-ci tournoya sur lui-même et aspergea Joel de gouttes de sang. Edith émit une manière de gémissement sourd, se mit debout et rentra dans Rossier tel un boulet de canon. Elle avait les mains liées et la bouche couverte de chatterton, mais, les yeux fous, elle tentait de le démolir à coups de tête, comme un bélier. Rossier lâcha son arme et porta la main à sa blessure en poussant des couinements suraigus. René se rua sur Joe Pike qui lui tira deux balles dans la poitrine. Sous la violence des impacts, René tomba à genoux. Il essaya bien de se relever, mais Joe lui en colla encore une autre, en pleine tête. Rossier tenta de pousser Edith pour reprendre son pistolet, alors je lui rentrai dans le bas du dos. Prima tira sur Pike avec son petit revolver, mais Pike esquiva en bondissant de côté. Dehors, tout le monde criait. LeRoy hurla « Je vais me le payer, ce fumier ! » en se dressant derrière une des tables à éviscérer sous laquelle il s'était réfugié. Il braqua son .45 sur moi en tirant la langue comme un gamin qui essaie de colorier entre les lignes, mais un minuscule point rouge apparut sur sa poitrine. Il le regarda, marmonna « Mais, mais… ? », puis, son dos explosant, fut projeté à travers la salle dans un jaillissement de sang et de bouts d'os. Au loin, le claquement lourd d'une carabine à projectiles haute vélocité dominait le bruit de la pluie.

Donaldo Prima abaissa son arme. Il semblait ne plus comprendre.

— Mais bordel de… ?

Pike m'arriva dessus en roulé-boulé et se servit de son .357 pour faire sauter la chaîne de mes menottes.

— Del Reyo, dit-il.

Les mains enfin libres, j'arrachai le chatterton de ma bouche.

Déjà le petit point rouge dansait sur le visage de Prima telle la luciole qui cherche un endroit où se poser. Prima voulut l'écarter d'une tape, mais sa tête explosa elle aussi, le claquement lourd de la carabine se faisant de nouveau entendre dans le lointain.

— Éclair dans la ligne d'arbres, dit Joe. À deux cents mètres.

— Rossier a des types à l'extérieur.

Pike secoua la tête.

— Plus pour longtemps, dit-il en grimaçant.

D'autres claquements se firent entendre.

Je me précipitai vers Edith, la forçai à se coucher, puis hurlai à Lucy de rester sous la table. Berry hurlait, lui aussi.

— Y a quelqu'un qui nous tire dessus !

Pike lui cria de se glisser sous la voiture.

Rossier se redressa en serrant son bras, mais le point rouge le trouva. Je le poussai juste de côté lorsque quelque chose de brûlant siffla à côté de lui et s'écrasa dans le mur. Rossier ramassa le .45 de LeRoy, se dépêcha de se remettre encore une fois debout, courut vers l'arrière du bâtiment et se rua dehors en tirant. Je m'élançai à sa poursuite.

Nouvelle détonation de la carabine dans la ligne d'arbres, puis plus rien. Derrière les hangars, nous étions à l'abri. Rossier trébucha, tomba dans la boue, se releva, courut encore en continuant de pousser des couinements aigus. Il me tira dessus mais, dérapages, glissades et épaule qui lui faisait mal, ses projectiles se perdirent dans la nature.

— C'est fini, Milt ! lui criai-je. Venez !

Il tira encore deux fois, mais son arme s'enraya. Il me la jeta à la figure et courut encore et se prit les pieds dans la clôture basse en fil de fer qui entourait le bassin à tortues. Il faisait nuit, il pleuvait, il ne l'avait pas vue. Il bascula de côté, heurta le sol de son épaule blessée et glissa dans l'eau tête la première. La surface du bassin était lisse et argentée avant qu'il la touche, brusquement elle trembla. Rossier se rassit sur son séant, je franchis la clôture et lui tendis la main.

— Allez, Milt, répétai-je. Venez.

Pike et Joel arrivèrent derrière moi.

Milt Rossier se débattait dans l'eau mais continuait de s'éloigner du bord.

— Aidez-moi ! Faut m'aider ! glapit-il.

— T'es pas en train de te noyer, gros lard ! lui cria Joel. Lève-toi !

Les yeux de Milt s'agrandirent encore. Il avait le regard fou.

— Aidez-moi ! Je vous en prie. Putain, sortez-moi de là !

À l'autre bout du bassin, l'onde se souleva : Luther.

J'entrai dans l'eau jusqu'aux chevilles.

— Lève-toi, bordel ! Prends-moi la main !

Il tenta de m'obéir mais perdit l'équilibre et tomba en arrière. J'avançai encore. J'avais de l'eau jusqu'aux genoux.

— Prends-moi la main, Milt !

Quelque chose de gros se déplaçait vivement sous la surface de l'eau, y dessinant un sillage sans en briser le plan piqué de gouttes.

— Putain de Dieu ! fit Pike en faisant feu sur le haut du sillage.

Joel Boudreaux l'imita.

— Prends-moi la main ! hurlai-je encore.

Rossier parvint à se remettre debout, lutta pour me rejoindre et m'attrapa enfin la main. La sienne était glissante et mouillée. Je tirai de toutes mes forces, mais, sa jambe gauche soudain happée, il disparut au fond de l'eau.

Il continua de se débattre et de hurler pendant quelques instants encore, et peut-être hurlai-je aussi fort que lui, mais non – sans doute pas.

38

Joel appela les autorités de l'État, lesquelles lui expédièrent aussitôt procureurs et techniciens pour les premières constatations. À midi, une bonne trentaine d'officiers de police du comté, de l'État et du gouvernement fédéral pataugeaient dans la boue jusqu'aux chevilles. La pluie continuait de tomber, sans jamais diminuer.

Une fois les dépositions prises et les corps enlevés, Joel ôta son insigne et demanda au jeune Berry de le placer en état d'arrestation au motif qu'il avait entravé le cours de la justice en ne prenant aucune mesure contre Milt Rossier.

Berry regarda son insigne comme s'il était radioactif.

— Parlez, comme je vais vous arrêter ! dit-il.

Un des procureurs de La Nouvelle-Orléans s'avança en jouant des coudes et annonça qu'il serait très heureux de lui prendre son insigne. Âgé d'une quarantaine d'années, il avait la peau tendue et les cheveux courts et avait passé l'essentiel de son temps à vadrouiller dans le secteur en secouant beaucoup la tête. Lorsqu'il essaya de s'emparer de l'insigne de Joel, Berry l'assit proprement sur son cul d'une bourrade. Un flic d'État de Baton Rouge essaya de bloquer Berry, mais Joe Pike se glissa entre eux et marmonna quelque chose dans l'oreille du policier, qui s'éloigna aussitôt. À partir de ce moment-là, le procureur ne bougea plus guère de sa voiture.

Lucy, elle, parla calmement à Joel pendant plus d'une heure, le suppliant de ne rien faire ni dire avant l'arrivée de Merhlie Comeaux.

— Écoute-la, Joel, lui dit Edith. Il faut absolument que tu l'écoutes.

Joel finit par accepter, mais sans donner l'impression de beaucoup apprécier. Il alla s'asseoir dans sa voiture de patrouille, se prit la figure à deux mains et pleura. Il était malheureux, avait honte et, à mon avis, voulait souffrir pour ses péchés. Ce n'est pas rare, chez les hommes qui ont une conscience.

Joe Pike rentra à Los Angeles dès le lendemain.

Après les événements qui s'étaient déroulés à l'élevage d'écrevisses de Milt Rossier, je restai encore une semaine en Louisiane, et en passai les trois quarts en compagnie de Lucy. Elle parlait au moins une fois par jour avec Edith, à laquelle nous rendîmes visite à deux reprises.

Milt et LeRoy Bennett se trouvant maintenant hors d'état de nuire, les Boudreaux auraient pu garder leur secret, mais ce n'était pas comme ça qu'ils voulaient jouer leur affaire. Ils téléphonèrent à leurs trois enfants pour leur dire qu'ils tenaient à les voir. Ceux-ci avaient le sens du devoir et revinrent tout de suite à la maison. Joel et Edith les firent asseoir dans le séjour et leur parlèrent de Leon Williams, de la grossesse d'Edith et du meurtre qui avait clos l'affaire trente-six ans plus tôt. À la grande surprise des Boudreaux, personne n'en fut scandalisé ni choqué. On fit même part de son soulagement : Dieu merci, ce n'était pas pour entendre que Papa ou Maman avait une maladie incurable qu'on les avait fait appeler. Tout le monde trouva que le meurtre était ignoble et plutôt triste, mais tout le monde dut aussi reconnaître que l'aventure ne manquait pas de piquant. C'est vrai aussi qu'elle s'était produite quelque trente-six ans auparavant.

La plus jeune des trois filles, Barbara, celle qui faisait ses études à l'université de Louisiane, souriait tellement qu'elle finit par énerver sa mère. La plus âgée, Sissy, celle qui avait trois enfants, fut, elle, fascinée par l'idée qu'elle avait une demi-sœur et posa beaucoup de questions. Edith ne voulut pas révéler que l'enfant qu'elle avait eue jadis était aujourd'hui l'actrice connue sous le nom de Jodi Taylor. Elle n'avait certes plus envie d'avoir des secrets, mais dévoiler ceux des autres était une tout autre histoire.

Les vérités sortaient, peu à peu le monde se reformait autour d'elles.

Quatre jours après la fusillade, j'attendais Lucy dans le hall d'entrée du Howard Johnson de la plage lorsque le réceptionniste de jour me tendit une enveloppe. Il l'avait trouvée sur son bureau, mais ignorait qui l'y avait déposée. Enveloppe blanche ordinaire, comme on en trouve dans tous les drugstores, et mon nom, « M. E. Cole », tapé à la machine.

Je m'assis dans un fauteuil, l'ouvris et lus le petit mot, lui aussi tapé à la machine .

Monsieur Cole,

Je regrette de ne pouvoir vous retourner la photo comme promis. Un de mes associés a identifié l'homme et, vous le savez, nous avons agi de manière appropriée.

J'espère que vous ne me trouverez pas mesquin d'avoir ainsi poussé plus loin que les limites de notre association. Malheureusement, la fillette reste inconnue à ce jour, mais peut-être y aura-t-il maintenant moins d'enfants dans son cas.

Pas de signature, mais je n'en avais pas besoin.

Je pliai la lettre et la rangeais déjà lorsque Lucy traversa l'entrée. Le seuil de la pièce était baigné d'une lumière si brillante que je crus la voir sortir d'une grande flaque de soleil.

— Salut, m'sieur !

— Salut, m'dame !

— Tu es prêt ?

— Je le suis toujours.

Nous gagnâmes sa Lexus et partîmes pour l'aéroport. Il faisait chaud, mais le ciel était d'un bleu profond et, à l'exception d'une touche de blanc à l'est, parfaitement dégagé. Lucy me tenait la main. Elle la lâchait quand il fallait prendre un virage, puis me la reprenait aussitôt après.

— Tu vas me manquer, Lucy, lui dis-je.

— Et toi donc, Studly.

— Et Ben aussi.

Elle me jeta un regard et sourit.

— Je t'en prie, ne parlons pas d'adieux. On a encore le temps.

Je lui baisai la main.

Nous nous garâmes dans le parking de l'aéroport, puis nous gagnâmes le terminal, toujours en nous tenant la main et en marchant l'un contre l'autre. À nous voir, on aurait pu croire qu'il n'y avait rien de plus important que d'occuper le même espace et partager le même instant. Nous consultâmes le panneau des arrivées.

— L'avion est là, dis-je.

Nous enfilâmes le couloir conduisant aux portes de débarquement et cela ne me plut guère. Dans quelques jours, nous referions le même trajet, mais cette fois ce serait pour que j'embarque. J'essayai de ne pas y penser.

Nous retrouvâmes Jodi à sa descente d'avion. Elle portait un jean et un gilet en satin par-dessus un débardeur rouge – Jodi Taylor jusqu'au bout des ongles. Elle ne se cachait plus. Le pilote s'empêtrait tout ce qu'il savait pour marcher à côté d'elle, un type en costume gris anthracite essayant sans arrêt de lui couper la route. Jodi, elle, avait l'air nerveuse.

— Excusez-moi, messieurs, dis-je, et je la leur enlevai.

— Comment ça va ? lui demanda Lucy.

— Bien, répondit-elle en hochant la tête.

Ça n'en avait pas vraiment l'air. Elle donnait plutôt l'impression d'avoir la colique depuis trois jours.

Une petite fille en uniforme de scout s'approcha de nous. Elle tenait dans sa main un stylo-bille et quelque chose qui ressemblait beaucoup à une serviette en papier. Sa mère l'avait encouragée.

— Puis-je avoir un autographe, mademoiselle Taylor ?

— Mais bien sûr, mon chou.

Jodi lui signa sa serviette en papier et tenta de sourire, mais cela manqua de conviction. Pour être nerveuse, elle l'était.

Quand la fillette fut partie, je lui pris la main.

— Vous êtes sûre de vouloir ?

— Oui, me répondit-elle. Oui, j'en suis sûre.

— Et Sid et Beldon ?

Ses traits se durcirent.

— Je sais ce que je veux.

Lucy lui ayant pris l'autre main, nous sortîmes de l'aéroport.

Nous passâmes prendre Edith, puis, tous les quatre, nous allâmes rendre visite à Chantel Michot. Je l'avais prévenue par téléphone, elle nous attendait. Jodi et elle avaient beaucoup de choses à se dire.

Collection Belfond noir

BALDACCI David
L'Heure du crime

BARCLAY Linwood
Cette nuit-là
Les Voisins d'à côté
Ne la quitte pas des yeux
Crains le pire
Mauvais pas
Contre toute attente

BLANCHARD Alice
Le Bénéfice du doute
Un mal inexpiable

BYRNES Michael
Le Secret du dixième tombeau
Le Mystère de l'arche sacrée
La Malédiction de Lilith

CLEEVES Ann
Des vérités cachées
Morts sur la lande
Noire solitude
Blanc comme la nuit
L'Heure écarlate
Bleu comme la peur

COBEN Harlan
Ne le dis à personne
Disparu à jamais
Une chance de trop
Juste un regard
Innocent
Promets-moi
Dans les bois
Sans un mot
Sans laisser d'adresse
Sans un adieu
Faute de preuves
Remède mortel
Sous haute tension
Ne t'éloigne pas

CRAIS Robert
L.A. Requiem
Indigo Blues
Un ange sans pitié
Otages de la peur
Le Dernier Détective
L'Homme sans passé
Deux minutes chrono
Mortelle protection
À l'ombre du mal
Règle numéro un
La Sentinelle de l'ombre

CROSS Neil
L'Homme qui rêvait d'enterrer son passé
Captif
Luther : l'alerte

EASTERMAN Daniel
Minuit en plein jour
Maroc

EISLER Barry
La Chute de John R.
Tokyo Blues
Macao Blues
Une traque impitoyable
Le Dernier Assassin
Connexion fatale

ELTON Ben
Amitiés mortelles

EMLEY Dianne
Un écho dans la nuit
À vif
Jusqu'au sang

FORD G.M.
Cavale meurtrière

GLAISTER Lesley
Soleil de plomb

GRINDLE Lucretia
Comme un cri dans la nuit

GRIPPANDO James
Le Dernier à mourir

HARRISON Colin
Havana Room
Manhattan nocturne
La nuit descend sur Manhattan
L'Heure d'avant

HAWKEN Sam
Les Disparues de Juárez

HYDE Elisabeth
La Fille du Dr Duprey

KNOX Tom
La Malédiction du Livre noir

McDONALD Craig
La Tête de Pancho Villa
Rhapsodie en noir
On ne meurt qu'une fois
La phrase qui tue

McMAHON Jennifer
Tu ne m'attraperas pas
La Ville des enfants perdus
La Nuit du croque-mitaine

REICH Christopher
La Loi des dupes
Les Lois de la vengeance

RIGBEY Liz
L'Été assassin
La Saison de la chasse

SANDFORD John
Une proie mortelle
La Proie de l'aube
La Proie cachée

SCOTTOLINE Lisa
Une affaire de persécution
Une affaire de succession

SHEEHAN James
Le Prince de Lexington Avenue
La Loi de la seconde chance

SMITH Tom Rob
Kolyma
Agent 6

UNGER Lisa
Cours, ma jolie
Sans issue
Mémoire trouble
Et surtout ne te retourne pas…
Charlene ne reviendra pas

WALLIS MARTIN J.
Le Poids du silence
Descente en eaux troubles
Le Goût des oiseaux
La Morsure du mal

MIXTE
Papier issu de sources responsables
FSC
www.fsc.org
FSC® C003309

Composition et mise en pages : FACOMPO, LISIEUX

Cet ouvrage a été imprimé en France par

CPI
FIRMIN-DIDOT

à Mesnil-sur-l'Estrée (Eure)
en avril 2013

N° d'impression : 117912
Dépôt légal : mai 2013